COLLECTION FOLIO

Alphonse Boudard

# Chère visiteuse

Gallimard

Alphonse Boudard est né à Paris en 1925. Apprenti typographe pendant l'Occupation, il rejoint la Résistance en 1943, puis les commandos de la 1re Armée française. De 1949 à 1962, il traverse une période difficile, entre prisons et sanatoriums. En 1962, *La métamorphose des cloportes* marque son entrée en littérature. Il reçoit le prix Renaudot en 1977 pour *Les combattants du petit bonheur* et le Grand Prix de l'Académie française en 1995 pour *Mourir d'enfance.*

Alphonse Boudard est mort au début de l'année 2000.

Toute ressemblance avec des personnages du présent ou du passé ne peut être que fortuite... qu'on puisse se reconnaître dans cet ouvrage me paraît impossible.

Le Romancier est un rêveur qui essaie de faire partager ses rêves. C'est le rôle que le Bon Dieu lui a donné.

Merci.

*À mes potes de*
La Tour de Montlhéry

*Je ne suis pas de ceux qui disent : Ce n'est rien, c'est une femme qui se noie.*

*Je dis que c'est beaucoup : et ce sexe vaut bien que nous le regrettions, puisqu'il fait notre joie.*

La Fontaine

## PREMIÈRE VISITE

J'étais comme ça à mon balcon, sur la rambarde de la coursive du deuxième étage, deuxième division de l'établissement pénitentiaire de Fresnes. Vous allez me dire, ceux qui m'ont fait l'honneur de me suivre à travers quelques ouvrages, que ça change pas tellement les décors de mes récits, que je pourrais un peu vous faire démarrer mes petites histoires de Nice par exemple où je viens griller au soleil ma vieille carcasse. Exagéré d'ailleurs... ! À Nice, je passe à l'ombre... j'aime la fraîcheur dans le Midi et le soleil en Côtes-d'Armor puisqu'il ne faut plus dire Côtes-du-Nord que ça déprécie, paraît-il, les beautés naturelles de la région.

N'importe, je vous démarre donc de ma coursive-balcon, mais on va pas y rester longtemps, promis, juré... j'irai en enfer puisque je vais sans doute mentir un peu, ne serait-ce que pour vous pimenter le potage.

Je flemmarde avant de regagner ma cellote, je reviens de je sais plus au juste... peut-être d'un entretien avec mon cher défenseur. Il passe un matin par semaine Me Lubary, il nous reçoit en fournée... tous ses clients, ses malfaiteurs qui lui permettent tout de même de s'offrir l'essence de sa Buick, ses tatanes en peau d'autruche sur mesure... ses costards itou. Il soigne sérieux sa présentation, Lubary. C'est le dimanche matin qu'il débarque la plupart du temps, sur la route avant de rejoindre la Sologne où l'attend dans une auberge, dans un cadre rustique, une mignonne qui vous monte le sperme à la queue lorsqu'on se l'imagine en train de tirer sur l'élastique de sa petite culotte à froufrous.

Je frime un peu le rez-de-chaussée où passent, repassent quelques taulards, ceux qui bossent à toutes les sales besognes de la maison. Il fait beau dehors, c'est quoi... avril ?... Peut-être début mai. On a du regret à être ainsi encabané lorsque vient la jolie saison mais d'un autre côté on glaglate plus des miches, déjà ça. Faut savoir toujours se récupérer avec une philosophie personnelle l'avantage relatif des choses.

J'aperçois une dame escortée d'un gros maton... un brigadier. Pas une loquedue assistante sociale... une dame qu'on subodore même de loin, sapée chicos... tailleur grande coupe... l'allure altière... Elle s'approche, grossit dans mon champ visuel. C'est pas une gamine, certes, je peux pas me la détailler tellement. Elle a la démarche sûre, la tête haute... la taille assez fine... les cheveux argentés... enfin le reflet.

— C'est pas du mouron pour ton piaf, me glisse Frédo, un auxiliaire, un pousseur de chariot de soupe que j'ai pas entendu approcher derrière moi.

À vrai dire ça me traversait pas la pensée que cette dame soit une éventualité de galipettes érotiques. Il se marre Frédo et il s'accoude à côté de moi à la rambarde. C'est le Frédo qui deviendra plus tard un saint, à qui je consacrerai une hagiographie, une de mes plus belles œuvres en tout cas en ce qui concerne la piété… mes quelques ouvrages d'inspiration religieuse. Nous n'en sommes pas encore là, je suis à cent mille bornes d'imaginer qu'un jour j'écrirai et qui plus est sur ce lascar qui me paraît rien de plus à ce moment-là qu'un de ces petits malfrats comme il en villégiature des bottes dans la cage. Je lui réponds d'un grognement… et la dame passe sous mon regard… s'éloigne vers le côté nord du bâtiment, toujours de son pas vif qui contraste d'avec l'allure balourde du brigadier qui la précède. Je l'ai retapissé, celui-là, c'est Dudule son surblaze… un de ces bovidés de démonstration pour la foire d'Yvetot.

— C'est la comtesse, me rencarde Frédo.

— La comtesse de quoi ? je lui rétorque en ironie.

J'ai bonne mine ! Je tombe de la dernière averse ou quoi ! Y a qu'une comtesse… Mme de Wilfried, l'épouse du célèbre banquier… celui qui se déplace sur un fauteuil roulant comme le président Roosevelt… le seul, le vrai… qui pète et qu'aussitôt hors de son cul son vent se cristallise en or. On ne sait au juste sa fortune… le pognon, il en a partout et des châteaux, des bateaux, des appartements luxueux... des résidences sur les Azurs... Majorque... dans les îles Guluquoina... Il règne avec son carbure sur les dictatures les plus féroces aussi bien que sur nos douces démocraties. Un geste... un claquement de doigt, il réduit un ministère en papillote.

— Il voudrait, il se ferait sucer par le président Auriol, conclut Frédo.

Une allègre supposition qui vous rencarde sur l'époque où je croupis en ergastule. Vincent Auriol c'est le premier président de la IVe République. Un petit pépère borgne que j'imagine difficile dans la scène lubrique que spécule Frédo... Je l'interroge, il sait tout Frédo, dans la division il se balade partout, il est pote à tu et à toi avec tout le monde, il se charge de commissions, des compromissions sans doute... un pur produit de la truandaille parisienne avec sa jactance fleurie, sa démerde d'anguille... une espèce de bonne humeur à vous vaincre toutes misères.

— Qu'est-ce qu'elle branle cette vioque ? Elle n'est pas avocate !

— Elle est en visite, m'affranchit Frédo... Ouais... c'est une visiteuse.

Comment n'y avais-je pas pensé ? Peut-être parce qu'elle me paraît très au-dessus du lot. Nous avons des dames d'œuvres et même des messieurs qui viennent nous voir au nom du Père, du Fils et du Saint-Esprit. Des gens dévoués, il faut reconnaître, le plus souvent des retraités... Ils reçoivent, en bas, dans une cellule aménagée, les plus démunis, les plus pauvres et aussi les plus rejetés de la détention… les assassins les plus dégueulasses, violeurs ou bourreaux d'enfants… étrangleurs de la grand-mère d'un petit chaperon qu'ils ont de surcroît sodomisé… des horribles à ne pas prendre avec des menottes. Voilà… l'esprit de charité se greffe là-dessus… faut bien qu'au nom de Notre Seigneur Jésus-Christ quelqu'un ou quelqu'une se dévoue pour leur faire comprendre qu'ils peuvent sortir des griffes de Satan, qu'un être créé par Dieu peut toujours se repentir, même de ses fautes les plus abominables…

Une prison ça ne contient pas que des voyous patentés, professionnels si je puis dire… casseurs, braqueurs, faussaires, ceux-là c'est pas tellement de la clientèle pour les visiteurs.

Tu étais au gnouf, dit l'Évangile, et tu es venu me tendre la paluche. Ça se résume de la sorte. Quant à la sortie du trou c'est une histoire qui intéresse Madame la Justice.

J'avais entendu parler de cette comtesse Wilfried… de son richissime mari à roulettes. Leurs blases s'imprimaient dans toutes sortes de gazettes : les financières que je risquais pas de consulter, et puis quand même dans les *Parisien,* les *France-Soir.* Dans toutes les rubriques mondaines la comtesse apparaissait en photographie… aux présentations de couture, au pesage sur les champs de courses en compagnie de l'Agha Khan… le baron de Rothschild… quelques vedettes de cinoche. Je feuilletais tout ça d'une fesse distraite. Ça me restait dans les brumes arrière de ma tronche… la Bégum… Rita Hayworth, les rois du pétrole… Je laissais ça aux midinettes, aux concepiges. Au cas où j'aurais ciblé une de ces personnalités c'eût été pour sa quincaille, son coffre-fort... ses biffetons jolis... avec des intentions qui peuvent vous conduire sur les banquettes inconfortables de la cour d'assises.

Direction nord du bâtiment au rez-de-chaussée, c'était un secteur de très haute surveillance... Quelques arcandiers d'élite qu'on gâtait d'une sollicitude spéciale, because leur pedigree au banditisme et surtout leur penchant à s'évader. Les Tarzan d'entre les murs de ronde... creuseurs infatigables de souterrain... sans compter ceux qui se démerdent toujours pour se dégotter un P38... Un joli Colt 45, une saccagne aiguisée pour forcer les barrages en peau de maton.

— Ils se font visiter eux aussi ?

Il me répond sans conviction « Pourquoi pas ? ». Frédo, là-dessus, il est pas spécial au parfum. Les cellules de cette élite sont munies de doubles portes comme au mitard et de doubles rangées de barreaux à la fenêtre. Fouillées à la mexicaine, c'est-à-dire en virant tout le mobilier, les affaires personnelles du détenu. À l'improviste... milieu de la nuit... à l'heure de la bectance... qu'on les laisse jamais tranquilles pour mijoter, limer, échafauder les plans les plus exceptionnels pour s'élever au ciel... recommencer le miracle de l'Ascension.

Je la vois disparaître, la comtesse... sa silhouette et c'est le moment que je me décramponne de la rambarde, le maton de l'étage nous parvient avec sa clef, il va me redomicilier sans commentaire.

La lourde se referme derrière mon dos. Clac-clic ! Le bruit de la clef dans la serrure, j'ai souvent l'impression qu'il me pénètre entre les omoplates. Me voici dans l'appartement carcéral que je partage à cette époque avec un bonhomme champion des faux tableaux qui deviendra mon pote hors des murs par la suite et un forcené onaniste... un Alsaco arraisonneur presque encore de diligence. Voilà. La 206. Si ces personnages et la suite qui découle de ma rencontre avec Auguste le lanternier de la magie vous intéressent, faut vous offrir un autre livre *Le Banquet des léopards*. Tout s'imbrique dans mes œuvres complètes... Chronique de mauvaises compagnies par Déshonoré de Boudard.

Une fois là sur ma paillasse qu'est-ce que je fous... je reprends un bouquin où je l'avais laissé... Je me glisse dans la cafetière de drôles de clients, faut convenir, vu l'endroit et mon si léger bagage intellectuel... Chateaubriand comme je vous l'annonce... ses outretomberies... Il a fini par me posséder celui-là, par le bercement de ses phrases, une espèce de musique qui vous enveloppe.

Top ! Je suis pas là pour vous entretenir du grand René... du tombeur de ces dames en robes décolletées Directoire... Je veux pas marcher sur les plates-bandes à d'Ormesson.

Mon but plumitif à c't'heure, c'est d'embrayer avec ma comtesse. Non pas que je me sois passionné d'autor pour ses faits et gestes. Elle est juste passée, vous l'avez aperçue comme moi par la magie de mon écriture.

Ça m'est venu plus tard de me pencher un peu sur cette noble personne… Une fois que j'ai eu piqué le virus du romancier… que je me suis rénové par le porte-plume. Des gens, des histoires vous remontent… on se dit : ça c'est la mienne, c'est encore mieux que Tristan et Juliette… les amours de la Récamière, Bonaparte et sa Polack… de toute façon plus passionnante que Magaulle et tante Yvonne à becter de l'andouille de Vire à Colombey. Reste Mimite le président forcené du tafanard… le trousseur d'élite… mais il n'appartient pas à mon rayon.

L'exceptionnel de ma comtesse, celle que je vais m'efforcer de vous portraiturer, biographier le plus menu sérieux possible… ça vient justement de ce matin où je l'aperçus de ma coursive se dirigeant vers le secteur des réprouvés… des dangereux… tatoués… rescapés de toutes les maisons de force et de correction comme ils disent. Qu'elle aille ailleurs, voir les tubards à l'Infirmerie Annexe, les petits militaires déserteurs qu'on venait de nous muter du Cherche-Midi en 3e Division, la face de mon ouvrage en eût été chanstiquée. Anéantie peut-être. Ça chagrinerait pas excessif nos ordonnateurs des pompes intelligentsiennes… ils ne respirent que dans leurs pupitres, leurs dossiers… les enculeries professorales.

Je ne la vois plus, elle a disparu vers le quartier et je suis rentré dans ma ratière… n'empêche qu'elle se dirige vers une aventure qui va lui donner à la fois un bonheur indicible et du fil à retordre. Le plus souvent les visiteurs et teuses ils se pointent chez ceux qui leur ont lancé un appel… une petite bafouille via le service social ou le Secours catholique, je ne sais au juste. Mais, elle, comtesse de Wilfried, elle a décidé d'affronter, d'aller présenter sa encore fine silhouette de dame du monde un peu partout. À la Santé, où on garde au frais les condamnés à mort avant de les massicoter, elle a été rendre une visite à quelques sanguinaires patentés. On dit même Émile Buisson… un pourtant pas gracieux de nature… qui vous a flingué des encaisseurs, des flics et même de ses loyaux complices.

À Fresnes comme condamnés à mort on a encore des politiques… les promis à la fusillade, une espèce d'avantage qu'on leur fait… la guillotine étant réservée aux droit commun, le peloton d'exécution aux traîtres. Nuance. Il paraît que ceux-ci y trouvent une sorte de satisfaction vaniteuse. Actuellement, je veux dire au moment où je vous entame cette histoire, je ne sais s'il en reste beaucoup des promis aux flingues patriotiques… Depuis cinq ans, on a épuisé le stock… les journalistes, écrivains, politicards de la collaboration… ceux qui se font encore rectifier sont des rescapés de la Gestapo… des voyous qui ont réussi à tenir le paveton quelque temps et qui se sont fait alpaguer il y a un ou deux ans… des à la traîne… tortionnaires irrécupérables.

Alors ma comtesse c'est pas sur eux qu'elle a jeté son dévolu charitable… Ceux qu'on garde à double tour en bas c'est des malfrats sans idéal…

des arraisonneurs de fourgons postaux, pilleurs de banque, perceurs de coffres-forts... des hommes sérieux de leur spécialité, plus ou moins affiliés à ce qu'il est convenu d'appeler le Milieu. Ils pourraient être tout bonnement au 4e, en Haute Surveillance, mais si on les a bouclés à part, en des cellotes spéciales renforcées, ça vient je vous ai dit qu'ils ont à leur palmarès quelques évasions, qu'ils ont réussi des exploits latudesques la plupart... des envolées par-dessus les murs de ronde... des trous dans le béton...

Ils sont combien à ce moment-là à ce régime spécial ? Ça se perd un peu dans ma souvenance. Il y a peut-être encore Paulo le Dingue, Jo Bouchesseiche... Riton Feu-feu dit le Tatoué. Ce qu'il y a de sûr c'est qu'il y a Dastel, le Beau Gilles, une vedette on peut dire celui-là... qui a fait la une de toute la presse moult fois. Sa dernière cavale il l'a réussie rue Bassano, au siège même de la police. Je vous détaillerai le moment venu l'opération d'haute voltige !... Une ambulance avec un complice au volant l'a arraché... ding ! ding ! Il a traversé tout Paris de la sorte... toute la circulation s'ouvrait sur son passage. À trois reprises par la suite, il a déjoué les pièges des plus affûtés poulagas du Quai des Orfèvres. Et puis, fatal, il a succombé à la trahison... en cela son aventure n'a rien d'original.

Il a donc une douzaine d'évasions à son palmarès. Plus rien de ce qui permet de se faire la levure d'une prison ne lui est étranger... On a pourtant vu sa photo pleine page dans toute la presse... le récit de ses exploits dans les *France-*

*Dimanche, Ici-Paris, Détective.* Il garde son sourire goguenard sous les flashes… il pavoise pas dans le genre dessoudeur de rentière… malfaisant à tronche en biais… lame de couteau, l'œil torve. N'était sa présence à la chronique des faits divers, lui, il pourrait tout aussi bien faire joyeuse figure dans les belles-lettres ou le sport plutôt… il a un côté à escalader la face nord… naviguer en solitaire sur les mers australes.

Je ne le connais alors que de relations rapides… bonjour, ça boum et toile à matelas… des rigolades de comptoir en des tapis francs où il lui arrivait de passer à la surprenante pour biser la taulière qu'il avait baisée naguère. Je vous omettais, excusez du peu, qu'il est baraqué idoine à sa tronche… un bel animal humain qui s'épanouit dans la trentaine. Gueule d'amour, on peut le qualifier ainsi avec ses yeux d'un bleu profond… oui je prétends profond parce qu'il aspire les gonzesses avec son regard… elles plongent… tant pis si elles boivent la tasse… les bains d'amour forment la jeunesse.

Partout où il a traîné ses pompes en croco le Beau Gilles, il a ravagé le cœur des dames, des jeunes filles, des putes et des honnêtes commerçantes… et quand je dis le cœur ! Lorsqu'il fait la une des journaux, qu'on relate sa dernière arrestation, il en est plus d'une qui rêvasse encore, qui se remouille sa jolie culotte à dentelles… ! Il jacte dans des nuances argotiques de bon aloi, la vanne en lousdoc… le compliment savoureux, inattendu que les femmes du meilleur monde n'entendent pas aux raouts d'Auteuil.

S'il a la cote… peu de le dire ! Ici ils ne nous le sortent que parcimonieux à présent, entouré de gaffes rébarbatifs… renaudant que c'est une honte de ne pas leur permettre d'être armés. Quand on le transporte au Palais, il a droit, comme le maréchal Pétain, à une escorte de motards… Il repasse encore tous les barrages, les feux rouges, prioritaire. À l'intérieur du panier on le gratifie d'un gardien spécial en face de lui pendant tout le trajet, et on dit qu'il finit invariable par l'amadouer, le séduire autant que faire se peut. Sa méthode au Beau Gilles, qu'il prend pas les interlocuteurs à rebrousse-poil, c'est souvent le tort des clients de nos pensionnats pénitentiaires, roulant de la jactance acerbe, l'injure au coin de la gueule… des renvois de haine irrépressibles. Dès que chez les flics, ils les abreuvent d'insultes attentatoires à la virginité de leur cul… Même devant la cour… aux assiettes, ils arrivent pas à rengracier… ils répondent rogue au substitut… à peine poli à Monsieur le Président.

Pas si nature Gilles temporise, se marre en lousdoc, répond sans forcer la note. Il biseaute tellement le jeu qu'on a bien du mal à croire que ce bel homme a roulé en traction avant et stationné pour des motifs malfaisants devant les banques… qu'il lui arrive de grimper sur la façade des hôtels particuliers pour entrer par la fenêtre et soulager les habitants de leur superflu en or, diam's et saphirs.

On lui avait cloqué de l'Arsène Lupin dans les comparaisons. Y a de ça, faut reconnaître. Comme le héros de Maurice Leblanc il n'a pas de sang sur les pognes. S'il brandit un flingue c'est uniquement pour impressionner le client. Il n'a jamais tiré, même sur les flics.

— Si je pouvais, moi, juste expédier des menaces par courrier comme le percepteur, croyez bien messieurs les jurés, que je me priverais sans regret des armes à feu.

Jolie réplique qui a fait le tour des rédactions. Une chroniqueuse à tête de chouette pourtant fielleuse... une plume toujours prête à vous envoyer le loquedu aux galères a conclu son article d'un : « En plus, il a de l'esprit » du meilleur effet.

Je vous l'ai donc un peu résumé le Beau Gilles... J'y reviendrai, il vaut mille détours. Ce n'est que plus tard qu'on est devenu potes. Chacun, une fois hors des hauts murs, en toute légalité.

Pour ce moment, il est donc dans sa cellule et il fait des pompes en slip sur le sol qu'on a cimenté exprès. Ça lui est arrivé de maltraiter le plancher au point de s'en faire une porte de sortie. Il s'est fait naguère la belle en creusant un souterrain avec ses deux compagnons d'infortune à la prison de Lille... Un exploit homologué de six mois fermes après sa nième capture. Il fait le plus possible d'exercices physiques, pompes ou autres, pour s'entretenir la musculature, la souplesse au cas zoù se présenterait une embellie... l'occase de jouer des flûtes à la surprenante.

Vers lui que la comtesse de Wilfried se dirigeait tout à l'heure... Je ne sais quelle curiosité féminine la pousse vers ce phénomène. Elle a entendu parler, dire ceci… que c'est un personnage d'exception… Un cas, un type comme on n'en voit pas… Ça fait maintenant plus d'un an qu'elle œuvre Mme de Wilfried dans la charité carcérale, un travail ingrat on peut dire… elle se doutait pas de tout ce qu'elle a découvert depuis ce premier jour où elle a enquillé derrière le Gros Bill notre directeur dans l'allée centrale de Fresnes. Ce Gros Bill, il est rouge et gras bien sûr, apoplectique, transpirant, soufflant, poussif. For intérieur Mme de Wilfried, je suis certain qu'elle le qualifie de vulgaire. Le peu que j'ai eu à le fréquenter, à la barre du prétoire, il n'a pas ébloui par sa distinction… sa finesse de trait… sa voix caressante. Il se donne pas un mal excessif pour juger son cheptel avec un minimum de discernement. On est pour lui des moins qu'au-dessous du niveau de la merde. On est conduit au prétoire — le tribunal interne de la crèche — avec un rapport de maton au cul pour une infraction quelconque au règlement. Les tarifs sont prévus d'avance et Gros Bill il les applique à sec : « Six jours de cellule disciplinaire, ça vous apprendra à respecter le personnel ! »

Il a reçu la comtesse tout à fait servile notre taulier… Ça lui remonte sans doute du Moyen Âge ses façons de se plier en deux, de trembloter dans son froc à la vue de la châtelaine. « Si Mme la Comtesse veut bien me suivre », « Je me ferai un plaisir de vous être agréable Mme la Comtesse ». Hortense… j'ai oublié de vous dire son prénom, ça lui fouette la dynastie d'ouïr un tel manant, elle se grimpe dans les hauteurs de son attitude, ça lui aiguise pointu la voix. En colère, de la gueule elle vous cravachait, me dira Gilles lorsqu'on en sera aux confidences devant un haricot de mouton, chez Denise à *La Tour de Montlhéry* où j'ai un peu mes habitudes et mes copains dans les anciennes Halles.

Pendant que je me replonge, n'est-ce pas, dans les *Mémoires d'outre-tombe,* elle est déjà au contact Mme de Wilfried. Elle se fait ouvrir toutes les lourdes par les matons obséquieux. D'ordinaire, ils sont pas si prévenants polis avec les visiteuses puisque la plupart sont sapées pauvresses, tristouilles... limite grenouille de bénitier. La comtesse, ils savent qui elle est, ils l'ont vue, avant qu'elle entame son apostolat, dans les gazettes, admiré un peu sa silhouette... sa dégaine fringuée à la mode. Mais il faut dire qu'il y a pas des lustres, elle alimentait plutôt les potins quasi coquins dans les revues consacrées aux personnalités de prestige... riches industriels, stars... les rois du pétrole, les nababs moyen-orientaux... tous les friqués, les grossiums et puis, il va sans dire, les princesses. Nous étions à l'époque où Margaret, la sœur de la reine d'Angleterre, se faisait courtiser par un groupe de capitaines. Ce que j'avais cru comprendre mais il s'agissait d'un seul soupirant... le fameux group'captain Peter Townsend, héros de la bataille d'Angleterre...

Comment Mme de Wilfried était-elle devenue visiteuse de prison ?... Toute la question... je vais vous y répondre, attendez, je peux pas tout vous révéler en même temps.

Elle s'est fait ouvrir les deux portes... Clac !

clac ! Gilles il s'est pas arrêté pour autant de faire ses pompes… il en faisait combien alors ?… trente à la file et il se permettait de se claquer les mains rapidos au milieu du mouvement.

— Excusez-moi de vous déranger…

Ce qu'elle a annoncé la comtesse, toujours le matuche, le Dudule derrière son dos. Sait-on jamais avec ces voyous, faut les avoir toujours à l'œil. Sans se presser, Gilles s'est redressé, il s'est essuyé les paluches à une serviette accrochée au-dessus de sa paillasse.

— Je suis visiteuse…

Il la regarde sans répondre, la fixe de ses yeux clairs et elle perd un peu de sa superbe. Elle cherche ses mots… elle ajoute d'une voix très mal assurée :

— J'ai pensé que vous pourriez…

Toc ! il la coupe… il lui demande en ironie :

— Je peux faire quelque chose pour vous ?

Ça la souffle un peu cette réponse, elle se sent obligée de sourire.

— Vous inversez les rôles cher monsieur.

— Je n'ai besoin de rien.

Il rétorque sec. Était-il dans un jour sans… une parenthèse où il avait décidé d'envoyer tartir tout le monde . la terre entière et ses enfoirés de bipèdes guère plus intéressants que les rats. Possible, le Beau Gilles il avait parfois des moments comme ça. À la longue, l'existence cloîtrée, clôturée, épiée… ça vous rend pas d'une exquise aménité. À moins qu'en un flash, un déclic, une intuition de mâle habitué, aux gonzesses, il ait déjà évalué toutes les possibilités que pouvait lui offrir la comtesse. Il l'avait tout de suite cataloguée dans une catégorie au-dessus des dames d'œuvres qui sillonnaient nos couloirs, il ne savait même pas à ce moment ni son blase, ni ce qu'elle pouvait peser dans l'édifice social. Tout de même elle avait sur les arêtes un tailleur Chanel sans accessoires... Pour seul bijou un brillant au doigt qu'il avait repéré en expert-voleur. Elle donnait pas dans le genre quinquagénaire forcenée du rajeunissement. Un maquillage plus que discret... coiffée peut-être par Antoine, le préposé de ces dames à la mode, mais avec la stricte consigne de rester dans les normes de son âge. L'impératif, n'est-ce pas... « Je vais voir quelques misérables en prison, je ne tiens pas à les faire souffrir davantage. » Je ne sais si elle s'était exprimée de la sorte. J'extrapole, je subodore peut-être exagéré... Hortense était nettement plus subtile et se dispensait d'en dire trop.

— Je me présentais à tout hasard... peut-être pour vous rendre service.

Gilles renfilait sa limace... (il s'agit d'une chemise, bonnes pommes qui n'avez pas appris à parler vert)... Sans cesser de la regarder droit dans les châsses. Ils étaient bleus aussi ceux de la comtesse... un bleu plus clair et il savait, l'autre vicelard, que les choses commencent toujours avec les yeux. Tu veux, tu voudras ou tu veux pas définitif. Tout est dit, prédit avec les mirettes. Ça lui permet de répondre.

— Ce que j'ai besoin vous ne pourriez pas me le donner. Plus stylé, il aurait dû dire... ce dont j'ai besoin... n'importe, il l'impressionne par sa stature, cette façon de répondre qui n'est pas si courante dans les cellules qu'elle visite. Il détourne léger son regard vers le maton, toujours en retrait avec sa grande clef, sa raison d'être, de commander, son sceptre à la pogne.

Elle en a pris un coup, mémère, elle a besoin de se distancer... le surveillant va lui servir de planche de secours...

Elle avale un peu sa salive...

— Comme vous voudrez, sachez que je suis là pour vous aider lorsque vous serez dans le besoin.

Une phrase toute faite... qui découle de sa démarche charitable. Voilà. Elle lui tend la main, depuis qu'elle fonctionne chez les réprouvés, elle serre toutes les pognes, même celles qui ont encore le sang séché de leurs victimes sous les ongles.

Elle n'a pas le temps de revenir de sa surprise, il s'est penché, Gilles, et il lui effleure le dessus de la paluche comme dans son monde... le grand. D'étonnement elle murmure en souriant.

— D'où tenez-vous ces bonnes manières ?

Il hausse imperceptiblement les épaules :

— Je n'ai pas braqué que des employés de banque. Merci de votre visite chère madame.

Elle a un peu d'hésitation avant de se retourner vers la porte. Le maton la laisse passer et il éprouve le besoin, le lourdaud, de lancer à Gilles, avant de refermer :

— Toi, tâche de te tenir à carreaux !

Ce que fut, à peu de chose près, la première rencontre entre le Beau Gilles et la comtesse. Je reconstitue d'après ce qu'il m'a raconté. Il marchait au pif, à l'instinct... cette façon de presque la rembarrer, il savait que c'était la bonne méthode pour qu'elle revienne. Pas le lendemain, il lui fallait un peu mariner dans son jus de femelle avant de se décider. N'empêche qu'elle a été fissa à la Préfecture, aux Sommiers judiciaires pour consulter son casier... savoir le vrai du faux de tout ce qu'on colportait à son endroit. De quoi tomber à la renverse pour une honnête créature qui, certes, avait prêté dans les aventures son charmant trou du cul sans retenue mais avait toujours gardé de bons principes question intégrité. Sans trop approfondir les choses quant aux méthodes de son mari banquier pour s'enrichir toujours davantage... s'il écrasait pas quelquefois de pauvres gugusses impécunieux, maladroits en affaires... les acculait pas sans état d'âme à la faillite, au désespoir... la corde pour s'accrocher à leur dernière poutre apparente. Gilles à son pedigree, il avait en vrac : vol à main armée, cambriolage, recel, association de malfaiteurs, usage de faux papiers, tout ça au pluriel et même pour être complet malfrat, une condamnation pour proxénétisme qu'on formulait alors, dans la prose judiciaire, comme exercice du métier de souteneur. Par euphémisme, on disait aussi en ces temps presque aussi lointains que la Renaissance... vagabondage spécial.

Sur la fiche, il y avait juste des dates, aucun

détail. Le voyou brute de décoffrage. La condamnation comme maque datait de la guerre… sous l'Occupe, il s'était fait gâter d'un petit sujet qui épongeait le micheton à la Madeleine. Josiane, son blase, elle s'était mise à l'aimer, le dévorer d'amour au point de larguer son Jules attitré, un vieux faisan qui avait très mal pris les choses, on se doute. Une histoire qu'aurait pu tourner au meurtre si la Josiane, capable de tout pour les yeux bleus de Gilles, n'avait pur et simple balancé son protecteur, nommé Tonio l'Aixois, à la Gestape… enfin la Gestape un peu personnelle de M'sieur Henri, le caïd de la rue Lauriston, qui s'était chargée de le faire disparaître. Vraiment une très sale affaire. Gilles s'était retrouvé au chtar… un sapement d'une pige, le déshonneur de sa famille, puisque c'était sa première incursion dans la malfaisance patentée. Il était pas d'une famille riche mais tout ce qu'il y a de respectable… un papa dans les P.T.T… receveur dans un bureau à La Varenne et une maman au foyer bonne ménagère économe et aux fourneaux, une frangine Gabrielle qui s'était mariée avec carrément un gendarme. C'est dire si de ce côté-là, y avait du tirage. Gaby, brave môme, aimait bien son jeune frangin, elle était prête à lui pardonner tout, mais son pandore, un moustachu comme on les produisait encore à l'époque, il voulait pas entendre parler comme beauf d'un pareil vaurien. Surtout qu'après la condamnation pour Julocratie qu'on lui avait ramenée à six mois en appel eu égard à son âge et aux bons renseignements sur sa famille, il avait largué Josiane, promise elle aussi au cul-de-basse-fosse de la Libération, mais il s'était fait quelques sérieuses relations à la Santuche... des professeurs ès casses, des savantissimes de l'ouverture nocturne de coffios. Ainsi nomme-t-on en terre voyoute les coffres-forts. Aujourd'hui l'espèce est en voie de disparition comme les éléphants d'Afrique... le malfrat fin de siècle est métamorphosé dans la violence... les assauts de fourgons blindés au bazooka... les prises, d'otages... le défouraillage sans sommation sur ce qui se présente entre le pognon et le repreneur. Ainsi des choses de la société... du progrès en marche.

Voilà, nous évoquerons la carrière de Gilles de concert, plus loin, je vous livrerai pour ainsi dire tous ses exploits de sa vive jactance... Enfin pour vous dire, la comtesse si ça lui a fait un coup au cœur ce casier judiciaire de compétition ! Certes, devenue visiteuse, fallait qu'elle s'attende à rencontrer le diable et son train. Elle avait déjà dialogué avec des spécimens plutôt performants question malfaisance mais, là, c'était différent et, bien sûr, elle ne voulait pas se l'avouer, c'eût été une sorte de commencement, de consentement tacite au péché... d'intention... le mot qu'employaient les confesseurs, tous les spécialistes de la contrition.

Ça se chevauche, il faut tout de même que je vous affranchisse à son sujet... ce qui l'avait conduit à devenir visiteuse de taule. Ça en avait surpris plus d'un lorsqu'elle avait viré sa cuti. On pouvait dire sans méchanceté que jusqu'aux abords de la cinquantaine, elle s'était plutôt agrémenté l'existence aux gourmandises du fion. Je vous traduis en langage académique puisqu'on m'a refilé le grand prix en 1995... faut que je me surveille de plus près. Il s'agit donc de sa vie intime sentimentalo-sexuelle... À l'évidence elle s'était offert de joyeuses parties de jambes en l'air... et quand j'écris les jambes c'est un minimum. Ses nombreux amants fournissaient pâture à la ragoterie mondaine. On lui avait prêté peut-être davantage qu'elle s'en était cloqué sur le bas ventre... brouteurs et tringleurs choisis parmi les noms à rallonge, les cavaliers émérites, les militaires plus portés à sabrer les personnes du sexe que l'ennemi teuton, surtout depuis qu'il se pointait blindé et furieux de son artillerie de campagne.

Et le mari, me direz-vous... le comte, le banquier qu'est-ce qu'il foutait, il regardait, il se pognait derrière les rideaux du baldaquin ? N'exagérons rien... il fermait les yeux, il se bouchait les esgourdes... la seule chose qui le faisait vraiment bander, depuis l'accident qui l'avait cloué sur son fauteuil de paralytique, c'était la Bourse... le carbure... sa banque, les succursales... les changes... le marché ferme... les actions, spéculations... les titres, les agios... taux d'intérêt. Un monde difficile à entraver lorsqu'on n'est pas du bâtiment. Lui c'était un noble d'argent... au siècle précédent sous Napoléon le troisième, le barbichu... son grand-papa avait bâti sa fortune et on l'avait anobli, je ne sais comment... ne me demandez pas, je ne sais trop et j'ai pas du tout envie de perdre du temps à me rencarder. Toujours est-il, Joseph de Wilfried, l'époux d'Hortense, ça lui était parvenu déjà rôti dans la gueule le pognon. Cuillère en or ou le cul bordé de nouilles, vous avez le choix pour qualifier ce bonheur de naître riche. Ça fait pas le bonheur, je veux bien, mais ça vous donne un peu d'assurance pour affronter cette vallée de larmes... nurses et bonne éducation... une grande école... des fréquentations choisies. Pour s'affirmer alors, nul besoin d'aller faire le guignol sur les planches... bluffer... ruser pour ramener le peu de monnaie qui vous permet de vivre à son aise. Je parle pas de bosser... n'évoquons pas cette catégorie maudite... les ombres qui partent courbées, à chaque aube je meurs... que les sirènes d'usines appellent... prolétaires de tous les pays unis ou non, à leurs chaînes... ceux qui croient à la révolte prolétarienne qui leur donnera le bonheur terrestre.

En sus, n'est-ce pas, le comte Joseph il rendait vingt piges à sa fiancée. Un mariage arrangé puisque Hortense dans sa corbeille elle apportait un titre prestigieux, née de La Reymondie-Ferté, une vieille famille de chevalerie... son blason, je l'ai sous les yeux mais je ne vous le rapporte pas exact avec sa terminologie... *hermine... gueule au lion armé... lampassé de sable accosté de deux épées.* De quoi vous en jeter même si on y entrave que dalle. Le comte de Wilfried, ses armoiries fraîches sentaient surtout le pognon... Beau faire... les nobles de banque, on ne les admettait pas dans le vrai *Dictionnaire de la noblesse française.*

C'était presque une mésalliance pour une descendante des La Reymondie-Ferté que d'épouser un de Wilfried. Seule l'énorme fortune qu'il représentait aplanissait les difficultés. En 1924, le mariage d'Hortense la sauvait d'une situation financière désastreuse laissée par ses parents, leur château dans l'Orne en passe d'être vendu.

Je vous rapporte tout ça de seconde main... ou plutôt de seconde confidence. Ce que me racontera Gilles plus tard en évoquant ses amours avec la comtesse. En gros il ressortait que le dab Joseph, le grand banquier, n'était déjà pas excessif dans les ébats amoureux. Son devoir un point c'est tout. Ses affaires le possédaient tellement qu'il avait écourté le traditionnel voyage de noces à Venise. Il s'est extirpé de la gondole, appelé d'urgence à Londres... vous dire !

Hortense éduquée chez les religieuses était arrivée avec son berlingue tout neuf, son pucelage en même temps que son titre et son château hypothéqué.

Découverte de l'amour... le physique... celui de l'âme elle ne l'éprouvait pas lerche pour son déjà vieux mari qui donnait dans le sévère question tenue vestimentaire, jactance... Avant l'accident dont je parlerai plus loin, l'impression... photos ou autres qu'il avait un parapluie dans le fondement. Il avait cependant besogné suffisamment Hortense pour qu'elle accouche d'une petite fille, Geneviève, aussitôt refilée aux soins de la domesticité. Hortense avouera ne pas avoir la fibre maternelle. Après trois ans de vie conjugale sans histoires, elle eut son premier coup de cœur ailleurs. Beau s'efforcer, mimer le bonheur... Joseph ne lui inspirait qu'une espèce d'indifférence polie... Peut-être une question de peau... ou plutôt d'odeur. On sait que dans les rapports amoureux, l'olfactif est primordial. Des savants ont fait à ce sujet des expériences avec, bien sûr, des pauvres rats auxquels on a coupé le nerf olfactif... résultat ils se reproduisent plus. On ne mesurait pas tous ces détails d'importance lorsqu'on mariait les gens dans le beau monde. Ou plutôt, on les mesurait mais on en disait rien, aux protagonistes ensuite de se démerder... le monsieur d'aller au bobinard se payer des caresses buccales inédites et l'épouse de se morfondre en bondieuseries ou de réagir en lousdoc avec un solide gaillard qui passe, un peu désœuvré, le pénis prêt à suivre les élans d'un cœur quasi neuf.

C'est comme ça qu'Hortense en femme avisée trouva la solution adéquate à ses problèmes intimes. Ça se situait ça dans les Années folles, l'époque endiablée du charleston... les robes courtes, chapeaux cloches... coiffure à la garçonne. Au début elle s'habillait chez Poiret et son premier amant lui fit découvrir Coco la divine Chanel.

Le premier élu c'était un Edmond de je ne sais quel titre, qu'on qualifiait d'homme à bonnes fortunes. Donc un excellent initiateur qui fit connaître pour la première fois l'extase à la belle Hortense. Ce qu'elle révélera à Gilles sur l'oreiller entre deux étreintes fougueuses.

On comprend mal que Joseph n'ait pas pris goût aux choses de la bagatelle avec une épouse pareille. D'après les photographies dans les revues de l'époque que je me suis donné la peine de consulter, en auteur consciencieux que je suis devenu… on pouvait se rendre compte du châssis… ses cannes… l'allure… On peut dire, elle faisait honneur à son titre… les attaches fines… en un mot ce charme infini évoqué par les chroniqueurs mondains. C'était perceptible même avec les tristes photographies de *L'Illustration*.

Elle fit du cheval dans les allées du bois de Boulogne avec le marquis… c'est ça, je retrouve… Edmond était marquis… odeur de charmille, de crottin… les concerts d'oiseaux… Y a des gens qui coulent comme ça leur existence dans les plaisirs… les raffinefesses… On les envie dans nos geôles, nos sanatoriums, nos ateliers graisseux. On n'y peut rien… Y a pas de miracle, m'sieur le Père éternel… pour en croquer on a, la plupart du temps, que la ressource d'aller se mouiller dans la délinquance de choc comme le Beau Gilles.

Ça c'est une autre histoire. Je vous narrais donc qu'Hortense fut en ses années printanières un très joli sujet. Un prix de Diane comme disaient les vieux amateurs argotiers. Et, ce qui ne gâche rien, un esprit plutôt pétillant. Lorsqu'elle éclatait de rire en se rejetant la tête en arrière en faisant vibrer son corps de déesse, on était aux anges… enfin je vous rapporte texto ce qu'écrivait un journaliste spécialiste des potins mondains,

Le comte était-il au parfum des incartades de

son épouse ? Duraille de savoir et d'ailleurs, je me demande si Hortense avait déjà entamé une deuxième liaison, lorsque le vilain sort s'en est mêlé. Vilain sort pour le comte. Il aimait conduire lui-même ses voitures sport... Était-il en mesure de piloter ce genre d'engin ? Toujours est-il qu'il s'est planté au volant d'une magnifique Hispano sur la route Paris-Deauville. Je passe les détails... on peut les lire dans tous les journaux de l'époque, seul importe le résultat... il en est sorti, après moult opérations chirurgicales, les deux guibolles mortes... D'où cette image qu'il va nous laisser dans son fauteuil de paralytique. Au bout d'un an, il avait pourtant repris toutes les ficelles de ses marionnettes à phynances... pleine activité. Seulement l'accident lui avait laissé une séquelle supplémentaire... le robinet d'amour qui ne pouvait plus lui servir que pour faire pipi comme la quéquette à Jésus-Christ.

Après ça la situation était claire, le comte prit son parti de laisser à Hortense sa pleine liberté sexuelle. La sagesse même. Cet homme, la passion du fric devait lui suffire. Simplement il souhaitait juste que le scandale n'éclabousse pas son noble blase... la moindre des choses et en quelques mots il fit comprendre à Hortense qu'elle veuille bien se divertir les organes génitaux avec le plus de discrétion possible. Que pouvait-elle souhaiter de mieux ? Dire que ce fut du gâteau durant des années à s'offrir tous les mecs qui lui plaisaient sans que les ragots filtrent dans la presse... Fallait marcher souventes fois sur des paniers d'œufs frais… se mettre la domesticité dans ses petits papiers… les larbinos mâles ou femelles, rien ne leur échappe… il faut savoir les arroser au jus d'oseille… surtout ne pas se les braquer avec des propos méprisants.

Dans ces années dites folles… le temps de *La Garçonne*, des prémices de la libération féminine, y avait encore de la marge pour agir, l'hypocrisie bourgeoise protégeait les mouvements de la vie intime… les gazettes style *Gala, Voici* n'avaient pas encore pignon sur trottoir. Bien entendu tout se savait, surtout en ce qui concernait le domaine du derrière… ce qui se fouillassait sous les jupes, se glissait dans les draps… les petits travers… les vices cachés d'Untel pourtant défenseur de la moralité publique…

Donc l'Hortense s'était offert une vie de plaisir et de liberté pendant près d'un quart de siècle. De sa fille Geneviève, elle s'était occupée de très loin, très haut. La petite était passée de nurse en nurse jusqu'à l'âge d'aller se faire faire la meilleure éducation dans des internats tout à fait huppés. On verra plus tard les conséquences de tout ça.

Je vais vous rapporter fur à mesure par bribes… d'après ce que m'a raconté Gilles… la lecture de quelques revues et des récits que me firent quelques témoins… des vieux de la vieille de la presse toujours au courant de tout.

Pour remonter dans le temps, après le marquis Edmond, Hortense s'était propulsée dans l'intimité d'un prince carrément… un héritier d'une couronne scandinave. Inutile et dangereux que je vous en révèle davantage. Toujours est-il qu'elle l'avait arrimé sérieux ce prince viking... au point qu'il était prêt à abandonner ses prétentions au trône pour les yeux et le reste d'Hortense. Par certains côtés elle le trouvait ennuyeux, ce prince, un brin lourdingue, peu inventif aux déduits... ce qui veut dire et c'est pas de l'argot... les sciences du plumard, ignorants que je suppose certains d'entre vous. Après une liaison de deux ans c'est elle qui l'avait largué... Il en avait fait une tentative de suicide aux barbituriques, c'est dire le pouvoir ensorceleur de notre héroïne. Ça, ça avait filtré dans les journaux. On se demandait bien pour quelle raison, un bel homme comme lui, promis à se poser les miches sur le plus beau fauteuil de son royaume avait voulu mourir ? D'amour... voilà... tout le monde avait remarqué qu'il devenait sombre depuis qu'il n'allait plus en France.

Avait-il pris, le prince, la bonne dose pour se mettre en l'air ? Savoir... lorsqu'on veut en finir avec les chagrins, les vacheries de l'existence y a des moyens plus expéditifs. Il devait bien chasser de temps en temps ce noble amoureux... dans des immenses forêts nordiques. Un bon coup de fusil dans la tronche ça vous laisse moins de possibilités de rattrapage. Par la suite il a repris goût à la vie, sézig, il s'est marié, il a régné et il a eu beaucoup d'enfants.

Ça ferait un roman en soi la vie sentimentale de la belle Hortense. En général, ses sigisbées lui donnaient deux ans de bonheur… c'était comme un rite, comme une chose inscrite dans la constitution de sa petite démocratie amoureuse. D'aucuns prétendent que justement la période idéale serait de sept ans comme notre république… que la lassitude du tafanard s'installe au bout de ce délai… que les plus vifs bandeurs éprouvent le besoin d'aller promener Popol en d'autres cirques. Image triviale… je la trouve adéquate, alors je me permets, jolies lectrices, de l'utiliser quitte à vous choquer un peu. Mon défaut majeur… me permettre des calembours, jeux de touche mot-mot… plaisanteries de goût douteux… ce qui fait du tort à ma carrière, m'a-t-on affirmé… droite à gauche… des amis qui me veulent que du bien.

Après le prince, ce fut un aviateur déjà célèbre. Un beau gabarit héros. Tout pour séduire… la prestance, les exploits au-dessus des montagnes… ses traversées de l'océan sur des coucous qu'on trouve comiques dans les vieilles actualités et c'est grand dommage, triste injustice du temps. À se demander si c'est tellement un avantage d'avoir des images mouvantes, réelles du passé. Quinze vingt ans passés tout prend un petit air ridicule, jaunâtre… on s'ébaubissait de choses qui vous paraissent bien tristouilles… le président Fallières… les généraux ventrus moustachus vainqueurs de la Grande Guerre.

Je m'éloigne encore. Pour l'as de l'aviation, Joseph pouvait pas faire semblant de… il participait financièrement à l'entreprise aéronautique qui l'employait. Peut-être grâce à l'intervention de madame. On l'a murmuré dans les châteaux et hôtels particuliers de Passy. En tout cas, c'était du fric bien placé pour la gloire. Le pilote avait marqué la légende de l'aviation de ses exploits. Sans doute qu'il était aussi doué pour conduire les dames au septième ciel puisque au bout de deux ans Hortense ne s'était pas encore lassée de sa belle gueule. Il est vrai qu'il partait souvent loin d'elle dans les nuages, les orages... l'azur à conquérir jusqu'au-dessus de l'Antarctique... les étendues de glace polaire. Sans doute s'offrait-il des Esquimaudes pendant les escales... dans les igloos ou bien en Afrique centrale chez les Batoubangs où le chef de tribu lui offrait sa fille à dépuceler.

Et il est mort quelques années plus tard en pleine gloire, son avion n'est jamais revenu d'une mission vers le Groenland. À la messe célébrée à Notre-Dame-des-Victoires pour le repos de son âme, on a remarqué Hortense sous la voilette noire d'un charmant bibi parmi une brochette de pleureuses. Elle s'était déjà consolée depuis avec un violoniste... un soliste, je ne vais pas au sujet de son métier me laisser aller à des plaisanteries d'*Almanach Vermot*. Mais y avait de ça, Hortense était en proie à une émotion quasi sexuelle lorsqu'il jouait à Pleyel un concerto de Beethoven. Elle aimait Brahms tout comme ma consœur Françoise Sagan. Question physique, il était moins avantagé que ses prédécesseurs dans les draps parfumés de la comtesse. Un petit gabarit au teint olivâtre... aux yeux paraît-il brûlants. On lui trouvait une ressemblance avec Bonaparte au pont d'Arcole.

Lazlov avait aussi l'avantage de voyager, d'aller violoner à Rome, Londres, Madrid et même New York. Les absences renforcent le gourdin le jour des retrouvailles... Les mariages de marins tiennent mieux que ceux des employés de bureaux. Le mataf peut se régaler de foufounes les plus variées... colorées selon l'escale... et sa bobonne, durant ses longues traversées, elle a pas le risque de le voir débouler dans la chambre tandis qu'elle se soupire à répétition dans les bras du facteur voire du plombier. Je cite ces professions pour le populo... Lorsqu'il s'agit de la dame de l'Amiral de la flotte, l'heureux tringleur a fait des études supérieures, il a une belle situation... parfois on dit, sans malice, une grosse affaire entre les mains.

Je n'arrive plus lerche à vous situer chronologique l'itinéraire amoureux de la comtesse. Je me perds un peu dans les journaux, les cancans... les confidences des unes des autres... ses bonnes amies, ses relations dans la haute. Tout se mélange avec les robes... les couturiers, les modistes... ses déplacements multiples. On la voyait à Cannes, à Nice, dans les palaces... À Deauville bien entendu, en septembre au Casino, puis sur les planches un jour bruineux abritée sous un mignon parapluie. Clac ! Une photo prise sur les planches dans les années trente avec un chien-chien en laisse. Parfois tout de même avec sa fille qui faisait ses études en Angleterre et que maman accueillait dans leur villa, celle de Normandie ou celle de la Côte près de Sainte-Maxime…

C'était pas encore la ruée des populations vers la neige en hiver… les Alpes… Megève ! mais Hortense faisait partie de ces gens qui sont toujours à l'avant-garde question de goûter les plaisirs de la neige ou du soleil. Les loquedus, ça sera qu'en 36 qu'ils pourront se dorer un peu la couenne au Portel ou Berck-Plage. Et il faudra attendre encore au moins vingt piges pour qu'ils rallègent en caravane sur les côtes azuréennes… camping E.D.F. Palavas-les-Flots. Il sera temps alors pour les émules d'Hortense d'aller choisir leur distinction dans les îles… se payer de la villégiature dans le Pacifique.

Les sports d'hiver ça lui a ramené dans ses filets un moniteur de ski doré sur gueule. Elle pouvait pas se priver de ça… un noueux sportif qui grimpait l'été le long des parois rocheuses. Elle allait aussi prospecter chez les rosbifs, nos amis d'outre-Manche avec lesquels nous nous préparions assez mollement à la guerre. Elle était amie avec le prince de Galles. Celui qui va refuser la couronne d'Angleterre pour Mrs Simpson.

En Allemagne c'était Adolf le patron… elle, ça l'attirait pas tellement les grandes parades de Nuremberg… Son mari avait un peu de sang juif dans les veines, ça vous refroidit les tendances à flirter avec les aryens blonds brassardés du svastika.

Tout de même comtesse ou lingère, le temps passé vous nique la tronche… vous ronge doucement mais sûrement la jeunesse. Approchant de la quarantaine, Hortense avait su se préserver du pire… elle besognait pas, les loisirs vous entretiennent le physique pour peu qu'on sache les choisir… le tennis, le ski je viens de vous dire… les soins de beauté… ne pas trop s'attarder dans les boustifailles. La ligne Mme de Wilfried !… la ligne !

Elle l'aura encore au moment où elle va passer sous mes yeux… de ma coursive du deuxième étage de Fresnes, elle me paraît svelte je vous ai dit. N'étaient ses fringues, ses talons plats… je la pronostique encore pinauculmettable, comme on disait dans nos casernes au temps où la France se voulait fille aînée de l'Église et tout de même gaillarde.

## DEUXIÈME VISITE

Avec tout ça je ne vous ai pas suffisamment éclairé sur Gilles Dastel le roi de l'évasion. Je me suis un peu étendu sur la belle comtesse… elle en valait la peine… Jusqu'après notre admirable Seconde Guerre mondiale, un morceau de choix. Le genre de gonzesse un peu inaccessible au commun des bipèdes… juste on l'aperçoit… voilà… cinoche… *Match*… sur papier qui vous glace toute velléité d'aller butiner dans sa corolle. Elle va revenir bientôt à Fresnes, maintenant je vais plus vous la lâcher. Elle y a des malheureux à consoler, à ramener dans le droit chemin… beaucoup de misères à soulager. C'est devenu sa seconde nature la charité… On se doute que ça lui est pas arrivé brusque, d'un seul coup si vous avez lu attentif la biographie que je viens de vous succinter… une période de trente ans à tourbillonner du jupon… se soigner avec des dessous les plus vaporeux possibles… se confier la tronche aux esthéticiennes en renom et toujours les ongles manucurés… les longs bains de mousse… ça conduit pas spécial à se métamorphoser dame d'œuvres. Je vais vous éclairer la lanterne, vous trajecter son évolution.

Gilles, dans sa cellote, depuis cette surprenante visite, il gambergeait sévère. Il spéculait sur son retour… son comportement avait dû lui fouetter la curiosité. Il se gourait bien qu'elle s'était empressée de se rencarder à son sujet. Roi de l'évasion… Arsène Lupin… ça donne à rêver même à une vioque en mal de philanthropie.

— Au début, quand je pensais à elle, je me disais la vioque. C'était pas aimable, mais j'avais pas trente ans elle m'en rendait facile vingt-cinq.

Je vous rapporte ses dires et qu'il réfléchissait déjà à comment s'en servir de cette daronne. Il était pas dans une catégorie à lui demander des petits-beurre Lu… des confitures pour s'améliorer l'ordinaire qui, faut bien le reconnaître, était plutôt saumâtre. Nos gamelles à l'époque… je vous dis que ça, en fer étamé, celles de l'armée 14-18… floc ! on nous les remplissait d'une soupe toujours débectante… quelques épluchures baptisées légumes… patates gelées… Les jours de fête des flagdas, c'est-à-dire des haricots qu'on restituait par l'arrière en pétarades odoriférantes, tandis qu'ailleurs, dans les espaces de liberté, nos frères humains jouaient de la mandoline sous le balcon de la gracieuse fille du châtelain.

Ceux qui ne recevaient aucune aide extérieure… des colibards ou un peu de fric pour cantiner, ils risquaient pas le cholestérol.

Gilles, il recevait quelques mandats de l'extérieur, un colis tous les mois. Ça lui venait de Janine, pour ainsi dire sa régulière, celle qui l'aimait d'un amour exclusif... un petit lot roulé au moule... gazelle comme comparaison animale. Contrairement aux autres femmes de voyous elle ne tapinait pas tandis que son homme était au placard. En ce temps-là que les moins de vingt ans ne peuvent pas apprécier... un truand qui descendait au lazaro même s'il n'était pas proxénète patenté, estampillé de correctionnelle, sa julie pour l'entretenir, casquer l'avocat, les frais de justice, elle allait un peu aux asperges, elle se faisait une douce violence... une location de sa plus chaude intimité contre menue monnaie par pur amour. On aurait tendance à prendre ça à l'ironie... ça serait injuste, mes chers lecteurs et vous mes adorables lectrices... Mélanie sur le bitume pour Gégène, c'était une marque d'adoration... de sacrifice... si je puis me permettre, Monseigneur Lustiger, quelque chose comme une messe. Elle s'efforçait de rester froide sous les bourrades du micheton... elle mimait voilà tout... bien des curés en font autant à l'office divin. Et s'il lui arrivait de prendre son panard, ne lui jetez pas la pierre, Pharisiens branleurs. Dieu jugera les siens.

Parenthèse... Y avait les vrais Julots, ceux qui vivaient quasi unique du pain de fesses. Ceux-là, lorsqu'ils descendaient à la ratière, leurs dames continuaient le turf... mettaient même les pipées doubles pour que M'sieur mon homme manque de rien dans la ratière.

Ceux qui n'avaient ni gonzesse au tapin, ni épouse dévouée, ni sœur, ni frère, ni vieille maman prête à se priver pour son chenapan de fils, eh bien, ils étaient à la scaille, la mengave... à se pourlécher le fond des galtouses et attendre la charité des visiteuses. Dans le lot y avait des assassins de rentières, des voleurs de roues de vélo, des teigneux *coups et blessures...* des prolos malchanceux qui avaient voulu emplâtrer le pognon du patron. Enfin... une ribambelle de misérables... toutes sortes de tarés... des quasi-irresponsables qui bavassaient dans les cellules... d'intarissables mythomanes qui se racontaient l'attaque du Crédit lyonnais.

Que la comtesse aille visiter Gilles, c'était presque humiliant pour sézig. Sa cote dans notre château ne pouvait qu'en souffrir. Au mieux les grands voyous, les Jo Attia, Bouchesseiche, Dellapina, Mario Capporsi, si une dame ou un monsieur envoyé de Dieu se pointait à la porte de leur cellule, ils l'inconduisaient en général poliment. Jo Attia leur suggérait même de passer voir Carmen à son bar *Le Gavroche* à Montmartre pour qu'elle leur donne quelques biffetons charitables, Il était comme ça le Grand Jo... généreux du bien mal acquis... déjà ça, il en est des pingres même parmi les détrousseurs de grands chemins.

Ce qui taraudait Gilles surtout... son obsession, son unique préoccupation c'était la cavale. Il allait se retrouver bientôt devant les Assiettes avec quelques affaires qui donnaient à la presse une pâture de choix. Un braquage de perception à Courbevoie où il avait enlevé douze briques. Pas lerche si on considère ça en euros de nos jours, la ruffianderie de certains banquiers… les ministres qui se gavent aux profits et pertes de la République.

— On est bien des truffes d'aller s'humecter la chemise dans des affaires pareilles. Ça finit toujours mal pour nos os. La conclusion de Gilles lors d'une de nos rencontres beaucoup plus tard quand nous fûmes rattrapés par les rhumatismes, les douleurs aux omoplates… les quintes de toux… la respiration courte… ça vous inspire des réflexions de sagesse. On n'a pas eu trop peur du gendarme, c'est la viocardise qui vous fait rentrer dans le rang.

En plus de cette perception à Courbevoie, y avait la bijouterie De Rambure, rue de la Paix… l'arrachage haute voltige d'un lot de pierres précieuses… et des soupçons d'avoir médité, préparé l'enlèvement d'une star en vue de faire cracher une rançon à son mari nabab proche-oriental.

Affiché qu'il allait se récolter vingt piges… les précédentes peines seraient confondues… n'empêche, ça lui permettait pas d'envisager sa décarrade du circuit pénitentiaire par la porte légale avant la fin des années soixante, quand il serait à son tour quinqua… la chevelure au mieux blanchâtre, au pire envolée… Beau Gilles pourrait alors tirer un trait sur les meilleures choses de la vie. Cette perspective le remettait sur ses préméditations de cavale. Seulement dans son cas, ça devenait de plus en plus duraille à réaliser, il s'était déjà enfui en creusant un trou sous sa cellule, en sciant les barreaux de sa fenêtre et en escaladant les deux murs de ronde… Avec un flingue qu'une personne bien intentionnée avait planqué dans la chasse d'eau des chiottes au Palais de justice. Au cours d'une séance d'instruction il avait demandé au juge l'autorisation de satisfaire un besoin urgent. Conduit par un garde municipal aux toilettes, il lui avait suffi de le braquer et de l'enfermer dans les gogues… Une autre fois il s'était accusé d'un méfait fictif pour être transféré à la prison d'Yvetot… simplement parce que cette taule était gardée la nuit par un unique maton réputé pour son alcoolisme. Il avait donc fait rentrer quelques bouteilles de jinjin dans la détention pour le saouler à mort et ce ne fut alors qu'un travail enfantin pour lui piquer le trousseau de la clef des champs. Et en dernier bien sûr cette cavale de la rue Bassano en ambulance. Là encore il avait écrit une bafouille à la P.J. pour se confesser d'un braquage auquel d'ailleurs il n'avait pas participé. Les flics auraient dû se méfier avec le précédent d'Yvetot… Sans doute se croyaient-ils à l'abri d'une pareille surprise, eux les as de la menotte et de la filature. Beau Gilles s'était fabriqué une réplique de 6.35 en mie de pain passée au noir de fumée, se l'était glissée dans le slip à l'endroit du service trois pièces et il l'avait extirpée de son froc tandis qu'il était gardé dans le violon pendant que les inspecteurs allaient déjeuner. Pof ! sous le nez du gardien de service… haut les mains et il s'était fait délourder. Plus qu'à sortir des locaux de la Sûreté… l'ambulance fauchée par son complice l'attendait devant la porte. On imagine le branle-bas de combat chez la poulaille… Toute la presse sur le scoop… les répercussions à la direction de la P.J… le ministre qui tempête, éructe, sanctionne quelques fonctionnaires de haut rang.

Avec ce dernier exploit, Gilles était devenu une vedette du fait divers… Sa jolie tronche de pirate sur la couverture des hebdos… les papelards à n'en plus finir sur son passé, ses aventures, exploits crapuleux multiples. Par la suite, comme on ne prête qu'aux riches, on lui attribuait toutes les attaques à main armée de France et même d'Italie où on l'avait repéré à Turin, Milan et Rome. On le signalait partout et il était nulle part. Après cette évasion exceptionnelle, il avait fait du pyjama pendant près d'un mois chez un pote peintre à Barbizon… un artiste. Il avait des bonnes relations avec un tas de gens… Faire du pyjama, ça dit bien ce que ça veut dire… le truand qui s'est arraché de prison a besoin tout de suite d'un trou pour se planquer… d'une chambre d'où il attendra que la flicaille se calme… cesse les patrouilles… qu'on l'oublie un peu. Ça nécessite des complicités, le malandrin qui joue la fille de l'air et qui se retrouve sans point de chute, on aura tôt fait de le réalpaguer, de le reconduire en son castel garni de barreaux. Une période d'intense activité maifrate avait suivi cette dernière évasion… Il avait retrouvé quelques complices, des garçons réputés solides et silencieux. Ensemble ils avaient rendu une visite de politesse à la perception de Courbevoie, c'est pas les corvéables contribuables qui allaient pleurer là-dessus.

Je passe d'autres exploits plus au moins fructueux… Et puis les lardus sont tenaces, ils ont avec eux le temps… toute la mécanique policière avec cette pièce essentielle l'indicateur Bertrand, Albert ou Marcel… l'indicatrice Béatrice… on a le choix… tout une faune qui ne peut survivre… traficoter, fourguer, maquereauter qu'avec ce qu'on appelle un condé… une autorisation tacite de magouillage de ces messieurs de la Grande Maison.

Bien des erreurs vous arrivent par le bout de la bite… on va tremper son biscuit là où il ne faudrait pas. Vous pouvez en déduire que notre ami Gilles n'a pu résister à une jolie paire de meules, montée sur des jambes de music-hall. Une Marguerite blonde… bien faite de partout qu'il avait embarquée en vue de la consommer chaude dans une petite planque qu'il s'était dégauchie dans le Marais… une mansarde à laquelle il pouvait accéder sans attirer les regards indiscrets. Il s'était gardé, bien entendu, d'affranchir cette môme sur sa condition d'hors-la-loi, recherché par toutes les polices… son portrait face et profil dans toutes les gendarmeries. Il se prétendait commissionnaire en joaillerie… une profession difficile à cibler et qui lui permettait de donner le change aux cavettes qu'il faisait tomber dans son plumard.

Celle-là était plus fine mouche qu'il se figurait… en quelques jours elle avait découvert son pot aux roses… Et malgré tout le bonheur d'entre-cuisses que lui avait prodigué ce beau jeune homme, elle a réagi en s'appuyant sur les bons principes de morale appris à la communale et au catéchisme… bien mal acquis… xetera. Formidablement aidée par une prime offerte à qui permettrait de... Dix briques... un joli pactole même en anciens francs sous la IVe République.

Et la dégueulasse s'en fut cafter, donner tous les tuyaux susceptibles de mettre les cow-boys du quai des Orfèvres sur le sentier de la gloire. Appréhendé en sa tanière, dès le petit jour, l'heure légale... le roi de la cavale en personne. Ce qui avait peut-être ajouté aux motivations de Marguerite, c'est qu'il l'avait un peu larguée et que les flics l'ont surpris au plumard avec une nouvelle biche qu'il avait draguée quelques jours plus tôt. Au premier coup dans la lourde, il a compris Gilles, il a tenté de se faire la levure par la lucarne. S'en est suivi une courette sur les toits... les condés avaient pris la précaution de poster des hommes derrière les cheminées. Saisi en calbard... braqué de toutes parts. Le commissaire Martineau chargé de l'opération avait dû avertir la presse puisque des photographes étaient en place pour saisir tout ça sur le vif.

À peine le temps d'enfiler un froc, une chemise... direction Quai des Orfèvres... la cuisine des anges gardiens épicée spéciale. Un intermède qui se prolonge tard à la lumière des projecteurs plein la gueule et que les connaisseurs baptisaient nuit de Bagdad par antiphrase... Encore une fois Gilles Dastel faisait la une de *France-Soir, Paris-Presse, L'Aurore.* Il s'est cramponné le plus possible dans les négations. Essayé de faire avaler aux enquêteurs qu'il n'avait fait que butiner les demoiselles depuis son évasion de la rue Bassano... vécu n'est-ce pas d'amour et de gorgées d'eau fraîche que ses jolies conquêtes allaient lui chercher à la source.

Au finish, à son retour à Fresnes... le mitard pendant ce qu'on appelait un quatre-vingts, c'est-à-dire trois mois dans la cellule des cellules, dans le noir absolu, la puanteur de chiottes... la ration de famine, une demi-boule de pain quotidienne et la soupe tous les quatre jours.

Maintenant... au moment où je vous entame ce roman d'amour, vous vous doutez, lectrices de la collection Harlequin égarées dans ce volume, que mon héros pote est claquemuré déjà dans cette cellule de force, surveillé tous les instants depuis quelques mois. Ouais, seulement un lascar comme Gilles Dastel se laisse pas envahir par le découragement. Il remonte vite le courant des malheurs. Chaque jour il se rebecte, il s'entretient la musculature, on a vu. Janine, la fidèle des fidèles, malgré toutes les tromperies de son homme, se fendait sur sa paye de vendeuse dans un grand magasin pour lui envoyer des mandats, lui confectionner son colis mensuel, il se sentait tout de même soutenu... certes, je vous ai expliqué les us et coutumes du Mitan... qu'elle aurait pu se pencher un peu sur les asperges pour aider Gilles plus efficace. Mais lui-même ne voulait pas entendre parler de ça. C'était pas sa mentalité. Cette condamnation pour proxénétisme à ses débuts... quasiment une erreur judiciaire. Josiane ne l'avait jamais entretenu, mis à part ces quelques cadeaux que les dames énamourées offrent à leur chéri.

Alors... malgré la garde renforcée, les doubles

portes, doubles rangées de barreaux, l'évasion était toujours sa raison de tenir contre l'adversité. On venait le fouiller deux fois par jour... au point qu'il attendait en slip les matons fouineurs. Il se marrait. « Allez-y ! Bon courage ! »

Il s'est donc mis à gamberger après la visite de la comtesse. Non pas en vue de la bagatelliser, ça lui était pas encore venu à l'esprit même s'il lui avait joué un numéro très au point de bel indifférent.

— Remarque, Alphonse, ce n'était plus une pouliche de Grand Prix, n'empêche privé comme on est en cabane, elle valait son coup de biniou.

La suite va nous édifier à ce propos. Lors de sa première visite Hortense était dans sa bonne tenue de chrétienne en exercice de charité. Nib de maquillage, de fringues idoines pour aguicher, séduire le garnement. La conséquence d'un vœu. On va y venir, ne soyez pas trop impatientes, mignonnes lecteuses, à chaque page suffit son écriture.

Il se grattait surtout, Gilles... il se demandait s'il pouvait pas l'utiliser pour monter une cavale inédite. Il s'était enquis de renseignements auprès de notre bavard commun Me Lubary, que j'ai portraituré longuement dans *La Cerise*. Question mondanités Lubary il était de tous les bons raouts, on le recevait dans tout à fait le grand monde. Positif, il l'avait tout de suite rencardé, Gilles, sur la comtesse qu'il avait un peu approchée dans quelques cocktails... baisemain... ah, mon cher maître, je vous félicite pour votre succès au procès... ceci...

cela... De ces compliments qui ne mangent pas de pain mais entretiennent les bonnes relations.

Lubary lorsqu'il venait le dimanche à Fresnes, il voyait tous ses clients dans la matinée. On attendait dans le couloir comme pour le dentiste ou la visite médicale, ça vous permettait de jacter un peu... de se faire nous aussi des bonnes relations peut-être pour plus tard. Là, que j'ai rencontré Gilles Dastel et que notre amitié s'est amorcée. Par Lubary il a donc appris la surface sociale de la dame... que la fortune du comte de Wilfried lui permettait d'entrer aussi bien à Buckingham qu'à l'Élysée... au Quirinal et peut-être même au Kremlin chez papa Staline, l'homme que nos militants communistes aimaient le plus...

La clef du mystère concernant sa dame, métamorphosée en presque sœur de charité, qu'elle avait l'âge venant tout à coup viré sa cuti, que ça lui avait paru indécent de jouer les prolongations dans la rubrique sentimentalo-scandaleuse. Je ne vais pas tarder d'être en mesure de vous dévoiler toutes les phases de son évolution psychologique.

Mais je reviens à Gilles. Après ce que lui avait révélé Lubary il se creusait un peu le ciboulot... que s'il entrait dans le jeu de la vioque... qu'il se laisse un peu encharitér... quelle porte pouvait-elle lui entrouvrir pour qu'il puisse y glisser sa fine silhouette et jouer des flûtes ?

Me Lubary lui conseillait de la recevoir aimablement... qu'elle avait tellement de connaissances partout que ça pouvait lui servir, sait-on jamais, auprès de magistrats bien en place... qu'elle pourrait, une fois qu'il serait condamné, agir pour lui obtenir des grâces, des remises de peine.

Tout cela méritait considération.

— Je me disais que j'avais été con de la recevoir dans le style peau de vache... que ça pouvait l'avoir refroidie cette conne.

Ainsi s'exprimait-il encore à son endroit, mais ça allait bientôt changer de registre. En réalité il s'était pas tant fourvoyé en lui jouant le numéro de l'homme inflexible... le dur de dur au regard de don Juan voyou. Elle est revenue non pas dare-dare, n'exagérons rien... elle gardait encore sa superbe, ses distances de bonne éducation. Mais elle luttait au fond, elle sentait bien que dans la cellule 44, son âme courait un danger de se replonger peut-être dans le péché.

Faut bien y venir à son âme, jusque-là je n'ai pas encore eu le loisir dans son parcours biographique de vous en faire état. Jusqu'à cinquante piges, elle était bien légère légère son âme ! Évaporée en quelque sorte. Lui venaient quelques réminiscences apprises dans sa jeunesse dans les différentes institutions religieuses qu'elle avait fréquentées. Elle gardait un souvenir ému de sa première communion, sa robe blanche, le voile... les pétales de rose... l'encens... les jolis cantiques catholiques de tradition. Les La Reymondie-Ferté... je crois que leur noblesse remontait aux croisades. Bien entendu, la prêtraille rôdait dans leurs parages pour veiller au grain, soutirer quelques aides substantielles pour notre Sainte Mère l'Église.

Afin de respecter les bons usages, Hortense faisait ses Pâques et mettait une jolie capeline de chez Lanvin pour aller communier, même si ensuite elle célébrait les vêpres avec un coquin. Elle pratiquait donc avec modération et se pliait aux usages de sa caste. Façon d'accommoder le christianisme à la sauce libertine du XVIIIe siècle. À l'approche de la décade cinquante, elle fit une espèce de mise au point. Lucide, intelligente, elle se rendait compte que son sex-appeal ne s'imposait maintenant que parce qu'elle était femme de banquier. Elle avait vu autour d'elle tant de femmes qui devenaient la proie des gigolos que ça lui donnait à penser et finalement à prendre du recul.

Et voici, encore un homme à l'origine de ce qu'on ne peut appeler une conversion puisqu'elle n'avait jamais douté de la divinité du Christ, mais de ce qu'il faut bien appeler le sacrement de pénitence. Un bel abbé dans le paysage... n'allez pas croire encore à des gaudrioles... non, celui-là était un saint homme qu'une parente lui présenta. Cet abbé Bouillon ne fréquentait pas les gens du monde... il prêchait d'exemple en mouillant le bas de sa soutane sur les sentines de la zone... une espèce d'apôtre rayonnant. Enfin d'après ce que j'ai pu comprendre... Qu'il était bien de sa personne... une espèce d'hidalgo au regard sombre sans ambiguïté. Lui c'était les âmes qu'il séduisait... d'hommes ou de femmes, ces dernières tout de même sensibles à son physique avantageux... sa voix profonde... un vrai piège à confessions.

Hortense, à l'instar de son comportement pour

son corps, ses élans du cœur si on veut... elle a éprouvé comme un coup de foudre d'âme au contact de l'abbé. Elle venait de se faire plaquer salement par un petit crabe de la politique... un résistant de la dernière heure... nous étions dans l'après-guerre... qui s'était surtout servi d'elle pour se faire financer une campagne électorale par la banque Wilfried... Elle était arrivée à saturation de ses biennales amoureuses, Un brin désemparée, faut dire... et voici qu'elle trouve sur son chemin cet abbé. Ça l'a prise brusque, comme un coup de béguin, elle a jeté sur lui son dévolu pour en faire son confesseur.

— Mon père, je m'accuse...

À Gilles, un peu plus tard, elle a raconté cette espèce de retour aux sources... L'abbé, il avait jamais dû entendre une pécheresse semblable qui ne se privait d'aucun des plaisirs interdits par le sixième commandement... les plus charnelles turpitudes, tout en respectant hypocritement une façade de bonne catholique pratiquante. Il vacillait dans son confessionnal l'abbé Bouillon. À la fin elle sanglotait réellement la belle Hortense. Pour la pénitence, il lui proposa une retraite dans un monastère... un couvent de religieuses cisterciennes.

Religieuses en robe blanche, les cisterciennes... de l'allure... une espèce de sérénité quasi divine... Ça a dû la convaincre... aurait-elle été s'enfermer avec des frangines moins *classe*? Le snobisme comme le Seigneur a des voies impénétrables, si je peux... et je peux... me permettre la comparaison.

La métamorphose fut rapide. D'une semaine l'autre, elle avait chanstiqué du tout au tout… à ne plus la reconnaître… rayé définitif de son carnet les rendez-vous de futilités… couturiers, coiffeurs, manucures. Elle a annulé tous ses futurs raouts.

Son époux, je vous le replace toujours dans son fauteuil roulant… les affaires de la religion ne l'intéressaient que par le biais de la banque du Vatican… que sa femme aille se faire sanctifier, il devait se dire que ça présentait moins de risques que d'aller à la chasse au dard.

En quinze jours, l'affaire était réglée. Hortense entrait au couvent. Pas tout de même pour y prononcer des vœux, s'y boucler jusqu'à la fin de ses jours… simplement pour y faire une longue pénitence… se trouver elle-même, avait dit le bel abbé… lire et relire les Évangiles, les psaumes de la Bible… les Épîtres de saint Paul… chanter matines… jeûner à becter juste des petits fromages mous qui se fabriquaient au monastère… se ressourcer dans la contemplation.

Imaginez un peu le changement… les beaux yeux d'Hortense grands ouverts devant l'autel de la Vierge Marie.

— Vous avez beaucoup à vous faire pardonner…

Ce qu'avait conclu l'abbé Bouillon. Comme notre belle comtesse était d'un caractère plutôt entier, elle avait définitivement tourné la page. Cette retraite au monastère la comblait d'une joie intérieure qu'elle n'aurait pu imaginer tandis qu'elle ahanait sous les coups de boutoir des plus divers fornicateurs. Alleluia ! Dès les aurores, elle était à genoux, un voile sur sa coiffure tirée en chi gnon... quelque chose de simple, du lin. Douce et humble de cœur, elle priait, priait comme si chaque prière effaçait une à une les licences qu'elles s'étaient permises pendant des années... toutes les fellations qu'elle avait pratiquées comme on dirait aujourd'hui dans l'entourage du président Clinton. Elle y mettait chapelet double... sa frénésie sexuelle s'était métamorphosée en ferveur religieuse. C'est paraît-il un phénomène répandu. Les super-baiseuses, les forcenées de la chagatte, lorsqu'elles bifurquent dans les bondieuseries, elles y recherchent une sorte d'extase, de béatitude aussi intense pour leur âme que la grosse bite à Dudule pour leur cul. Xcusez de cette triviale comparaison, elle m'est venue sous la plume malgré l'élévation du sujet.

— Combien de temps elle est restée chez les frangines ?

Je demande. Gilles est incapable de préciser... deux, trois mois et c'est l'abbé Bouillon qui a été obligé de la tirer de là. Elle y serait peut-être restée sans cela et vous n'auriez pas le coquet plaisir de lire cette prose. Le saint prêtre était, on le serait à moins, très satisfait de sa pénitente. Mais pas trop n'en faut même avec le bon Dieu. Il redoutait que cette brusque rupture d'avec sa vie précédente ne provoque un choc... que tout ça tourne à la maboulerie. Ça se rencontre souvent avec les gonzesses qui plongent tout à coup dans les bénitiers... elles y acquièrent une foi qui tourne à l'hystérie.

N'oubliez pas que l'Église, enfin telle qu'elle fonctionnait encore au milieu du siècle, était garante d'un certain bon ordre social. Elle essayait de prendre en compte et surtout de modérer tous les débordements que pouvait provoquer le mysticisme… Elle canalisait toutes les déviations avec ses ordres religieux où l'on pouvait être ascétique ou pauvre… orienté vers une composante essentielle de l'édifice.

Une mécanique bien huilée pendant deux millénaires qui avait résisté à toutes les hérésies, les attaques de front, les entreprises de démolition… avec du machiavélisme, de la pureté, de la charité… de l'Art… du fric et une compréhension extraordinaire de l'animal humain. Ses meilleurs serviteurs comme l'abbé Bouillon avaient acquis l'art et la manière de driver leurs ouailles.

— Mon enfant, votre retour vers le Seigneur, votre foi retrouvée me comblent d'allégresse mais vous ne sauverez votre âme que par la charité.

V'là à peu près résumé ce qu'il lui avait susurré au cours d'une longue promenade dans le parc de son château du Haut-Lucé, une propriété qu'elle avait dans l'Orne, héritage de son père mort quelques années auparavant. Jusqu'alors elle n'y venait pas si souvent, ça lui paraissait un endroit quelque peu tristounet et le voisinage ne permettait que des réunions mondaines d'une indigence provinciale.

L'abbé Bouillon s'était déplacé spécial pour avoir avec Hortense un entretien qu'il estimait important. Déjà il avait dans sa musette son plan pour conduire sa pécheresse sur le chemin de la charité par une sorte d'apostolat tout à fait propre à séduire une âme d'élite comme la sienne.

Certes, il est toujours des nuées de loquedus à secourir. Nous arrivions à peu près à l'époque où l'abbé Pierre allait entrer en piste avec ses pèlerins d'Emmaüs... La guerre avait laissé des séquelles durables dans les villes bombardées, bien des gens vivaient encore dans des caves, des baraquements de ce provisoire qui dure toujours pour ceux qui sont mal nés... Sans aller jusqu'aux Indes ou en Afrique, y avait de quoi s'offrir de drôles de parties de bienfaisance... Tordus, paralysés, tuberculeux, scrofuleux, arriérés mentaux... la Sécurité sociale qui n'était pas encore très au point ne pouvait suffire à combler toutes les demandes.

— J'ai pensé pour vous, qui êtes une femme intelligente, à une confrérie de visiteurs de prisons.

Coupez. La séquence est terminée. On va pouvoir enchaîner sur le portail de la Santé... madame la comtesse de Wilfried qui se fait introduire (excusez l'expression) par l'abbé dans la cité des malfrats maudits qu'ils appellent entre eux vulgairement la Santuche.

Nulle difficulté pour une personne de son rang, de sa surface, de son poids de fric, pour obtenir toutes les autorisations d'aller explorer les terres carcérales. Elle avait rencontré quelques-uns de ses futurs collègues hommes ou femmes qui se réunissaient une fois par mois dans une salle paroissiale à Saint-Pierre-du-Gros-Caillou. Son engagement dans la confrérie fut un sujet d'intense curiosité on se doute. Les gens de charité, certains issus tout de même de milieux aisés, n'étaient pas spécial des lecteurs de chroniques scandaleuses, mais on ne pouvait pas ne pas avoir entendu parler de la comtesse, de ses frasques… et ses frusques de haute couture. Dans ce domaine, elle allait se priver d'un plaisir indicible… elle s'efforcerait désormais d'être habillée stricte et dans des tons neutres… des tailleurs noirs ou bleu marine, chemisiers blancs au col sagement fermé par une petite broche en or qui représentait une couronne d'épines pour lui rappeler à bon escient les souffrances de son divin maître. Tatanes modèle cheftaine à talons plats, mais ils en faisaient de très élégantes chez son bottier préféré de la rue de la Pompe si bien nommée en l'occurrence Le maquillage juste nécessaire… un fond de teint clair… un rouge à lèvres pâlichon. Et elle avait décidé de se laisser blanchir la crête. Un sacrifice assez difficile pour une femme qui était encore fort désirable… d'une taille de jeune fille. Enfin au moment où je vous l'ai croquée en vitesse de cette coursive où je l'ai aperçue. Malgré sa résolution de renoncer à tous les plaisirs vulgaires de ce bas monde, elle gardait la notion du rang qu'une La Reymondie-Ferté se devait de tenir. À la réunion du Gros-Caillou, le premier petit-bourgeois venu ne s'y serait pas gouré… l'aristocrate, la dame du monde fléchée d'autor parmi les trois ou quatre dames d'œuvres qui s'efforçaient de lui donner le maximum de conseils pour son futur apostolat.

Le service de Dieu ne l'empêchait pas d'être à l'aise partout, au contraire. Dans les couloirs pisseux, nauséabonds de la Santé, elle déambulait comme sur les planches à Deauville ou sur la Croisette à Cannes... souveraine, altière... de sorte que le maton chargé de la driver avait l'air d'un domestique, d'un serf, ce qu'il était resté du reste pour peu qu'on gamberge.

Hortense était habituée à se comporter exact comme il fallait avec les manants, tous les êtres d'espèce inférieure auxquels elle avait affaire. Toujours dans la nuance, donner l'impression d'être à niveau avec juste une once, un petit rien du tout qui vous marque la profonde différence. Notez qu'avec les matons il lui suffisait d'être aimable, on recrute pas l'engeance dans la subtilité.

Les premières fois qu'elle se pointa à la Santé, à Fresnes puis à la Roquette, la prison des femmes, on imagine la rumeur, toutes les blablateries geôlières depuis le bureau directorial jusqu'au poste de garde du mitard.

— Paraît que c'était la reine des salopes...

Ce qui se déblatère dans les officines de la matonnerie... Les ragots se nourrissent d'eux-mêmes. On a lu, on a cru lire, on a dit que... En détention, j'ai entendu dans le genre des récits les plus abracadabrants... de prétendus témoins qui juraient d'avoir vu le ministre de la Justice se faire sodomiser dans une pissotière... certains se vantaient de s'être fait glouglouter le nœud par je ne sais trop quelle vedette de cinoche... Xetera. Les propos de mythomanie ça ne prête pas à conséquences... c'est de la rêverie de cloporte... palliatif à une insupportable misère de tous les instants.

En ce qui concerne la comtesse, vous avez lu et j'espère un peu retenu, que toutes les rumeurs concernant l'activité de ses miches n'étaient pas dénuées de fondement. Le mot m'arrive... prête à l'ironie facile... qu'y puis-je. Je suis tout de même de par mes premières années d'existence un enfant de l'*Almanach Vermot*.

Remarquez qu'au bout de quelques visites tout ça s'était un peu estompé. On était — c'est-à-dire les fonctionnaires et les taulards — plutôt confondus, étonnés, par le comportement de la dame. Elle s'adonnait à son apostolat avec un dévouement, une ardeur, une capacité d'écoute de tous les malheurs possibles. Les plus anciennes de la mission, la plupart y allaient timidos, maladroites... gênées aux entournures de leur vertu théologale. Hortense fut immédiatement efficace pour secourir cette humanité souffrante peu ordinaire. Les clients étaient nombreux... ça se bousculait au portillon de la charité... les pires épaves, rejetées de partout sans autre soutien que celui d'un avocat d'office en général calamiteux. On lui confiait toutes sortes de démarches auprès d'épouses en rupture... d'enfants placés à l'Assistance... de vieilles mères dans le fond d'un hospice. Et puis des paperasses à élucider... de cette littérature si rébarbative, si compliquée de nos administrations...

Hortense c'était pas son style de se répandre, de pleurnicher sur son sort... n'empêche elle en avait pris un sacré coup dans le chignon les premiers temps. Comment aurait-elle pu imaginer pareille déchéance, une telle pauvreté... des détresses à peine concevables. Jusque-là, elle n'avait eu perception de la mouscaille que par des lectures... Victor Hugo ou Dickens, par les prêchi-prêcha de curé. Il était même dans son milieu de mauvais goût d'aborder ce genre de sujets dans les conversations de bon aloi. Et brusque elle était confrontée avec les pustules, toutes les plaies les plus dégueulasses de notre joyeuse société.

Là, tout de même il avait raison l'abbé Bouillon, dans la pratique de la charité elle avait réellement l'occase de s'élever l'âme. Dans sa nouvelle existence, la comtesse se révéla d'une trempe exceptionnelle. Difficile de bien concevoir la rupture d'avec ses habitudes de luxe et de luxure. Elle dira plus tard qu'elle trouvait de cette manière une raison de vivre intense... quelque chose qui lui donnait une image d'elle-même plus haute, plus digne de son titre de noblesse.

Bien obligé de vous raccourcir, résumer cette période... un an environ pendant lequel elle se dévoua aux prisonniers comme une bonne sœur. Dans le grand monde ça avait transpiré bien entendu, on en parlait dans les gazettes, alors qu'elle s'efforçait de rester le plus possible dans l'anonymat... d'être, comme le lui conseillait l'abbé, une humble servante du Seigneur parmi ses humbles servantes.

Elle se décanillait aux aurores l'humble servante. Elle n'avait tout de même pas poussé l'abnégation jusqu'à abandonner son hôtel particulier près du parc Monceau pour aller vivre dans une cagna puceuse à Barbès. Et elle avait gardé Raymond, son chauffeur, pour l'accompagner en Rolls dans ses déplacements. Ça lui facilitait les choses pour accomplir toutes les démarches que lui demandaient ses assistés. Elle se pointait dans les bureaux de Sécurité sociale pour s'occuper de dossiers à la traîne... elle rencontrait à leur domicile des épouses plus ou moins fidèles pour les inciter à renouer les liens avec leurs maris derrière les barreaux. Elle alla voir de vieilles mamans dans leurs maisons de retraite, des gosses de l'Assistance... des malades qui crevaient de tuberculose. De sa fortune personnelle, elle extirpait de la menue monnaie... je dis menue, mais ça finissait par représenter pas mal de fric. « Ce que j'aurais dépensé pour ma toilette », disait-elle.

Raymond conduisait Madame devant le portail de Fresnes... il lui ouvrait la portière, casquette à la pogne. Lui il devait être le plus surpris de l'évolution de sa patronne. Il était à son service depuis plus de quinze piges et ça lui avait permis de respirer un peu l'odeur du stupre... de s'offrir à l'occase de la cuisse ancillaire... Une discrétion d'acier trempé lui permettait de garder sa place, on peut dire de choix, Ça lui faisait un drôle de changement de se trouver à stationner aux portes des prisons. Ça lui laissait le temps de lire *Le Figaro* et de préparer avec *Paris-Turf* ses jeux aux courtines. C'est ce qu'il préférait de sa vie antérieure, accompagner sa maîtresse à Vincennes, à Longchamp, à Chantilly les jours de Grand Prix quand elle éblouissait le pesage avec la dernière création de Fath ou de Maggy Rouff.

Ça c'était tout de même autre chose que de stationner devant les hauts murs du 42. Il se donnait même pas la peine d'entrer à *La Bonne Santé,* le bistrot du trottoir d'en face où les sortants allaient se jeter derrière la cravate le premier godet de la liberté.

Les plantons, les flics de garde dans le secteur, ne demandaient pas mieux que lier conversation... croquer un peu des ragots à l'endroit de la comtesse... si c'était vrai qu'elle s'était fait le duc de Windsor, le prince X ou Z... tel ou tel acteur en renom. Ils ne pensent, ces braves gens, qu'à s'instruire comme on leur suggère dans les journaux... Ça fait tout de même partie de la culture de savoir ce qui se passe dans les draps d'or des grands de ce monde. Seulement il n'avait pas envie Raymond de se compromettre avec ces malotrus en uniforme. Les larbins de grande maison petit à petit leurs tauliers déteignent... ils attrapent leurs tics, leurs manies. J'avais connu un ami de ma grand-mère devenu majordome chez un richissime financier, il se sapait comme son maître... le col cassé, les guêtres, le haut-de-forme ou le melon gris perle lorsqu'il allait porter son flouse sur les hippodromes.

Pourquoi Hortense a-t-elle eu l'idée de se pointer à la cellule de force 44, le matin où je l'ai aperçue ?

Gilles, bien entendu, n'avait fait aucune demande. Il n'était pas abandonné, je vous ai dit, au point d'avoir besoin de ce genre de secours. Faut donc retenir de la part d'Hortense la simple curiosité pour ce gangster que la presse présentait comme une sorte de gentleman, un spécialiste des beaux quartiers. Dans l'état d'esprit où elle se trouvait, difficile d'imaginer qu'une rencontre avec ce célèbre voyou pouvait encore émoustiller sa libido comme diraient nos psy, nos savantissimes de la quéquette et de la foufoune.

N'empêche, bonnes gens, cette première visite l'a sérieux troublée notre dame sur le retour. Ce mec presque à loilpuche qui s'est dressé devant elle et qui l'a reçue, vous avez lu, je vous ai rapporté aussi fidèlement que possible l'anecdote. Il a des yeux magnifiques ce cambrioleur. Elle le décrète dans sa tronche… un garçon intéressant.

Depuis qu'elle traînait ses talons plats aux ergastules, elle rencontrait essentiellement des mendigots souffreteux… des hommes ou des femmes qui appuyaient sur la chanterelle de leurs misères. Gilles lui, sa façon de la recevoir un peu indifférent avec cependant dans le regard une sorte de prise de possession au cas zoù… ça, c'était nouveau pour elle, Dieu et le Diable savaient si elle en avait pris dans ses filets des hommes, des beaux, des célèbres, des riches, des sportifs… mais elle n'avait jamais goûté du malfrat. Ce qu'elle en savait dans sa jeunesse lui était parvenu de seconde main dans les romans de Francis Carco, quelques films, des chansonnettes où la fille de joie exprime l'amour de son homme… *je t'ai dans la peau… mon grand frisé… le légionnaire des sables chauds.*

Elle s'était bien gardée de signaler cette rencontre à l'abbé Bouillon… n'était-ce pas l'amorce d'un péché par omission ? Non, elle résistait… elle n'irait pas le revoir, d'ailleurs il lui avait carrément fait comprendre qu'il la foutrait à la porte. Il n'avait besoin de rien, disait-il drapé dans son orgueil de voyou. Et pourtant son sort n'avait rien d'enviable… promis à des années en prison centrale. Ce n'était pas encore dans son secteur d'apostolat, ni Poissy, ni Fontevrault, ni Clairvaux qui étaient en ce temps-là des lieux de pourriture, de mort lente, de haute école du crime. Il n'est pas dans mon propos de vous en décortiquer le régime, sachez toutefois qu'on y pratiquait la règle du silence… des sévices tout à fait au point pour mater les plus durs d'entre les durs.

Elle se promettait d'obtenir une autorisation pour aller visiter ces exclus. Jusque-là l'administration ne laissait pas les associations de bienfaisance entrer derrière ces hauts murs de bagnards. Juste elles recevaient l'autorisation d'envoyer quelques colis de victuailles… quelques fringues… des lainages au moment de Noël.

En bonne logique Gilles Dastel allait aboutir dans un de ces culs-de-basse-fosse… y laisser sa belle jeunesse, ses formes athlétiques… ses yeux bleus allaient s'y ternir peu à peu. Vingt ans, c'était ce qu'on lui pronostiquait, les connaisseurs de cours d'assises... les mauvais augures de justice. Sa gorge se serrait à la encore belle Hortense en pensant à ça. Quel gâchis ! Ç'avait été le mot de Colette la romancière assistant au procès Weidmann, un bel assassin allemand qui fut le dernier guillotiné en place de Grève en 1939 à Versailles.

Ça s'imbriquait drôle dans sa jolie tronche... entre le sentiment trouble qu'elle éprouvait pour ce type et sa mission altruiste qui lui susurrait sournoisement de l'aider, de lui aménager peut-être je ne sais quelle planche de salut.

De toute façon il avait une âme ce roi de l'évasion... c'est toujours bon à ramener dans les filets du Seigneur Jésus.

V'là pourquoi elle est revenue sans crier gare. Et lui secrètement, il l'attendait, les choses allaient donc suivre leur cours... le destin s'accomplir inexorable pour parler comme les romanciers tout à fait sérieux.

Cette fois il était pas en slip Gilles, il était en train d'écrire sur la petite table scellée au mur de sa cellote... porte-plume et encrier... à l'époque on scriboullait encore sur la page blanche à la Sergent-Major, une marque déposée de plume à laquelle tous les écoliers d'avant la pointe Bic doivent leur belle écriture anglaise avec les pleins et les déliés.

— Je ne vous dérange pas, j'espère ?

Il s'est retourné et désignant de la tête le maton qui lui avait ouvert les lourdes et restait planté derrière elle...

— Si celui-là reste là à nous écouter, je m'excuse mais je vous parlerai pas.

Clac ! C'était presque un ordre. Hortense s'est retournée pour faire signe au surveillant de se reculer, de rester à distance avec la porte ouverte pour qu'il puisse accomplir sa besogne d'observation.

— Je vous en prie…

Gilles s'était levé et il offrait à madame la comtesse son tabouret, l'unique meuble dont il disposait.

— Je n'ai pas mieux à vous offrir.

Elle hésitait encore et puis elle finit par poser ses délicates miches sur ce siège métallique retenu au mur par une chaîne. Comme elle avait eu un regard un peu étonné en voyant cet objet insolite, il s'est marré.

— On a peur que je m'en serve pour assommer les visiteurs. Pas les visiteuses, j'ai toujours été respectueux avec les dames.

Elle était embarrassée, ce qui ne lui ressemblait pas. Finalement c'est lui qui l'a mise à l'aise… en ironie, avec son plus aimable sourire.

— Chère madame, je vous ai dit que je n'avais besoin de rien, alors je suppose que c'est moi qui peux vous être utile.

Non seulement il était bien au physique, musclé juste ce qu'il fallait, et il se permettait d'avoir un sens du dialogue qu'auraient pu lui envier bien de ces hommes qui avaient fréquenté les meilleures écoles.

— De suite, mon pote, c'est moi qui ai marqué des points…

Avec moi, il retrouvait sa jactance habituelle… ses expressions du meilleur argot de nos plus belles rues de Pantruche. Mais poursuivons notre scène.

— J'admire votre art de renverser les rôles…

Elle lui a répondu quelque chose dans ce genre et elle a cru bon d'étaler ses brèmes. Certes, il n'était pas quémandeur, mais elle avait pris connaissance de son cas… Elle ne voulait pas qu'il désespère.

— Mais je ne désespère pas, madame.

Il se permettait encore de se marrer en disant cela. Elle savait à quoi il faisait allusion. C'était vraiment pour lui la seule façon de s'arracher… par la fille de l'air ou quelque chose de semblable. Elle s'est un peu raclé la gorge avant de lui répondre.

— Je sais… mais ça sera de plus en plus difficile, vous en êtes conscient… Et même en admettant que vous réussissiez ?

Il ne lui laisse pas le temps de développer ses arguments, il la coupe sec.

— Vous pourriez peut-être m'héberger ?

— Je parle sérieusement…

— Moi aussi… Il paraît que vous avez des propriétés un peu partout. Je sais me transformer en courant d'air quand il le faut.

Déjà ça prenait tournure dans le badinage. Elle ne pouvait s'empêcher d'apprécier son aplomb.

— Je ne suis pas là pour m'amuser.

— Dommage. Je vous préfère souriante… Ça vous va mal ce rôle de dame patronnesse…

— Vous êtes croyant ?...

La bonne question... Gilles de lui répondre que si Dieu existe, il n'a pas tellement envie de faire sa connaissance.

— Vous voulez me servir d'intermédiaire ? C'est un projet ambitieux, je vous suivrai peut-être mais il va falloir d'abord me séduire.

Le fil du rasoir, il avançait ses pions. L'entretien prenait une tournure de plus en plus ambiguë. Elle a préféré changer de direction.

— C'est simple, monsieur... je suis en mesure de vous aider sur beaucoup de plans lorsque vous serez condamné pour vous obtenir des grâces, des remises de peine...

— Je ne suis pas encore condamné. Mon juge peut encore prononcer un non-lieu.

— J'ai vu votre juge.

Là, il sifflote... Elle s'intéresse drôlement à lui.

— Déjà...

Il prend un air admiratif. Elle se reprend, elle explique qu'elle se rend souvent au Palais et qu'elle devait voir monsieur Gagnes, le juge qui instruit son affaire, pour un autre cas dont elle s'occupe.

— C'est incidemment que votre nom est venu dans la conversation, il ne vous considère pas tout à fait irrécupérable, mais votre dossier est lourd.

Elle perdait un peu contenance sur son tabouret, les genoux bien serrés sous sa jupe. Lui il arrêtait pas de la regarder droit dans les yeux... Elle était devenue comme une jeune fille qui subit le gringue de choc d'un amoureux tout à fait expérimenté. Ce qui lui compliquait le dialogue… sa métamorphose en chrétienne militante… en presque sœur de charité. Naguère… à peine dix-huit mois auparavant, elle aurait accepté le jeu avec les atouts qu'elle possédait alors. Tout l'arsenal de séduction dont elle faisait usage dans ce genre de situation.

Bien sûr le comportement de ce voyou de grand chemin lui prouvait qu'elle avait encore de quoi répondre à ses coups de fleuret moucheté.

— Sans me vanter, j'ai compris que c'était in the pocket… une question de temps et de circonstances.

Ce qu'il m'expliquera plus tard, et que les circonstances fallait tout de même les favoriser un peu. Il a détourné son regard vers le maton toujours planté dans le milieu du couloir.

— On ne vous donne pas la permission d'aller voir les détenus sans avoir toujours un surveillant derrière le dos ?

Elle avait déjà moins de fermeté dans la voix pour lui répondre.

— C'est le règlement.

— Vous savez bien que vous êtes au-dessus des règlements. La prochaine fois ouvrez la porte vous-même.

## TROISIÈME VISITE

Et c'est ce qui fut, mes braves lecteurs, mes attentives chattes lectrices. La comtesse a été jusqu'à la place Vendôme rencontrer le directeur de l'Administration pénitentiaire, monsieur Amor. Oui c'était son blase, la réalité vaut toutes les fictions. Elle l'a pris de haut ce rustre, qu'il lui fallait l'autorisation d'entrer dans toutes les cellules, seule... avec sa propre clef.

— C'est très risqué, chère madame la comtesse... Il y a dans nos établissements des hommes incontrôlables... de véritables bêtes sauvages.

— J'aime vivre dangereusement...

Voilà ce qu'elle lui a rétorqué. Il était pas à même d'apprécier la référence littéraire M. Amor. En tout cas, après avoir fait quelques démarches auprès du ministre, elle a obtenu sa petite clef personnelle madame la comtesse de Wilfried. Elle avait eu alors l'intuition que c'était en définitive la clef de sa capitulation qu'elle allait porter à la cellule 44... en chemise et corde au cou comme une bourgeoise de Calais.

Avant d'être reçue par M. Amor, elle avait tout de même tournicoté dans sa tête les conséquences de son acte. En confession à l'abbé Bouillon, elle s'était simplement accusée d'avoir péché par intention... qu'elle n'avait pas su résister à certaines mauvaises pensées. Ça restait vague ses aveux... et d'ailleurs elle ne se sentait pas encore coupable. Simplement dans le courant de son apostolat, elle avait un peu succombé... juste quelques frissons... devant un bandit de grand chemin. De toute façon elle se disculpait en se disant qu'elle se mettait dans une situation trouble, sinon dangereuse, pour le salut d'un misérable.

Tempête sous un crâne tandis qu'elle se faisait faire une couleur chez Antoine son coiffeur préféré... Après tout Dieu ne lui demandait pas de se négliger la tignasse... ni le visage qu'elle améliorait d'un maquillage plus accentué... et les ongles chez sa manucure... et le bec... alouette ! On connaît la chanson... gentille alouette !

Son mari, au passage, lui a fait la remarque.

— Je vous trouve en beauté, Hortense...

Un compliment tout à fait platonique. Je ne sais comment il avait pris l'évolution de son épouse vers les bondieuseries. Une lubie comme une autre... une façon de conjurer les atteintes de l'âge pas si idiote et qui rehaussait le blason de la famille. On en avait parlé dans *Le Figaro*... Un article élogieux d'un plumitif de l'Académie titré lui aussi depuis Saint Louis.

En contrepartie leur fille Geneviève avait pris le relais de sa dabuche dans les courses d'obstacles sexuels. Elle était devenue une belle pouliche Geneviève... la réplique de la comtesse lorsqu'elle avait son âge, affirmaient ceux qui l'avait connue vers 1920. Taille élancée, les mêmes yeux pervenche et une paire de pare-chocs qu'elle ne cherchait pas à retenir dans des bandelettes de bonnes sœurs. Je vous la présente au passage... elle jouera sa partition dans cette symphonie en voyou majeur. Pour l'instant elle est encore en arrière-plan, elle voyage, elle fait du sport, tennis, patinage et bien entendu de l'équitation comme il sied à une personne bien née.

On se goure que Gilles dans sa cellote s'échafaudait des projets d'évasion dans lesquels il utiliserait la comtesse. S'il se la mettait bien en fouille, elle allait peut-être lui permettre d'assouplir le régime que le directeur, le Gros Bill, lui faisait subir... qu'il réintègre simplement la Haute Surveillance au 4e étage, de là, il envisagerait mieux comment se propulser hors des murs. Il méditait un système de cordage avec un balancier. Il me l'a expliqué, je n'ai pas bien retenu les détails de cette mécanique, mais il me semble que c'était chimérique son brevet. Un truc pour le concours Lépine.

Il avait des amis au-dehors, d'ex-complices, des mecs qui seraient encabanés s'il s'était mis à table chez le commissaire Martineau et ses boys flics. Sans même parler de la bastonnade, des tortures style Guépéou, les interrogatoires pendant les quarante-huit heures qui suivirent sa dernière arrestation… des œufs à la neige point n'était-ce. Faut savoir ne pas répondre quand il faut… tenir malgré la fatigue, la soif… les spots spéciaux PJ pleine tronche. Tenir… ne jamais dire la petite phrase, le fil qui peut vous conduire à détricoter le beau chandail des alibis.

Dans ce domaine le Beau Gilles il était déjà armé, il avait subi de joyeuses parties poulardines… à Paris, Bordeaux, Marseille… tous les accents, tous les modèles… les brutaux et les vicelards… les bonasses et les gros cons… il les apercevait venir de loin.

À se remémorer tout ça n'a rien de jouissif… il faudra que l'âge arrive pour qu'on s'en fasse des sortes de souvenirs guerriers… les cotes 112 et les Bir Hakeim de la truanderie. À la longue, il n'y a plus que la jeunesse qui surnage. On avait vingt, trente, trente-cinq ans, l'essentiel… la bite en froc prête à faire honneur aux personnes du sexe. C'était la métaphore des écrivains bien élevés autrefois pour parler de nos compagnes. La race a disparu aujourd'hui de ces hommes de lettres précieux du porte-plume. Nos contemporains n'ont plus que des vocables orduriers pour désigner leurs compagnes… pétasses, salopes, connasses… d'encore plus dégueulasses que je rougis de tracer sur le papier vierge. Remarquez, que celles-ci ont attrapé le style pour leur répondre à tous ces machos, phallos de merde, tous enculés comme des arbitres de football.

Ainsi des belles mœurs, est-il bien utile de s'en formaliser ? La roue va peut-être tourner et nous ramener en piste des chochottes pincées du verbe... perspective la moins saumâtre, sinon au train où vont les choses... on finira par se chier dessus les uns les autres.

Pour le moment à ce point de mon récit, dans les années du demi-siècle, c'était encore aimez-vous les uns les autres, la devise évangélique qui motivait la noble Hortense. Ça peut s'entendre, me direz-vous, de plusieurs façons pour peu qu'on ait l'esprit tordu...

— Tu comprends, Alphonse, bien sûr que je me disais qu'à l'occase, la vioque je lui filerais bien un coup dans les baguettes. Elle demandait que ça, j'avais respiré la poloche... je me gourais... seulement je voyais pas comment ça pouvait se conclure dans ma cellote. Même si elle avait la clef, on pouvait pas s'enfermer de l'intérieur.

Tels sont conçus les verrous de prison sur côté extérieur. Tous du même modèle, sinon les matons s'emmêleraient les clefs.

Bien malin le Gilles, mais il n'avait pas tout prévu. Il n'avait en tête que ses projets de cavale. Se faire la belle ça voulait dire pour lui réussir une évasion. Rien de plus.

La surprise alors, lorsque après avoir entendu la clef tourner dans le verrou de sa porte, elle est apparue seule... et rajeunie de dix ans par les menus soins de beauté qu'elle s'était offerts... Sans omettre un tailleur printanier en pied-de-poule gris clair de chez Fath ou Dior… une merveille de bon goût. Même les pompes, sans aller jusqu'aux talons aiguilles, elle s'était offert une paire d'escarpins à talons bottier qui lui rehaussait la taille.

Il était en train de donner des miettes de pain aux oiseaux sur le rebord de la fenêtre. Il s'est retourné, il a siffloté admiratif.

— Vous vous êtes faite belle !

— Je ne le suis pas d'habitude ?

— Si, mais la religion vous gâche la jeunesse.

Sourire d'Hortense, elle montrait la clef à Gilles.

— J'ai suivi vos conseils et maintenant je peux circuler dans la détention comme bon me semble.

— Si vous êtes venue directement me voir, ça va faire jaser dans le greffe.

— Qui vous dit…

— Bah, je suppose… je me fais peut-être des illusions… asseyez-vous.

Toujours sur l'inconfortable tabouret réglementaire. Dans la journée on devait relever le lit en fer, l'accrocher contre le mur. Le reste du mobilier c'était une étagère pour ranger les objets de toilette… la gamelle et les couverts… Vraiment le minimum… exactement comme dans une chambre monacale. La seule différence est que celle-ci est volontaire… l'autre obligatoire. Les deux extrêmes… le saint et le bandit.

Et le projet secret d'Hortense de faire d'un bandit un saint ? Vue de l'esprit, d'autant que le bandit en question lui semblait de plus en plus séduisant avec sa belle gueule aux traits nets… ses cheveux bruns un peu ondulés… et bien sûr les châsses... le regard à la fois gouailleur et conquérant.

— Félicitations...

— Pourquoi ?...

— Pour avoir eu l'idée d'embellir ma cellule. Lorsque vous serez partie, je n'aurai plus envie d'ouvrir la fenêtre pour conserver le plus longtemps possible votre parfum.

Le fait d'être sapée d'atours plus seyants... de retrouver sa féminité, mettait Hortense plus à l'aise. Elle croisait les jambes, sa jupe plus courte laissait entrevoir ses genoux sous des dessous vaporeux. Les yeux de Gilles au passage marquaient un petit temps d'arrêt sur eux. Bien sûr, elle enregistrait. Ils étaient l'un et l'autre dans ces préliminaires amoureux où tout prend une densité si particulière, si agréable. Les lieux pourtant ne se prêtaient pas au badinage... Gilles avait beau laver tous les jours le plancher de sa cellule, la tenir le plus propre possible, les chiottes dans le coin donnaient une tonalité sordide à sa résidence. De tout cela Hortense n'avait cure. Elle essayait de faire diversion. Elle sortait de son sac un paquet de cigarettes... des Lucky.

— Je crois que vous fumez...

Il crachait plutôt... ce qu'on disait lorsqu'on était en manque de tabac et c'était le plus souvent. On avait droit d'acheter un paquet de gris toutes les semaines à la cantine, ça faisait pas lerche pour les gros fumeurs. On se roulait les cigarettes à la main et on les économisait le plus possible. Alors des américaines, c'était le sommet du luxe.

— Merci d'y avoir pensé…

Elle lui expliquait qu'elle s'était arrêtée de fumer lorsqu'elle avait retrouvé la foi… en quelque sorte la conséquence d'un vœu… qu'il faut savoir renoncer… Comme pour marquer encore un point, Gilles avait ouvert le paquet de cigarettes, d'un coup de doigt il en avait fait sortir une et il lui tendait le paquet.

— La dernière, juste pour ne pas me laisser fumer seul.

Elle hésitait en souriant… elle a fini par extirper la sèche et se la coller entre les lèvres. Il l'imitait et elle sortait de son sac un très joli briquet, une pièce en or de chez qui… Cartier sans doute.

— Si vous ne fumez plus pourquoi vous embarrasser d'un briquet pareil ? Ici, vous risquez de vous le faire voler, la maison est pleine de spécialistes aux doigts de fée.

Tandis qu'elle lui tendait du feu, les choses s'installaient de plus en plus dans une espèce d'intimité, on pourrait dire dangereuse selon le point de vue initial de la comtesse. S'agissant uniquement de prêcher la bonne parole, c'était pas tellement adéquat de fumer ensemble comme ça… un peu comme dans un bar.

— Quelqu'un vient vous voir au parloir ?

Fine mouche elle savait, il en était certain, que Janine se pointait tous les samedis depuis que le juge avait fini par lui accorder un permis.

— Oui, et ce n'est pas ma mère puisqu'elle est morte. Je vous ai dit que je n'étais pas abandonné.

Pour lui éviter de poser des questions, il préférait répondre avant qu'elle ne les lui pose. La femme qui l'assistait était son amie...

— Vous l'aimez ?...

Il ne répondait pas immédiat. Ça ne lui était pas familier dans le vocabulaire, le verbe *aimer*... Il rétorque un peu insolent.

— Ça vous intéresse ?

— Je me renseigne toujours sur la situation de famille des détenus dont je m'occupe. Souvent leurs femmes les abandonnent ou bien elles sont dans l'incapacité de leur venir en aide... Plus de la moitié de mon temps je rencontre des gens de l'extérieur.

Ça servait à quoi ce boniment ? Elle parlait plus vite, en baissant les yeux. Gilles se la dégustait visuel... ailleurs que dans ce trou, il l'aurait emballée dans les plus brefs délais. Ses bonnes résolutions de vie chaste et chrétienne voleraient avec son jupon. Comtesse ou pas c'était une gonzesse que la trouille de vieillir tenaillait.

— Me permettrez-vous de voir cette personne ?

Il la coupe d'une formule argotique.

— Vous voudriez devenir son doublard ?

Elle ignore Hortense que c'est ainsi que les maques désignent la deuxième pute de leur harem.

— Que voulez-vous dire ?...

Aucune importance, elle ne pourrait pas comprendre.

— N'allez pas la voir. Elle vous boufferait les yeux...

Elle feignait de ne pas comprendre. Elle avait du

mal à masquer son trouble. Il a jeté un œil rapide vers la porte... et il s'est approché, lui a posé les deux mains sur les épaules en lui intimant d'un ton sec.

— Maintenant, barrez-vous !

Elle se relevait machinalement.

— Je ne comprends pas...

Il la prenait dans ses bras en répondant.

— Mais si, vous comprenez...

Elle ne se débattait pas... elle murmurait les paroles habituelles des femmes dans ce genre de situation. « Vous êtes fou... » « Soyez raisonnable. » En fait de raisonnable, il cherchait sa bouche pour l'embrasser. À peine esquissait-elle un dernier geste de défense. Maintenant, il l'avait bien en pogne, il lui faisait sentir toute sa force.

Et voilà, mes chères lectrices, Hortense succombe, mais vous vous y attendiez, n'est-ce pas ! Un patin d'enfer. Tous les deux ils étaient en privation de ce réconfort de l'humanité souffrante... elle par volonté de pénitence et lui, ses derniers ébats amoureux remontaient aussi à plus d'un an, la nuit précédant son arrestation.

— Et alors ?...

C'est moi qui demande des précisions à Gilles puisque je vous rapporte cette scène d'après son récit... Alors... ils se sont mélangés les langues, la salive et puis par peur d'être surprise, elle s'est dégagée.

— Laissez-moi. Je vous en prie. Vous oubliez où nous sommes.

Et oui, ça, ça posait un sacré problème.

— Je n'ai pas essayé de la retenir... Je me suis déballonné.

Avant de pousser la lourde elle a soupiré.

— Excusez ce moment d'égarement. Je crois qu'il vaut mieux que nous en restions là !

— Merci pour les cigarettes.

Ce qu'il lui a dit avant qu'elle sorte. Il était certain qu'elle allait revenir, qu'elle ne pouvait plus reculer. C'était tout de même une étrange aventure qui s'amorçait. Cette fois il l'avait vraiment trouvée désirable, il me l'avouait, Il avait mijoté, fomenté, prémédité toutes les formes d'évasions possibles, par tous les moyens imaginables... mais pas par la chatte d'une aristocrate sur le retour, ça, ça ne lui était jamais venu à l'esprit. Pourtant c'était une forme de cavale tout à fait inédite et la plus agréable qui soit. Elle n'avait pas refermé la porte derrière elle, ce qu'elle aurait dû faire avec sa clef. C'est un maton qui s'est amené deux minutes plus tard pour le reboucler. Il l'a entendu grommeler contre cette négligence « S'il se tire... c'est encore moi qui vais dérouiller ». Il n'avait même pas pensé à sortir sur le pas de sa cellule pour la regarder s'en aller vers la grande grille de l'allée centrale.

Ce jour-là, la belle Hortense n'a pas eu le courage d'aller visiter ses autres clients de Fresnes. Elle n'avait pas prévu que ça irait si vite. Ce baiser avait un goût de premier péché... Elle se demandait comment à présent elle allait s'en sortir. Avec l'aide de Dieu, dirait sans doute l'abbé Bouillon. *Ne nous laissez pas succomber à la tentation.* Il avait pas tellement de moyens, Dieu, pour l'empêcher d'aller plus avant dans une affaire de galanterie comme elle en avait expérimenté si souvent au cours de son existence. Il suffisait d'un homme... plutôt un mec pour employer le langage des prisons pour que plus d'une année de sacrifices, de résolutions fermes, s'effondrent d'un coup.

Elle sentait bien qu'elle ne tiendrait pas cette promesse hâtive qu'elle s'était faite de ne plus retourner à la cellule 44. Était-ce déchoir que de vivre une passion amoureuse avec un gangster ? Simplement à la réflexion elle trouvait qu'il avait de gros défauts... voleur, maquereau peut-être, capable de tout comme on dit d'un vaurien, seulement il n'était pas médiocre. Elle s'accrochait à cette idée pour justifier sa faiblesse.

Raymond, qui la véhiculait depuis si longtemps, la connaissait un peu dans les coins sa comtesse. En la ramenant, il s'est permis une réflexion... une question qu'il n'aurait jamais dû poser en larbin bien stylé.

— Madame a des ennuis ?

Ça se voyait tellement qu'elle n'était plus dans son assiette.

— Juste un petit coup de fatigue, Raymond. Je vous remercie de votre sollicitude.

Une fois dans ses appartements, elle s'est déloquée... complètement pour regarder son corps nu dans le grand miroir de la salle de bains. Bien sûr, ses chairs n'avaient plus la fermeté, l'éclat d'autrefois... mais dans l'ensemble elle se tenait de la fesse et du téton. Beau raconter ceci cela que le pognon ne fait rien à l'affaire, il lui avait tout de même permis de tenir la rampe avec le sport, les soins esthétiques... genre lifting... les onguents magiques... et surtout, mais cela elle n'en avait pas tant conscience, parce qu'elle n'avait jamais été soumise aux lois du Dieu Travail. Se décaniller du lit aux aurores... se faire coincer dans le, métro entre les voyageurs repoussant de la gueule et des arpions... l'atelier qui bourdonne comme une ruche bien sûr... la cadence à tenir... la cantine où l'on se fabrique plutôt de la mauvaise graisse que la silhouette haricot vert de M'sieur Dior. Pour s'extirper de la mouscaille prolétarienne, lorsqu'on est belle môme, on peut éventuellement se mettre le cul en position de tirelire... D'ici que ça devienne un coffre-fort faut tout de même en écosser sérieux... éponger le micheton à la chaîne, lui essorer ses chères pépètes nuit après nuit.

Elle a pris un bain après s'être comme ça longuement inspectée devant la glace. Ça se bousculait dans sa jolie tête. Le plus raisonnable eût été de passer un coup de fil à l'abbé Bouillon, il était aumônier d'une institution catholique dans le XV^e^ arrondissement. Elle pouvait aller le voir ou le faire venir jusque dans son salon pour lui confier les difficultés de son âme... lui avouer qu'elle avait rencontré le démon sous les aspects d'un joli brigand. Ce baiser dans la cellule ? il fallait bien qu'elle le lui confesse... ce n'était certes pas encore un péché mortel de se laisser rouler un patin, mais le contexte aggravait son cas.

Que pouvait-il lui conseiller l'abbé… de réciter son chapelet plusieurs fois de suite ? On n'était déjà plus au temps où les pécheresses se flagellaient, portaient le cilice mortificateur. Elle pensait à ça en se passant le gant de crin pour le raffermissement de ses cuisses. Et sa pensée s'est envolée vers lui, elle pouvait pas s'en empêcher. Que faisait-il dans sa cellule ? Il lisait, lui avait-il dit, et dans ce domaine il était déjà goûteux de bonne littérature… Dumas, Balzac, Maupassant. Elle s'était promis de lui faire découvrir Stendhal… Comment le pourrait-elle si elle n'allait plus le revoir ? Ça lui traversait même pas l'idée qu'elle puisse lui faire parvenir *Le Rouge et le Noir* ou *La Chartreuse de Parme* par une collègue, une assistante sociale. Elle se raccrochait aux branches en se disant que les bonnes lectures se partagent, qu'elle aurait aimé avoir son sentiment sur Fabrice et la Sanseverina. Dans le mille… leur situation était quelque peu similaire… lui le prisonnier qui cherche à s'évader et elle dans une situation semblable à la Sanseverina. Ça l'a amenée aussi à se préoccuper de Janine, l'amie de Gilles, celle qui lui écrivait et venait le voir au parloir… Elle devait l'aimer terriblement pour lui rester fidèle dans une situation pareille. N'était-elle pas en définitive une réplique de Clélia Conti, la fille du geôlier ?

Elle était embarquée dans le romanesque… un remake à sa façon de *La Chartreuse*. Fallait bien qu'elle s'avoue qu'elle était déjà très éprise du beau gangster.

— De mon côté, je vais t'avouer, Alphonse, j'en pinçais tout de même pour elle.

Il m'avouait entre hommes tandis qu'on se tapait une choucroute dans une brasserie face à la gare de l'Est. Nous étions devenus viocards l'un et l'autre. De sens rassis bien sûr... crête blanchouillarde et puis des douleurs dans les entournures. Il en avait plus rien à se polir les godasses de me dire qu'il était lui aussi accroché... merde ! Y a pas de mal à ça. C'était encore des préjugés de voyous à la con, que de frimer toujours au mec, audessus des sentiments... de se targuer de toujours tenir la barre avec les gonzesses.

— Et Janine ?...

Ça m'est venu la question cruciale. Comment s'arrangeait-il de Janine dans son roman... Il était dans ce domaine un peu lâche comme tous les mâles... prêt à tous les compromis. Il se gourait pas qu'un jour ça pouvait lui poser des problèmes autrement sérieux que ceux des bassins qui se remplissent et qui se vident du certificat d'études.

— Moins on en dit aux nanas mieux on se porte.

Ce qu'il m'a répondu... l'échappatoire et d'ailleurs ça lui paraissait impossible de concrétiser les choses dans sa cellule. En dehors il voyait pas où ça aurait pu se passer... à moins qu'elle ne l'aide à se faire une cavale exceptionnelle et qu'ils se retrouvent dans une île perdue du Pacifique sous les cocotiers… une rêverie de cinoche hollywoodien.

Au parloir, Janine avec son instinct affûté de gonzesse, elle a eu la même réflexion que Raymond le chauffeur de la comtesse.

— T'as des emmerdes ?

Elle avait juste accentué la question. Pour ça, il en avait des emmerdes. À l'instruction ça s'enlisait dans des analyses, des rapports de flics, des témoignages. Certaines affaires d'attaques à main armée tournaient à son désavantage. On le retapissait même s'il avait pris la précaution de se lunetter de noir. On en rajoutait puisqu'il était devenu une vedette de la page des faits divers. Certains journalistes en mal de copie lui prêtaient des exploits impossibles… qu'il était un caïd du Milieu, ce qui était faux. Gilles, s'il avait de bons contacts avec la voyoucratie corse et montmartroise… et que certains de ses complices plus ou moins occasionnels avaient eux des liens plus évidents avec la pègre patentée… lui, il se gardait des distances prudentes. Le Mitan c'est comme une sorte de secte où us et coutumes sont féroces, pleins de tabous quasi primitifs. Gilles était respecté, admiré un peu partout sur la planète truande, mais il n'avait jamais fait obédience à qui que ce soit. Ça lui permettait d'agir à sa guise. En outre, il savait bien que ce monde était sous les projecteurs de la police… truffé d'indics… de mines prêtes à vous éclater sous les guibolles.

Pour ce qui était des emmerdes, il pouvait

répondre oui à Janine. Quand elle venait au parloir elle s'attifait la plus aguichante. À trente-deux ans, elle était au plein de sa jeunesse… une belle plante épanouie. Elle s'arrangeait pour lui exhiber le plus possible ses nibards et elle oubliait de mettre une culotte ce jour-là. Ainsi elle pouvait s'asseoir sur l'étroite banquette de son box et se trousser la jupe, s'écarter les cuisses. Même pas un mètre la séparait de son bel amant. Mais deux grillages les empêchaient de s'étreindre. Il pouvait juste se régaler les châsses. Dans l'allée centrale du parloir, un maton faisait le va-et-vient. Le plus souvent, par flemme, il restait au bout de l'entrée à somnoler sur sa chaise.

L'autre inconvénient de ces intermèdes érotiques… le voisinage… les boxes de droite et de gauche d'où on pouvait frimer en chanfrein. Ça, ça gênait Janine. Enfin une opération pleine d'aléas pour se consoler d'une petite pogne.

Lui, il s'accommodait très bien de sabrer la comtesse au cas où ça deviendrait possible. L'idée qu'il tromperait Janine de la sorte ne l'effleurait pas. Il n'avait absolument pas une mentalité de hareng, mais lorsqu'il était hors murs et que les occases se présentaient d'aller se dégourdir le poireau, il ne demandait la permission ni à Janine, ni à Dieu.

Dieu, c'était le problème de la comtesse. Curieux d'ailleurs que ça lui bloque les élans de la fesse. Quelle étrange religion qui condamne une chose aussi banale que s'offrir un peu de joie sur terre. En réfléchissant plus profond, c'était pour vaincre l'âge qu'elle se réfugiait dans ce genre de restrictions bigotes. L'exemple de quelques-unes de ses amies qui en prenant du carat allaient à la pêche aux gigolpinces lui paraissait navrant. Elle en avait rencontré de ces dames quinquagénaires avec des presque encore gamins et ça l'avait mise mal à l'aise. Pourtant elle, elle pouvait encore faire figure honorable sur le boulevard du sexe... Elle avait préféré prendre les devants. Depuis qu'elle se donnait tout entière aux bonnes œuvres, ses sens s'étaient calmés, une vie régulière... des exercices spirituels... aucun excès de table... juste un verre de bordeaux aux repas, elle avait trouvé une espèce d'équilibre dont elle était à la foi fière et parfaitement satisfaite. Du moins le croyait-elle jusqu'au jour où sans doute le Malin avait conduit ses pas jusqu'à la cellule 44.

Quelque temps, quelques jours, telle la chèvre de monsieur Seguin, elle avait lutté avec le loup-démon. Elle passait par des phases de résolution de ne plus retourner voir Gilles mais de plus en plus elle sentait qu'elle allait céder.

Preuve qu'elle n'était pas sûre de ne pas succomber à la tentation, elle n'avait pas eu le courage d'appeler l'abbé Bouillon. Elle redoutait qu'il lui donne le conseil de se mettre en vacances de charité pratique pour aller se ressourcer chez les cisterciennes... Sur un lit de sangles dans une chambre encore moins meublée qu'une cellule de Fresnes, levée au matin... prières... chapelets... communion... l'encens, les chants grégoriens, ça l'aurait peut-être remise sur les rails de la vertu.

En fait de retraite cistercienne, elle s'est

repointée chez Antoine se faire faire une jolie couleur blond cendré qui l'a ramenée au naturel de ses vingt ans.

Comme c'était la demi-saison, elle a tiré de sa garde-robe un manteau de léger lainage jaune paille qui s'ouvrait sur une robe assortie. Attention !... un modèle tout de même assez sage. Des fringues de luxe mais qui pouvaient passer partout... le fin du fin de l'élégance.

Restait plus qu'à demander à son chauffeur de venir l'attendre avec la Rolls et lorsqu'il lui a ouvert la portière, qu'elle lui a dit : « À Fresnes Raymond », il a marqué un léger temps de surprise. Sapée, pomponnée comme elle était, il s'était figuré un instant qu'elle reprenait le chemin d'Auteuil où ce jour-là justement il y avait un Grand Prix.

## QUATRIÈME VISITE

— Et ça, ça vous aiderait à me réinsérer ?

Il lui avait pris sa jolie paluche manucurée et il l'avait posée sur sa braguette. Il bandait dur à travers son froc. Pas le temps de palabrer, il était passé tout de suite à l'attaque, à peine avait-elle eu le temps de prendre place sur le tabouret... d'entamer une phrase... « Je vous ai porté un livre. » Sans crier gare il entrait pour ainsi dire dans le vif du sujet.

— Vous êtes fou ?...

Il lui lâche la main, il est tout radieux, triomphant.

— Non, je suis pas fou. Expliquez-moi pourquoi vous avez des talons hauts... que vous êtes si bien habillée... si parfumée ? C'est tout de même pas pour le directeur ?

— Je n'avais pas pensé que...

— Mais si, madame la comtesse, vous y avez pensé... vous ne pensez qu'à ça depuis la dernière fois.

Elle esquisse le mouvement de se redresser.

Alors il l'a rattrapée et collée contre lui. Pas question de se détourner pour lui refuser ses lèvres.

Elle frissonne à la fois à cause de l'attitude décidée de Gilles et la peur d'être surprise par le maton. Ça ajoute à son émoi. Tout en l'embrassant, Gilles lui applique la pogne au bon endroit. Elle ne se débat plus, elle accepte. Tout devient d'une intensité incroyable. Elle finit par murmurer :

— Vous êtes trop pressé.

Et déjà il palpe ses seins dans son corsage.

— On peut être surpris...

— Pour toi, salope, je veux bien encore aller au mitard.

— Ne soyez pas grossier...

N'empêche qu'elle se laisse triturer et qu'elle a saisi son engin à travers son froc. Pas du mou, Gilles il est monté style bourricot... un braquemart de rêve cochon pour dames esseulées.

— Dans ma bouche, salope c'est un compliment.

Petit à petit, il l'a collée contre le mur à gauche de la porte. Elle a perdu toute crainte du scandale... Elle sait maintenant qu'elle va y passer, là, debout contre le mur de cette cellule. Une situation érotique vraiment nouvelle... Gilles devient hâtif, il retrousse sa jolie jupe de grand couturier... il remonte vers le porte-jarretelles. Nous n'en étions pas à cette horrible mode des collants. Elle est tellement excitée, d'une façon si prompte, si extraordinaire, qu'elle est déjà toute humide... La petite culotte... il tire, il arrache... elle résiste un peu. Je veux dire la culotte... elle, n'est-ce pas, elle lui rend la politesse en le débraguettant d'une menotte preste. Il arrache la frêle protection de soie rose qui lui reste entre les mains. Elle l'aide même à la pénétrer… l'entrée du septième ciel est bien ouverte, il s'y enfonce d'un grand coup. Elle s'en mord les lèvres. Elle a envie de crier, c'est physique, comme dans la chanson d'Édith Piaf, mais Gilles, lorsqu'il est à l'ouvrage, il garde quand même toute sa tronche, le morceau de culotte qu'il tient à la main, il le lui plaque contre la bouche et il y va maintenant à grands coups de boutoir. A-t-elle jamais connu le plaisir avec autant d'intensité ? Tout s'en mêle, le volume, la longueur de l'hommage du gangster, les murs de la cellule qui vacillent… l'excitation du danger… Elle se tortille, il la maintient ferme sans relâcher son rythme et malgré toute la longue période de privation qu'il vient de subir, il arrive à se retenir… Il va la conduire au zénith et il aura l'extrême politesse de l'attendre jusqu'au spasme. Ils restent ensuite un instant à reprendre souffle. Des bruits leur parviennent du couloir… un chariot au loin… une porte qu'on ouvre et referme. Elle se crispe pour le retenir, prolonger son bonheur. Elle voudrait qu'il reste encore longtemps, qu'il recommence… il pourrait, elle en est certaine… mais voilà, autour d'eux il y a la prison avec ses cerbères, ses dangers sordides.

Il rengaine sa machine à volupté… il est plus rapide qu'elle à reprendre contenance… il se recule, il la regarde baisser sa jupe…

— Madame est servie, dit-il, ce monstre, comme elle le nomme déjà si gentiment dans sa tête.

Elle se défroisse, elle rajuste un peu sa coiffure. Par terre, il aperçoit la pièce à conviction, le morceau du petit slip arraché. Il s'en saisit rapidos et le glisse dans sa poche. Elle ne sait trop quelle contenance prendre, elle le regarde... on peut même dire qu'elle le contemple son vainqueur... comme un demi-dieu mal rasé, vêtu d'un vieux pantalon de toile, d'une chemisette délavée, chaussé d'une paire d'espadrilles, et à présent il se paye le luxe d'une lueur d'ironie sauvage dans l'œil.

— Pourtant non je ne me foutais pas d'elle, tu peux me croire, j'avais pris moi aussi un superpanard. J'en ai pourtant sabré des gonzesses... celle-là... ce coup-là, je pouvais plus jamais l'oublier.

Et de me développer... toujours en 1990 devant cette choucroute garnie de la gare de l'Est... la chope de bière... qu'il était tombé carrément amoureux. Une femme qui aurait pu être sa mère ! C'était la première fois qu'il baisait dans une cellule et qui plus est la comtesse de Wilfried. Impossible à imaginer une telle opportunité.

Par simple bignolerie... curiosité un peu salace au départ, je l'attaque de questions... Ça me vient pas encore dans les projets littéraires de rapporter tout ça dans un bel ouvrage en caractères elzévir. C'est pas dans ma mécanique créative... je commence par subir, vivre, écouter... je savoure, je dérouille, je pleure ou je ris... et si tout ça me revient, que plus tard ça se reconstitue dans ma mémoire, et que je pense que ça pourrait amuser quelques amateurs et surtout quelques lectrices entichées de mon verbe, je me mets au turbin plumitif.

Curieux, mais Gilles, il se remémore plus exact la suite de leur première étreinte. il semble qu'elle ait maintenant hâte de sortir de la cellule… que le trac la prenait une fois le danger passé. Elle regardait vers la porte.

— Je vous ai porté cette petite édition de *La Chartreuse de Parme*.

Elle parlait vite… lui s'est appuyé contre le mur et il se contentait de l'observer en train de se remaquiller ; un peu préoccupée de savoir si dehors tout le monde n'allait pas s'apercevoir qu'elle venait de se faire prendre comme une chienne contre un mur.

— Ne vous en faites pas, vous êtes belle. Je viens de vous le prouver.

À présent dans sa voix, il y avait un rien de tristesse. La prison reprenait ses droits. Elle s'est approchée pour l'embrasser longuement. Au point que son gourdin lui revenait. Fallait tout de même pas tenter le diable de matonnerie ou indisposer le Seigneur Dieu qui venait de se subir un affront dans le décalogue.

Elle avait du mal à reprendre sur elle-même, et lui, il m'a avoué son coup dans le palpitant, mon pote, l'évadé des évadés… le Latude de la IV$^{e}$ République.

Je vous tire le rideau, je vous ai offert une scène de choix, scabreuse adéquate. En parenthèse, je me permets de vous signaler que pour savourer si possible cette aventure sentimentale à sa juste valeur... il nous faut encore une fois la replacer dans le contexte. 1950, ça devient aussi loin question mœurs, mentalité que 1830... *Le Lys dans la vallée* ! Certes de tous les temps les hommes et les femmes pour forniquer ont trouvé toutes les combines possibles... détourné les institutions, les mariages, les tabous de toutes sortes, mais on y mettait les formes, on y allait pas sans aucun discernement dans le premier derrière venu comme de nos beaux jours. Ça vous explique limpide les hésitations d'Hortense... cette tentative vers la vertu... qu'elle ait conçu la cinquantaine passée de résoudre toutes les questions existentielles, de se réaliser pleinement en prenant le chemin du couvent des cisterciennes.

Elle cherchait, écrivait-elle à son confesseur, à mieux se connaître, L'abbé Bouillon, c'était un peu au-dessus de ses forces, de ses compétences apostoliques. Il avait bricolé pour ainsi dire avec le matériel du bord ; la prière, la pénitence, les lectures édifiantes. C'était la mode à ce moment de Teilhard de Chardin... un jésuite théologien et aussi paléontologue qui recherchait dans la préhistoire je ne sais quelle réponse à l'existence de Dieu. Dans mes études appliquées d'autodidacte, je me suis efforcé de comprendre quelques ouvrages de ce savantissime, je suis resté dans le cidre. On se demande, certain, s'il y a quelque chose à y comprendre. J'ai renoncé depuis et je suis pas le seul. Je me demande bien pourquoi l'abbé Bouillon recommandait pareille lecture à la comtesse. En l'occurrence il manquait de discernement.

Sur le chemin du retour, Raymond a eu le bon goût de ne pas lui poser de questions sur son visage un peu défait, de ces petits riens dans sa tenue, dans ses gestes qui dénotaient qu'elle était en proie à un trouble intérieur assez intense. Mais il était quand même loin de se gourer qu'elle venait de se faire régaler de première.

Elle reprenait lentement ses esprits. Comment cette simple relation sexuelle pouvait-elle la bouleverser à ce point ? C'était tout de même pas la première fois qu'elle allait fauter l'après-midi avec un coquin. Là, bien sûr, elle avait brisé toutes ses bonnes résolutions, tout ce lent travail de l'âme pour retrouver les voies du Seigneur. Elle ne voulait pas encore s'avouer qu'elle était déjà tellement sous l'emprise de Gilles, qu'elle ne pouvait pas envisager que cette première fois n'aurait pas de suite... qu'elle avait péché comme ça en passant... juste par une curiosité malsaine. Oh, il ne lui avait sans doute pas fait perdre la foi, mais tout était chamboulé dans sa nouvelle existence. Elle allait être obligée de tricher, de composer. Si elle voulait le revoir elle était bien obligée de continuer avec ses visiteurs de prison... toujours se dévouer pour les miséreux carcéraux. D'ailleurs elle avait plusieurs « clients » auxquels elle s'était attachée, ils avaient confiance en elle, elle ne pouvait pas les laisser en carafe.

Tout ça annonçait de drôles d'imbroglios… des complications multiples et inédites. Mais après tout ça valait mieux que de laisser le feu s'éteindre, s'étouffer dans la pratique religieuse.

— Qu'est-ce qu'elle t'a expliqué quand elle est revenue ?

Je demande à Gilles. Elle lui avait tout de même fait quelques confidences par la suite.

— Pas la deuxième fois. Elle a ouvert la bouche mais pas pour me dégoiser des conneries…

Ce qu'il m'a répondu texto… mais je dépasse le chapitre. On tourne la page..

## CINQUIÈME VISITE

Elle était encore plus excitante que la fois précédente.. c'est-à-dire… trois jours plus tôt. Avec une jupe plissée soleil et, comme il le lui avait demandé, en dessous aucun obstacle même le plus léger à son action offensive. Il avait pas de temps à perdre. Dans cette cellule où tout était précaire, fallait aller directos à l'essentiel. Et il s'est collé dans un coin pour le lui sortir l'essentiel, n'est-ce pas, mis à part leurs cœurs qui battaient à l'unisson. Aujourd'hui dans le langage des psy et des juges, on appelle ça une fellation… nous autres les maléduqués, produit du ruisseau, de la caserne et des bobinards, on disait pipe, turlutte… pompier… j'en passe et qui voulaient dire expressif et savoureux la même chose. Une bouche chaude, par exemple, c'était une image quasi pieuse.

Elle aurait voulu tenir une semaine avant de se pointer Hortense, mais depuis cette extraordinaire première fois, elle avait les miches sur les charbons ardents du démon de la chair. Elle n'en dormait plus ou si ça lui arrivait, elle en rêvait. Je n'invente rien, c'est ce qu'elle a confessé à Gilles plutôt qu'à l'abbé Bouillon.

Pour donner le change ce jour-là à Fresnes, elle a été voir quelques autres taulards... un assassin de sa femme adultère... un relégué vieux voleur multirécidiviste dans le dénuement le plus absolu... un agresseur patibulaire de vieilles dames. Gens pénibles à secourir qui veulent toujours des interventions pour rabioter sur leurs peines... des colis de vivres, je vous ai dit tout le monde bectait à la table qui recule dans notre palace à punaises.

D'une certaine façon, en allant faire quelques BA, la comtesse atténuait la gravité de la faute qu'elle préméditait. À l'avenir, elle allait s'arranger avec sa conscience. Après tout, merde ! Ce Jésus soi-disant de pure bonté, d'une infinie miséricorde, ne pourrait pas rejeter dans les ténèbres extérieures une personne aussi méritante pour quelques bagatelles de la porte.

Je reprends... cellule 44. Le risque était toujours suspendu qu'un brigadier en vadrouille ouvre brusque la lourde. Elle avait exigé de pouvoir s'entretenir avec les détenus sans que personne n'intervienne sauf en cas de danger, si elle se mettait à appeler au secours, ce qu'elle risquait pas de faire la bouche pleine.

À charge de revanche, Gilles a placé sa partenaire les jambes écartées comme il faut pour la régaler d'un savantissime, d'un artistique broute-minou.

— Je l'ai dévorée, jusqu'à ce qu'elle s'en morde la pogne jusqu'au sang.

Depuis le temps qu'il s'était pas offert de tarte au poil il en perdait pas une miette. D'après ce qu'il prétendait, il était aussi fortiche à la languetouse qu'au chibre.

Ça va souvent de paire, ne me demandez pas de quoi... ces dispositions artistiques pour tringlette avec les tendances chouraveuses du sujet. On devient souvent voleur par paresse et la paresse, comme on dit, est la maman de tous les vices... en particulier celui de la galanterie, du dévergondage sexuel. Les voleurs ont beaucoup de loisirs en dehors de leurs heures de travail souvent brèves et même si on tient compte des préparatifs d'un casse juteux, on peut se consacrer à divers plaisirs et surtout ceux qui s'accomplissent au plumard. On n'a pas encore eu l'idée de faire des statistiques sur la question. Ça viendra, soyez sans crainte, les instituts sonderont bientôt le moindre trou du cul à la traîne...

Déduction... que la comtesse pour se faire honorer les roberts, le clitoris et le profond de la vulve, elle avait tiré le bon zob de son pantalon. Je me permets de mettre tout à fait les points sur les « i » par souci unique d'honnêteté intellectuelle.

En tout cas cette deuxième séance d'érotisme carcéral n'eut rien à envier à la première. Après les caresses buccales il se l'est enfournée en levrette contre le mur toujours... un plaisir bestial, juste retour aux sources de nos instincts reproducteurs... il a remis le couvert comme la première fois, en face à face bouche à bouche avec sa balayette infernale qui la transperçait... qu'elle en avait l'impression qu'elle était empalée jusqu'à la gorge.

Je peux pas vous en dire davantage. Ça serait du superflu à caractère carrément pornographique. Je veux à présent réserver ma petite plume pour vous tenir au courant de toutes les conséquences imprévues de ce rapprochement de deux êtres apparemment si peu faits pour vivre une passion amoureuse réciproque.

Cette fois elle est repartie recrue d'une de ces fatigues… les seules qui vaillent vraiment la peine. Elle était envahie… tout son corps, sa tête, son esprit par Gilles. Désormais elle ne pourrait plus se passer de lui, ça lui semblait une vérité éclatante. Elle découvrait en même temps une espèce de renouveau de ses sens et le plaisir si particulier d'être totalement dominée. Même autrefois avec son héros aviateur, celui qui bouffait les océans et les montagnes, elle n'avait jamais éprouvé ça. Il l'habitait (ne voyez qu'un hasard à ce calembour) entièrement. L'obsession… elle le voulait tout à elle, seulement y avait la double muraille de Fresnes qui les séparait… toute une armée de flics et de matons. Il était, son bel amour, promis à la cour d'assises. Il eût été préférable certes qu'il soit sociétaire à la Comédie-Française ou chanteur à l'Opéra. À l'époque de l'Exposition de 1937, elle avait eu une liaison flamboyante avec un ténor… un bel animal à la chevelure calamistrée, habile au ramonage érotique mais rien de comparable avec Gilles ! Mon amour… mon amour, me donneras-tu la clef qui m'ouvre l'aventure…

Pouvait-elle sans risquer un énorme scandale l'aider dans une entreprise d'évasion ? Elle ne voyait même pas comment. Si l'opération ne réussissait pas, c'en était fini de leur amour et peut-être même de leur vie.

Gilles savait en malfrat expérimenté que *Femme qui bande se fait tuer pour toi et en revanche que femme trahie peut t'envoyer à la guillotine.* Pour peu qu'on connaisse les choses de la vie, ça paraissait tout à fait probable que Gilles à la longue se lasse d'Hortense. Une fois libre il retournerait sans doute avec Janine… Alors que se passerait-il ? C'était pas encore le temps d'y penser ! Tandis qu'elle brûlait dans les embrasements de sa passion, elle paraissait un peu étrange, comme absente à son entourage qui mettait ça sur le compte d'une espèce de mysticisme.

À la cellule 44, le parfum de la dame presque en noir… le fameux 5 de Chanel restait imprégné partout. Les gaffes qui venaient le fouiller, ces abrutis, ça les incommodait.

— Ça pue ici, tu devrais ouvrir la fenêtre, lui a fait remarquer un de ces bovidés acerbes.

À l'évidence les cerbères se gouraient déjà qu'il y avait anguille sous roche… disons même bite sous jupe. C'est pas l'intelligence qui les caractérise ces agents de la tentiaire, ils seraient même au-dessous du gendarme, du flic en uniforme dans la classification de l'espèce animale, seulement pour ce qui est des affaires de sexe, ils ont l'instinct qui les drive.

Ça voulait dire que Gilles, s'il voulait continuer à

se fricasser la comtesse à ses petits oignons, il devait redoubler de prudence.

À la réflexion, fallait mettre un complice dans le coup et il a pensé à Frédo… Celui que je vous ai montré au début sur la coursive… l'auxiliaire pousseur de soupe auquel j'ai consacré une biographie par la suite… un personnage lui aussi hors du cheptel. Un marrant et puis serviable. C'est lui-même qui a combiné la parade. Comme il était toujours à rôder dans les couloirs, les étages de la division, qu'avec sa fonction de gameleur, ça lui permettait d'aller à droite à gauche, il pouvait se poster en observation juste à l'angle, près du bureau du brigadier et s'il apercevait un danger s'approcher de la cellule 44, donner le serre. Expression de notre jargon… le serre… qui veut dire l'alarme… en l'occurrence il basculerait un chariot vide au milieu des rails. Un geste maladroit, il se ferait engueuler, mais Gilles le récompensera en paquets de cigarettes. Il en a maintenant à gogo, la comtesse lui a encore laissé trois paquets de Lucky ou de Camel sur la table avec *La Chartreuse de Parme.* Bientôt à la distribution des colibards, il aura la divine surprise de recevoir un paquet de chez Fauchon avec divers pâtés, jambons, tranches de saumon fumé, du chocolat et jusqu'à une petite boîte de caviar Beluga… Tous les autres détenus, les matons chargés de la fouille n'en sont pas revenus :

— T'as mis un Prix de Diane aux asperges, a fait remarquer Tonio l'Élégant, un hareng d'eau profonde qui s'occupe de la carrière de quelques jeunes personnes parsemées sur les Champs-Élysées... un connaisseur, on peut dire... un technicien du pain de fesses.

Gilles a encaissé le vanne à la marrade, se rengorgeant tout de même. Déjà qu'il était admiré pour ses exploits d'évadé, avec une assistance aussi somptueuse, il allait tourner caïd... et partant de là susciter de la jalmincerie, ce qui n'est jamais souhaitable dans une situation aussi glandilleuse que la sienne.

Ce que femme veut... surtout quand elle a dans ses arrières une jolie banque, un mari qui vaut douze ministres... un de ces princes qui nous gouvernent et qui sont pas si cons de se montrer au peuple. Des patrons feutrés qui gouvernent en lousdoc, sans faire de bruit. Nous autres bonnes pommes, on croit les camarades délégués du Parti, les blablateurs de meeting... on croit peut-être que le garde des Sceaux peut donner des ordres... balpeau, Mimile ! S'il fait un pet de traviole, il dégage et on le remplace... ils sont cent vingt-cinq qui attendent sa placarde dans l'antichambre... Et le président, celui qui nous présidait la République à ce moment, le pépé neunœil, il représentait même pas lui-même. Y a que les banques de sérieuses dans ce beau monde.

Pour vous expliquer le pourquoi du comment, la comtesse Hortense de Wilfried dans les jours qui suivirent cette seconde séance fabuleuse de jambes en l'air, elle s'est démenée la couenne, c'est pas rien de l'écrire. On n'a jamais su où elle avait été plaider la cause de M'sieur Gilles Dastel, le pourtant malfaiteur au casier judiciaire chargé comme un mur de chiottes de graffiti, en quelques jours elle avait révolutionné le Sanhédrin pénitentiaire. Avec l'argument que c'était inique, contraire aux droits de l'homme, quasi nazi d'enfermer un être de cette façon, de le nourrir d'épluchures, de le laisser croupir dans la puanteur.

Coup de baguette de la bonne fée. On s'est activé pour lui préparer une nouvelle cellule... la 50 au bout du couloir. Toujours la double porte, la blindée et l'autre... la double rangée de barreaux à sa fenêtre... un lit en fer certes et scellé au mur mais avec un matelas, des draps... un polochon frais. Ça devait être ce qu'elle avait exigé en premier la comtesse, elle pensait avec juste raison qu'on ne peut pas toujours copuler debout, que ça finit par vous filer des crampes, des rhumatismes, des torticolis... elle voulait se faire régaler dans un minimum de confort. Ceci n'effaçant pas dans son souvenir les extraordinaires coups de clarinette qu'elle s'était pris contre le mur lépreux de la cellule 44. « Chère petite cellule ! » Mouais ! comme il est dit dans l'Ecclésiaste, il y a un temps pour tout...

Des auxiliaires se sont affairés pendant deux jours pour que Gilles ait enfin une geôle digne de ses mérites. Évidemment on se demandait à la direction pourquoi cette dame si soucieuse de la condition carcérale ne s'occupait que du cas Dastel en priorité. Peut-être voulait-elle faire une sorte de démonstration… la cellule modèle de l'avenir, comme dans ces agences immobilières où l'on vous fait visiter l'appartement type bien exposé au sud avec vue imprenable sur le parc boisé… la rivière qui passe au loin. Le taulier, le Gros Bill, il figurait pas, question Q.I., dans les notes supérieures, n'empêche qu'il n'était pas si nature pour avaler la pilule comme un cachou Lajaunie. Il avait bien sûr entravé la poloche mais, en même temps, en bon fonctionnaire zélé, soucieux de se garder sa placarde, qu'il fallait surtout pas se mettre à disserter, esquisser la moindre objection. Juste il avait demandé qu'on laisse Gilles dans une cellule à garde renforcée. Le pire pour un chef d'établissement pénitentiaire ça reste l'évasion. Dès qu'un de ses zoiseaux s'envole, il se retrouve sous-fifre à la maison d'arrêt d'Yvetot où croupissent quelques voleurs de camembert, deux incendiaires de meules de foin et trois papas incestueux. Vous me direz, y a pas de sottes fonctions dans ce métier. Voire ! C'est tout de même plus prestigieux de veiller sur Jo Attia, Spirito ou Carbone, ça vous meuble un peu mieux les conversations dans les soirées entre collègues.

Le lit, le matelas… un placard mural, les chiottes briquées propres… Ils ont pas été jusqu'à des fleurs sur le bord de la fenêtre avec du liseron qui grimperait le long des barreaux, mais y avait tout de même de quoi suffoquer les gaffes et les auxiliaires.

— T'as le cul bordé de nouilles…

Ce que certains se sont permis, les préposés de la soupe, les balayeurs, tous les petits malfrats dans les boulots intérieurs. Ça allait pas tarder à jaser. On irait jusqu'à supposer des choses qui ne feraient pas du tout plaisir à Gilles. Dans ce Clochemerle de réprouvés, les ragots, les calomnies sont aussi virulents qu'au fin fond d'une cambrousse beauceronne.

— Elle a dû tout de même arroser du monde ta baronne, j'ai demandé à Gilles.

D'abord il m'a fait remarquer qu'une comtesse c'est le grade au-dessus de la baronne. Ça lui flattait encore la vanité d'avoir été l'amant d'une noble aussi authentique... avec des quartiers qui remontaient jusqu'aux croisades.

Ceci précisé, il était presque certain que pour obtenir tant de faveurs d'une administration aussi rigide, aussi sclérosée que la tentiaire, elle avait sorti à bon escient de jolies enveloppes bleues avec quelques talbins parfumés à l'intérieur, ne serait-ce que pour faire mentir l'empereur Vespasien.

Le résultat c'est qu'il fut, compte tenu des lieux, du contexte, comme un nabab dès qu'il eut enquillé à la cellule 50. La comtesse n'avait pas pu obtenir l'installation d'un verrou intérieur, ce qui n'empêcha pas nos tourtereaux de se mélanger les sécrétions intimes deux ou trois fois par semaine à partir de ce moment-là. Ça revenait un peu au même que les noblaillons sous l'Ancien Régime qui faisaient venir leurs maîtresses à la Bastille.

Entre deux étreintes, les gens ont des conversations... Hortense qui se prenait un bain de jouvence à Fresnes, avait eu tendance à orienter les conversations vers les beaux-arts, elle estimait que Gilles, garçon sensible et intelligent, devait s'ouvrir aux choses de l'esprit.

Seulement lui, il était toujours habité par son obsession... la liberté le plus vite possible. Toutes ces salades de remises de peine, grâces exceptionnelles, ça reportait aux calendes républicaines sa levée d'écrou.

Bien bel de s'offrir madame la comtesse avec tout son attirail de froufrous... toutes ses dentelles... bas à résilles, guêpière... et ses robes de Lanvin, Schiaparelli... son 5 de Chanel au plein des naseaux... rien ne valait pour lui en définitive que de respirer l'air du macadam parisien.

— Quand tu seras libre, je t'emmènerai à Salzbourg écouter Mozart.

Mozart mon cul ! faillit-il lui répondre.

— Faut que tu m'aides à m'arracher... t'entends... Tu me feras transférer à la Santé, je scierai le plancher du panier à salade pendant le parcours.

— Avec quoi ?

— Une scie que tu me porteras et que je sais où planquer.

— Ça gâcherait tout...

Maintenant elle en était à sa dix ou douzième visite. Je ne vous les ai plus chapitrées, c'eût été répétitif.

— Gâcherait quoi ? Merde, Hortense, je suis pas un animal que tu vas garder en cage pour te faire tringler !

Elle était sur le page tout alanguie après une randonnée dans un orgasme paradisiaque et le voilà qui prenait un ton brutal, une façon de s'exprimer peut-être en rapport avec sa fougue érotique, mais elle n'y était pas encore habituée. Ça allait venir… elle était prête à tout et elle le savait dans son for intérieur.

— Mon chéri… ça, je ne peux pas. Attends ton procès… lorsque tu seras condamné, je te jure que tu sortiras très vite.

C'était le moment où elle devait se resaper… repartir, c'était déjà beaucoup qu'elle soit restée près d'une plombe dans sa cellule. Et là, ça l'a pris… il est devenu violent… il l'a attrapée par les épaules, l'a secouée.

— Mais tu comprends rien, connasse ! T'as toujours chié dans la soie. Moi, je crève ici, je pourris sur place.

Il lui faisait mal en la secouant, elle en avait les larmes aux yeux…

— Ne sois pas méchant… Gilles, si tu savais comme je t'aime.

C'est lui qui me rapportait la scène, il en bichait encore à se souvenir.

— Et là, Alphonse, tout à coup ça m'a repris. Je me suis senti encore un gourdin d'enfer. Je l'ai retournée et j'ai pris l'escalier de service.

Ceux qui veulent un peu réfléchir déduiront de quoi il retourne.

## VINGTIÈME VISITE

À ce rythme-là, on pouvait pas éviter le scandale… Tout le monde en jasait dans la cabane… sur les coursives, dans les cellules, le soir aux fenêtres… et toute la valetaille matonneuse… au greffe, à la cantine… au vin d'honneur du Surveillant-chef M. Machicot qui fêtait ses trente ans de bons et loyaux services.

Et fatal, ça déboulait à l'extérieur… des allusions dans cette presse maudite à propos d'une première d'une pièce de Claudel, excusez du peu, à la Comédie-Française à laquelle Mme la comtesse de Wilfried avait fait l'honneur de sa charmante présence.

Vrai qu'elle rayonnait depuis quelque temps, elle avait rajeuni de dix piges. On disait qu'elle faisait aussi jeune que sa fille Geneviève. Un plumitif fielleux faisait des compliments à Hortense à propos de son apostolat de visiteuse de prison. « Elle se consacre actuellement à ramener le célèbre gangster Gilles Dastel sur le droit chemin par la grâce de Dieu. »

Tout cela ne l'atteignait pas encore, elle était comme sur une autre planète. Elle aimait comme peuvent aimer les dames qui prennent conscience de vivre leur dernière passion. C'était à la fois une femelle en chaleur, une mère incestueuse et une pécheresse.

Duraille à démêler. Elle était bien obligée de poursuivre ses bonnes actions auprès des détenus. Ce qui au départ était pour elle un moyen de sauver son âme était devenu presque un alibi pour la perdre. Est-il plaisir plus ardent que de s'offrir comme ça à un type à qui elle avait fini par murmurer :

— Mais tu es le diable !

De plus en plus il la maltraitait en paroles « Putain Poufiasse ! Suceuse ! Enculée ! » xetera... des mots qui la mettaient déjà en transes. En plus, il y allait de grandes claques sur le cul... il la giflait, la faisait se mettre à quatre pattes. « Espèce de chienne ! »

Il perdait, m'a-t-il avoué, lui aussi un peu les pédales dans ce délire érotique. Tout de même ça pouvait tourner vinaigre tout ça... qu'un zélé de surveillant prenne l'initiative d'entrer brusquement. Gilles plutôt impulsif n'aurait pas manqué de lui flanquer sa tête dans la gueule pour lui apprendre la discrétion à ce connard ! On imagine les suites du pugilat.

— Me Lubary m'a fait remarquer que j'avais les traits tirés... « Vous vous fatiguez peut-être trop à faire votre gymnastique » qu'il m'a glissé, ce vicelard.

Sûr qu'il était au parfum, d'autres de ses clients l'avaient enragoté et sans doute jetait-il un œil sur *Ici-Paris* ou *France-Dimanche.*

Je vous rapporte ça de nos conversations très ultérieures. Je m'efforce de reconstituer les propos de Gilles et de Me Lubary, les connaissant bien l'un et l'autre.

Tout ça tournerait en quasi-vaudeville, n'était que la cession des assises approchait. La comtesse n'avait pas voulu se laisser convaincre de lui porter une petite scie pour qu'il tente encore de brûler la politesse au bras séculier. Elle méditait d'intervenir auprès du président et du procureur pendant le procès et de trouver pour son amant des témoins de moralité.

L'abbé Bouillon qu'elle avait délaissé un peu depuis son retour inopiné dans les affres du péché de la chair, elle a tout de même été lui rendre visite dans son aumônerie... le solliciter carrément afin qu'il vienne à la barre expliquer que Gilles Dastel était en train de retrouver la foi chrétienne dans sa cellule.

— Mais vous me demandez de mentir, implora-t-il.

À quoi elle lui rétorqua cinglante :

— Puisque c'est moi qui vous le demande, j'assume la faute.

Il est rentré dans sa niche sainte le bon père. Avec un argument aussi massu, il pouvait venir en témoin de moralité, ce qui ne manque pas de sel lorsqu'on savait que c'était le Dieu Éros qui fréquentait la cellule 50 plutôt que le Saint-Esprit. Et il était lui aussi au parfum... au 5 de Chanel en l'occurrence.

Fort heureux, la comtesse fut carrément convoquée par un fonctionnaire important du ministère de la Justice... un ami de sa famille... un monsieur distingué comme on l'entend dans ce joli monde... col dur, cravate en soie... et la petite tache rouge à la boutonnière de son veston. À mots à peine couverts il lui a conseillé de prendre un peu ses distances.

— Cet apostolat vous absorbe trop chère amie. Point trop n'en faut dans la charité chrétienne.

— Je vous remercie de votre sollicitude mais je ne comprends pas...

Il l'a coupée en souriant... beau être bien élevé, l'imparfait du subjonctif dans le langage courant, fallait tout de même pas le prendre pour une truffe.

— Mais si madame la comtesse, vous me comprenez parfaitement, et vous savez très bien que si j'ai pris la peine de vous demander de venir me voir c'est que j'ai quelques raisons de m'inquiéter. Ne nous engageons pas dans des précisions de mauvais aloi.

L'évidence qu'il fallait mettre un bémol sur le thème en la turlutte majeur. Hortense était dans le feu de sa passion, mais si elle ne voulait pas que tout ça tourne à la catastrophe, elle devait un peu se reprendre. Elle s'est donné une semaine de réflexion avant de retourner à Fresnes sans même prendre la précaution d'avertir son grand amour.

Ça tombait pile que leur dernière rencontre

s'était plutôt mal terminée. À propos de cette lame de scie qu'elle s'obstinait à lui refuser. Ils avaient eu des mots aigres-doux, les premiers en dehors d'un contexte trouduculier. Qu'elle espace un peu sa prochaine visite n'étonnait pas trop Gilles. Après tout, ça le reposait et il avait tout un tas d'écritures à rédiger pour préparer son procès. Me Lubary envoyait un assistant et ils préparaient ensemble la défense. Son dossier ayant été transmis à la chambre des mises, les conclusions du juge d'instruction étaient telles, fournies de preuves, de témoignages irréfutables, qu'il ne pouvait pas échapper à l'explication finale devant la prochaine cession des assises de la Seine. Ça valait mieux à tout prendre que d'être jugé en province ou à Versailles dont les jurés avaient une réputation de férocité qui remontait à la répression de la Commune de 1871. Piètre consolation. Sans être Nostradamus on pouvait prévoir un score d'entre quinze et vingt ans de trav's. Une peine d'homme, dit-on dans le Milieu... l'honneur est sauf, mais tous les voyous se contenteraient d'une peine de putain qui se situe au-dessous d'une pige et dont il est de très mauvais goût de faire état dans les conversations de cours de promenade.

La comtesse s'est morfondue l'intimité... elle se sentait en manque quand elle prenait pas sa dose de chibre hebdomadaire, mais durant cet intermède, elle a commencé son action pour sauver son grand amour du pire. Pour commencer elle a calmé M^e Lubary qui criait misère. Depuis un an qu'il assistait Gilles, il n'avait pas touché lerche de fric… Rien que les frais de dossier étaient considérables. Un doux froissement de biffetons à ses oreilles de mélomane ramena son talent entièrement acquis au service de ce client dont la cause servait tout de même sa réputation. Avocat au pénal, il avait autant besoin de vedettes du crime dans le box que ceux-ci avaient besoin de sa voix d'or.

Se posait… enfin je me posais la question de savoir, comme dans la plupart des cas chez tous ces braqueurs, ce que devenait le fric qu'il avait piraté ? Dans toutes ses dernières opérations Gilles avait empoché des sommes considérables. Certes, il n'était pas seul au partage et la vie d'évadé est plus coûteuse que celle d'un chef de bureau à la Caisse des dépôts et consignations. La moindre planque se paye très cher ainsi que tout ce qui en découle. Pour ce qui est des bijoux, de toute la quincaille de pierreries, rivières, pendants d'esgourdes, broches et bagouzes, à la refourgue ça devenait à peu près du 25 % de leur valeur dans le meilleur des cas.

—Je flambais, tu le sais bien, me rappelait Gilles, un jour que je l'interviewais à ce propos.

Il fréquentait quelques tapis francs où il finissait par se faire essorer. C'est dans la logique du bien mal acquis… il transite sur les tapis verts… cavale sur les hippodromes… s'achève au poker où les *hommes* se doivent de tout remettre en cause. C'est une donnée du problème pour étudier le comportement des malfrats… ils pensent toujours se refaire très vite calibre en main… l'argent ne se mesure pas à la même aune que chez les bourgeois ou les honnêtes travailleurs, ceux qu'ils désignent sous l'appellation de pue-la-sueur. Le flambe d'ailleurs ça lui est resté soudé à la carcasse jusque dans son âge avancé… à soixante-dix et des mèches, alors qu'il subsistait plutôt précaire, de bric et broc et de dernières combines, Gilles trouvait tout de même de quoi se glisser dans des parties clandestines… la fumée des tripots… avec un peu d'alcool dans le tronc, il se sentait revivre.

En réalité, il avait aussi deux complices qui n'avaient pas été coxés… qu'il avait protégés de son silence et qui s'étaient évaporés avec une grande partie de leur dernier bénéf. Genre de comportement assez courant sinon humain, qui vous prend dans un engrenage dont les psy, les réinséreurs d'enfants perdus n'ont pas la moindre idée… aucune référence dans les ouvrages du docteur Freud.

Après Lubary, madame la comtesse a entrepris quelques démarches restées secrètes… Elle a même mis son vieil époux à contribution. Il restait maître de sa fortune… toujours à son poste. S'il venait à avaler son bulletin de naissance, Hortense aurait une partie sévère à jouer avec des associés, sa fille Geneviève, ses deux frères et une frangine. Beau faire des folies de ses miches, question de ses intérêts elle veillait au grain, avec des conseillers tout ce qu'il y a de sérieux. Sur le plan pratique les activités d'Hortense, charitables aussi bien que galantes, étaient vétilles dans son budget... à mettre au même rayon que la toilette et les frais de salon de thé.

Elle voulait bien s'accomplir, se ressourcer chez Jésus-Christ, elle restait tout de même maîtresse de sa fortune. Faut pas que les bonnes œuvres conduisent à la ruine du temple.

Elle s'est repointée, fringante sous une apparence presque stricte. Cependant elle se trimballait sur les arêtes en petit ensemble beige... une robe à fines bretelles et un joli boléro de shantung. Une création signée Paquin. Une discrétion qui clignait de l'œil. Elle a pris la précaution d'aller visiter quelques-uns de ses protégés dans le désarroi, la calamité. Quelques pauvres types irrémédiables, des erreurs de Dieu, faut tout de même en convenir. Naguère, elle percevait tous ces désastres humains avec beaucoup de peine, ça lui nouait la gorge, elle n'en ressortait pas indemne. Maintenant elle les écoutait, certes, elle s'efforçait de leur prodiguer les paroles que lui inspirait la miséricorde divine, mais elle devait bien admettre que tout son esprit... et quand je dis esprit !... était tendu uniquement vers la cellule 50, promesse de délices dont elle ne pouvait jamais se rassasier.

— Je croyais ne plus te revoir...

Il l'accueille de la sorte, l'œil goguenard. Elle a

vite vite repoussé les deux portes et elle s'est jetée dans ses bras.

— Je n'ai pas cessé de penser à toi.

Le patin d'usage... elle était hâtive, tout en l'embrassant elle commençait à se débarrasser de ses fringues. Lui aussi, il le reconnaissait un demi-siècle plus tard, il piaffait de cet intermède inimaginable dans sa prison. Ça ajoutait bien sûr les saveurs incomparables du fruit défendu.

Huit jours de jeûne avaient ranimé le brasier du cul de madame et lui, quasi en état permanent de priapisme, il lui a défoncé le bonheur... je sais pas si cette image est heureuse, elle me vient, je vous la livre et si vous ne la trouvez pas d'assez bon goût, plaignez-vous à mon éditeur. Son chibre à Gilles en cette décennie de la trentaine, c'était de l'acier Krupp. Dehors, partout où il offrait ses services au beau sexe, celui-ci lui en gardait une reconnaissance éperdue, éternelle. Enfin pour dire... J'ai rencontré quelques mémères, de vieilles escaladeuses de braguettes devenues sages par la force des choses, du temps qui passe et finit par avoir raison de tout ce qui nous fait la joie de vivre. Réussi à les confesser. Pas si facile, les vioques deviennent souvent pudiques, et puis les femmes de cette génération se racontaient pas facile. Les mœurs ont changé. En mieux ? Je suis incapable de vous répondre mais de nos jours tout le monde se met les organes sur la table... ça fait partie de l'analyse, on se soigne paraît-il de la sorte. Dire de quoi ? Je me le demande chaque jour.

Ne vous étonnez donc pas, lecteuses, de ce que

la comtesse soit devenue éprise de ce malfrat au point d'en perdre la raison.

Ce jour-là comme il fallait ne pas trop abuser de la situasse... Hortense lui ayant expliqué les menaces qui flottaient sur leur démoniaque liaison... Gilles s'efforça à la rapidité fulgurante... de quoi tout de même conduire sa partenaire dans l'enchantement répété de sa nature féminine profonde, comme il est dit dans les meilleurs romans du genre.

Je vais pas me répandre davantage sur les particules élémentaires consécutives à cette partie de jambes en l'air. C'est pourtant le centre de notre affaire, le moteur dramatique de cette histoire.

— T'étais toujours aussi vaillant sur le morceau... ?

Je lui demande, un peu trivial, je peux me permettre devant un haricot de mouton à *La Tour de Montlhéry*. Nous n'en étions plus à la même table de la gare de l'Est. Lorsqu'il venait à Paris on se faisait une gamelle selon notre langage codé de prison. Les caves se font une bouffe, les gens du monde dînent, les anciens taulards se font une gamelle... en souvenir de nos années merdeuses.

Certes qu'il avait su répondre à la demande, faire honneur à sa réputation d'étalon.

— Sans rien, devant un mur... je donnais des ordres à ma queue. « Allez debout ! Bande, saloperie ! » Comme un animal, elle obéissait.

Il regrettait ce temps béni. Sans aller jusque-là, il se serait contenté de faire face aux bonnes fortunes qui lui passaient sous les narines.

Je me souviens à l'époque, quand ça s'est mis à bavasser autour de cette histoire de la comtesse qui venait se faire égoïner à la cellule 50, à Fresnes, ça s'est marré... certains se sont réjouis, les bons potes... d'autres on sentait que leur jalmincerie les rendait malveillants.

— Et nous pendant ce temps-là, on se pogne.

Ou on s'encule, auraient-ils pu ajouter. Y avait quand même des petits ménages par-ci par-là... des girons qui vous turluttaient dans les douches.

La jalmincerie chez les arcans, ça prend parfois des tournures sanglantes. On avance sur cette planète en se bardant de méfiance, en faisant bien gaffe de ne pas heurter les susceptibilités de certains teigneux, qu'on dit sales fers, et qui se précipitent sur toutes les occases pour jouer du poing, voire de la lame. Tout ça participe plus souvent d'une imbécillité profonde... question de préséance... de dit... de non-dit... de regard... mêlés aux calomnies, médisances diverses.

Ce préambule pour vous amener à un incident regrettable qui est venu rompre la belle ordonnance de cette chanson de gestes osés.

Gilles, l'ordre de la direction, c'était qu'il ne circule jamais seul... dans les couloirs et sur les coursives... toujours escorté de matons, les cadènes aux poignets lorsqu'on le transférait.

Tout de même il se retrouvait avec tout le monde et n'importe qui, dans la grande salle où nous attendions au petit matin la fouille et les différentes opérations de contrôle, avant de partir en cellulaire pour le Palais de justice. Ça permettait de rencontrer les copains, d'échanger quelques mots avec de vieux compagnons de misère… Petit moment de détente avant des journées éprouvantes à attendre dans la souricière, sorte de tinettes où l'on entasse ce bétail humain avant l'abattoir judiciaire.

Lorsqu'il apparaissait là, Gilles était accueilli cordial dans l'ensemble… le cercle de la famille voyoute l'applaudissait à grands cris pour paraphraser Totor. Et justement y en avait un de Totor ce matin-là dans la fournée de Justice. Réputé alors comme un féroce butor, souventes fois condamné pour coups et blessures… Un habitué de l'attaque à la braguette. Une spécialité qui sévissait à l'époque où fleurissaient dans Paris d'innombrables pissotières. Elles servaient bien sûr pour les pipis pressants des quidams mais aussi, et surtout la nuit venue, aux sectateurs de la brioche infernale… les antiphysiques comme disaient autrefois les protecteurs de la morale en leurs ouvrages édifiants.

C'est là que ce Totor, un lascar déjà de la quarantaine, tatoué tête aux pieds, prospectait ses victimes. Il entrait dans la pissotière, celle-ci était à trois compartiments, ce qui facilitait des acrobaties de toutes sortes. Celui qui traînait là pour s'en faire glisser une petite paire, lorsqu'il trouvait le partenaire à son goût, il n'avait plus qu'à se tourner et baisser son froc. Et là, le Totor en fait de son chibre, il sortait sa lame, un cran d'arrêt et crac ! au lieu de s'offrir un petit coup de volupté, l'amateur se faisait dépouiller de son portefeuille, sa montre et, parfois en verve, Totor lui laissait en souvenir de son laguiole, une petite balafre sur le cul… On racontait aux veillées des cellules qu'il avait une fois coupé l'oreille d'une lope qui s'était permis d'émettre un commentaire désagréable.

Ça vous donne une idée de l'homme en question. Pas la classe… le caïd haut de gamme, mais tout un chacun respectait, appréciait son pedigree… Maisons de correction… Fontevrault… toute la chaîne des hôtels pénitentiaires à trois étoiles, on ne pouvait pas lui contester ses quartiers de noblesse voyoute.

De jactance il était plutôt rogue… des avis abrupts… le chapelet d'injures débité lorsque la conversation s'orientait sur les flics, les juges, les matons ou même les avocats. Tous des pédés et il savait de quoi il jactait. Dans ses prospections de tasses il avait rencontré plus d'un président de cour d'appel… quelques ténors du barreau… des préfets de police… Dès que le nom d'un personnage célèbre était prononcé, invariable Totor l'avait dévalisé de la façon que je vous ai expliquée plus haut… quand il ne l'avait pas en sus (joli mot) encaldossé royal.

Ce fameux Totor, qu'on disait des Batignolles, appartenait à une espèce de malfrats déjà presque en voie de disparition dans les années 50. La tronche grêlée, les petits yeux injectés de vinasse au fond de l'orbite sous de gros sourcils… quelque chose de simiesque avec ses paluches préposées aux cous des rentières.

Il racontait, un jour où j'eus le privilège d'être un de ses auditeurs dans une cellule d'attente, qu'il s'était fait sucer par un cardinal… il se rappelait plus de son nom, la scène s'était passée bien entendu dans une pissoire près de Notre-Dame, une pratiquement réservée aux ecclésiastiques, quai de Montebello. Ce qui retirait un peu de crédibilité à son récit, c'est qu'il décrivait ce cardinal avec une robe rouge et une espèce de tiare, de chapeau pointu. On imagine mal l'archevêque de Paris dans son accoutrement sacerdotal en train de faire les tasses.

Quelqu'un d'ailleurs dans l'assistance, un petit maque de je ne sais où, s'est permis de trouver l'épisode excessif.

— Arrête tes conneries, Totor… Faut pas quand même nous prendre pour des branques.

Il aimait pas qu'on le conteste, le vieux sapajou.

— Dis tout de suite que je suis un menteur ! Merde ! Je vais même te donner une précision, mon pote. Il était à poil sous sa soutane, il me suppliait de le mettre, il me tendait son gros cul. Il était trop vioque, j'aurais pas pu y arriver.

— Vaut mieux entendre ça qu'un verdict de cour d'assises, a rétorqué le petit hareng.

Ça faillit tourner vinaigre. Un rien Totor montait au suif. Je dois dire que j'ai trouvé l'argument pour calmer le jeu.

— C'était peut-être un faux cardinal.

En grommelant Totor a accepté ma version. Y a

un tas de chabraques qui se travestissent de toutes sortes pour aller à la cueillette des zobs.

Parenthèse pour vous présenter le personnage. Nul besoin de m'étendre davantage sur ce gorille. Il était donc présent dans la salle attenante au greffe ce matin où Gilles allait à l'instruction. Pimpant, sézig, la comtesse avait pris soin d'envoyer des fringues plus que correctes à son vestiaire, de quoi faire bonne impression auprès des guignols.

Il a serré quelques mains, des potes ou prétendus tels... et puis là... mais je lui laisse encore la parole devant une choucroute ou un cassoulet... peut-être simplement au pastaga chez Mme Carmen, notre bonne amie derrière son rade rue Dussoubs.

— Je l'avais pas remarqué ce con... Derrière moi je l'entends qui demande « Qu'est-ce qu'il faut se faire faire pour avoir une cellule toute neuve et des colibards de prince ? ». J'aurais dû prendre ça à la rigolade, répondre n'importe quoi... un vanne quelconque. Seulement le ton de sa voix à ce vieux salingue était comment te dire ?

— Caustique...

— C'est ça... caustique... Y avait comme un sous-entendu que je me faisais mettre ou que j'en croquais chez les flics. Depuis longtemps, je me tenais à carreau, j'ai jamais beaucoup aimé le suif pour le suif, mais il touchait à quelque chose qui ne me convenait pas. Aussi sec, je me suis retourné, j'ai été vers lui, je lui ai demandé s'il voulait pas par hasard bouffer de la tête d'évadé. Pas attendu sa réponse, je l'ai emplafonné comme il faut... il aurait été à terre s'il n'y avait pas eu deux trois mecs derrière lui pour le retenir. J'ai cru que je l'avais bien servi... les autres se marraient et jusque-là le maton de service à la porte, il avait rien remarqué. Le Totor, je me méfiais pas qu'avec sa tête de bœuf il encaissait comme une brute et surtout qu'il avait une lame... un morceau de ferraille aiguisé sur le bord des chiottes... glissée dans son froc. Il a fait semblant de tituber, de se retenir à ses voisins et brusque il a foncé la lame en pogne.

J'avais de bons réflexes mais je n'ai pas vu le coup venir... plaf ! il m'a planté sa saccagne dans la poitrine. Je l'ai entendu qui gueulait « Avec ça t'iras plus l'enculer ta baronne ! »

Voilà l'histoire, une de ces tristes anecdotes de la vie carcérale. Ça suffit pas d'être enfermé, réduit paria... faut encore qu'on s'entre-tue, qu'on s'y rende la vie la plus infernale possible. Surtout par une sorte de bêtise propre à l'engeance voyoute... faite de vanité grotesque, de susceptibilité fleur de peau... d'impulsivité meurtrière.

Je vais vous clore ce chapitre là-dessus. Vous savez bien, puisqu'il s'exprime beaucoup plus tard au cours de ce récit, que le Beau Gilles... le grand amour d'Hortense n'a pas succombé à ce coup de couteau, mais il s'en est fallu d'un rien... S'il était mort, la comtesse eût-elle survécu à cet immense chagrin ? *That is the question*... comme disait William.

## VINGT ET UNIÈME VISITE

Cette fois à l'hôpital central, un bâtiment dans l'enceinte des prisons de Fresnes. Là que tous les éclopés, les grands malades, les blessés captifs se font soigner.

Gilles avait été atteint du côté gauche… le poumon, juste sous le cœur… un poil près il était saigné. Plus de héros et je ne serais pas en train de vous broder son hagiographie. Je serais peut-être obligé de me convertir au Nouveau Roman, avec un peu de retard, mais ça suffirait peut-être à me faire accepter dans le cénacle des plumitifs vraiment littéraires… Je me ferai lécher la prose par les jeunes filles Gallimardeuses, comme le Casanova de la boutique.

Trêve de blague. Quand il est revenu de la salle d'op où le professeur Montreuil l'avait recousu, qu'il a repris ses esprits… quel visage, je vous le demande, a-t-il vu penché sur son corps meurtri… Elle ! Rien qu'elle, énamourée, larmée de la tronche… l'angoisse brûlant ses jolis yeux.

Hortense avait été une amante exclusivement, si

on veut faire une différence d'avec les mères, celles qui font passer leur progéniture avant tout... On murmurait d'ailleurs dans les salons où l'on babille à ce sujet, qu'elle n'avait jamais pris grand soin de sa fille. Je vous ai dit confiée à des nurses, puis aux éducatrices de nos bonnes maisons religieuses.

Dans les raisons de son retour au Jésus de sa première communion y avait une espèce de remords... ses devoirs de mère négligés, ça constituait peut-être un péché plus grave que les égarements de la chair. Seulement lorsqu'elle en avait pris conscience sous l'influence de l'abbé Bouillon, il était trop tard. Geneviève n'avait plus besoin de poussette, de barboteuse... de promenade aux Tuileries à dos d'âne.

Devant son fol, son grand, son merveilleux amour, allongé dans un lit d'hosto... pansement... goutte-à-goutte... la pâleur de son superbe visage, elle s'était sentie redevenir mère notre chère Hortense... le cœur fendu en deux... Passé des heures d'anxiété fiévreuse sitôt qu'elle avait appris la nouvelle. Elle avait alerté sur-le-champ M. Amor à son bureau place Vendôme, qu'elle ait tout de suite l'autorisation de passer tous les barrages pour le voir.

Et elle était là... on lui avait accordé la permission de rester la nuit à son chevet. À l'époque c'était des frangines qui assuraient les soins médicaux des détenus... de l'ordre, si mes souvenirs sont bons, de l'abbaye de Cluny. Avec un voile bleu ciel. Je fus soigné par elles quelques années plus tard lorsque je crachais mes bacilles de Koch à l'infirmerie annexe. De gentilles et douces infirmières. Mécréant, je dois pourtant reconnaître que le service de Dieu a des effets salutaires dans certains cas.

Gilles il s'y attendait pas à trouver le visage de celle qu'il appelait sa belle salope en ouvrant les châsses.

— Je croyais revenir de la mort... Je l'ai d'abord à peine reconnue. C'était tout trouble... comme dans une sorte de coton nuageux.

— Gilles mon amour ! Ce n'est rien, tu es sauvé.

Elle était presque couchée sur lui, la frangine de garde l'a prise par l'épaule.

— Ne le faites par parler, madame, il est très fatigué !

La lame était passée entre deux côtes et avait pénétré profond dans le lobe inférieur du poumon. Y avait du dégât mais rien de mortel. C'était après l'intervention chirurgicale, une question de patience, de bouffer des antibiotiques pour éviter l'infection et de reprendre doucement les mouvements de la vie. Il était dans une cellule de soins... avec une porte, des barreaux à la fenêtre et un lit d'hosto au milieu de la piaule. Table de nuit... tout le toutime comme à Cochin ou Laennec.

La comtesse se comportait de telle sorte que sœur Sainte-Claire, qui dirigeait l'équipe de religieuses infirmières, a commis un drôle d'impair. Elle est entrée dans la chambre, tout épanouie sous sa coiffe.

— Madame, votre fils est sauvé !

Avec son gros pansement sur le thorax, son souffle retenu, Gilles il pouvait pas se marrer. Il m'a dit en avoir eu très envie.

Hortense n'a pas pipé, mais sans doute s'était-elle pris la réflexion dans l'amertume. Oh, elle y avait bien pensé qu'elle aurait pu être la maman de Gilles, nul besoin de faire une soustraction, sa fille Geneviève était à peine plus jeune que lui. Elle n'a donc pas relevé la gourance. Rapidos elle a calculé que c'était peut-être un avantage de passer pour la mater dolorosa du bon larron, ça allait lui permettre de rester dans la cellule sans que les frangines y voient une manœuvre de Satan.

— Il faut le laisser. Vous reviendrez demain, soyez sans crainte, votre enfant est dans de bonnes mains.

Elle remuait le métal dans la plaie, l'aimable sœur Sainte-Claire. Une frangine restée légendaire aux hôpitaux de Fresnes. Elle y avait soigné les Juifs, les résistants, les collabos, assisté les condamnés à mort avec un dévouement, un don de soi incomparable. Sans jamais hausser le ton, se mettre en avant... elle adoucissait les plaies physiques e bien, souvent les plaies morales quand elle le pouvait. Elle était ce qu'Hortense aurait voulu devenir après sa retraite chez les cisterciennes.

Avant de quitter la cellule, elle a regardé longuement Gilles qui était à la fois son salut et son péché.

Natürlich l'incident était rapporté dans la presse... *Bagarre sanglante entre détenus à Fresnes...* Gilles Dastel le célèbre gangster blessé à la poitrine a été conduit à l'Hôpital central. Ça, c'était de l'information pure, Gilles n'était pas n'importe quelle petite frappe. Seulement au cœur des articles, on signalait que la comtesse de Wilfried, visiteuse de prison, s'était précipitée pour le soutenir dans cette douloureuse épreuve. On insistait sur des détails... qu'elle le privilégiait parmi ses clients... enfin ses secourus. « Gilles Dastel jouit d'un régime de faveur. S'il est toujours étroitement surveillé en raison de ses évasions passées, on lui a aménagé une cellule spéciale avec un confort que lui envieraient bien des travailleurs de nos usines et de nos chantiers. »

Dans *L'Humanité,* on publiait une photo d'Hortense sortant de Fresnes... *« Mme la comtesse ayant accompli ses bonnes œuvres rejoint sa Rolls. »* Ça c'était la légende et l'article qui suivait y allait franco. Il y était écrit que Mme de Wilfried, la femme du célèbre banquier, avait de longues conversations « existentielles » avec le gangster Gilles Dastel dans sa cellule spéciale. Rappel, bien sûr, du passé de ce dernier... ses évasions retentissantes, ses hold-up, ses casses dans les beaux quartiers et on insistait sur une erreur de jeunesse inscrite à son casier judiciaire. Une condamnation pour avoir accepté imprudemment un peu d'argent de poche d'une personne de petite vertu.

Le pacson ! Un autre article dans *Samedi-Soir* était titré : « La comtesse ramènera-t-elle à Dieu le beau voyou avant sa prochaine comparution en cour d'assises ? »

Plus personne maintenant pouvait faire semblant de ne pas savoir. Les gorges étaient chaudes, elles furent brûlantes. Certaines dames de Passy ou d'Auteuil raoutaient rien que pour commenter les dernières nouvelles.

« Elle est devenue folle ! » « C'est une honte ! » « Comment l'administration peut-elle permettre un tel scandale ? » « J'espère bien qu'il sera guillotiné cet affreux bandit ! » Ça c'était les méchantes langues, les vipérines, les bourgeoises de stricte bourgeoisie… celles qui ne badinent pas plus avec l'amour qu'avec le bon ordre de la société.

Hortense frayait plutôt avec des personnes un peu touchées par le snobisme… de celles qui suivaient le mouvement des Arts, qui lisaient des livres audacieux… celles surtout qui s'arrangeaient pour détourner la morale familiale afin de s'offrir des cinq à sept… des week-ends galants pendant que Monsieur en voyage d'affaires s'adonne lui-même aux plaisirs ineffables de l'adultère.

Celles-là, ces dames qui rencontraient naguère Hortense partout où il est de bon ton d'exhiber sa dernière toilette, échangeaient des propos plus allègres. « Je me demandais aussi… quelle mouche l'a piquée de jouer les bonnes sœurs ? » « En fait de mouche c'était un bourdon ! ».

Comme elles étaient à cette époque encore bien éduquées, elles s'exprimaient avec des métaphores prudentes… ne faisant pas allusion au dard du bourdon.

Soyez sans crainte, elles y pensaient et de se gausser. « Un bandit ça manquait à sa collection. » Certaines trouvaient ça d'un romanesque inouï ! carrément surréaliste ! Tout de même on y mettait quelques perfides bémols... « Mais quel âge a-t-elle exactement ? » « Attendez voir, Geneviève est née en 28... alors vous n'avez qu'à compter. »

Le bandit, d'après les photos, il n'avait heureusement pas trop le physique de l'emploi. « Pour un assassin il est plutôt joli garçon. » Ces belles dames avaient lu que Gilles était un criminel et elles ne faisaient pas dans la nuance. Selon la loi c'est un crime que de fabriquer de la fausse monnaie, de braquer une banque sans qu'il soit nécessaire qu'il y ait mort d'homme, que le sang coule. Gilles n'avait jamais descendu qui que ce soit, c'était pourtant un criminel aux yeux de velours de la Justice. D'où cette confusion dont se gargarisaient ces baronnes, marquises ou simplement femmes de chirurgien ou de marchand de tableaux... ça faisait quand même des lurettes qu'elles n'avaient pas eu une histoire aussi croustillante à se mettre sous le caquet.

Cependant Hortense n'était pas femme à se laisser désarçonner par la rumeur mondaine. Elle n'a rien changé à ses habitudes... lorsqu'elle apercevait des photographes en planque autour de son domicile... de loin elle leur adressait un petit salut quasi moqueur et elle s'engouffrait dans sa voiture.

Raymond ça lui plaisait pas tout ça... il tirait la tronche, lui, le chauffeur de Madame depuis près de quinze ans... C'était facile à retenir, il était entré chez les Wilfried l'année de l'Exposition en 37. Comme il avait la chance d'être citoyen helvétique, il n'avait pas eu à fuir sur les routes en 40 avec l'armée française. Resté fidèle à son volant durant toute la guerre, grâce aux bons d'essence que les Wilfried obtenaient sans trop de difficultés. À ses débuts on l'appelait encore le mécanicien... chauffeur est venu après. Il était de sens rassis Raymond, il filait vers la cinquantaine, marié... deux enfants, n'empêche que depuis le premier jour il en pinçait pour sa belle patronne. Sans espoir bien sûr d'aller un jour lui planter où il faut ses hommages enfin irrespectueux. Il faisait un transfert sur ses diverses automobiles de luxe qu'il astiquait, bichonnait, couvait comme des petites filles. Lorsqu'il briquait un capot, il pensait à une jupe et lui traversaient l'esprit de drôles d'idées. En le soulevant il était presque en érection. Alors cette idylle avec le voyou, ça le scandalisait. Il avait pourtant vu Hortense folâtrer avec un tas de types qui lui plaisaient plus ou moins mais elle n'était jamais descendue si bas ! En dehors de *Paris-Turf*, il était bon client des journaux genre *Point de Vue-Images du monde*, il lui arrivait parfois de rencarder sa patronne sur les dernières rumeurs concernant les princesses anglaises... les grands d'Espagne ou la comtesse de Paris. Depuis quelque temps, il s'était mis à la lecture de *France-Dimanche* et de *Samedi-Soir*. Il les planquait soigneux sous le siège avant de la bagnole lorsqu'il apercevait Madame avec Zumba. Mille excuses, je ne vous ai pas encore présenté Zumba, chien-chien d'Hortense... un animal cocoté, choyé comme un enfant. Fallait que Raymond fasse gaffe, si ce con de caniche ça lui prenait de venir le léchouiller. Affectueux comme il était, il pouvait se mettre à fouiner et jouer avec ses journaux. Il ne voulait pas que Madame s'aperçoive qu'il se repaissait de pareilles littératures ! N'empêche qu'elles lui retournaient un peu les sangs les pareilles littératures ! Avant d'être chauffeur de maître, il avait travaillé à la police de Lausanne, L'engeance truande il appréciait pas du tout. Ça le révoltait profond qu'une personne de qualité comme Mme de Wilfried aille se compromettre les fesses avec un individu comme ce Dastel maquereau, cambrioleur évadé. Je vous indique uniquement la partie charnue de Madame à propos de cette compromission parce qu'il ne pouvait imaginer, supposer que ça puisse être une affaire de sentiment.

— Avec un type comme ça, disait-il à Marguerite son épouse, ça peut être que des rapports bestiaux.

Pour vous suggérer, noter un peu l'ambiance autour d'Hortense. Elle, elle avait des ondes, le moindre geste, le moindre regard, elle enregistrait tout ça, écoutait ultrason comme paraît-il les chats. Un instinct de femelle décuplé par je ne sais quel atavisme qui remontait peut-être comme son titre aux croisades. Depuis que Gilles était à l'hosto ça fonctionnait dur dans sa jolie cabèche. Les scandalisés, les ragoteurs, elle n'en avait cure. Terme d'époque, aujourd'hui une aussi noble gonzesse dirait… rien à foutre ! Rien à cirer ! Même carrément, ils me font chier ces enculés. On arrête pas le progrès du verbe.

Le coup de lame... tout ce qui s'ensuivait... Gilles dans son lit tout blanc, pansé, meurtri dans sa chair si précieuse, ça n'avait fait que renforcer sa passion. Curieusement, la bourde de la sœur Sainte-Claire avait eu un effet bénéfique en quelque sorte, son attachement pour Gilles se teintait à présent d'un sentiment maternel. Toujours lucide, Hortense en convenait dans son for intérieur... elle aimait Gilles certes pour ce que vous savez, que je vous ai exposé en long en large libidineux... sa virilité, son corps athlétique, sa violence mêlée de douceur, mais aussi parce qu'elle se sentait comme un devoir de le protéger, de le sauver de la déchéance dans laquelle il s'était enfoncé. Elle parvenait en somme à concilier sa charité chrétienne avec ses gros péchés. L'union du Diable et du bon Dieu en somme.

Gilles de son côté se rebectait assez vite. Il avait une nature solide, un formidable courage physique et s'il gémissait un peu lorsque le toubib ou les bonnes sœurs se pointaient, c'est parce qu'il calculait qu'il lui fallait rester le plus longtemps possible à l'hosto dont il commençait à étudier la topographie avec ses éternelles, ses obsédantes idées de cavale. Tout à fait normal, un taulard promis à une longue peine doit être en mal d'évasion, sinon il tourne végétatif, lopaille, cloporte audessous du niveau des fonctionnaires chargés de le garder.

La surveillance à l'Hôpital central était un peu moins rigoureuse, tempérée par l'action des médecins et des frangines. À part les très grands malades, les fraîchement opérés ou les moribonds, les autres étaient bouclés chaque soir. S'ils avaient besoin de secours, ils sonnaient… le maton venait s'enquérir de leurs problèmes par le judas et il appelait l'interne de garde. Ça posait presque autant de difficultés que de s'arracher de la détention ordinaire. Un mec en état de maîtriser le gardien, de l'assommer, il lui restait ensuite à passer toutes les grilles, tous les barrages avant de parvenir au couloir qui permettait d'arriver à la sortie. Et là, il y avait encore un poste de garde… autant dire un parcours du combattant quasi infranchissable, sauf si l'on pouvait disposer d'une arme, un pistolet pour braquer le maton et s'en servir de bouclier. Dans ce cas, encore fallait-il qu'une voiture vous attende à l'extérieur avec un solide complice au volant. Et comment celui-ci pourrait-il faire entrer sa tire dans l'enceinte de la maison d'arrêt qui comprend trois bâtiments distincts, avec les pavillons du personnel, le tout entouré encore d'une muraille de six mètres de haut ?

Dans ses plus folles élucubrations, Gilles se disait que la comtesse pourrait bien lui rentrer ne serait-ce qu'un 6.35 et qu'elle irait jusqu'à avertir un de ses complices les plus fidèles, les plus sérieux, Mario le Niçois avec lequel il avait escaladé plus d'un obstacle.

Lorsqu'elle se pointait à la visite, il grimaçait un

peu, accentuait l'effet de ses douleurs thoraciques afin de l'apitoyer et elle souffrait de le voir souffrir.

Nous sommes à présent au-delà de vingt visites... je ne vais plus vous les compter puisqu'elle venait chaque jour. Elle avait mis un bémol dans sa tenue, repris ses fringues d'avant la cellule 44... bon chic bon genre mais rien de tapageur.

— Tu n'y penses pas Gilles ! Ça serait une folie... Je serais compromise immanquablement et je ne pourrais plus rien pour toi.

Il sentait bien qu'elle ne céderait pas. Sa passion n'irait jamais jusqu'à lui procurer une arme. En revanche, elle jurait tous les grands dieux qu'elle le ferait sortir par la grande porte, la tête haute.

Son argument le plus sérieux, il le lui a mis dans sa menotte qu'il a saisie et glissée sous son drap alors qu'elle était assise près de lui, le dos tourné à la porte.

— Tu vois que je vais beaucoup mieux.

L'évidence de ce côté-là, il repartait comme en 14... au garde-à-vous sans commandement.

— Ça, ce n'est peut-être pas raisonnable non plus !

— Quand tu es là, le maton a la consigne de pas nous déranger.

— Je sais...

Et voilà, une aristocrate qui se penche sur un manant en souffrance. Je n'arrivais pas à y croire.

— Pourquoi je te mentirais... Tu sais que je suis pas le mec à se vanter dans les courants d'air.

Il n'en avait pas besoin. Les Tartarins de la faribole sexuelle sont bien souvent ceux qui n'eurent pas de si bonnes fortunes à se mettre sur le bout. Ils compensent. Gilles se payait tout simplement un coup de jeunesse en évoquant cet épisode.

Je vous ai ramenés à nos conversations de viocards… toujours à se restaurer, à siroter quelques verres en de vieilles bonnes tavernes.

Ça c'était tout de même le comble qu'il se fasse turlutter par la comtesse à l'hosto ! L'amour se rit de tous les dangers.

— C'était six jours après que l'autre tordu m'ait poignardé ! Ça te fait marrer, mais cette gonzesse elle me faisait bander, dès qu'elle était près de mon lit, qu'elle me caressait la main.

À défaut de flingue, il lui demandait toujours une petite lame, un morceau de scie… Des barreaux il en avait cisaillé plus d'un. Après ça, c'était une question de draps noués et de se fabriquer une espèce de crochet pour s'amarrer en haut du mur de ronde. Quarante ans et des mèches plus tard, il convenait qu'elle avait eu raison de tenir bon la chère Hortense. Aurait-elle mis le bout d'un ongle manucuré dans une combine aussi glandilleuse… adieu la valise ! Tout était râpé définitif. Sans doute s'en serait-elle sortie indemne… pour éviter le scandale, Joseph aurait fait jouer ses relations au plus haut niveau, mais pour Gilles c'était le retour à la case départ. Après sa condamnation, la plongée en prison centrale jusqu'à ce que ses dents se déchaussent, son crâne se dégarnisse, que ses paluches soient toutes fleuries de marguerites de cimetière.

La question s'est posée du renvoi du procès à une session ultérieure à cause de cette blessure. Lubary n'en était pas partisan, si Gilles pouvait se redresser pour affronter la sorcière Thémis. Il se faisait fort de mettre en musique sa condition de grand blessé pour les derniers moments de sa plaidoirie.

Un mois d'hospitalisation et mon ami était en état de retourner en division. Avant même de regagner sa cellule, il devait comparaître au prétoire pour s'expliquer sur cette bagarre avec le Victor Hennec dit la terreur des Batignolles qui, lui, avait écopé de quatre-vingt-dix jours de mitard en attendant une éventuelle inculpation de coups et blessures. Pour ce faire, il eût fallu que Gilles porte plainte en bonne et due forme. C'était pas dans les mœurs de la maison... ne portaient plainte que quelques types échoués dans nos murs pour des délits ou crimes sexuels. Ceux-là d'ailleurs avaient du mouron à s'égrainer pendant leur séjour au ballon... ils étaient les chiens galeux de notre meute... les pestiférés, les damnés. Dès que l'occase se présentait, ils étaient glaviotés, molestés à mort, sodomisés à sec. Chers lecteurs et douces lectrices, ne vous faites pas l'ombre d'une illuse, les pires justiciers, les plus féroces bourreaux sont parmi nous. La pitié c'est bon pour les caves.

Au prétoire, devant le Gros Bill et le surveillant-chef, on se doute que Gilles sortant de l'hosto était attendu avec impatience. En principe dans les cas de rixe, si l'un des protagonistes ne se portait pas plaignant, les deux combattants plongeaient au mitard. Selon la gravité de la bagarre... pour trente, quarante-cinq ou quatre-vingt-dix jours. Comme Gilles avait été blessé par un objet tranchant et qu'il s'était retrouvé à l'hosto, il aurait dû bénéficier d'une certaine indulgence... une peine avec sursis. Seulement il s'est présenté à la barre avec sa gueule des grands jours à se foutre du monde.

— D'après le rapport du brigadier, vous auriez frappé Victor Hennec le premier...

— Si ça peut vous faire plaisir, m'sieur le directeur...

Il appréciait pas ce ton persifleur, l'affreux Gros Bill. Il savait bien qu'il ne pouvait pas sanctionner cet insolent comme il l'aurait voulu, la comtesse tout spécial s'était déplacée l'air de rien pour lui parler d'un de ses protégés en perdition et avant de refermer la lourde pour sortir, elle lui avait lancé en souriant :

— On m'a dit que Gilles Dastel doit revenir en division. Il est encore très fragile, mais je sais que vous allez veiller à son prompt rétablissement. Je vous fais confiance.

Suave la voix... cette petite pointe des beaux quartiers qui vous cisaille le croquant... Je suppose que ça lui restait en travers de la glotte au Gros Bill cette injonction de ne pas toucher au gigolo de la vieille, comme disaient entre eux les gentlemen de la tentiaire. Et Gilles faisait, j'aime autant vous dire, le sujet de leurs conversations plus souvent que les œuvres d'André Gide, n'en déplaise aux lettrés de la N.R.F.

Revenons au prétoire. Devant le surveillant-chef, les matons qui assistaient à la scène, Gros Bill se devait de sanctionner. Il a bougonné... que compte tenu qu'il avait été blessé... il voulait bien, dans sa grande bonté, lui accorder le sursis à la peine de trente jours de cellule disciplinaire qu'il lui infligeait.

Fermez le ban ! Gilles ne l'a même pas remercié et il a retrouvé sa cellule 50 telle qu'il l'avait laissée... avec sur son lit du linge propre et un colis de douceurs, des fruits confits de chez Fauchon que Mme de Wilfried lui adressait avec ses vœux de bon rétablissement.

— T'es gâté comme une gonzesse, n'a pu s'empêcher de lui faire remarquer le gaffe qui l'avait accompagné.

Les fruits confits, il en avait rien à croquer, Gilles n'aimait les douceurs qu'en amour, alors il a tendu la boîte au lourdingue porte-clefs.

— Vous donnerez ça à votre femme, chef... avec mes hommages de brigand.

À ne pas croire ! Il se faisait prier, le chef.

— Je ne sais pas si je dois...

Gilles lui a forcé la paluche. Ça resterait entre eux... et il se disait qu'à l'occase une gentillesse en vaut une autre.

Une fois les deux lourdes refermées, il s'est senti encore vraiment emplacardé le Beau Gilles. Ses projets d'évasion de l'hosto n'étaient plus que des souvenirs, il avait devant lui la perspective de la cour d'assises et malgré les lénifiantes paroles d'Hortense, il savait qu'il allait vivre là quelques journées qui marquent un homme.

Quand on a mis le doigt dans l'engrenage de la truanderie, pour s'en extirper c'est pas de la nougatine ! Ayant été suriné par cet abruti de Totor, puisqu'il s'en était sorti, il se devait de se venger sinon il passerait pour une lope aux yeux de la malfaisance patentée... le fameux Milieu auquel il n'appartenait pas vraiment mais dont il se devait de respecter les us et coutumes. Victor Hennec ayant loupé son coup de saccagne meurtrier était virtuellement un homme mort. Lorsqu'il aurait fini ses quatre-vingt-dix jours de mitard, une fois de retour en division, la vendetta reprenait ses droits. Sézig bien sûr, en vieux tigre des fortifs, allait être sur ses gardes jour et nuit. Pour ce qui est d'une lame, il aurait vite fait de s'en confectionner une nouvelle, une aiguisée durant des heures sur le bord des chiottes jusqu'à ce qu'elle devienne pointue comme une baïonnette et tranchante comme un rasif.

Gilles ne pouvait faire autrement que de s'armer de la sorte et de se tenir prêt au duel dès qu'il mettrait les panards hors de la cellule. Mais sa situation de détenu en surveillance spéciale l'empêchait d'entrer pour le moment dans ce conflit armé. En dehors des opérations de transfert, des allers et retours au Palais de justice en fourgon cellulaire, il n'avait pas l'occase de rencontrer ses codétenus. Ça limitait les possibilités de tueries.

Enfin, voyez, je vous agrémente pas les choses...

mon pote pour redevenir sinon un honnête homme, du moins un homme libre, ça se présentait pas comme sur un plat de petits-fours dans un cocktail chez la comtesse.

Cette dernière n'allait pas tarder à revenir se faire régaler par son malfrat de gouttière. Elle ne pouvait tout de même pas se précipiter comme une chatte en chaleur. Elle maîtrisait le plus possible la situation... la quadrature du cercle entre sa frénésie amoureuse et le sauvetage indispensable des apparences qui lui permettait de poursuivre cette liaison on ne peut plus dangereuse.

Le qu'en-dira-t-on ne la touchait guère, je vous ai dit. Elle se drapait dans ses frusques de haute couture... dans ses airs de princesse, au-dessus des outrages, sans avoir besoin de forcer la note. Elle se paya même l'héroïsme d'aller en visite à Fresnes sans passer par la cellule 50. Comme ça ! Pour berner les excités... donner pâture à ceux qui pouvaient imaginer que c'était fini entre elle et Gilles.

Elle retournait dans les vernissages d'expositions de peinture. Son mari était un grand collectionneur. Il avait dans ses divers castels, hôtels particuliers ou villas, des toiles de quoi garnir un joli musée... des Matisse, Picasso, Derain, Juan Gris, Braque et puis les surréalistes... sans compter bien sûr de la peinture plus classique et quelques belles pièces impressionnistes. Une façon de se réaliser la fortune... qu'on puisse se l'offrir visuel ! Mais il est des richissimes qui en arrivent pour protéger leurs trésors à les enfermer dans les coffres-forts. Crime de lèse-Art. Fort heureux, M. de Wilfried n'était pas de ceux-là.

Les expositions de peinture ça faisait un peu partie de sa tactique pour donner le change à la comtesse. Lorsqu'on lui parlait de sa mission auprès des détenus, elle avait des réponses toutes prêtes. Oui, elle poursuivait cet apostolat, mais elle laissait entendre qu'elle ne jugeait plus nécessaire de trop renoncer aux plaisirs de la mode et des réunions mondaines. « Ne serait-ce que pour Joseph. » Pourtant Joseph ne se montrait pas si souvent dans la bonne société. Handicapé par son fauteuil roulant, avec l'âge il renonçait aux sorties qui n'avaient pas une utilité professionnelle. Il avait en plus des ennuis du côté du cœur, je parle du muscle bien sûr, dont il ne faisait pas état. Ses relations avec Hortense étaient tellement distendues qu'il n'éprouvait pas le besoin de lui parler de sa santé. Dès qu'il le pouvait il allait dans sa villa sur la Côte d'Azur pour se réchauffer au soleil.

Hortense avait échafaudé un plan pour que Gilles ait quelques chances de s'en tirer devant la cour d'assises. Dans toute la presse qu'elle avait consultée le concernant, on pouvait remarquer que pendant la période de son évasion, on lui attribuait tous les hold-up de la région parisienne. « Le gangster Dastel a encore frappé. » Et c'était un braquage de banque à Clichy... un cambriolage à Auteuil. Ça y allait bon train et ça devenait de la folie... n'importe quoi ! Bien sûr, une fois arrêté, sur le grill de la police, puis du juge d'instruction, toutes ces accusations hâtives étaient tombées mais il lui en restait tout de même suffisamment avec des preuves assez flagrantes pour l'envoyer en galère.

On pouvait déstabiliser l'accusation en suscitant des dépositions fantaisistes, de ces gens toujours prêts à reconnaître n'importe qui dès qu'il est sur la sellette de justice. Ceux-là, Lubary pouvait en obtenir des effets bénéfiques pour son client en les confondant.

— Ça, j'ai pas marché, ça pouvait se retourner contre moi…

Ce que m'a argumenté rétrospectif Gilles. Il voulait pas se lancer dans n'importe quelle expérience. Mais c'est lui qui a eu la bonne idée, celle qui allait lui permettre de limiter les dégâts.

Je vais vous l'expliquer au prochain chapitre… la trentième sans doute visite de la comtesse à son bel, son cher, son merveilleux amour. Juste je vous signale qu'avant d'aller ouvrir les doubles portes de la cellule de force, la veille elle avait été se faire rafraîchir la façade dans un institut de beauté… une séance d'agrément et puis elle a essayé encore un nouveau coiffeur… dont toutes ces dames raffolaient.

## TRENTIÈME VISITE

— Vite, prends-moi ! N'attends pas ! je suis ta chienne… Prends-moi debout comme la première fois.

Une femme qui vous attaque de la sorte, ça fait partie des rêveries de mâles insatisfaits… un support pour palucherie de fond de mitard.

Et là, pour Gilles c'était de la réalité vraie, du palpable de fesses et de tétons… Le bonheur ineffable pour un ruffian de son espèce que de trousser une robe de chez Fath… Copulation farouche, mais royale.

Hortense dans une période de doute sur elle-même s'était rencardée… dans l'Histoire sans parler de Messaline, nombre de reines, de princesses se sont fait caramboler de la sorte, par des palefreniers, des soudards… le premier venu membré adéquat… garde-chasse ou hussard descendu de son toit.

On trouve toujours dans les manuels d'Histoire de quoi justifier ses passions, ses vices furieux, ses débordements en se comparant à César l'homme de toutes les femmes, et la femme de tous les hommes, Henri III avec ses mignons, Bonaparte cocufié par des officiers d'opérette, François Ier vérolé… Exemples multiples et pour tous les goûts. Et ça continue, voyez l'admirable Kennedy carambolant tout ce qui portait un jupon… aujourd'hui Bill Clinton obsédé de la turlutte et notre cher président Mitterrand et ses galipettes de satyre.

— Je me la suis farcie debout, mais j'étais encore convalescent… j'avais toujours un pansement qu'un infirmier venait me refaire chaque jour, alors je l'ai exécutée rapidos, ça l'a pas empêchée de reluire.

— Et ensuite, t'as remis le couvert ?

Ma question… que ça me semble dans la bonne continuité des choses. Je vous ramène à une de nos dînettes… dans les années 90.

— Bien sûr, me répond Gilles, mais j'avais mûri une petite idée de derrière les barreaux… L'article 64.

Honnêtes que vous êtes, vous ne savez pas trop ce que c'est que l'article 64. Les malfaiteurs professionnels et leurs avocats, eux ils savent. Il est parfois la bouée de sauvetage des cas les plus désespérés, les assassins de rentières, les étrangleurs sadiques, sodomiseurs de première communiante. Il stipule ce bel article de notre code pénal… que si l'inculpé n'était pas, au moment de son ou ses forfaits en pleine possession de toutes ses facultés mentales, l'action de la Justice est éteinte. Ensuite on l'envoie à l'asile d'aliénés.

— Tu pouvais tout de même pas passer pour

dingue dans les trois braquages qu'on te reprochait ?

Il en convenait, mais son plan c'était que la comtesse circonvienne l'expert psychiatre désigné pour l'expertise qui est obligatoire dans les procès d'assises. Il pensait pas échapper au couperet judiciaire, mais un rapport adéquat pouvait lui atténuer la responsabilité… Qu'on le considère moitié chabraque et l'addition elle pouvait être diminuée de moitié.

— Ça, c'était mon coup de génie, Alphonse. T'as pas suivi le procès ?

Comment l'aurais-je pu… ? à ce moment je partageais avec lui et quelques autres la résidence secondaire du château de Rungis. Dans nos cellules tout nous parvenait de seconde voix et souvent déformé.

Je rappelle qu'il y a cinquante ans, en cabane, nous n'avions pas la télévision qui n'en était d'ailleurs qu'à ses balbutiements ni la radio et que tous les journaux nous étaient interdits. Quand il en circulait un, ne serait-ce qu'une page de *France-Soir,* on risquait, si on était pris en sa possession, un séjour au mitard de quatre ou cinq jours.

L'idée de se foutre dans la poche le psychiatre, ça c'était moins aléatoire que ses évasions latudesques. La comtesse, malgré un petit problème de conscience vite réprimé, a fait le nécessaire. Comment ? Même Gilles n'a jamais su. Elle gardait secrètes ses démarches… cette discrétion, naturelle chez elle, conditionnait en grande partie la réussite de ses entreprises.

L'expert, il s'appelait Baignet comme dans l'huile chaude mais avec un A, Léonard Baignet, il avait été l'élève du professeur Desbois, un ami de Joseph de Wilfried. Ce monde des profs... des pontes de la science était toujours plus ou moins en relations avec les nababs, les richissimes. Déjà les femmes d'avant-garde remplaçaient leur confesseur par les psychanalystes. Ceux-ci comme les loups du poème de Villon ne vivent que de vent. Le vent de leur jactance qui s'apparente à celle des médecins de Molière. La comtesse avait de quoi éclairer leur lanterne au cas où leur science ne suffirait pas.

On pouvait donc tirer toutes les conjectures possibles. Avec les magistrats idem... bien entendu l'enveloppe au milieu d'un petit dossier était à exclure... une faute de goût, ces gens ont horreur des choses trop directes. Il faut de la vaseline pour leur introduire dans le prose le montant de leur corruption... des circonlocutions, allusions... métaphores. Tout est style, voyons ! Y a que certains écrivains qui n'en sont pas toujours convaincus au bout de leur porte-plume... et l'usage de l'ordinateur ne les améliore pas.

Le grand spectacle de la cour d'assises était programmé pour la rentrée en octobre en même temps que les créations théâtrales. Durant la période d'été où nous cuisions à l'étuvée dans nos cellules, la comtesse a espacé ses visites. Au week-end, elle allait tout de même à Deauville se montrer un peu sur les planches et au champ de courses. Rien en apparence n'avait changé à son égard. On lui adressait toujours les plus courtoises sinon les plus chaleureuses salutations. On évitait de l'entretenir de cette mission tellement généreuse, tellement humanitaire auprès des prisonniers à laquelle elle avait associé son nom, son prestige. Comme elle savait que ses amis, ses interlocuteurs, les invités de ses soirées étaient surtout friands de tout ce qui pouvait alimenter leurs commérages, autant leur donner de quoi apaiser leur appétit. Dans la bienséance, comme il se doit.

— Vous devez rencontrer des gens épouvantables ?

Non, marquise ou madame Trucmuche, tous ces êtres emprisonnés à vrai dire ressemblent à tout le monde, à votre mari, votre fils, votre frère Léon... votre valet de chambre ! Un jour ils ont franchi la ligne jaune... et les hommes de la maréchaussée étaient là, cachés en leurs automobiles banalisées ou dans les buissons où demain viendront peut-être s'offrir de la feuille à l'envers les petites amoureuses, servantes de l'auberge.

— Mais n'avez-vous pas éprouvé parfois du dégoût lorsque vous avez affaire avec des criminels répugnants ?

— Certes, mais il faut les voir avec les yeux de la charité. Ils souffrent et le pire d'entre eux est tout de même un enfant de Dieu.

V'là ce qu'elle leur rétorque aux curieux malveillants. Sans ciller, sans avoir l'air de leur fermer le clapet. Elle sait qu'ils n'oseront pas prononcer le nom de Gilles Dastel et elle se paya le malin plaisir, un soir à la fin d'un dîner, lorsqu'on quitte la table pour aller deviser, fumer ou boire un alcool au salon, d'avancer elle-même sur le tapis le mauvais sujet de conversation.

— Vous n'êtes pas sans savoir que je m'occupe aussi de Gilles Dastel, cet homme qui s'est évadé de nombreuses fois.

Minute d'étonnement ! Les babillages alentour s'arrêtent.

— Pensez-vous, demande un monsieur, qu'il soit un jour récupérable ?

Hortense for intérieur se garde une réplique inspirée par le diable « Ça dépend pour quoi ? » Elle oserait, ça serait la révolution à Passy, Neuilly... au Racing Club... au pesage des hippodromes. Elle n'en est pas encore à pouvoir s'offrir un tel luxe de non-conformisme.

— C'est un homme intéressant. D'une très grande intelligence. S'il était né dans un milieu comme le nôtre, il aurait déjà une position enviable dans la société.

Silence dans les rangs. Y a que Joseph, l'époux, le comte, présent ce soir-là, qui est resté dans son fauteuil un peu à l'écart et qui pense à tout autre chose. Les frasques et les mouvements d'âme de sa femme le laissent dans la plus parfaite indifférence. Tant qu'elle ne met pas en péril le veau d'or tant pis pour les qu'en dira-t-on de la princesse de Newport, la baronne de Rothschild et le président de la Cour des comptes, ce vieux pédéraste qui ferait mieux de ne pas trop musarder dans les pissotières du boulevard des Capucines.

Les sujets les plus chauds, on finit toujours par les rafraîchir dans l'eau insipide des discussions, palabres diverses sur la réinsertion des malheureux en déchéance. Enfin l'essentiel de l'action de belles mondaines en ce temps-là... nous n'en étions pas encore à la charité business qui doit sauver notre planète en perdition.

Au début septembre, Gilles répondait en correctionnelle de son évasion de la rue Bassano. Bien sûr, il avait braqué un flic avec un pistolet factice et ensuite s'était fait la paire dans une ambulance volée par un complice. Le nom de ce complice ? Il savait pas, c'était un type qu'il avait connu à Montmartre, un nommé Bobby l'Américain.

— Comment, Dastel, êtes-vous entré en relations avec ce personnage depuis la cellule de votre prison ? demande d'une voix doucereuse le président barbichu.

Nib de réponse satisfaisante. Gilles se réfugie encore dans le vague... les à-peu-près. Son attitude dans le box le cataloguait truand chevronné... chef de gang... en définitive irrécupérable. Le tribunal savait qu'il allait se faire condamner sévèrement en cour d'assises et que de toute façon la peine qu'on allait prononcer serait automatiquement confondue. C'est la règle, la confusion de toutes les peines dans la plus forte.

Pour cette évasion avec menace de mort sur un agent de la force publique, fuite en véhicule dérobé... le substitut s'est lancé dans quelques périodes classiques.

— Vous écarterez, messieurs, cet individu nuisible à la sécurité publique pendant une période de cinq ans.

Le maximum prévu par la loi, juste pour une cavale, il y allait pas dans la mansuétude, le bêcheur.

Me Lubary ce jour-là n'a pas jugé bon de se défoncer le talent... juste, il a posé un jalon qui laissait présager de la défense qu'il préparait pour le mois suivant devant les jurés de la Seine... que son client ne jouissait pas toujours de toutes ses facultés mentales, qu'il lui arrivait de dérailler un peu. Il affirmait qu'il s'en était rendu compte par lui-même au cours de leurs entretiens... que de temps en temps Gilles Dastel lâchait un peu les pédales de la réalité.

Un peu gros tout de même, cette cavale de la rue Bassano préparée méticuleuse ne pouvait pas être l'œuvre d'un barjot.

Au bout du compte les guignols l'ont sapé à trois ans. Peine assez lourde mais Gilles payait cash sa réputation de Latude réincarné. Pas de quoi remercier M'sieur le Président mais pas de quoi non plus ameuter les associations des Droits de l'Homme.

À vrai dire, le spectacle était autant dans la salle de la XIIe chambre que dans le box. Il y avait, bien sûr, un tas de journalistes, de photographes...

quelques poulets de service, ceux qui avaient quelques raisons de s'intéresser au sort de Gilles et la foule de badauds habitués du Palais de justice. Rien de très neuf, si ce n'était qu'Hortense n'avait pu résister à la tentation de se glisser dans le fond de la salle. Manteau noir et un petit bibi à voilette qui la firent surtout remarquer parmi la foule.

Bousculade à la sortie… elle voulait à tout prix éviter ceux qu'on n'appelait pas encore les paparazzis mais qui préfiguraient l'espèce. Est-ce volontaire ?… un hasard… elle s'est trouvée la voilette chatouillant le nez de Janine.

Depuis tous ces derniers événements, je vous ai omis de parler de Janine, toujours maîtresse en titre de Gilles. Elle avait continué à venir au parloir une fois par semaine. Bien sûr, les rumeurs, les ragots au sujet des relations plus qu'équivoques entre son mec et la comtesse lui était parvenus, via la presse spécialisée et aussi les choses qu'on dit à droite à gauche… les réflexions… les perfidies de petites copines. Déjà que ce n'était pas de tout repos d'assumer le rôle ingrat de femme de truand, l'épisode de la comtesse ne risquait pas de lui améliorer le moral.

— Elle t'en parlait ?

J'interroge Gilles. Il sourit, il éprouve une espèce de vanité rétrospective à l'évocation de cette rivalité féminine à son sujet.

— On est jamais peinard, tu sais, avec la jalmincerie des gonzesses. Ça serait pourtant simple dans la vie si elles admettaient qu'on puisse se les offrir comme des fleurs.

Poète à ses heures le vieux Gilles, seulement la réalité, là sur les marches du Palais... le choc des deux amoureuses... enfin choc moucheté. Janine d'un geste un peu rageur a soulevé la voilette de sa rivale.

— Excusez-moi je voulais vous voir de plus près.

Hortense est restée très calme, très sûre d'elle. Déjà on s'arrêtait autour d'elles et un photographe déclenchait son flash.

— Je suis très heureuse de vous rencontrer, mademoiselle. Mais si vous voulez que nous parlions un peu, allons jusqu'au café en face du Palais.

Janine était le genre tigresse à sortir d'emblée ses griffes, à déchiqueter l'adversaire sans explication. À la réflexion c'est la seule façon de se défendre, en tout cas de se payer une pinte de revanche à défaut de reconquérir l'amant perdu.

Là-dessus y avait gourance, il était pas perdu le Beau Gilles, il se faisait un coup de passion avec Hortense, mais il considérait ça comme un petit intermède. Autant, dans la situation où il était, s'offrir un peu de volupté... L'ordre et le calme lui étaient assurés par le règlement de la tentiaire... la volupté c'était tout de même une denrée rare dans une cellule de prison.

Il était promis à plusieurs années au séchoir... de ces années où l'homme bande. C'était l'aubaine phénoménale, l'occase qui se présentait d'enjamber une dame peut-être sur le retour, mais consommable à bien des égards.

Au parloir, beau masque, il avait juré à Janine que la comtesse essayait uniquement de sauver son âme... qu'il était ni plus ni moins un enjeu dans sa mission chrétienne.

— C'est pas une gonzesse à se laisser trousser par un voyou !

Elle respirait le vent contraire la petite Janine. Elle n'avait peut-être pas reçu une éducation de princesse comme Hortense, mais elle entravait tout à l'instinct... ce flair si particulier des femelles même les plus primaires, je dirais même primates. Au temps préhistorique la cromagnonne se mettait au bord de la grotte et elle humait à dix kilomètres si son gros velu n'était pas en train de faire une saillie dans les broussailles, vite fait, avec Lucie notre ancêtre à tous, l'Ève des paléontologues.

C'était pas une si bonne idée d'aller deviser au café du Palais. Après les procès tout le monde se retrouve là, les bavacheurs et ces messieurs dames de la cour... les folliculaires en panne de copie. Sans compter les fonctionnaires de la maison parapluie, je veux dire les inspecteurs de police. L'appellation « maison parapluie » venait du temps où ces serviteurs de la loi étaient exactement le modèle pour les Dupont Dupond de Tintin... costards sombres, coiffés d'un melon, chaussés de grosses godasses (on disait les chaussettes à clous) et trimballant un lourd pébroque, même modèle que celui des curés, qui leur servait le cas échéant de matraque pour corriger les récalcitrants.

Ne voyez pas dans cet aparté une bouffée de nostalgie. Comment pourrait-on regretter de tels guignols. Ils étaient, disait-on, en bourgeois par distinction d'avec les habillés, sergents de vue ou autres. Il s'agissait en définitive de se confondre avec le pékin moyen... Aujourd'hui ils déambulent en jeans, en destroye, en farfelingues gauchos. Chaque époque a son modèle de flic. Au moment où je vous ramène avec mon histoire d'amour, ils étaient avec des chapeaux mous, impers de surplus américains, les pompes semelles de crêpe... le bon chic bon genre poulaga immortalisé par Borniche.

Nos deux rivales dans le cœur de Gilles se sont trouvées un peu désemparées au fond de la brasserie. Elles sentaient autour du comptoir et aux tables voisines, des regards... on ne saurait qualifier... d'intense curiosité... d'animosité, tant la jalmincerie s'aiguise lorsqu'il s'agit d'affaires de cœur. Tout ça mêlé de réprobation pour la comtesse, de mépris pour Janine considérée, sans plus approfondir, comme une pute puisqu'elle était la femme d'un truand.

— Qu'est-ce que vous faites avec Gilles ?

Carrément, après un petit silence, Janine a préféré ne pas tourner autour du pot.

— C'est un détenu qui m'a semblé digne d'intérêt parce qu'il est intelligent et qu'il a déjà gâché une partie de sa vie.

— Qu'est-ce que vous en savez s'il a gâché sa vie ?

— Je ne pense pas à votre couple. Il m'a dit qu'il vous était très attaché. Mais vous savez ce qu'il risque à présent. S'il est condamné trop lourdement, il n'en sortira plus.

Hortense savait s'exprimer doucement, elle calmait le jeu le plus possible. Brusquement Janine s'est mise à pleurer et alors la comtesse s'est enhardie au point de poser sa main sur la sienne.

— Je ne lui veux que du bien. Et surtout, je veux vous aider… tous les deux.

— Mais pourquoi ?

Hortense a hésité quelques secondes puis elle a retrouvé opportunément l'origine de tout.

— Pour servir Dieu…

Qu'est-ce que vous voulez que Janine puisse lui rétorquer ? Elle était pas portée spéciale sur ces choses de la religion, Jésus-Christ fallait qu'elle aille le chercher dans ses souvenirs de première communiante. Depuis il ne l'avait pas beaucoup tracassée. Elle ouvrait tout de même des yeux ronds… Hortense en a profité pour lui étirer sa pelote… qu'on avait voulu la salir en racontant des choses impossibles entre elle et Gilles. Au début ça avait même été orageux leurs relations. « Puisque vous le connaissez bien, vous savez qu'il n'aime pas qu'on vienne lui donner des conseils… » Peu à peu elle l'avait apprivoisé.

— En lui parlant de Dieu ?

Janine ça lui paraissait tout à fait étonnant, et puis elle s'est souvenue que Gilles lui avait dit au parloir qu'il voulait mettre cette vieille dans son jeu, qu'elle pouvait l'aider, qu'elle était pleine de pognon…

Il disait la vieille lorsqu'il parlait d'elle et il balayait d'une phrase toutes les vilaines allusions de journaux à scandales. « Tu penses bien, je vais pas me farcir une bonne femme qui pourrait être ma mère. »

Janine, à l'observer, elle ne la trouvait pas si vieille que ça. Son Jules était suffisamment mariole pour être un peu entré dans le jeu de la religion. Ça s'appelle *battre les mystiques* en idiome taulard. Enfin s'appelait, de nos jours les types qui veulent s'écourter leur peine de prison n'ont plus besoin d'invoquer Dieu. Il est devenu quasi-militant socialiste, Dieu, dans la bouche de ses serviteurs. On joue maintenant la carte des examens, les diplômes universitaires pour obtenir des remises de peine. Pas plus mal, mais ça laisse les cancres au fond du trou.

Depuis de longs mois Janine se sentait bien seule, abandonnée dans un monde hostile. Les potes de Gilles se faisaient rares. Ceux qui avaient *travaillé* avec lui avaient intérêt à ce qu'on les oublie. Pour ce qui était de lui allonger un peu de fric, ils avaient le prétexte de ne pas donner de points de repère à la police.

Ce genre de comportement est vieux comme le bagne. J'ai eu l'occasion de me déguster quelques morceaux choisis de l'ingratitude voyoute. Beau nous chanter le sens de l'honneur, il se fait respecter surtout à coups de flingue. Lorsqu'une menace terrible ne pèse pas sur un de ces oiseaux, il s'envole… il va percher ses affections ailleurs.

Elle sentait bien le désarroi de Janine notre finaude comtesse et elle avait toute une réserve éducative de belles paroles à distribuer où et quand il fallait, surtout depuis qu'elle était affiliée à cette Association des visiteurs de prisons. Ses collègues, ça leur était naturel de glisser le Seigneur

Jésus dans leurs bonnes actions. Avec un peu d'aide matérielle, de menus services, le loquedu se sent mûr pour la prière. Bien sûr Hortense jouait de cette musique en virtuose…

Janine en larmes ça devenait du nanan pour la convaincre… Fallait qu'elles unissent leurs efforts pour arriver à ce qu'un jour il sorte de prison la tête haute après avoir fait un retour sur lui-même.

Raymond attendait derrière le marché aux fleurs avec la Rolls. Après le pipi de Zumba, il restait au volant et il s'était mis à lire des romans de la Série noire, histoire peut-être de se mettre dans l'ambiance « *Couche-la dans le muguet* » « *Tu seras tout seul dans ton cercueil…* » Madame est revenue accompagnée d'une jeune femme qui lui a paru appartenir à son propre milieu social… Il avait une nièce un peu de ce genre, assez pimpante… qu'une robe de quatre sous mettait en valeur.

— Nous allons conduire Mademoiselle à son domicile rue Vieille-du-Temple. Nous ne tarderons guère.

Ils auraient tardé que ça n'aurait rien changé à l'affaire. Toujours une façon de dire. Hortense avait déjà bien apprivoisé Janine lorsqu'elle la déposa devant son domicile. Le domicile, c'était une mansarde au quatrième étage d'un immeuble qu'on aurait dû classer tant il était de son siècle… le XVIIe.

À voir Gilles roulant les caïds dans les couloirs de Fresnes, on ne se doutait pas que sa môme vivait aussi chichement. Il est vrai qu'elle ne voulait surtout pas s'aboucher avec les gens du Milieu. Eux ils l'auraient sûrement dépannée avec un morceau de bitume entre Blanche et Pigalle. Mais c'était pas dans sa nature et ses principes à la petite Janine de gagner son pain fantaisie avec son joli derrière.

— Une expérience m'avait suffi, m'expliquait Gilles. Une connasse qui m'avait conduit au placard avec une référence de maque sur mon casier judiciaire. J'arrivais pas à m'en dégager de ce sapement à la con. On allait me le resservir aux assiettes.

Les assiettes ce sont les assises. Dans le pedigree d'un accusé, ça lui filait une lourde tare. *A tiré sa subsistance en exerçant le métier de proxénète,* aux oreilles délicates de ces messieurs dames les jurés, ça sonnait le glas des promesses de rédemption.

— Et pourtant je n'ai jamais été un barbeau, j'ai eu seulement cette histoire à dix-neuf ans... Tu réfléchis pas... t'es raide et t'as une gonzesse qui te glisse de la menue monnaie dans la fouille, tu vas pas lui rendre, ça la vexerait

Il raisonnait raisonnable Gilles, il ne bluffait pas. Quarante ans plus tard, au contraire, il se serait vanté d'avoir mis quelques jolis sujets aux asperges. En fait, c'était une question de mentalité. On se partageait dans le Mitan entre les Julots et les voleurs. Julot ou Jules, vous remarquerez au passage que le mot a presque changé de signification. Nos minettes libérées désignent ainsi leurs petits amis... mec ou Jules. Ça participe d'une certaine dégradation du langage. Les vocables de la pègre sont adoptés par le tout-venant. Ainsi de l'évolution des mœurs. Où sont nos trottoirs d'antan ?

Dans la période qui précède la comparution en cour d'assises, l'inculpé subit des tas d'interrogatoires, d'expertises. La comtesse s'est dépensée en démarches de toutes sortes… que le terrain soit le plus favorable possible à son grand amour. Elle ne venait plus le voir qu'une fois par semaine, recharger ses accus… se redonner du vrai frisson, se maintenir la passion incandescente. Elle en conviendra elle-même plus tard, elle ne se reconnaissait plus… naguère ses coups de cœur, ses élans du sexe… s'amenuisaient avec le temps… plus ou moins long selon le galant. Un beau matin elle le larguait sans une larme de regret. C'était toujours elle qui rompait et certains séducteurs pourtant aguerris se faisaient éjecter du boudoir comme des jouvenceaux boutonneux.

Il lui fallait aussi tenir Janine en laisse. L'avait-elle vraiment convaincue que ses motivations étaient uniquement d'ordre spirituel ? Fallait pas trop la laisser réfléchir. Vaille que pousse, Gilles donnait le change, au parloir, il affectait une espèce d'ironie à propos d'Hortense… qu'il la considérait comme une aimable loufe… une riche qui se purifiait la conscience en s'occupant des prisonniers.

— Je lui disais qu'il fallait surtout la ménager…

Avec son carbure et ses relations, on avait un appui solide.

Pour lui tout était bon pourvu qu'il s'arrache le plus vite possible de sa cage. Provisoirement il avait remis ses projets d'évasion à plus tard, après le procès. Il n'en parlait plus mais y pensait toujours comme Déroulède à la ligne bleue des Vosges. À peine écrit, je me rends bien compte que ma comparaison va tomber à plat... qui se souvient de Déroulède en cette fin de siècle ? Il fut pourtant un patriote de choc avant la guerre de 14... un barbu, débiteur de poésies revanchardes... Qu'il fallait reprendre l'Alsace et la Lorraine. Ça s'est fait dans un flot de sang et à présent nous en sommes à l'Europe avec l'ami Fritz.

Je m'écarte. Revenons à notre mouton... enfin façon de dire. Pour l'expertise psychiatrique, Hortense avait conseillé à Gilles de répondre à côté des questions, de paraître déphasé... sur une autre planète. Le professeur Baignet c'était un biglousard chauve avec toujours un peu de bave aux commissures des babouines. Gilles espérait tout de même que la comtesse ne s'était pas allongée sous cet hurluberlu sinistre pour le mettre dans les meilleures dispositions possibles à son égard.

Moi, je l'avais aperçu Baignet plusieurs fois au Palais en allant voir des procès où j'avais des petits camarades dans le box. C'eût été un sacrifice inouï... une preuve d'amour fou qu'Hortense aille se faire égoïner par ce débris baveux. Vis-à-vis d'un homme comme le professeur Baignet, elle avait des moyens en fin de compte plus efficaces... Par ses relations… elle pouvait l'aider à parvenir à l'Académie des sciences… un fauteuil en faculté… Que sais-je ? Sur la corde de la vanité on peut toujours tirer toute une musique quasi céleste.

Dans une cellule spéciale à Fresnes, le professeur avait expertisé Gilles. Une sorte d'entretien, d'interview d'environ une heure. C'était l'essentiel d'un examen dont peut dépendre l'avenir d'un homme. Une farce de plus dans l'arsenal judiciaire. Les véritables mabouls, assassins obsessionnels, passaient à travers, on les reconnaissait parfaitement sains de corps et d'esprit, tel le docteur Petiot qui fut condamné à mort pour vingt-sept meurtres et quelques années auparavant avait été considéré comme irresponsable dans une banale affaire de vol à l'étalage d'une librairie.

Résultat des courses… avec un malfrat organisé comme Gilles Dastel, c'était impossible de le faire bénéficier de l'article 64. Crever à petit feu dans un hôpital psychiatrique ne valait guère mieux que d'aller fabriquer des meubles en fer en prison centrale.

Le rapport concluait donc à une large atténuation de sa culpabilité et ça allait permettre à Me Lubary de jouer de la clarinette sur cette partition de circonstance.

## PLUS DE VISITE POUR LA COMTESSE

Voilà, je vous résume le procès dans les grandes lignes. Bien sûr toute la presse était là... on jugeait Latude, Arsène Lupin... un roi de la poudre d'escampette. Certains journalistes, orientés peut-être par une générosité occulte, parlaient de bandit bien-aimé... on faisait aussi des comparaisons avec Cartouche, Mandrin, des noms de brigands qui fleurent plutôt romanesque dans la mémoire collective. On fait l'impasse sur le fait que Cartouche a balancé ses petits potes... que Mandrin n'était pas tout à fait un justicier qui distribuait ses butins aux paysans pauvres. Les légendes se forment... beau s'escrimer plus tard à les renverser avec des preuves indéniables à l'appui... elles persistent, elles se nourrissent de romans, de cinocheries. Ça n'intéresse que quelques chercheurs, enfileurs de guêpes... qui se triturent au microscope en impure perte.

Gilles ça prenait un peu cette tournure. Je me suis souvent demandé après ses diverses aventures, ses hold-up célèbres, ses évasions de bandes dessinées, pourquoi il n'est pas entré dans la légende, alors que Pierrot le Fou, ancien tortionnaire de la Gestapo, éthylique... forcené... mort probablement parce qu'il était saoul défoncé, lui on l'évoque encore, on nous le glorifie sur les écrans du 7e Art. Mystère que tout ça, comme le reste, la divinité de Jésus-Christ et le berlingue de la Vierge Marie.

Si le Beau Gilles n'a pas été inscrit dans les manuels d'Histoire au chapitre « banditisme »... sur le moment, dans la période où il sévissait, il faisait en tout cas de gros titres à la une des quotidiens et même plusieurs pages dans nos magazines prestigieux.

Hortense, la dernière fois qu'elle était venue le voir, l'avait rassuré... elle ne voulait pas lui donner de précisions mais elle avait colmaté toutes les brèches. Restait tout de même ces foutus jurés qui décidaient en dernier ressort.

Gilles devait jouer dans la nuance, qu'il n'apparaisse surtout pas en minus, en brute de broussailles. Il lui fut conseillé de donner dans le genre rêveur, un immature assez intelligent mais d'esprit tordu.

C'était un bon comédien. Les assises ça participe d'une sorte de théâtre, celui-là sur le véritable boulevard du crime. Chacun se présente avec son costume de scène... bordé d'hermine pour le président... robe rouge de l'accusateur public... et ce noir qui sied si bien aux avocats. Quant aux prévenus, ceux qui vont sans doute aller se laver les panards au bagne, préférable qu'ils adoptent une tenue modeste, qu'ils se fassent petits… et qu'ils sachent garder leur langue lorsqu'elle s'apprête à lancer une réplique cinglante. L'homme ou la femme qui est dans le box, *a priori* il est le vilain du mélodrame, il faut qu'il se garde de paraître plus subtil que ses juges.

La comtesse cette fois s'était abstenue de paraître dans la salle d'audience… que les plumitifs de basse-cour n'aillent pas compliquer les choses avec des titres qui ne pouvaient qu'indisposer les chats fourrés.

*Gilles Dastel devant ses juges… Le roi de l'évasion va répondre de ses actes de banditisme devant les jurés de la Seine.* On rappelait avec plus ou moins d'exactitude ses agressions à main armée, ses cambriolages. On le donnait comme chef du gang des tractions avant. En ces années tous les malfrats utilisaient la 15 ou la 11CV Citroën… la voiture la plus rapide, la plus passe-partout, la plus robuste. Comme quelqu'un faisait des réserves estimant qu'elle braquait mal, Gilles lui a répondu tac au tac : « Oui, mais moi je braque bien. »

On allait justement évoquer ses dons dans ce genre de sport devant la cour. Il avait à répondre de trois hold-up et d'un cambriolage avec effraction d'un coffre-fort. Pour tout arranger deux complices aux frimes de pâles malfrats lui tenaient compagnie dans le box. Ils jouaient les utilités… les journalistes les citaient par devoir, mais ils n'intéressaient personne. Même le président s'adressait à eux comme à des tarés, avec une sorte de condescendance… L'air de rien, cet enfoiré les poussait tout de même à charger Gilles pour minimiser leur rôle et suggérer qu'ils s'étaient laissé influencer.

Redoutables... lorsqu'ils vous trouvent des qualités de chef, les guignols. « S'il avait choisi le droit chemin ne serait-il pas devenu un capitaine de guerre... un de ceux qui s'illustrent au service de la France en Indochine ? »

Ouais, l'Indo... j'ai plus pensé à vous dire que ce roman d'amour et d'eau de Fresnes se déroule pendant que les troupes françaises sont à l'œuvre de gloire au Tonkin... Laos... la RC4... Cao Bang. Il y avait aussi une guerre en Corée... Les Arabes qui se foutaient déjà sur la gueule avec les Israéliens... des conflits un peu partout... guerre froide ou chauds les marrons ! Et puis la crise... la monnaie qui flanche, les impôts qui augmentent, les grèves... on s'aperçoit en jetant un œil dans le rétro que rien ne change sous notre joli ciel. Braves gens ne vous mettez pas la rate au court-bouillon, vos ancêtres sous Louis XV n'étaient pas à meilleure enseigne puisque Voltaire disait que la France serait un pays merveilleux sans les cuistres et les impôts. Je vous cite de mémoire pour vous montrer au passage que j'ai un peu de culture... qu'écrire des mots d'argot n'empêche pas d'apprécier les bons auteurs.

Mis à part la crise ministérielle périodique sous la IVe République, rien ne volait la vedette à *« Gilles Dastel le gangster bien-aimé »*, le titre d'un grand quotidien relatant la première audience. Bien-aimé de qui ? On laissait aux malins lecteurs faire les trente-deux suppositions possibles. Le même canard relatait ces premiers débats en exprimant une certaine surprise. On s'attendait à un personnage de roman-feuilleton... un peu bravache... fort en gueule, le quolibet facile et il s'était montré un peu terne, répondant la plupart du temps à côté des questions qu'on lui posait.

— Le président s'est inquiété si j'étais pas malade. Preuve que je suivais bien les consignes de la comtesse.

Une comparution aux assises ça vous reste dans la mémoire. Gilles me racontait les choses comme s'il y était encore. Me Lubary s'est élancé manches en avant pour rappeler que son client venait d'être blessé grièvement d'un coup de couteau qui aurait pu éteindre définitivement l'action de la Justice. Il en gardait des séquelles.

— Depuis, messieurs et mesdames les jurés, Gilles Dastel n'est plus le même homme. Moi qui le connais bien, qui le rencontre si souvent pour préparer sa défense, je me trouve un peu désarçonné depuis cet incident... c'est un être qui m'échappe.

Tout marle qu'il était le Lubary, il avait laissé échapper un mot qu'il fallait ne pas dire. L'avocat de la partie civile a déclenché les rires de la salle en répliquant :

— Tant qu'il ne vous échappera qu'à vous, maître, les honnêtes gens pourront dormir tranquilles.

La biographie de Gilles, ce qui se débite toujours au début d'un procès, n'était pas des plus édifiantes. C'était un mauvais élève à l'école. Un gars chapardeur… arrogant, ne supportant aucune remontrance de ses maîtres. Il n'avait même pas profité de l'Occupation pour se racheter dans la Résistance. Juste, il s'était adonné au marché noir et avec les mauvaises fréquentations qu'il avait entretenues pendant sa première incarcération à la Santé comme proxénète, il s'était lancé ensuite dans cette abominable carrière de malfaisance qui le conduisait sur le banc infâme.

Dans son pedigree, il avait demandé à Lubary de mettre un bémol au sujet de cette condamnation comme hareng. Gilles Dastel très jeune au moment des faits était devenu l'amant d'une prostituée qui lui donnait un peu d'argent de poche, les finauds limiers de la brigade mondaine en avaient tiré des conclusions propres à leur amener un poisson frais dans leur épuisette.

Pour les jurés, gens qui vivent en faisant du millimètre, le cul coincé dans leurs opinions toutes faites, leur trouille du lendemain de la veille… un individu qui se fait entretenir par une dame de petite vertu même passagèrement, c'est le comble de l'horreur… la veulerie, la dépravation, la feignantise, souvent la brutalité à l'égard du sexe faible… alors que l'individu en question aille déguster les féculents de l'administration pénitentiaire, ça leur paraît tout à fait dans la bonne logique de la moralité publique.

On a tourné la page et la suivante n'était pas tellement plus claire fontaine… le casse d'un marchand de timbres puis celui d'un joaillier… Un traître dans sa bande, une balance pourrie et retour en cage... Deux ans et cinq d'interdiction de séjour.

Gilles n'avait pas attendu la fin de sa peine pour aller porter des fleurs à sa fiancée du moment, une belle Hélène qu'il a rejointe tel Tarzan au bout du cordage qui lui avait permis de franchir le mur de la centrale de Poissy.

Avec Hélène il avait l'amour certes mais pas de fraîche... je parle pas de l'eau... non fraîche, là, ça veut dire fric, pognon, flouse, blé, argent, des vocables que reconnaissent même les caves les plus endurcis.

D'où une reprise intensive de ses activités bandites. Il est devenu alors un professionnel émérite. Son évasion de Poissy l'avait fait mieux connaître des services de police, la célébrité commence en ce domaine par votre photographie plein pot face et profil sur les murs des commissariats.

La presse en rajoutait dans le CV de Gilles... on supposait que... on avait des renseignements de première main non identifiée... Il était là en même temps qu'ailleurs.

Voilà comment se fabrique une réputation assez lourde à assumer lorsqu'on aboutit sur le banc d'une cour d'assises. Gilles avait été suffisamment astucieux pour ne pas faire les grosses erreurs de ses collègues en truanderie. Il opérait le plus souvent en solitaire et s'il avait besoin de complices, il ne reprenait jamais les mêmes, pour ne pas former une équipe, un gang qui ne pouvait que le faire repérer.

Il était devenu assez fortiche pour ouvrir les

coffres-forts... il grimpait sur les murs... circulait sur les toits... surgissait dans les sauteries mondaines pour dépouiller poliment les dames de leurs diam's et autres cabochons.

À suivre méticuleux tous ses coups, les plus tordus... ses arrestations... fuite d'un commissariat déguisé en flic !... De quoi vous tartiner un fort bon volume d'aventures rebondissantes. Ça sera peut-être pour une autre fois si j'arrive à pousser ma carcasse encore quelques années et que la tronche ne me largue pas.

Maintenant au final, toutes ces histoires parfois cocasses, ces piratages rocambolesques, ça devient du mouron à s'égrainer pour les petits oiseaux jurés.

Trois audiences il a eu droit mon petit camarade. À l'époque nous ne recevions pas la presse dans nos cellules. Je vous reconstitue tout ça avec les choses qui se colportaient dans les cours de promenade... et plus tard de vive voix par le personnage principal du film.

Sur les détails, les circonstances de ses brigandages... ça serait fastidieux de vous retranscrire les minutes du procès. À remarquer que les récits d'aventures les plus extraordinaires deviennent d'un ennui profond dès qu'ils passent à la moulinette du vocabulaire pénal. Ça vous devient presque du Robbe-Grillet...

— Tu comprends, après tous ces papiers où j'étais comparé à Arsène Lupin, ça me compliquait le boulot pour me faire passer pour un minus. Je prends l'air absent comme si tout ce qui se disait ne me concernait pas.

Si bien que le procureur a fini par intervenir. « Mais enfin Gilles Dastel, vous êtes devant la Justice pour répondre de vos crimes ! »

Il a eu l'à-propos de répondre « Merci Monsieur ». Pas possible on l'avait changé, décervelé notre Latude, se plaignaient les plumitifs : « Personnage décevant. À la limite de l'imbécillité. » Ça, ça entrait dans le plan de la comtesse et lorsque le professeur Baignet fut appelé à la barre… c'était l'atout maître. Tout allait se jouer là.

Comment avait-il été suborné ? Je vous ai dit mes suppositions… en tout cas il a été parfait. Plus vrai que nature, il a déposé d'une voix monocorde son rapport avec des mots abscons… des formules hermétiques pontifiantes qui séduisent toujours les bourgeois gentilshommes qui l'écoutent. Depuis les médecins de Molière le même schéma… il n'est de juste, d'admirable que ce qu'on ne comprend pas. Néanmoins le professeur se devait tout de même de tirer des conclusions dans une langue accessible à la cour. Il ressortait de tous ce fatras prétentieux que Gilles Dastel aurait subi dans sa prime enfance de nombreux traumatismes. Son père qui paraît-il le frappait pour la moindre peccadille… Sa mère fuyant le domicile conjugal tant l'atmosphère en était épouvantable. Ce professeur Baignet, il en déduisait que Gilles avait été profondément perturbé… que tous ses agissements antisociaux étaient la conséquence de cette enfance déchirée. Depuis quelque temps il était devenu claustrophobe et l'enfermement provoquait en lui de graves troubles psychiques.

Le risque était qu'on pouvait déduire de toute cette démonstration que Gilles était tout de même irrécupérable.

Ça pouvait tourner à son désavantage, mais à une question posée à bon escient par Me Lubary… à savoir si l'état mental de son client était le même qu'à son arrivée en détention… le professeur répondit que Gilles Dastel avait considérablement évolué depuis sa dernière incarcération et qu'il ne présentait plus désormais de *dangerosité potentielle.*

On appréciera au passage la *dangerosité potentielle.* Ça, les jurés ils se le prenaient un doigt dans chaque naseau.

Tout cela se résumait en fin de compte à une certaine atténuation de la responsabilité de l'inculpé et à le présenter comme devenu presque inoffensif… le loup devenu sinon mouton du moins brave toutou de campagne.

On imagine ce que Lubary va mitonner avec tout ça dans sa plaidoirie. Un mois plus tôt il se voyait dans une de ces défenses qui ne changent pas grand-chose au verdict. On invoque, la plupart des cas, l'enfance misérable, le manque d'éducation, d'instruction… à la rigueur le niveau intellectuel très bas du malfrat-client. On ne disait pas encore Q.I.

Savoir si Hortense avait pu placer ses billes chez le procureur ? On ne pouvait que s'étonner de sa relative mansuétude ! C'était un magistrat de réputation aussi talentueuse que féroce. Il parut fatigué, presque bâcleur comme ces représentants du ministère public en correctionnelle quI se déchargent de leur besogne en demandant au tribunal l'application de la loi. En bout de piste c'est ce qu'il a fait, il a demandé une peine de travaux forcés à temps et sans préciser la longueur de ce temps, ce qui laissait de la marge entre cinq et vingt ans. Même tarif pour les deux comparses.

— Lubary il a brodé sur le fait que je n'avais pas de sang sur les paluches. Jamais je n'avais défouraillé ni sur des victimes, ni sur les poulets.

Je le connaissais dans les coins le Lubary, c'est un bombe-le-torse, un coq de Haute-Cour... mondain à souhait... fier de ses périodes avec citations latines et mots d'auteur appropriés. Il sait détendre l'atmosphère le moment voulu. Toute la science, quoi, le vice d'un bavard qu'on dit ténor du barreau.

Ça tombait que la semaine précédente il avait défendu un quatuor de braqueurs qui eux avaient tiré sur tout ce qui bougeait en obstacles. Ça avait donné des tarifs de vingt ans au résultat. Il s'est permis de rappeler ce verdict afin de mieux minimiser les actions de Gilles. Et bien sûr il a mis l'archet de son violon sur la partition que lui avait écrite le professeur Baignet.

Glissons... je repasse la parole à l'accusé lui-même, bien longtemps après certes, mais le plus apte encore à vous raconter les choses.

— T'as toujours les flubes pendant les délibérations de ces cons de jurés... Les miens ils sont restés deux plombes pour m'assaisonner le ragoût.

Quand j'ai entendu « sept ans » j'ai tout de même poussé un drôle de soupir mais sans le montrer. En gardant apparemment mon calme.

C'était vraiment un résultat exceptionnel. Tous les chroniqueurs ont exprimé leur surprise dans la presse du lendemain. Certains ont donné libre court à leurs plumes fielleuses. Les allusions qu'en France on pouvait dépouiller les honnêtes banquiers de leur pognon et les dames de leurs bijoux de famille sans trop de risques.

Toujours le même refrain... sept ans faut tout de même se les farcir... surtout en ces temps de gamelles à l'eau de vaisselle et de règlement draconien dans nos centrouses.

— J'avais déjà plus de deux piges de tirées avec la remise du quart cellulaire. Si la comtesse se démerdait, je pouvais peut-être m'arracher par la grande porte dans deux ans au maximum.

Et là il pouvait lui faire confiance à la belle Hortense. Déjà il lui devait ce verdict de complaisance, elle allait maintenant tout faire pour qu'ils puissent enfin s'aimer dans un autre décor qu'une cellule de prison, fût-ce le comble du romantisme.

Le soir du procès elle s'est mise à lui écrire sur un papier bleu du paradis, une lettre parfumée comme on n'en lit plus de nos jours que dans les anthologies littéraires. Du beau style à la française, sans métaphores superflues... On sentait entre ses mots, sa ponctuation, une passion dévorante... un soupçon d'érotisme alimenté de souvenirs marqués au plus profond de son intimité.

Natürlich la belle babillarde d'amour, elle lui a fait parvenir par un maton parachuteur... un homme qui se faisait des petits suppléments pour acheter à Noël une superbe poupée à sa fillette... qui deviendra si ingrate par la suite. Mais ceci est une autre histoire que je laisse à un confrère en mal d'inspiration

## LES VISITES SONT TERMINÉES !

En rentrant du Palais de justice après la dernière audience... surprise du chef... Gilles n'a pas retrouvé sa cellule spéciale. Étant condamné, la direction avait décidé de le remonter au quatrième en Haute Surveillance. En apparence on lui faisait une sorte de fleur... le régime en Haute Surveillance quoique sévère était moins rigoureux que celui de la cellule de force. On rencontrait les autres détenus pendant les promenades. Seulement là, Gilles avait perdu les privilèges exceptionnels que lui avait fait octroyer la comtesse... il voyait pas bien comment l'honorer de son magistral coup de bite, récompense méritée de ses efforts, dans un endroit où les matons passaient sans relâche devant les cellules.

— On vous a mis là, en attente de partir en centrale.

Ça sentait l'offensive de répression. Ses sept ans, les gens de la tentiaire les digéraient mal. On savait que la comtesse avait agi en lousdoc pour que son voyou s'en tire le moins mal possible. On prononçait le mot scandale. C'en était peut-être un mais il était minime et noyé dans d'autres affaires bien plus gravissimes pour l'honneur de la République... de détournements de fonds, abus de confiance... trafic de piastres... procès Joanovici... qui s'en était tiré encore mieux que Gilles compte tenu des charges qui pesaient sur lui.

À l'évidence, quelqu'un en haut lieu se permettait de contrer la comtesse. Savoir qui ? Toujours assez difficile avec une administration comme la Justice aux méandres, ramifications... influences sournoises, de découvrir le pot aux chardons.

Au vrai on appliquait le règlement, Gilles allait rester en Haute Surveillance pendant le délai d'appel de quarante jours, aussitôt après on l'expédierait dare-dare dans un établissement réservé aux grosses peines. On avait le choix entre les taules de force, les bagnes comme Clairvaux, Fontevrault, Poissy où on appliquait à peu près le même régime qu'avant la guerre, et les maisons où paraît-il on commençait à se préoccuper d'insertion.

On a signifié à Mme de Wilfried que le quatrième étage de la deuxième division lui était interdit. Mesure de prudence, en Haute Surveillance les détenus étaient dangereux. Elle ne pouvait donc plus rencontrer Gilles que dans une cellule, dite d'avocat, au rez-de-chaussée et avec la porte ouverte sur le couloir. On avait trop évoqué son nom dans les gazettes... Ces mesures avaient l'air d'être des représailles tant elle avait outrageusement bafoué les autorités pénitentiaires.

À quoi bon chercher d'où venait cette contre-offensive ?

— Il faut savoir attendre, Gilles mon amour...

Elle était venue et elle lui paraissait toujours aussi désirable dans un tailleur demi-saison de chez Lanvin, qu'elle avait fait faire uniquement pour lui... Je ne sais... l'instinct... elle savait que son brigand, comme elle le nommait dans ses pensées secrètes, serait comme fou à l'idée de la dépouiller de cette merveille.

Et voilà qu'ils en étaient réduits à se regarder intensément, se bouffer des yeux... se torturer et mourir de soif auprès de la fontaine.

Cette visite au parloir des avocats, qui ne dura qu'un quart d'heure, marquait une nouvelle phase dans leurs rapports.

Ça a commencé par un instant de silence. Elle souriait, elle se mouillait les lèvres et lui restait de marbre, jouant un peu au caïd.

— T'as envie que je te baise ?...

Il a fini par lui demander. Elle a répondu oui... de la tête.

Ils étaient face à face chacun sur un tabouret, séparés par une table en bois blanc. C'est ainsi que se passent les rencontres avec les avocats. La porte reste ouverte et le maton qui fait les cent pas dans le couloir passe, repasse, jette un œil mais n'entend rien.

— J'aime ta queue...

À brûle-pourpoint elle lui a susurré. Jamais elle n'avait osé employer un langage aussi direct avec un homme. Gilles toujours magnifique lui a rétorqué plein de superbe :

— Je sais…

Un petit temps, et il a ajouté :

— Démerde-toi pour me sortir de là… je te la garde au chaud et on ira ensemble voir les étoiles.

C'est-y pas beau ce dialogue amoureux ?… Hortense est maintenant libérée de toute pudeur imbécile, elle joue avec les mots comme pour les rendre plus savoureux, et, lui, il a un tel sens de la repartie qu'on se croirait chez Michel Audiard.

Ils ont réussi à s'amuser avec leurs mains et il a respiré à n'en plus finir son parfum avant de remonter dans sa cellule. Il avait préféré écourter leur entretien… il savait qu'il pouvait compter sur elle. Il lui devait déjà une condamnation réduite de moitié.

— Je fais des miracles, lui avait-elle dit.

Et c'était vrai. Avant de quitter Fresnes, pour donner le change, justifier sa visite, elle avait reçu trois de ses protégés… des types qui sentaient la misère par tous les pores, de leur peau… de ceux pour lesquels on ne pouvait rien d'autre qu'une aumône. Elle savait ça maintenant Hortense, sa mission charitable, elle n'en ferait jamais le tour et elle n'en attendait plus rien pour elle-même puisque cette rencontre avec Gilles avait redonné un sens à sa vie.

Elle était certes loin de ses résolutions du début lorsqu'elle allait se confesser à l'abbé Bouillon. Celui-ci se faisait discret, il ne se manifestait que si elle l'appelait. Et elle l'appelait pour l'inviter chez elle lorsqu'il y avait beaucoup de monde... ça lui permettait d'échapper au tête-à-tête, aux confidences... L'abbé n'était pas le genre de cureton à prendre ses désirs pour des réalités. Il savait depuis le début à quoi s'en tenir sur le libertinage de la comtesse. Il se disait que tout ce qui conduit à la charité est bon à prendre même en empruntant les voies du snobisme.

## VISITE IMPROMPTUE

Dès la fin du délai de cassation Gilles Dastel fut embarqué chaînes aux pieds et aux mains dans une voiture cellulaire pour lui tout seul, direction Fontevrault. Une jolie résidence secondaire pour les longues peines. Enfin c'était… depuis près de vingt ans, le pénitencier a été désaffecté et les lieux rendus aux Beaux-Arts… Une église romane… une abbaye du XIIe siècle dont les religieux furent chassés en 1792 pour être remplacés par des bagnards. On voit que la République naissante savait chasser l'obscurantisme. Pendant près de deux siècles, l'abbaye entourée de hauts murs fut une des prisons centrales les plus redoutées de la clientèle malfrate. Il y régnait comme au temps des moines la règle du silence et les détenus bossaient dix heures par jour à rempailler des chaises, histoire de découvrir les joies du travail honnête ! Tenue de droguet comme partout alors, c'est-à-dire un costard de grosse laine marron-gris qui vous donnait l'élégance d'un ours.

Gilles avait déjà tâté de la centrouse à Poissy et à Caen, dont il s'était fait la malle.

— C'était encore plus toc, mon pote. Un lascar qui restait là plus de cinq piges était réduit à une larve… un cloporte.

De temps en temps ça lui remontait, trente ans plus tard, le fumet de la pitance de Fontevrault. À chacun sa madeleine de Proust. Il m'a raconté en détail son arrivée dans le castel. On l'attendait et pas pour lui offrir des fleurs. Précédé de sa réputation d'évadé et de surcroît toutes les rumeurs, les articles de presse qui évoquaient ses amours avec la comtesse de Wilfried.

Un directeur de bagne c'est bien sûr un superfonctionnaire, imbu de sa puissance… cette sorte de pouvoir absolu qu'il avait sur son malheureux cheptel. Ils étaient tous un peu sur le même modèle, ces lascars… pas forcément des gueules de brutes, mais le cœur en métal breveté féroce. De leurs lèvres ne sortaient, la plupart du temps, que des menaces, des ordres brefs, des sentences mitardeuses.

De tradition, l'arrivant dans un établissement pénitentiaire, il passe au prétoire devant le taulier.

— Il m'a balancé le paquet, cet enfifré… Qu'il n'admettrait pas la moindre peccadille de ma part, le moindre geste qui pourrait laisser entendre que je préméditais de m'évader. « Ici vous apprendrez que ma prison n'est pas un bordel mondain. »

Fine allusion à ses frasques avec la comtesse. Gilles a encaissé sans broncher. Lors de leur dernière entrevue à Fresnes, il s'était engagé à se tenir à carreaux. Il fallait la laisser agir à sa guise, jusqu'ici n'avait-elle pas tenu tous ses engagements ?

— Tu sais bien que je suis une fée... J'ai une baguette magique qui fait passer les murailles.

Ce qu'elle lui avait dit et, lui, toujours arsouille, l'humour alimenté par l'eau des ruisseaux de Montmartre, il n'avait pu s'empêcher de lui renvoyer la balle.

— Moi aussi, Hortense, j'ai une baguette magique.

Eh bien, m'sieurs dames lecteurs, elle a pouffé la belle salope et elle a répondu :

— Je sais...

Ça vous a tout de même plus de classe que de prendre un air pincé de douairière outragée. Le véritable amour c'est quand on a plus besoin d'hypocrisie dans ce genre de conversation.

Ce qui n'exclut pas les bonnes manières... baisemain et bite au cul sur l'écusson.

Donc, il avait rengracié notre Gilles. Avalé sa salive. Même il avait baissé les yeux, crainte que le bovidé directeur n'y lise une pointe d'ironie qui pouvait exciter sa soif de revanche. J'écris ça et je me pose la question... revanche sur quoi ? Le sentiment qu'il avait d'être un homme lourd, dépourvu de charme, de besogner dans les ergastules... écrivasser des rapports... s'offrir pour toute luxure des ébats avec une bobonne qui ne pouvait être que son reflet puisqu'elle avait choisi pour élu de son cœur ce triste bipède. N'empêche que là sur son territoire, il était le souverain. Même s'il avait au-dessus de lui la sainte Administration, ça lui permettait de se calmer les appétits de pouvoir et parfois même de s'offrir de petites incartades avec des dames qui travaillaient au greffe... des caleçonnades vite fait dans quelques recoins du cloître gothique.

Digression, allez-vous me dire... mais, voyons, tout est digression. Au commencement était la digression. La mienne pour les curieux de la petite histoire pénitentiaire, les amateurs de verbe vert, elle instruit et divertit. En tout cas c'est là mon désir, ma raison de scribouiller. Pour les messages, voyez un peu chez mes confrères, on n'y manque pas de prêcheurs pour toutes les causes les plus incroyables... des pétitionnaires à la chaîne. La liste est dans votre quotidien habituel.

Dès le lendemain il était au labeur dans son atelier Gilles. Y avait une cadence à soutenir, un maton surveillait une vingtaine d'esclaves, on peut ainsi les qualifier, payés au tarif des manœuvres en 1903, nourris de légumes secs mal cuits et d'illusions qui s'amenuisent au fil des années. Oui... certains étaient là, à la même place, depuis quatre, cinq ou six ans. Au-delà on les changeait parfois de prison... ou bien ils finissaient par se faire classer au service général... c'est-à-dire dans un boulot d'auxiliaire aux cuisines, aux ateliers de réparations, au service du nettoiement... Une promotion qui se méritait après un interminable temps au rempaillage.

S'il n'avait eu au corps l'espoir bien accroché que la comtesse allait agir le plus vite possible, dès le premier jour Gilles aurait cherché le trou d'aiguille par lequel il finirait par faire passer le fil de sa prochaine évasion. Duraille dans les grandes centrales. Ici, quelques mois auparavant, deux malfrats vicelards et audacieux avaient réussi à s'échapper par les cuisines en assommant un gaffe. Une fois nos deux loups hors de la bergerie, les autorités avaient déclenché je ne sais quel plan bleu... orsec ou rouge. Des C.R.S. et gendarmes mobiles en battue. On avait fini par les repérer dans un champ. Réputés dangereux, l'un d'eux étant armé, on avait mis le feu au blé et ils avaient été abattus au milieu des flammes. Gentille saynète sous le ciel de la douce France.

La comtesse avec ses yeux bleus et ses lèvres prometteuses, c'était tout de même moins risqué. Une évasion on passe souvent des mois à la mettre au point. C'est du boulot de Petit Poucet... de petits cailloux, de morceaux de ficelle, d'attente dans l'ombre... de respiration retenue... Victor Hugo a très bien expliqué ça dans *Les Misérables.* Sans doute avait-il été rencardé par Vidocq expert ès bagnes.

Oh, il a eu du nouveau assez rapidos notre cher Gilles, elle s'est irruptionnée vite fait. On l'avait avertie qu'elle ne pourrait pas pénétrer à Fontevrault. Seules quelques très vieilles visiteuses et un général à la retraite venaient voir des détenus particulièrement désavantagés... des minus édentés en bout de peine qu'on mettait à la salle des ino, c'est-à-dire des inoccupés, parce qu'ils n'étaient plus capables de tenir la cadence dans les ateliers.

Eh bien, elle, elle est venue et pas en tapinois, humble et douce. Il se souvenait toujours Gilles de cet heureux jour où il pleuvait comme il pleut dans le Maine-et-Loire. Sitôt dans la place, elle a refermé son parapluie et elle a foncé à l'assaut du bureau directorial. Faudrait beau voir que ce balourd, ce cuistre se mette en travers de son cœur. Il était de cette espèce de gens qu'elle cravachait depuis des siècles... Un plouque malodorant se permettait une remarque... slaf ! elle lui cinglait la gueule à ce désobligeant ! Étonnez-vous ensuite dans vos manuels d'Histoire qu'il ait été la cafter à Fouquier-Tinville pour l'envoyer à la guillotine. Même la tête une fois coupée, tendue au peuple par sa chevelure, elle le dominait de sa morgue.

Pas long feu, il l'a reçue le directeur... on l'avait prévenu... oui, oui... haut lieu...

— Le chef de cabinet de monsieur le ministre m'a téléphoné hier soir.

— Je m'occupe de sauver un homme qui mérite d'être sauvé !

Tel quel, l'autre il en vacillait dans ses fixe-chaussettes... Déjà un parloir était prêt... celui réservé habituellement à l'aumônier pour ses confessions. C'est-à-dire s'il était dans l'ombre, au fond d'un couloir... il y régnait une odeur fade... des relents de soutane en un temps où l'hygiène corporelle n'était pas la vertu la plus théologale des gens d'Église.

Hortense surgit... c'est comme dans ces publicités Pur Odor... les effluves mauvais s'enfuient, elle te les chasse au 5 de Chanel. Longtemps après son départ c'est elle qui restera dans l'air de cette triste cellule.

Il en croyait pas ses oreilles Gilles, lorsqu'un maton est venu le chercher à l'atelier... ses yeux... lorsqu'il la reconnut dans la cellule-confessionnal qui l'attendait debout devant un prie-Dieu... Il se rappelait plus des années après comment elle était sapée, sinon qu'elle avait un léger imperméable et une sorte de chapeau ciré comme les marins.

Et ça allait reprendre en dépravation majeure comme à la 44 à Fresnes.

— Veuillez nous laisser... vous tenir à distance.

L'ordre qu'elle donnait d'une voix qui n'admet pas la réplique depuis les croisades. « Écartez-vous misérables ! » Jamais ces murs noirâtres... cloqués d'humidité n'avaient reçu l'écho d'une pareille jactance. Le matuche sous sa casquette aussi plate que ses idées, il a obéi, je puis me permettre de préciser, d'un réflexe ancestral. Il a fait dix pas en arrière et il est resté en arrêt, figé. Stop... arrêt sur image à la façon de nos films d'avant-garde tandis que la voix off nous débite des choses que nous savions déjà mais qu'il est poétique de nous préciser.

En tout cas, Gilles, il sait, il est convaincu que la belle Hortense est de plus en plus folle. Il était pas encore à même d'apprécier ce que ça pouvait représenter pour elle, ce qu'elle entreprenait, ce qu'elle osait pour lui. Certains aristos affectent, comme ça, des airs de passer outre leurs préjugés, leurs tenaces bonnes manières, mais rares sont ceux ou surtout celles qui s'aventurent hors de leur domaine réservé... déjà se compromettre avec les roturiers bourgeois, ça peut faire désordre... mais là, le voyou, le gangster... le braqueur de banques... le dépouilleur de dames emperlousées des raouts de Passy, ça dépasse toutes les audaces imaginables. On lui reprochait surtout d'avoir permis que ça se sache, qu'elle finisse par s'exhiber, s'afficher au grand jour. Nous étions au milieu du siècle, ne l'oublions pas... depuis les mœurs se sont mises à évoluer grande vitesse... les nichons à nu dans les défilés de mode, les poils de chagatte qui dépassent du string... xetera ! Les princesses dans les films pornos.

Hortense s'était abîmée dans des rêveries libertines optimum depuis que Gilles avait quitté la cellule 50. Elle n'en pouvait plus... Elle prenait à présent des initiatives qu'elle n'aurait pas osées il y a quelques mois... Elle avait retiré son imper, elle s'est retournée vers le mur dans un angle d'où le maton ne pouvait rien voir. Elle a relevé sa jupe... Dans la pénombre Gilles distinguait ses fesses bien blanches... sans petite culotte... les porte-jarretelles qui retenaient ses bas. Que voulez-vous qu'il fît ? Il avait un peu les jetons qu'une réaction soudaine du gaffe fasse exploser la situasse. Oh, non, elle était sûre que tout irait bien... comme toujours elle avait fait ce qu'il fallait. Elle s'est même permis de lui dire une chose que ses complices ne se seraient jamais permis au cours d'un casse.

— N'aie pas peur !

Ça, ça lui a renforcé la batterie.

— Je te l'ai embrochée d'un seul coup jusqu'à la

garde. J'avais l'impression de la fourrer jusqu'au milieu du ventre.

Il m'avait déjà dit souvent des choses comme ça. La bite jusqu'à la gorge ! Ah ! Merde ! Quel malheur d'avoir maintenant atteint l'âge où ces choses ne sont plus que des souvenirs qu'on entretient en les racontant... en les embellissant, peut-être, aux vieux copains.

J'en revenais pas de ce récit, non pour sa verdeur, sa saveur de lubricité, mais pour le lieu où ce tringlage s'était accompli ! Fresnes encore, à différentes époques, on a parlé d'avocates qui turlutaient leur client sans supplément d'honoraires, mais là, carrément dans la géhenne... le fin fond de la carte de France pénitentiaire.

—Je crois que c'était ça qui la faisait reluire. Se faire égoïner dans ce décor sordide, dans cette atmosphère par un mec comme moi.

Et de m'expliquer que par la suite... lorsqu'ils pourront copuler comme tout le monde en chambre douce et close... dans des draps parfumés... éclairés indirect pour accentuer les plaisirs de la découverte, elle était moins débridée, moins brûlante. Enfin j'anticipe... nous n'en sommes pas là encore, mais ça approche.

Ça avait été rapide mais fulgurant au point que la comtesse s'était mordue les lèvres au sang... Preuve, n'est-ce pas, amateur de sexe que dans ce domaine tout est possible, le ralenti, l'accéléré, le tressautant... c'est souvent une question de circonstances, de ferveur. Une fois revenus de leur coup d'ivresse, Hortense a tenu Gilles au courant de ses dernières démarches… qu'elle allait le faire transférer dans une maison d'arrêt où elle le ferait employer aux écritures.

— Tu sais écrire tout de même ?

Il savait… son certificat d'études, c'était pas si mal si on considère aujourd'hui les fautes d'orthographe de nos ministres formés dans les E.N.A… les Sciences-Po.

Il graboterait, remplirait de la paperasse le temps qu'elle lui obtienne une liberté conditionnelle. Il arrivait quelques mois plus tard dans les délais.

— Et après, je ferai en sorte que tu n'aies plus la tentation d'attaquer les diligences.

Tout de même je finis par vous raconter une histoire qui mériterait la collection Harlequin. On me reproche assez de donner dans le crapoteux, les romans qui s'achèvent à coups de sulfateuse dans les allées de cimetières. Ici je remonte la pente, on est parti du cul-de-basse-fosse et nous allons vers un final de Walt Disney.

Elle est repartie… elle ne pouvait pas décemment prolonger sa visite au-delà de ce qu'avait permis m'sieur le directeur. À la lourde, il est venu spécial lui filer du Madame la comtesse long comme la servitude de ses ancêtres.

— J'espère monsieur le directeur que vous allez prendre soin de Gilles Dastel. C'est un être au psychisme fragile et qui a besoin d'être aidé.

Salut. Pébroque fermé. La pluie a cessé tandis qu'ils s'aimaient… Raymond avec la Rolls et Zumba qui l'attendent. Zumba est affectueux avec sa maîtresse. Raymond depuis quelque temps l'est moins... lorsqu'elle ressort de ce qu'il appelle, quand il en parle à sa femme, ses saillies, il est renfrogné, bougon.

— La semaine prochaine, Raymond, nous irons à Deauville... soyez attentif à me donner de bons pronostics pour le Prix de l'Étoile.

Cela le détend un peu Raymond la perspective d'aller aux courtines. Il y laisse parfois sa chemise, mais c'est sa façon de vibrer, les dadas... La comtesse joue mais ce n'est pour elle qu'un divertissement secondaire qui participe de la vie mondaine.

Elle ne parle plus sur la route du retour... elle est encore toute à Gilles... elle sent encore ses mains de voleur, de gibier de potence se plaquer sur ses fesses puis lui malaxer les seins. Pourquoi a-t-elle besoin de mêler du romantisme à tout ça ? Et pourtant cette irrésistible soif charnelle ne lui suffit pas. L'être aimé est misérable, enfermé, déchu. Les choses, les sentiments se mélangent dans sa tête et lorsqu'elle va à la messe le dimanche, elle prie pour Gilles... que Dieu lui préserve, lui conserve son bien-aimé. Afin de mieux pécher avec lui. Étrange prière mais elle gardait précieusement ce sens du péché... c'était sans doute la meilleure des épices pour relever la sauce amoureuse. Après tout était-ce pécher que de mordre dans le plaisir à pleines dents ?

# QUAND LA PHTISIE S'EN MÊLE

Oui, vous avez bien lu phtisie... pour les illettrés, je signale qu'il s'agit de la tuberculose. En ces années 50, elle tenait encore bon la rampe, la salope ! La grande période de mortalité s'éloignait, mais les sanatoriums fonctionnaient encore à plein. Avant de terrasser les bacilles de Koch, il faudra plus d'une décennie et l'artillerie lourde de tous les antibiotiques. Mais je parle trop vite... ça finit jamais les fléaux, la tubardise nous revient aujourd'hui en passant par l'Afrique et la Russie libérée.

L'humidité de nos cachots favorisait l'éclosion de ces gentils microbes. J'en fus victime. J'ai raconté ça naguère... je vais pas y revenir. Là où les choses se retrouvent... enfin le B.K... c'est qu'ils se sont attaqués aussi à la solide carcasse de Gilles Dastel. L'astuce... qu'ils se sont glissés les sournois à la faveur de cette blessure, ce coup de surin du nommé Victor terreur des Batignolles. Le poumon gauche avait été atteint par la lame. C'est par cette brèche que les BK se sont engouffrés. Ajoutez à cela, les conditions d'hygiène à Fontevrault... la sous-alimentation... l'humidité glaciale... le tour est joué. Il en résulte un affaiblissement du sujet... la toux, la fièvre... les suées nocturnes...

Comme le directeur s'était engagé vis-à-vis de la comtesse à lui garder son poupon en bon état, dès qu'il s'est fait porter pâle... il lui a dépêché le médecin de son établissement. Celui-là il ne se déplaçait mollement qu'une fois par semaine et il avait la réputation de soigner tout le monde, tous les maux, grands ou petits, avec des cachets d'aspirine. Dans les cas les plus graves, il prescrivait quelques jours sans obligation d'atelier.

— Tu penses, me dit Gilles, il avait été affranchi de mon histoire avec la comtesse alors il s'est remué les miches.

Stéthoscope... Toussez... respirez. Il détecte un point glanduleux à gauche au niveau de la cicatrice du coup de couteau. Suite classique... les radios et la confirmation à l'image d'un voile... une infiltration sur le poumon gauche.

Nul besoin de davantage d'explications... dans ce domaine j'avais effectué tout le parcours du combattant crachoteux. Douze années de ma belle jeunesse dans cette galère à flotter sur un océan de glaviots.

Au début, il avait un peu les flubes, mon petit copain... il se demandait s'il allait pas aboutir à la morgue. C'était aussi mes motifs de méditation lorsque je m'étais offert des hémoptysies. Sans le progrès de la médecine, nous eussions été l'un et l'autre morts au champ sans honneur des bacilles de Koch.

— On fait du rabe, je lui ai fait remarquer beaucoup plus tard.

Lorsqu'on était malade des éponges dans le circuit pénitentiaire, on nous débarquait à Liancourt… le sanatorium pour les taulards. J'ai pas besoin qu'il me décrive, quelques années après lui j'y fus bouclé. Une auberge trois étoiles, comparée aux maisons centrales.

— J'étais au bâtiment 2… dortoir 3, au troisième étage.

Exactement là où je fus… peut-être que j'ai occupé le même lit que lui. Notre auberge trois étoiles était cependant entourée de fils de fer barbelés, chevaux de frise et quelques miradors d'où les gardiens nous surveillaient. Avec un flingue, un Mas 36 à tout hasard.

Mais que je vous résume, sitôt sa tuberculose détectée, ça n'a pas traîné pour l'extraire de Fontevrault. Fourgonnette quasi spéciale, avec tout de même les pieds et les mains entravés malgré la protection tutélaire de Mme de Wilfried. Elle avait appris la nouvelle alors qu'elle était en Angleterre avec le comte. Voyage d'affaires ou d'agrément… Gilles pouvait pas me dire. Ce qu'il y a de certain c'est qu'elle a pris le premier avion pour rentrer à Paris… l'aéroport. Raymond était là, toujours fidèle à son volant. Direction ministère de la Justice.

— Elle a vu le ministre… je sais plus qui c'était, ça changeait tout le temps, mais elle lui a chanté *Ramona*…

C'était l'expression à l'époque pour signifier l'engueulade… enfin la comtesse n'engueulait pas, elle houspillait, elle tançait… elle ne s'abaissait jamais en de vaines récriminations. Il ressortait de ces propos qu'elle ne faisait pas ses compliments à ce ministre sur la tenue des établissements dont il avait la haute responsabilité. On y tombait malade… ça rappelait de fraîches expériences d'outre-Rhin qui ne faisaient pas honneur à l'espèce humaine. Le ministre il venait de prendre possession de la place, il rejetait donc la responsabilité sur ses prédécesseurs. Oh ! il allait entreprendre une réforme ! Déjà son projet était déposé sur le bureau de l'Assemblée nationale. Comme beaucoup de projets, il finirait dans les paperasses d'une commission où d'autres dossiers viendraient s'entasser au-dessus de lui dans la poussière. Entretemps ce ministre qui recevait la comtesse se serait fait virer… pour être remplacé par un semblable en peau de fesse électorale.

Le petit discours protestataire d'Hortense n'était qu'un prétexte pour qu'on s'occupe plus spécialement d'un condamné très méritant… Un homme qui pouvait se racheter.

— Je sais, madame la comtesse, a dit cet aimable garde des Sceaux, un peu d'ironie légère dans le fond de l'œil. Je vais faire le nécessaire pour que… mais comment donc, madame la comtesse… Je suis à votre entière disposition.

À sa sortie du ministère, au poste de garde, les flics ont rectifié la position. D'instinct… même sans avoir vu sa photographie dans *France-Soir,* ils savaient qu'elle en était... de ce monde qu'ils enviaient et haïssaient d'un même élan.

Après tous les examens il s'avérait que Gilles n'était pas atteint gravement... juste un voile... quelques infiltrations qui lui faisaient tout de même cracher des bacilles visibles au microscope. D'où régime de cure et traitement à la streptomycine, au P.A.S. et au Rimifon.

À Liancourt on était par dortoirs de vingt lits et, au bout du compte, le plus duraille c'était cette vie en communauté, où non pas le meilleur, mais le plus dur voisinait avec le sordide, l'épouvante... le plus glauque.

On a échangé nos souvenirs avec Gilles, toujours à peu près le même tabac... les bagarres... les rivalités de gamelle... les enculades nocturnes dans les chiottes. Il faut bien, me direz-vous, que jeunesse se passe... Cependant, ça ne serait pas plus mal si elle s'effeuillait ailleurs que dans ce pourrissoir.

— Et ta baronne, elle est intervenue quand ?

Il me reprenait toujours que c'était une comtesse, pour ainsi dire le grade au-dessus. Ça faisait partie de sa vanité qu'il avait séduit une comtesse... une véritable noble. Curieusement, pour lui rendre visite à Liancourt c'était plus compliqué qu'à Fresnes ou à Fontevrault. Se mêlaient aux problèmes purement pénitentiaires, des précautions sanitaires... des règlements difficiles à contourner en investissant un seul fonctionnaire. Oh, faisons confiance à Hortense, elle fut bientôt sur la route dans sa Bentley dernier modèle, laissant la Rolls au garage, mais toujours le fidèle Raymond au volant. Depuis maintenant près de deux ans, il roulait d'une prison l'autre. Il commençait à connaître la carte de France pénitentiaire. Il en revenait pas encore... Quand il était entré au service de Madame... au temps des grands raouts mondains, des saisons à Monte-Carlo, à Deauville... c'était sa joie de garer la Rolls... d'attendre en devisant avec les autres larbins du volant... La porte des taules il s'y faisait pas.

Il n'était pas le seul, mais Gilles c'était de l'intérieur. À Liancourt c'est pas le style portail massif... On entre après un passage dans la verdure... le sana est entouré de petits bois de bouleaux des futaies... des châtaigniers. Certains détenus en fin de peine, et qui étaient à peu près guéris, besognaient dans les dépendances où l'administration gérait une ferme dont les produits permettaient disait-on d'améliorer la pitance des malades.

Hortense, après ses toujours petites phrases sèches au taulier de la boîte... surnommé le Rat Blanc à cause de sa chevelure argentée de vieux maestro... obtint encore une dérogation pour rencontrer Gilles. Cette fois elle avait droit à toute la salle du parloir. Celle-ci n'était pas composée de petits placards grillagés se faisant face comme dans toutes les prisons à cette époque... ici on entassait les visiteurs d'un côté, les détenus de l'autre et ils essayaient de se jacter derrière la double grille. Ça donnait une cacophonie infernale. Des parents, des femmes, des vieillards venaient là une fois par mois, après un voyage inconfortable, pour échanger quelques mots... quelques signes d'espoir... un peu de tendresse avec leur malade-détenu.

Ça faisait donc la moitié de cette grande salle pour eux seuls. Un maton restait tout de même constamment à la porte pour les surveiller.

Plus question de se mélanger la sueur d'amour. On redoutait la contagion. C'est lui qui l'a rassurée, il avait, disaient les grands malades, une tubardise de gonzesse. Formule on ne peut plus connarde... puisque les femmes aussi bien que les hommes crevaient de la caisse

D'après le docteur Mayer, le médecin-chef, il lui faudrait six, huit mois pour se remettre sur pied. Façon de dire, sur pied il y était déjà... la tuberculose en ses débuts a ceci de redoutable c'est qu'on la sent pas venir, on est juste un peu fatigué, on perd l'appétit et lorsqu'on commence à tousser, expectorer... en général, on est déjà dans une deuxième phase qui était irréversible avant les antibiotiques.

— Tu penses, à Fontevrault je me méfiais pas, comment veux-tu avoir de l'appétit avec leur soupe à l'eau de chiottes.

Il se croyait physiquement invulnérable. Pour réaliser ses évasions il avait eu besoin le plus souvent d'une grande force physique, de beaucoup de souffle lorsqu'on a au cul les nuées d'argousins. Le cliché habituel c'était le tubard os et peau... modèle Buchenwald. J'ai vu dans les services de phtisiologie toutes sortes de malades... des cachectiques égrotants bien sûr, mais aussi des bedonnants, des trognes rouges, des gros, des petits, des vieux, des jeunes. Au moment où Gilles a été détecté, certes il avait perdu du poids, il se retenait le froc avec de la ficelle, mais il paraissait toujours solide sur ses cannes.

Pour circuler dans le pénitencier, avec cette triste tenue de droguet, obligatoire, on risquait pas de jouer au dandy... Veste trop courte, pantalon effrangé... espadrilles aux pieds... Ce jour-là, Gilles avait une barbe de trois jours et pourtant lorsqu'il est entré dans le parloir... la comtesse dont le cœur battait la chamade est restée comme en extase, elle le trouvait beau... d'une beauté tragique... Ça lui avait manqué dans sa vie sentimentale cette dimension. Ses amants d'autrefois... eux alors s'ils étaient rasés de frais... eau de toilette... les tifs à la dernière mode... les costards grande coupe !... Elle s'était blottie contre des smokings, des vestes en tweed, des chandails en cachemire... des chemises en soie... sa douce menotte avait déboutonné des braguettes prestigieuses. Retour des choses, de flamme, de quoi au juste ? Maintenant elle éprouvait une espèce de joie tout à fait neuve avec un réprouvé, un homme dépouillé de tout artifice.

— Quand je l'ai vue devant moi... toujours aussi bien sapée... toujours aussi gracieuse, je vais te dire, elle me faisait encore plus bander.

Voilà. Plan d'ensemble sur Hortense qui regarde Gilles s'approcher. Maintenant gros plan... le patin d'enfer. Beau être tubard, elle s'en battait les nibards, ils s'échangeaient des langues fourrées… ça n'en finissait plus.

— Pas question d'achever le travail, et pourtant je godais comme un dingue.

Je me doute. Il était connu que les tubards étaient portés sur la bricole. On disait que nous creusions notre tombe avec notre queue. Ce que je rappelle à Gilles et qu'on a fait mentir l'adage puisque nous étions là, je ne sais devant quelle table, tout de même encore assez gaillards pour nos âges, égrillards, joyeux de la fourchette !

En définitive cette impossibilité de se faire régaler, ça ne faisait qu'exacerber la passion d'Hortense. Ça va devenir son unique préoccupation… faire sortir son bel étalon de taule. Sa tubardise était secondaire, elle avait bien entendu été rendre visite au médecin-chef. Y avait pas tant à le pousser, il était indulgent de nature… dès qu'il le pouvait, il aidait ses ouailles pour obtenir des libertés conditionnelles. La maladie qui avait d'abord affolé Hortense, en définitive, allait être un atout dans son jeu.

Je vous les ai laissés au parloir en train de se mordiller la langue. Ensuite ils ont tout de même parlé, échangé des mots… doux peut-être… quoique avec Gilles, tel que je le connais, sans être style Julot d'airain, il malaxait pas la guimauve dans son verbe. Mais sans doute il avait mieux… des mots qui fouettent la mignonne, de ces formules à la limite de la grossièreté propres à émouvoir une certaine sexualité féminine. Mélange cœur-chatte…

Après cet intermède de galanterie inachevée, Gilles a regagné son dortoir. Il partageait un box à deux lits avec une figure du Milieu, un certain Marius, condamné pour avoir flingué un certain Tony. La rivalité de natifs de l'île de Beauté montés à Paris pour y exploiter des champs d'asperges avec de mignonnes collaboratrices, si vous voyez ce que je veux dire… la métaphore argotique facile à comprendre même pour les plus obtus naves. Avec Marius, Gilles faisait ce qu'on appelait gourbi… un terme qui venait des bataillons d'Afrique. Ils partageaient les colibards, les achats de cantine. Tous les deux étaient assistés royalement, rien de tel que les dames pour venir en aide aux hommes en cage.

Le reste du dortoir, c'était du tout-venant cabane, avec cette particularité que seule la maladie les rassemblait. Dans le circuit des prisons de longues peines, on vous classe par catégories… les voyous avec les voyous… les assassins occasionnels avec les délinquants sexuels, etc. Là, cohabitent des plouques meurtriers de leurs beaux-frères, des incendiaires, des pédophiles, des petits escrocs… des types qui traînent les prisons depuis si longtemps qu'ils se rappellent même plus des méfaits qui les ont conduits au placard… des sortes d'ectoplasmes… on les a posés là, c'est tout… ils y restent et lorsqu'on les relâchera, ils s'efforceront de réintégrer le circuit pénitentiaire au plus vite. Mis à part les querelles internes, les habituelles mesquineries inhérentes à toutes les vies communautaires cloîtrées, peu à peu on y décolle du réel. Tout revient du passé plus ou moins récent... les plus gros mensonges... projets fumeux... les vanités s'exacerbent d'un rien. Entre brigands, ça se règle à coups de poing dans la gueule et quelquefois à coups de saccagne. Beau être phtisiques, les clients de Liancourt n'avaient pas grand-chose à voir avec ceux de *La Montagne magique*.

Et à ce propos, Hortense avait déposé pour Gilles un colis de bouquins. En vue de sa libération, elle voulait qu'il se dégrossisse, qu'il lise quelques chefs-d'œuvre, ça fait du bien par où que ça passe dans l'intellect.

On lit — ou plutôt on lisait avant la télévision — en taule et dans les hôpitaux ou sanatoriums. Le seul moyen pour étrangler le temps à la petite semaine. Ce qu'on s'ingurgite dans le crâne, incroyable ! Mais il est des lectures qui vous enrichissent pas plus l'esprit que d'enfiler des perles.

— Au début, certains bouquins j'y entravais pas lerche, ça me faisait caguer carrément.

J'avais suivi le même parcours... on dévore tout d'un même appétit, les Paul Féval... les livres d'explorateurs... les capes et d'épées, les séries noires... Et puis, un jour on tombe sur Céline... Le *Voyage* ou *Mort à crédit* et on est de plain-pied, il harmonise son texte sur une musique qu'on a déjà dans la tête depuis le ruisseau, les jeux de la rue, les troquets et les fonds de cours.

On s'échangeait nos impressions trente ou quarante ans après... toujours au cours de nos soirées, de nos rencontres... et au sujet de Céline nos impressions nous restaient toujours aussi vives, aussi gravées à l'eau-forte.

— C'est marrant que la comtesse t'ait envoyé des livres de Céline.

Il me répond... elle était à la page de tout, la salope divine. Elle n'appréciait tout de même pas uniquement les parties de jambes en l'air. Étant bien née, elle avait tout vu, tout lu, tout respiré en ce qui concerne les choses de l'esprit. Elle allait au concert de musique classique... au jazz à Saint-Germain-des-Prés... son époux question peinture, je vous ai dit, il plaçait un peu là-dedans, dans ses châteaux, ses piaules de luxe, c'était pas des reproductions de *L'Angélus* de Millet qu'il y avait sur les murs.

Pour vous dire que ce n'était pas juste une mondaine frétillante de la croupe et des roberts. Peut-être toute sa culture n'était-elle que de surface, mais elle lui permettait de briller n'importe où, de répondre aux sorbonnards, aux académiciens, aux artistes qui, bien entendu, papillonnaient autour de sa fortune et de son titre.

Jusqu'à ce qu'il s'arrache du ballon, Gilles n'avait pas l'exacte conscience de ce que ça voulait dire être riche. Nous autres des faubourgs, de la communale... enfants des pue-la-sueur, de boniches ou de putes, on n'a pas vraiment idée de ce que c'est que la véritable fortune... Celle du comte de Wilfried représentait des montagnes de fric... une forteresse de picaillons qui résiste à tout... vents et marées, révolutions, guerres civiles ou nationales. On se figure, pomme blette, qu'on pourra un jour s'en sortir… goûter nous aussi aux festins des dieux dans de la vaisselle d'or, On passe par la porte interdite, on veut tricher, se rebeller… pirater pour se dégager de la loi commune des loquedus… C'est le pire qui nous tombe sur le coin de la gueule… le couperet de la loi… on vous réapprend à vivre au rythme des sabots dondaines des cours de prisons centrales. À vrai dire, on n'est pas beaucoup plus armé que ces cavestrons, ces connards qui se bousculent pour voir passer la princesse. Le plus sage, ça serait de savoir se contenter… lézarder quand ça se présente aux terrasses de l'été… frimer les jupons qui passent, qui virevoltent, vous font parvenir dans les naseaux des effluves du paradis… *Joy de Patou… Shalimar de chez Guerlain.* Eh merde ! belote et re et dix de der… le petit vin blanc de chez Gégène au bord de la Marne… l'accordéon de Marcel Azzola… ça devrait suffire à notre sagesse.

Le paradoxal dans la situasse de Gilles, à présent qu'il était devenu un taulard malade, c'est qu'il n'avait pas intérêt à guérir trop vite. Il fallait qu'il obtienne une sorte de conditionnelle médicale… L'argument, c'est qu'à son châtiment légitime de prisonnier s'ajoutait une affection pulmonaire grave découlant de l'exécution de sa peine. Un supplément qui n'est pas prévu dans le code pénal. La comtesse allait jouer de cette musique sanglotante sur son violoncelle d'amour.

Elle poursuivait cependant avec beaucoup de soins son rôle de dame visiteuse… c'eût été trop énorme qu'elle ne s'occupe que du sieur Dastel. Raymond la conduisait deux fois par semaine à la Santé, à la Roquette ou à Fresnes. Elle prodiguait toujours des paroles réconfortantes, accompagnées de tous les cadeaux permis par le règlement à sa cohorte de misérables. Elle n'y puisait plus autant de motifs pour s'élever l'âme que lorsqu'elle se vouait uniquement au service de Dieu. Prévoir qu'elle allait rencontrer derrière les hauts murs le grand amour, ça relevait des vaticinations de prophète en état d'ébriété.

En plus de son apostolat, elle faisait face à l'essentiel de ses obligations sociales. Son mari avait eu une attaque cardiaque quelques mois auparavant. Depuis il fonctionnait au ralenti pour gérer sa fortune. L'aidaient quelques collaborateurs dévoués. Un neveu cupide et efficace.

Hortense cependant prenait un peu le contrôle des choses. Enfin, des micmacs qui nous éloignent de notre propos d'amour-toujours. Le difficile dans ce turbin de plume c'est de rester sur le sujet, nos personnages principaux, sans toutefois négliger les autres… l'ambiance alentour, les seconds rôles dont il faut se méfier qu'ils ne prennent trop d'importance à notre insu par un tour malin du récit.

Vous vous demandez peut-être dans tout ça ce que devenait la gentille Janine… la fidèle des fidèles à son grand voyou. Eh bien, elle était au mieux avec la comtesse… qui lui avait trouvé un emploi dans une succursale de la banque Wilfried… ça tombe sous le sens… Elle y apprenait à nager dans les rivières de fric. Pourcentages… placements… elle étudiait avec application les arcanes du métier.

— Elle est très douée, paraît-il.

Ce que rapportait la comtesse au parloir de Liancourt où elle n'avait pas réussi à obtenir davantage que ces rencontres dépourvues d'intimité dans la salle poussiéreuse sous la surveillance d'un gaffe. C'était déjà beaucoup mieux que le commun des détenus. N'empêche, la cellule 50 restait dans l'esprit des tourtereaux un souvenir précieux.

Dans le fond, Hortense aurait bien voulu que Janine cède aux sollicitations galantes de quelque client de la banque qui lui aurait offert une sécurité matérielle appréciable.

— Si j'étais resté encore longtemps au placard, j'aurais trouvé normal qu'elle refasse sa vie ailleurs.

Ça nous amenait à disserter sur la situation des femmes de malfrats. Qu'elles s'offrent des récréations horizontales, la nature est là… la force qui soulève les cotillons, arrache les fragiles défenses en froufrous.

Gilles trichait, il recevait des lettres pleines de jolie tendresse… il se savourait des mots de roman à quatre sous. Et le salaud il répondait de son mieux… dans son style à la caïd. La comtesse admettait cette duplicité… ça l'amusait, en un sens, elle était certaine d'avoir le dernier mot… Curieux d'ailleurs cette attitude, cette confiance qu'elle avait. Confiance en sa classe qui aurait tout de même le dessus sur la jeunesse de Janine, sa naïveté.

Tout stagne pendant des mois. Gilles attend... Parfois l'attente lui semble interminable et il lorgne du côté des barbelés. Ça lui paraît plus facile de passer les obstacles de cette espèce de camp de concentration que les murs d'une prison centrale. Il se rencarde l'air de rien, auprès des vieux de la vieille, ceux qui traînent leurs poumons fibreux depuis quelques années à Liancourt. Voilà, y a eu quelques précédents... un ex-condamné à mort, rescapé de la guillotine, qui s'est fait la levure deux ans plus tôt avec tout un attirail, des pinces coupantes spéciales, celles qu'avaient les commandos pendant la guerre. D'autres se sont glissés dans une corvée hors enceinte... ceux-là des petites peines... des inconscients qui se faisaient reprendre dans la campagne environnante.

Avec les complicités adéquates, Gilles se faisait presque un exercice de boy-scout que de s'évaporer d'un pareil pénitencier. Stop, beau mec ! Ta planche de salut était ailleurs... la liberté pleine et entière estampillée du blason de la comtesse.

Sur les images à la radio son voile avait l'air de s'estomper, il se faisait glavioter dans un crachoir par un cachectique, condamné politique de la Collaboration à qui il ne restait que des lambeaux de poumons et qui produisait des bacilles à longueur de jour et de nuit.

— Je m'étais fait un peu de cinoche... je me voyais tout beau, le prochain été, en slip sur une plage de la Côte d'Azur.

Malgré sa maladie, il lui fallait tout de même atteindre les délais normaux, qu'il ait accompli, compte tenu de quelques grâces, la moitié de sa peine... Et ça vous effeuillait les mois d'un automne... vous caillait les mois d'hiver. Au printemps c'est paraît-il le renouveau. Sur le rebord des larges fenêtres du sana, les zoiseaux, peut-être de Paris, venaient se régaler des miettes de taulards. Ça vous file de la nostalgie dans la tronche et dans le calcif, ces premiers rayons de soleil...

La comtesse venait une fois par semaine dévorer son bel amour du regard... et toujours ces paroles d'espoir... Attends ! attends ! Sois patient !... C'était pas si bien que ça d'aller voler les bijoux des dames, de fracturer les coffres-forts. Tu l'as tout de même cherché ta prison.

— Et merde ! J'avais pas besoin de morale. Fallait qu'elle me prenne en entier... tout le paquet-cadeau.

Oh, elle le prenait... enfin, elle attendait de le prendre... c'était causer pour causer... titiller un peu l'ours en cage.

Elle est venue un matin que c'était pas prévu... pas dans les heures où les malades détenus sortaient de leurs dortoirs. Elle était en tailleur léger... les guibolles bien gainées résille... pompes à talon presque aiguille... Rien qu'à son visage radieux, il a deviné qu'elle lui portait une bonne nouvelle.

— Tu sors vendredi.

C'était un lundi. Tous les prisonniers vivent leurs derniers jours de taule dans une fièvre bien compréhensible... ils piaffent... ils n'arrêtent plus d'arpenter leur cellule. Là, c'était le dortoir. Les copains sont partagés... ils manifestent extérieur le plaisir de voir un des leurs s'arracher du trou et ça n'empêche que, dans le fond, ils ne peuvent réprimer un peu de jalousie.

Le vendredi est arrivé... il arrive toujours et il passe. Bien des années plus tard il reste accroché aux souvenirs les plus précieux... ceux où l'on était jeune... si jeune ! On sort, on est prêt à avaler des kilomètres mais dans le cas de Gilles... une Bentley rutilante l'attendait. Les matons de la salle de garde étaient tous sortis pour l'admirer.

— Y a des salauds qu'ont de la veine, a grommelé l'un d'eux.

J'étais pas là pour vous certifier la réflexion, mais je suppose et je ne dois pas me gourer de beaucoup.

## LE GANGSTER
## DE MADAME EST ARRIVÉ

Raymond était seul au volant, il a prié Gilles de s'installer à l'arrière.

— Madame vous attend au château.

Elle avait préféré que leurs retrouvailles se fissent dans un décor choisi. Quel décor ? Château, il avait dit l'autre cave ! Tout de suite Gilles a flairé que sézig l'avait pas en sympathie… il a tout pigé d'un coup… les larbins en générai ont des préjugés encore plus tenaces que leur boss. Presque une nécessité, sinon ils resteraient pas dans la domesticité, réfléchissez braves lecteurs. Un châtelain, on le côtoie jour et presque nuit, on finit par se faire envelopper. « Vous êtes de la famille, Octave. » Et ils y sont à vie et à gages. Le prolo d'usine, lui, il peut haïr son taulier… lui préparer des chausse-trappes, grèves… des lendemains qui saignent en rêveries.

Gilles, confortable au fond de la tire, avec ses bagages de sortie de taule… une espèce de sac en toile… une valoche fermée avec une courroie, il avait la touche d'un réfugié politique, un de ces voyageurs clandestins à la recherche d'un toit pour sa prochaine nuit.

Il se gambergeait quelle attitude prendre avec Raymond. Certes il pouvait se l'amadouer deux coups le gros... il avait le style et l'autre, tout de même, c'était un populaire... y a des clefs entre gens du peuple... des mots que ne prononçaient jamais la comtesse. Il hésitait, s'il s'aventurait dans la familiarité, ça voudrait pas dire qu'il se le mettrait dans son jeu. L'autre aussi pouvait jouer de l'hypocrisie... c'est un instrument qui a de multiples facettes, y compris le copinage.

Décision... Attendre. Observer. Il aurait bien voulu demander où ils allaient. « Madame vous attend. »

Il avait rempli, signé des tas de paperasses au greffe de Liancourt. Il était encore sous la houlette du ministère de la Justice. Liberté conditionnelle... à la moindre incartade, traverser en dehors du passage piéton... pisser dans les bégonias du préfet... hop ! retour à la case prison en attendant qu'une bienfaitrice vienne vous délivrer avec un double-six, comme au jeu de l'oie.

Elle avait parlé de surprise Hortense. « Tu verras, ne sois pas impatient. » Comme il avait abordé le problème de Janine... là aussi, la comtesse avait tout prévu.

Nous étions un jour de reverdissement du paysage... l'herbe des champs, les arbres... certains déjà en fleurs roses ou blanches. Il gaffait tout ça avec avidité... il avait l'impression de revivre et ça tombait mieux que ce soit un matin d'avril plutôt qu'un jour des morts en novembre.

Ça doit pas arriver souvent qu'un ancien pirate de grande route, un gibier de toutes les potences... qui ne circulait naguère que flingue à la ceinture et plein de mauvaises intentions chouraveuses dans sa belle tête de ruffian... que cet homme, arraché d'une prison centrale le matin, se retrouve quelques heures plus tard en train de descendre d'une Bentley devant le perron d'un château. Avec du personnel qui l'attend, une chambrière, un valet à gilet rayé... il les désignera plus tard par leur fonction... Adèle la cuisinière... le jardinier Théophile.

— Si Monsieur veut se donner la peine de me suivre,

Il se la donne le Monsieur et cette valetaille s'est saisie avec peut-être un peu de condescendance de ses bagages de quasi-vagabond.

— Il était comment ce château ?

C'est moi l'auteur qui demande à son personnage. Là, je l'agace un peu. Merde ! j'ai le feu à la plume. Le château, c'était un château, un vrai, genre Belle au bois dormant... avec un perron grande largeur... des lions en pierre qui ronflaient de chaque côté du grand escalier... exact, comme dans les films où l'on travelingue la mutine marquise qui rentre dans ce qui ne peut en aucune façon se traduire par les mots gourbi, masure, cagna, piaule... repère à puces.

— Tu piges, pomme verte, j'étais estomaqué... j'étais plus dans mes godasses.

Vestibule... déjà des tronches d'ancêtres l'accueillaient sévères dans les cadres... toute une lignée de guerroyeurs... Croix de Saint-Louis... couturés de coups de sabre... de lance anglaise, prussienne, batave, espagnole... Ils s'étaient colletés avec toute l'Europe ces ducs, ces barons... Il se fera expliquer tout ça un jour où il aura le temps Gilles. Il se demande aussi, non ce qu'il va foutre, ça il s'en doute, mais quelle fonction, quelle activité va justifier sa présence dans ce haut lieu de l'Histoire de France. D'après la loi, le carnet individuel de l'A.P., un libéré conditionnel est censé justifier d'un travail et d'un domicile. Domicile, ça se dessinait... château de quoi ? Le Haut-Lucé ! Une bâtisse du Moyen Âge retapée au XVIIe siècle. Ce que lui expliquait monsieur Henri le maître d'hôtel... tout à fait conforme à l'image qu'on peut s'en faire... je n'y peux rien, le maître d'hôtel... escogriffe de partout... taille et paluches et panards... arborant un nez quart de brie un peu semblable à celui de certains ancêtres sur les murs.

Cet Henri, on ne peut plus déférent, lui désignait les choses le long des couloirs, des escaliers. Il le conduisait là où il pouvait se rafraîchir, se refaire une petite beauté... dans la salle de bains... équipée des dernières trouvailles des progrès de l'hygiène.

— Je vous laisse.

Ça c'était curieux. On aurait dit qu'il avait reçu l'ordre de le faire épouiller, décrasser comme un clodo. Il en ressentait un peu de vexation. Pauvre, haillonneux mais toujours propre de sa personne. Même dans les pires mitards, en hiver tous les matins, il se lavait à l'eau glaciale de la tête aux fumerons. Ça le débectait les mauvaises odeurs, jamais il s'était habitué à tous les relents dégueulasses de nos bonnes maisons d'arrêt et de correction.

Le luxe de cette salle de bains... pas résisté à s'offrir une immersion dans l'eau savonneuse parfumée. Le rêve continue... il s'est déloqué, le cas de le dire... son vieux costard fatigué d'avoir traîné dans les cellules après son arrestation... couché tout habillé sur le sol crasseux du Dépôt... Nul loisir ensuite de le faire passer au pressing.

Va falloir qu'il pense à se resaper dignement. Surtout qu'il est du genre à se soigner la présentation. Naguère, lorsqu'il avait réalisé des belles affaires au bout de son flingue, il allait chez Léon Schet, un tailleur juif de ses amis, pour se faire couper deux trois costumes en tissu anglais du genre un peu sport... qu'il se sente à l'aise partout... que ça mette en valeur son physique de bel étalon. Il négligeait pas les limaces... il pouvait se permettre, avec son argent mal acquis, de se coller de la soie sur la viande... manchettes à boutons d'or... xetera... les cravetouses idem... des Champs ou de Passy. Il n'avait pas le travers de la plupart des voyous, maquereaux... braqueurs ou autres de faire l'affiche avec des couleurs tapageuses... des costards imitation Capone avec le Borsalino qui vous font renifler le malfrat par le premier flic stagiaire. Les pompes aussi... il donnait pas dans le bicolore cher aux harengs marseillais... Après la guerre, il se payait des triples semelles... du daim... toutes choses qui se dégottaient qu'au marché noir...

Encore dans le bain, on a toqué à la lourde et précisément un larbinos s'est pointé avec des harnais de rechange... Sur un valet à roulettes, un costume prince-de-galles... une chemise... un léger chandail, des chaussettes et des mocassins.

— De la part de Madame...

Et tout ça lui allait sans problème... presque sur mesure... Elle savait tout Hortense, précédait tout. Un moment il avait cru qu'elle profiterait, l'admirable vicelarde, de l'occase pour venir se faire caramboler dans la baignoire. Ça lui paraissait dans le domaine du tout à fait possible. Il devenait un peu curieux de la suite des événements.

Plutôt simple dans l'immédiat. Une fois devenu un véritable homme libre avec ses nouvelles fringues... il a risqué un œil hors de la chambre. Dans le couloir, le maître d'hôtel a surgi comme s'il était de garde dans un renfoncement.

— Monsieur désire-t-il une collation ?

Une collation, ça voulait dire du thé ou du café avec quelques toasts, des croissants, quelques brioches dorées et des confitures variées... servis sur une petite table à roulettes. Il s'y est attelé, depuis cinq heures ce matin où il s'était avalé un peu de jus de prison avec un quignon de pain rassis, son estomac s'était creusé. Une soubrette assez accorte est venue le servir. Et toujours Henri le larbin chef, le majordome était là à la porte... tout droit, tout raide, pas si souriant mais sans doute n'était-ce pas dans ses attributions de s'arborer la face à l'optimisme.

Ça démangeait Gilles de le questionner sur la suite. Bien bel d'être traité si privilégié mais il aurait bien voulu savoir où tout ça l'amenait. Il se retenait, ça faisait partie de ses règles de vie, de jamais poser de questions... et aussi d'y répondre parcimonieux si les juges du siège l'interrogeaient.

— Ça a duré longtemps ce cirque ?...

Moi aussi, ça m'impatiente... il étire son récit, il veut que je savoure. Tout de même étrange cette espèce de cérémonial. Ça l'amusait, pas possible, la comtesse, de le faire attendre, attendre... Je l'ai pressé, il me décrivait maintenant les décors alentour, les tapisseries... les tableaux de chasse... il a repéré un râtelier à fusils sous une tête de cerf empaillée. On aura le temps par la suite d'y revenir à ces décors de riches châtelains. Pas tellement différents de ce qu'on peut voir, entrevoir habituellement... dans les visites guidées... dans les films... même les plus déjetées séries télévisées fabriquées à la chaîne.

Après la collation, il a pu ressortir du castel, toujours cornaqué par le majordome.

— Si Monsieur veut bien me suivre jusqu'au pavillon forestier.

Et il est remonté dans une tire... une petite cylindrée qui servait surtout pour les parcours dans la propriété et sans doute aux larbins pour le service immédiat... aller jusqu'au village voisin pour les courses urgentes.

La maison forestière jusqu'alors avait été utilisée par un garde qui venait de prendre sa retraite. En prévision de sa libération prochaine, la comtesse avait fait transformer ce pavillon rustique en une coquette résidence où Gilles aurait toutes ses aises, tout le confort possible. D'après la loi, c'était sa nouvelle prison... le domicile où il devait rester jusqu'à la fin officielle de sa peine. On pouvait imaginer plus toc. La plupart des libérés conditionnels, s'ils n'avaient pas un hébergement familial, aboutissaient dans des foyers catholiques où ils disposaient, au mieux, d'une piaule avec un lit de sangle, d'un lavabo et d'un placard en bois blanc pour ranger les rogatons de leur naufrage. Était prévu qu'ils décanillent aux aurores gratter dans une usine, un atelier quelconque... un chantier où ils devaient faire preuve de leur volonté continuelle de réinsertion.

Lui, il était privilégié à l'extrême. Sa condition de malade pulmonaire l'exemptait de l'obligation de turbiner. On attendrait qu'il soit totalement guéri pour envisager qu'il exerce le métier de relieur qu'il avait un peu au hasard déclaré avoir exercé dans sa prime jeunesse. En réalité, il avait été employé quelques mois chez un artisan rue Saint-Jacques où il avait surtout fait le ménage et des commissions à vélo. Jeunot, sa seule première vocation, ç'avait été d'être coureur cycliste professionnel. Bon coup de pédale... le goût de l'effort, il se voyait déjà portant le maillot jaune de Leducq ou d'Antonin Magne... nos meilleurs champions d'avant-guerre. À partir du moment où il avait déserté son relieur pour aller vagabonder, vivre de rapines et de combines... la carrière sportive lui devenait interdite. Pour faire ses gammes dans une équipe d'amateurs, fallait qu'il mène une existence normale.

— Je savais plus bien ce qui m'arrivait, Depuis le matin je vivais comme dans un rêve.

Et là, elle avait encore fait les choses sur le fil du luxe. Tout était à neuf et flambant. Un mobilier, il se souvenait plus si c'était du Louis XV ou XVI... dans la pièce au rez-de-chaussée... une sorte de salon. Henri lui avait ouvert la porte en disant :

— Mme la comtesse doit passer bientôt pour vous donner ses instructions.

Des instructions, il allait lui montrer les siennes ! Malgré la cascade de surprises depuis le matin, il sentait qu'il allait faire des performances priapiques lorsqu'elle allait amener ses augustes miches jusqu'à lui. Ça faisait maintenant plus d'un an qu'il ne l'avait plus consommée, ni debout, ni couchée, ni en levrette dans le coin d'une cellule. En considérant le sort commun question sexe dans les ergastules de la République, il avait joui (le mot est on ne peut plus exact) d'un privilège extraordinaire à Fresnes et même à Fontevrault. Les seuls, à vrai dire, qui ne souffraient pas trop de privation dans ce domaine c'étaient les pédés. Ils nageaient même dans un étang poissonneux. Les pointeurs trouvaient toujours quelques schbebs à égoïner dans l'ombre.

Un escalier avec, croyez-moi si vous voulez, un tapis rouge, conduisait au premier où se trouvaient deux chambres, salle de bains et un petit bureau.

Dans la première chambre un large lit à deux places et dans une armoire encore des fringues… de quoi se mettre sur un trente et un journalier… des chemises… des pyjamas… et plusieurs costards sur des cintres dans une penderie.

— Je sais plus le temps que je suis resté à tout fureter, tout inspecter. Je peux pas te dire, j'avais perdu la notion.

Et tout de même il a entendu une voiture arriver, crisser sur le gravier devant le pavillon. Un coup de frein sec… C'était Hortense au volant d'une décapotable. Sur le moment il en était pas à s'occuper de la marque, ni le nombre de chevaux… en tout cas un joli carrosse… de la rutilance jusque sur les chapeaux de roues. Elle s'est extirpée de la tire avec une grâce de gazelle. Elle savait, la finaude garce, qu'il était à la guigner de la fenêtre de sa chambre… Sans lever la tête, elle lui a fait un petit signe de la main. Vêtue comment ?… Oh, du léger pour la saison… une jupe évasée… un chemisier bien échancré.

Pas eu le temps de l'ouvrir. À peine était-elle entrée dans la chambre qu'il l'a propulsée sur le pageot.

— Attends… ne sois pas impatient ! Nous avons maintenant la vie devant nous !

Façon de dire… il était déjà à l'ouvrage… il y

allait de la pogne, de la bouche, il tirait, mordait, arrachait et lui a glissé des mots d'amour genre… salope… je vais te transpercer le cul… je vais te faire mourir.

— C'est ça, tue-moi !

Je pourrais rester quelques pages à vous décrire par le menu leur frénésie… la façon dont il se l'est embrochée pour la faire reluire à répétition, s'inonder les cuisses de bonheur. Juste une petite trêve… un break… et il a remis ce qu'on appelait naguère la tête à l'étau, c'était de la métaphore d'usine, d'ajusteur-monteur, le cas de dire… Il arrêtait plus de goder d'autant qu'elle ne cessait de lui prodiguer tout ce qu'une femme peut offrir comme caresses buccales ou paluchardes.

— … J'en avais pourtant tringlé des gonzesses depuis que ma queue se tenait droite. Là, je me suis dépassé… ça venait de l'ambiance… que tout à coup j'étais devenu châtelain de ma bite.

Certes il avait du retard d'affection et pourtant ceci n'était pas leur première étreinte, vous vous souvenez de la troustafana dans la cellule 44, puis 50… Au placard ils avaient dû se retenir un peu… la matonnerie était aux aguets, ça limitait les éclats sonores de l'orgasme. Je vous narre… je me laisse aller et je me demande si mes égrillardises ne vont pas vous paraître dépassées. Dans nos télévises de minuit, vous êtes rassasiés de membres virils en action… de zigounettes béantes… j'en passe et des turluttes. Ça complique tout ça, le travail plumitif… Comment vous intéresser… vous surprendre ? Mériter que vous alliez chez les libraires abouler vos picaillons qui vont s'appeler maintenant euros pour encore mieux nous embrouiller les comptes et finalement nous arnaquer.

Pour vous dire… mais je vais un peu ellipser sur les acrobaties scabreuses de nos tourtereaux. Ça a duré presque aussi longtemps qu'un match de foot… C'est donc pendant la mi-temps qu'ils ont pu aborder les problèmes qui concernaient la situation de Gilles. Une première période, il resterait là dans ce pavillon de chasse pour se soigner, n'oublions pas qu'il est toujours tubard et qu'il doit se taper quotidien des antibiotiques. Il faut qu'il se fasse suivre par un spécialiste à Alençon, la grande ville la plus proche… passer des radios, des tomographies… se faire analyser les glaviots.

Il était tout à fait sur la voie de la guérison totale. Il allait de mieux en mieux le Beau Gilles. Vous venez de vous rendre compte… champion au plumard… prouesseux de ses attributs… son service trois pièces d'élite.

— Tu veux pas aller à la montagne ?

Elle lui proposait je ne sais quel chalet en Savoie… la Suisse c'était pas possible avec sa condition de tricard. Maintenant, le chéri, il devait tout faire dans la plus stricte légalité… pas le moindre faux pas.

Se posait la question de Janine, avec son boulot, elle ne pourrait venir que les week-ends. Gilles s'apercevait que la comtesse curieusement avait tout planifié… elle admettait un certain partage de l'étalon. Janine le dimanche et elle la semaine.

Ils sont descendus au salon pour se restaurer,

reprendre des forces pour leurs prouesses futures... Elle a téléphoné et un autre larbinos est arrivé pour fignoler les petits plats qui attendaient dans les grands.

Du caviar d'Iran et ensuite un gigot de pré-salé... de la tortore que c'en est honteux en gambergeant aux Emmaüs de l'abbé Pierre... à tous ses vieux compagnons de misère qui léchaient les murs du mitard pour s'apaiser un peu la soif. Bast ! S'il fallait convoquer tous les fantômes faméliques avant de passer à table, on n'oserait même plus s'installer devant un steak chez Roger la Frite.

Dépassé un brin par les événements, mon petit camarade, Ça s'embrouillait... Il subodorait qu'il allait se transformer comme ça dans ce pavillon en animal de saillies... Certes, il avait de quoi se distraire avec des bouquins... la radio et il pouvait se faire des petites escapades en forêt.

— Je vais t'apprendre à monter à cheval. Je suis certaine que tu vas devenir un excellent cavalier.

Ça dépassait un peu ce qu'il avait prévu. Elle avait l'intention de le transformer en quoi ? Gentleman farmer ? Écuyer de la reine ?

— Je pigeais plus rien. Comme j'étais dans le bonheur de la liberté... je remettais au lendemain les questions.

Ce qu'il m'explique, il s'en marre encore. Il devait dormir seul dans le pavillon. Elle, elle avait ses appartements au château. On sauvait les apparences de la sorte. Les rencontres amoureuses étaient prévues au pavillon. Visite du parc, puis des environs... les Alpes mancelles, une région magnifique… vallonnée, boisée… avec de petites rivières, des fermettes, des moulins. Tout ça s'emmêle entre les récits fragmentaires de Gilles que je m'efforce de vous reconstituer.

Le château il venait du Moyen Âge… enfin il avait été brûlé… ruiné… retapé… mis un peu aux goûts et mesures du XVIIe puis du XVIIIe siècle. Il en imposait toujours dans le paysage. Je pourrais, si j'étais Alain Decaux, vous entraîner dans toutes les phases de son histoire… vous évoquer sa splendeur lorsque les chevaliers et les dames en hennin partaient à la chasse à courre… toutes ces pauvres bêtes, sangliers ou cerfs dix cors, qui furent déchiquetées par la meute pour amuser toute cette engeance titrée. Je ne peux pas vous dire comment ils s'étaient tirés de la Révolution, si le château du Haut-Lucé avait été pillé par les croquants. Où étaient passés durant cette tourmente les La Reymondie-Ferté.

Il se pointait rare au château, le comte. C'était un des domaines réservés d'Hortense. Elle y avait ses appartements où, Gilles l'apprendra par la suite, elle avait consommé quelques amants dans son lit à baldaquin… C'était tout de même un beau château. De nos jours, il est devenu un site touristique… Y viennent avec leurs appareils photo, leurs caméras, les Japonais, les Anglais, les Amerloques… les Allemands… soi-disant avides de culture… des en bermuda à fleurs, en tee-shirt. C'est une donzelle de dix-huit ans qui drive toute cette piétaille, elle a des lunettes, les cheveux tirés et une assurance d'intellectuelle habitée.

Gilles il était comme le vieux, il aimait pas trop aller s'instruire historique dans le château. Il y croisait trop de laquais, de boniches qui le scrutaient. Tous ils devaient être au parfum, que son dernier chevalier servant à Madame la comtesse, elle le sortait, celui-là, de derrière les barreaux. Raymond leur ramenait de bonnes lectures... *France-Dimanche*, *Ici-Paris* et *Détective* qui se faisaient une joie typographique de rappeler la carrière malfrate de Gilles Dastel qui venait d'être libéré pour se placer sous l'aile de la comtesse de Wilfried. Tous ces gribouilleurs d'articles se donnaient de la joie plumitive, à glisser le vanne ironique au sujet de cette protection. Ça donnait des intertitres interrogatifs : « L'aile ou la cuisse ? »

Vous voyez le genre, délicates lectrices, je vous rapporte cet exemple parmi d'autres. Gilles ça le foutait à ressaut. Je l'entendais d'ici... « Ces lopes, je vais aller les corriger... leur savonner un peu la gueule ! » Beau être devenu quasi-châtelain, on n'en est pas moins homme.

— Calme-toi, lui susurrait Hortense.

Elle le promenait jusqu'aux étangs, à travers taillis et hêtraies. Parfois une biche, un daim traversaient d'un bond le chemin devant eux. Que le soleil perce les feuillages... ça vous faisait une dentelle verte pour vous envelopper Roméo voyou et Juliette sur le retour. Le terme exact en ce qui la concernait. Les soins libidineux de son bien-aimé ça lui refilait un sacré coup de jeunesse dans la silhouette. Vêtue de robes légères dans les teintes pastel... de loin dans les bois on pouvait la prendre pour une nymphe… une sorte de fée ! Merde ! Il pouvait pas se plaindre Gilles, sapé sport… chandail et froc en tissu souple… mocassins… le vent dans sa chevelure. On pouvait quand même pas deviner en le regardant passer qu'il avait fait ses humanités à Clairvaux, Poissy et autres prisons centrales. En définitive il eût été duc ou baron, on faisait pas la différence.

Elle s'éloignait pas trop du château, la belle Hortense… l'impression qu'elle voulait toujours l'avoir à l'œil… le surveiller serait beaucoup dire mais le protéger contre les vilaines tentations. Ça baignait… roulait sur un chemin brodé de fleurs bleues… sous les chants d'oiseaux… mais vous savez bien, frères humains et sœurs parfois inhumaines, que ça ne va pas durer toujours. Ils eurent cependant trois semaines de bonheur quasi parfait. Il se pointait au château pour déjeuner. Grande table et les serviteurs qui passaient les plats. Vins millésimés… des volailles… des sauces succulentes… L'art d'Adèle la cuisinière qui aurait pu aligner ses menus… les comparer avec ceux des chefs les plus prestigieux. À ce régime si on fait pas gaffe on s'entrelarde, on se bouffissure… on s'offre une trogne couperosée. La comtesse, elle touchait à peine à chaque plat… comme autrefois la reine à Versailles… Gilles, au début, il aurait eu tendance à se rattraper des gamelles de fiente qu'il avait tortorées dans ses diverses villégiatures carcérales.

Certes pour évacuer tout ça… éliminer les calories, il allait sur sa dame de cœur faire des pompes.

N'est-ce pas, vous remarquerez qu'à propos de pompe, je ne me risque pas dans le salace. Depuis que l'Académie française m'a couronné, je freine sur la pente des calembours, la scatologie de corps de garde.

Sous le baldaquin, il payait sa pension Gilles. Ça lui traversait de plus en plus l'esprit qu'il devenait le chien-chien à sa mémère. Que vous vous régalassiez la zigouflette… ça vous paraît la moindre des choses… tout de même, il lui remontait dans l'âme comme des renvois de dignité voyoute. Un homme véritable, il fait l'hareng mais pas le gigolpince.

Néfaste préjugé, le gigolpince risque pas de se retrouver sur les bancs des infamies parce qu'il vit de la monnaie des personnes du sexe. Lorsqu'on est au plein de la jeunesse… haleine et bite fraîches… pas trop maladroit de ses pognes sans callosité, c'est tout de même pas sorcier de vivre à l'aise…

Sautons des jours et des jours… Gilles recevait chaque matin… on venait lui livrer avec les toasts du petit déj… des babioles empaquetées genre briquet en or massif… stylo Mont Blanc, boutons de manchettes, épingle de cravetouse. Toujours avec une enveloppe… un mot d'amour.

— Je me disais qu'elle était complètement louf.

Réflexion curieuse. Je l'interroge sur ce qu'il en était de sa part… s'il embrayait lui aussi sur la même passion amoureuse. Il se rappelait plus au juste. Il faisait la moue. Sa grande flambée pour Hortense c'était en définitive la période fresnoise, elle lui avait apporté tout ce qu'un taulard peut imaginer dans ses rêves les plus extravagants. Un corps de femme offert à tous ses désirs, avec en plus l'espoir de sortir de taule.

— Ça finissait par m'emmerder ses cadeaux.

— T'aurais préféré les voler ?

Je devine juste, il en convient presque ! On peut pas croire... en tout cas pas les rénovateurs patentés, les psy et autres... qu'un type normalement constitué soit voué au vol. Ce n'est pas que le produit de la misère, le truandage... on s'y glisse peut-être parce qu'on y trouve surtout une jouissance qui s'apparente à la passion la plus dévorante : le jeu.

Prévisible, prévu... Janine s'est ramenée un samedi. Devant le château, le pavillon, elle en est restée baba. Jusque-là, elle s'était bercée d'illusions... que la comtesse était éprise de Gilles platonique... juste pour lui sauver son âme. Elle était aveugle... elle brûlait d'amour, merde ! Gilles c'était son mec, son homme... elle avait souffert pour lui... Et alors là... tout à coup elle a eu comme une révélation. C'était pas possible que derrière tout ça... cette existence luxueuse qu'elle lui offrait, tout le mal qu'elle s'était donné pour le faire sortir de taule, il n'y ait pas l'essentiel...

— Tu l'aimes ?...

Elle a pas encore pris soin de se poser, d'ouvrir sa valoche, elle l'affronte. il avait pas prévu une attaque aussi subite.

— Je l'aime bien quoi !

Il répond presque penaud. Ça lui va pas au teint ce genre de réplique. Lorsque le mâle se dérobe, la femelle sort ses griffes. Janine y va… elle fonce en récriminations.

— Tu la baises, cette vieille poufiasse. Hein ! Sinon elle t'entretiendrait pas comme ça. C'est les journaux qui ont raison. Tout le monde le sait ce qui se passe entre vous.

Elle débagoule maxi… entre la rage et les larmes. La seule solution pour la calmer momentané, ça serait tout de même de lui filer un coup d'arbalète… de lui donner encore de la jouissance à en mourir. C'est ça aussi qu'il y avait entre eux. Gilles il la carambolait comme pas possible. Il était spécial vergé d'un instrument, je vous ai déjà dit… une bite à concours. En plus il savait s'en servir comme Yehudi Menuhin de son archet… La clef de bien des mystères en amour, Il la laissait dire… ils étaient dans le petit salon face à face… Lui debout appuyé contre la bibliothèque, elle qui tenait ses distances pour mieux vitupérer. Elle lui crache qu'elle avait prévu autre chose comme retrouvailles… l'attente à la porte de la prison… qu'elle se jetterait dans ses bras. Là, il rétorque, il trouve la parade magistrale.

— Dans vingt ans !

Quoi, elle pige pas ? Faut qu'il lui mette la ponctuation… points sur les i… les trémas… les circonflexes sur les o… que sans la comtesse, il serait encore en cul-de-basse-fosse. Il aurait morflé maximum. Ça voulait dire la sortie aux cheveux blancs, la queue en berne... hein ! Qu'est-ce qu'elle s'imaginait cette conne ? Un miracle ? Il est là le miracle, il s'appelle Hortense.

Janine sanglote, elle ne sait plus, elle est dépassée, déphasée, et là il lui laisse pas le temps de reprendre son souffle vengeur, il met le feu à son artillerie. Il la pousse vers la table sur laquelle il y a tous les accessoires du petit déj. Que foutre des toasts et des brioches, Elle ne songe pas à se défendre Janine ! Pas le temps d'en ajouter une, elle est écartelée... arrachée des fanfreluches... son petit slip à froufrous. Sa rage l'avait excitée, elle se réceptionne son Jules en pleine lubrification. Un cri... ce coup de chibre elle l'attendait depuis si longtemps, elle en oublie la comtesse... il est là... il est en elle... il y va rageur... il lui a ramené les jambes sur ses épaules. Égoïnage princier... divin, cherchez vous-même les qualificatifs, faites avec vos meilleurs souvenirs, mesdames. Moi je suis à court... je les laisse s'achever dans la luxure qu'est tout de même ici-bas le meilleur remède à la tristesse existentielle.

Le remède était passager .. Malgré toute son extraordinaire puissance génésique, il pouvait pas rester des heures en érection notre Beau Gilles, fallait bien revenir à la réalité. Janine était maintenant plus apte à se faire à l'idée de se le partager avec la vioque. Après tout, vaut mieux être à deux sur une belle pièce que de se grignoter seule un rat mulot quelconque, un cloporte de ministère. On se dit… on doit se faire une raison… mais ce barrage ne tient pas longtemps. Chez les filles ça fait pareil avec leurs maques, la première, la vraie gonzesse, la grande gagneuse, elle est tout de même jalmince du doublard… Ça explique peut-être le pourquoi de nos mœurs judéo-chrétiennes… que la polygamie ne se soit pas ancrée dans nos habitudes.

Lui, Gilles, à ce moment-là, il se voyait bien en possession de deux femelles. L'une le gâtait, l'entretenait au-delà de ce qu'il aurait pu gagner à la sueur de son colt… et l'autre, ferme du téton et des miches, sa petite gueule de musaraigne des faubourgs, lui offrait sa jeunesse.

Ça serait le mieux que tout ça s'arrange… s'organise. Il devait impérativement, pendant la durée de sa conditionnelle, rester là. Son domicile fixe c'était le pavillon forestier. Il devait s'y soigner, s'y guérir et ensuite Mme de Wilfried lui garantissait un travail, elle le prendrait à son service. La seule chose qu'il pouvait faire sans trop déchoir, c'était chauffeur mécanicien. Raymond ne suffisait pas seul pour la Bentley, la Rolls, la Plymouth. Ça allait poser encore des problèmes de jalmincerie. Mettez-vous à la place de cet homme tant dévoué à sa maîtresse… son toutou fidèle qui se voyait supplanter par moins que le premier venu… un repris de justice, un sale gangster.

On reviendra sur ce sujet. Il est un de ceux qui vont compliquer la vie quotidienne de Gilles. On lui fait, en façade, des sourires, des salamalecs… il a la blague facile... ça serait la pire des choses que de se le mettre à dos. Donc la valetaille lui fait contre mauvaise fortune bonne gueule. On attend. Ils sont des milliers, des centaines de milliers à attendre, comme ça un peu partout, s'ils ne crèvent pas avant dans la haine à l'étouffée, que l'occase se présente. On peut rétrospectif se faire une petite idée avec nos diverses Révolutions, Libérations... retours de flammes et de bâton, de la bacchanale sanglante que ce fut.

Gilles, malgré son expérience des choses et des hommes, il se faisait tout de même un peu de cinoche. Janine est repartie la chatte régalée, mais avec une blessure à l'âme. Ouais, l'âme on appelle plus ça comme ça... C'est du vocable de curé, mais tout de même elle existe bien quelque part... elle s'enfouit, elle se travestit en termes de psy... mais elle ne lâche pas prise si facile.

Une fois rentrée à Paris, Janine a retrouvé un coquin qui lui tournait autour. Je dis coquin et c'était le contraire, un homme probe question de faire remonter du pognon dans ses mensualités de travailleur. Probe et propre de sa personne et puis pas mal quant au physique... une quarantaine qu'il combattait dans une salle de gymnastique deux fois par semaine.

Je vais pas m'écarter dans une histoire annexe. Janine a écrit à Gilles. Elle ne voulait pas de la parité avec la comtesse. Elle allait encore souffrir, penser à lui et ç'allait pas être si facile de l'oublier.

Le temps fait son office, il finit par nous vaincre de toute façon. Se faire une raison. L'autre, l'honnête homme, il avait quelques bricoles au soleil… un compte en banque et il a gagné le match aux points. À sa lettre de rupture, Gilles a répondu qu'elle avait raison… que valait mieux que ça se termine comme ça. Surtout fallait plus qu'il la revoie sinon la tentation serait la plus forte, il succomberait. Une formule gentille, propre à lui flatter la vanité féminine.

Tristesse d'une flamme qui s'éteint… feuilles d'automne… que tu étais belle dans mes pensées du mitard ! Seule, unique… enfin ce qu'on écrit. Y a parfois de la concurrence… du vagabondage dans les branlettes. Hélas… nature humaine, tu finis par jouer des farces aux plus beaux romans d'amour.

La comtesse, une fois le problème de Janine réglé, elle est revenue en force dans le page de Gilles… Toutes voiles enlevées. De ces parties de crougnougnouses qu'on aurait dit qu'elle voulait se faire enfiler à en mourir avant que la viocardise ne l'écarte définitif de la compétition. Beau avoir un gourdin fantastique, il lui arrivait d'espacer les étreintes.

— Pour circuler dans la région, elle m'avait offert une petite 4CV… c'était la bagnole du moment.

Je me rappelais, on en voyait sur toutes les routes, le populo enfin se mettait sur quatre roues. La plus belle conquête du citoyen… 4CV… IVe République.

— Elle aurait pu t'offrir autre chose.

Avec sa taille, son mètre quatre-vingts, dans une

4CV, il se coinçait les guibolles. Juste ma réflexion, mais la comtesse ne voulait pas trop qu'il en installe dans la région. Alentour croquants, croquantes... les épiciers et les gardes-barrière... pensez s'ils étaient aux aguets. Ça se repassait les derniers numéros de *France-Dimanche*... les ragots bouche à oreille Le scandale arrive... il a beau se faire le plus discret possible, il se met à ronger les esprits... surtout les faibles. Hortense était au-dessus de tout ça, bien sûr, elle savait qu'on avait tout dit et tout inventé à son propos... *Et que soient cuites ces langues envieuses !* a écrit le poète, le plus grand... celui qui menait la même existence que Gilles, François l'Escholier dont la chanson déchirante vous parvient du fond des âges.

En 4CV, Gilles pouvait rayonner un peu dans la région. Fallait pas trop qu'il s'éloigne, les lardus étaient aux aguets. Toute la maréchaussée, les hommes de l'ordre l'avaient en travers de la glotte qu'un malfaisant comme Gilles Dastel puisse se pavaner dans un château, se farcir une aristocrate... s'abreuver de champagne millésimé brut, tandis qu'ils mijotaient au pinard, au Gévéor dans leurs tanières... dont l'odeur vous reste imprégnée dans les fringues lorsqu'on a le malheur d'y croupir un peu.

Des mois avaient passé, la République s'épuisait en des guerres douteuses et douloureuses... des inflations, des scandales en cascade. Gilles restait prisonnier chez la comtesse. Sur le faffe il avait encore près de trois ans à tirer. Après quelques examens, radios, tubages… et prises de sang, il était redevenu apte à turbiner. On appelait ça… stabilisé pour ne pas dire guéri. On n'était pas encore sûr de la victoire finale sur le BK.

— T'étais un tubard d'opérette…

Je lui envoie pas dire. Dans ce domaine des éponges bouffées aux mites, j'avais un pedigree autrement sérieux que le sien. Thoracoplastie de huit côtes et tout un poumon offert aux chirurgiens affamés du bistouri. Il en convenait, dès au château, il avait repris ses exercices physiques dans le bois. Au petit matin en survêtement, il faisait son jogging… dans la verdure… il retrouvait peu à peu sa forme d'antan. Hortense parvenait pas à lui pomper tout son souffle… Beau se faire tringler dans tous les coins, sur l'herbe, contre les arbres… à quatre pattes… sur le bord de l'évier… les bords de la rivière, elle était épuisée, rendue la première. Fallait aussi qu'elle s'absente… qu'elle remonte à Pantruche pour son apostolat. Je vous omettais, elle poursuivait sa mission avec l'œuvre des visiteurs de prisons. Les réunions de dames et messieurs au service de toutes les détresses. Ça vous paraît un peu curieux, invraisemblable à la limite, pourtant ce fut. Hortense menait tout à la fois… et toujours épanouie, souriante. Les dimanches elle allait à la messe à la paroisse au village. Sa place réservée… tout juste si les manants du secteur, les fidèles ne lui faisaient pas la révérence sur son passage. Ils n'en gambergeaient pas moins, je viens de vous le dire.

Bientôt, pour tout arranger, ça va être carrément le gangster au volant... Gilles qui refusera toujours de larbiner à la portière et puis la casquette à viscope en cuir, ça il s'y résignera pas. Chevelure au vent, belle gueule et ses yeux miroirs à putes.

Vous narrer tout ça... ça s'enchevêtre. Hortense de se faire brouter le minou... cunnilingus comme on dit depuis que le français se fait psychanalyser. Où sont nos feuilles de rose d'antan ? Tout ça, les débordements de la chair, ça lui étouffait pourtant pas les oraisons. La comtesse priait donc à la messe, charitablait toujours dans les ergastules, fréquentait tout de même les maisons de couture... quelques raouts encore à droite à gauche et revenait la chatte parfumée s'offrir à Cartouche et Mandrin réincarnés.

À la longue Mandrin et Cartouche réunis, il finissait par se morfondre au château. Un juge d'application des peines était venu le voir. Un gros bonhomme plutôt arrangeant. Reconnu guéri, il allait devoir travailler, en tant que chauffeur de la comtesse, il lui fallait une autorisation spéciale pour circuler. Il était interdit de séjour à Paris et dans toutes les grandes villes, mais s'il s'agissait de son boulot la Sainte Mère Justice allait faire dans son infinie bonté une exception.

La semaine suivante il prenait le volant de la Rolls, c'était convenu qu'il se partage la besogne avec Raymond. Il tirait la gueule celui-là, mais cette combinaison lui permettait de garder son travail avec de grands espaces de temps libre. De quoi aller tâter le goujon dans la rivière ou les nichons de sa bobonne pendant la sieste.

Un matin il a pris le volant, le Beau Gilles, pour conduire Madame à Paris. Maintenant il allait l'escorter dans ses activités multiples. La route était longue, ils se sont arrêtés dans un quatre étoiles pour casser une graine de luxe. Dès qu'Hortense apparaissait, tout le personnel, les loufiats, les maîtres d'hôtel s'empressaient pour précéder ses désirs. On allait chercher le patron, le maître queux. Surprise du chef... que madame la comtesse becte en tête à tête avec son chauffeur. Ils étaient pourtant au parfum tous ces gargotiers de prestige... Gilles Dastel, ils avaient entendu parler. La plupart le confondait avec Pierrot le Fou, on lui attribuait généreux quelques beaux assassinats. Il lisait dans leurs yeux un peu de frayeur.

— Laissez, Gilles, il faut vous comporter comme si vous étiez quelqu'un de ma famille.

Ça, c'était pas toujours si facile. Il s'efforçait mais le naturel revenait au détour d'une phrase... dans une attitude... une façon de se marrer. Certes il pavoisait pas voyou du Mitan comme Jo Attia ou Mémé Guérini, il était sapé quasi-milord en week-end... La comtesse, au-dessus de bien des préjugés... d'une liberté de conduite inouïe dans son joli monde, n'aurait peut-être pas été jusqu'à se pavaner avec ce genre de malfrat. L'avantage de Gilles que, dans sa catégorie, il était exceptionnel... un aristocrate à sa façon... duc du braquage... baron de la Belle... Monseigneur de la pince.

À Paris, elle faisait escale à son hôtel particulier de la plaine Monceau. Son mari depuis quelque temps préférait rester sur la Côte d'Azur. Elle devait le représenter à je ne sais quel dîner, chez je ne sais quel ambassadeur de je ne sais quelle république d'Amérique latine. Là, c'était pas concevable qu'elle s'y présente accompagnée de son chauffeur-voyou. Pour la première fois, Gilles allait attendre à l'office avec les larbins. Une épreuve pour ainsi dire, il se sentait plus humilié d'être à la cuisine avec les chambrières et les cuistots que dans un box de chambre correctionnelle.

— Je me disais… si Mario, si mes potes… tous les garçons de mon équipe me voyaient, ça serait la honte, je perdrais ma cote.

— Tout est relatif, lui ai-je répliqué. Ça valait tout de même mieux que d'être au chtibe.

Il en convenait d'autant plus qu'il commençait à s'intéresser ce soir-là à une petite femme de chambre, bien tournée de sa personne. Une nommée Françoise qui l'affrontait de l'œil, l'air de dire qu'un bandit lui faisait pas peur. Lui, il avait entravé la coupure, la mignonne était prête à être consommée. C'était juste une question d'opportunité, d'endroit adéquat pour trombiner cette brunette bien moulée dans ses fringues de soubrette. Il s'est fendu de quelques compliments, d'une ou deux blagues un peu poivrées pour lui faire comprendre qu'elle pouvait compter sur lui pour prendre l'ascenseur du septième ciel.

Tout s'était passé dans la grande cuisine où la valetaille se restaurait tout en assurant le service.

Gilles se servait au passage dans les plats… un coup de fourchette… une désinvolture comme on en voyait rarement à l'office.

— Tu parles, la frangine, j'avais envie de me la faire. Ce soir-là je devais pieuter dans une petite chambre qui m'était réservée… une sorte de mansarde sous les toits.

De l'audace… toujours de l'audace, il a coincé la petite Françoise entre deux portes pour lui filer rencart carrément chez Jo Attia à Montmartre dans son bar *Le Gavroche,* un endroit où les snobs allaient parfois s'encanailler. Elle a dit oui… elle s'arrangerait pour quitter son service le plus vite possible.

Y a des hommes comme ça, ils peuvent se pointer n'importe où, ils emballent… Un geste, un sourire, un mot à la traîne et c'est enveloppé dans les draps. D'autres passent toujours à côté de la plaque, alors ils se pognent et finissent en désespoir de cause par retringler la mémère qui les attend au domicile conjugal. La vie n'est pas juste, ma pauv'dame…

Ça a créé une sensation lorsqu'il est entré au *Gavroche* rue Joseph-de-Maistre. Ils étaient là, quelques ruffians d'élite, à sabler le champ'pour l'anniversaire de l'un d'entre eux… Un bel hareng à tronche de mort subite et qui cependant lui aussi ravageait les vagins avant de les envoyer s'expliquer rue Blanche. Carmen, la femme de Jo Attia, elle s'est précipitée pour embrasser Gilles.

— Quel dommage, Jo n'est pas là,

Il était où le Grand Jo ? À Tanger où il traitait des affaires avec un autre Jo... Renucci celui-là... un caïd qui contrôlait toute la truanderie du Maroc. C'était la grande période du trafic des cigarettes blondes en Méditerranée. Les Corses se disputaient le marché entre eux. Ça crépitait de la mitraillette d'un yacht l'autre, dans les calanques et dans les bars de Marseille, Toulon, Casablanca. Si l'on compare à aujourd'hui avec la drogue, ces conflits d'antan paraissent de la guerre en dentelles... tirez les premiers messieurs d'Ajaccio... On avait des bonnes manières en ce temps-là.

Gilles il a été donner l'accolade... serrer toutes les pognes... des à bagouses et poilues... faire la bise à deux magnifiques gagneuses qui se faisaient un break au bar.

Parmi les représentants de l'élite du Milieu, il faisait figure d'exception. Un homme passe-muraille... *Je suis un évadé,* titre d'un film américain d'avant-guerre... Bien sûr on savait qu'il s'était arraché cette fois en mettant son chibre de brigand au service d'une chatte aristocratique... C'est dire... sa légende déjà née avec ses cavales extraordinaires s'agrémentait de cet épisode romanesque... le scabreux de la chose... le scandale dans la presse du cœur... Les deux amazones du bitume, elles le guignaient avec envie... si elles n'avaient pas été attelées à cet Antoine dont on célébrait les trente-cinq piges, elles se seraient bien laissé circonvenir par un tel héros !...

On ne lui a pas trop posé de questions, c'est pas

poli, c'est pas joli en terre malfrate. Il s'est permis de leur expliquer... qu'il avait donné rencart à un petit lot, une chose qu'il lui fallait consommer rapidos puisqu'il rebarrait le lendemain pour Deauville en service commandé. Il avait même besoin d'une piaule pour mettre sa volaille au four.

— Et si elle vient pas ? a questionné un facétieux... un des petits marloupins de Belleville comme on n'en voit plus des bottes en cette fin de siècle. Rires de l'assemblée... Et clac ! comme dans une pièce de boulevard la lourde s'est ouverte et le petit lot est apparu.

— Tu vois, a répondu Gilles à son vanneur, elle a trouvé le chemin toute seule.

L'effrontée de l'office, ici, elle a rengainé son petit air de pas en avoir, Elle s'attendait pas à rencontrer une telle concentration de ce qu'on appelait dans sa campagne des types douteux, Et encore, sapés, on ne pouvait pas contempler leurs tatouages... tous les signes indélébiles de leur affranchissement des bonnes règles. C'est ce qu'on disait encore sous Auriol et Coty... un affranchi... celui qui se torchait des lois de la République quitte à se payer un jour d'une retraite derrière les hauts murs.

Gilles, comme s'il la connaissait depuis longtemps, a présenté Françoise à toute la tierce. Elle s'était fringuée de rien... une jupe en vichy... chemisier blanc et pommettes roses de confusion.

Françoise, les autres malfaisants déjà ils l'évaluaient au prix du tapin... que ça serait une gagneuse... la paire de roberts qui pointaient sous son corsage… la taille fine… ses cheveux bruns en queue de cheval. Le danger est là, une fraîche pouliche avec des atouts pareils, ça peut pas rester la chambrière de Madame… se coucher dans une mansarde glacée l'hiver, torride l'été… Alors, pensez, si les barbiquets méditerranéens sont à l'affût… harnachés séducteurs et tout… l'île de Beauté dans le fond des yeux… Seulement la petite Françoise en compagnie d'un homme comme Gilles on risquait pas de chasser sur ses terres. Il s'est efforcé de la mettre à l'aise… C'est l'anniversaire d'un ami qui travaille dans l'Import-Export, M'sieur Antoine. Il a des dents en or, Antoine, un signe alors d'opulence chez les ruffians. La gourmette aussi était en jonc… et la bagouse à son petit doigt avec un brillant. La môme, comme elle était déjà chez le comte de Wilfried depuis plus d'un an, elle pouvait pas confondre entre les vrais hommes d'affaires, banquiers ou autres et ce genre de lascar qui reniflait la malfaisance.

Elle avait décidé dans sa petite tête de s'offrir pour ses vingt ans ce bel Arsène Lupin… cet évadé qui trombinait sa patronne. Dans le style, elle était en avance… déjà comme nos mômes du XXIe siècle qui vont à la cueillette des bites en toute liberté pilulesque. Elle eût préféré n'est-ce pas que les prémices de cet intermède amoureux se passassent dans un cadre plus romantique que dans le louche clair-obscur de ce tripot. Un endroit tout de même où pouvaient surgir quelques malveillants, calibres en pogne, et déclenchant une fusillade. Ça vous traversait l'esprit lorsqu'on allait prendre un verre au *Gavroche,* mais ça n'eut lieu qu'une fois en 72 quand Christian Jubin est venu descendre la barmaid et son fiancé. Les autres flingueurs avaient la délicatesse d'exécuter leurs ennemis hors de l'enceinte du bar... sur le trottoir, champ d'honneur de la voyoucratie.

Ça n'a pas duré au-delà d'un délai de politesse, la visite chez le Grand Jo. À l'hôtel de la Terrasse dont les fenêtres donnent sur le cimetière Montmartre, ça faisait juste la rue à traverser. Françoise avait bien compris que Gilles n'avait pas le temps de lui jouer de la mandoline avant de la conduire en chambre bien nattée, comme il est dit chez le poète.

Encore une fois je pourrais me vautrer du verbe et du substantif dans ce plumard. Le décarpillage de la belle. Sa nudité qui fait triompher l'ardeur de mon héros. Avec cette jeunette, il buvait à la source fraîche... il se tapait le printemps après l'automne d'Hortense. Faut varier un peu le climat pour s'émouvoir, respirer toutes les senteurs. La soubrette du comte, elle avait déjà navigué un peu sur le fleuve Amour... qu'elle s'offre comme ça sans gamberger, à cet homme sans foi ni loi, démontrait déjà qu'elle ne prenait pas les choses au tragique.

Avec un brin de perversité... Ce fut débridé... exaltant... à plus s'y retrouver les guibolles... Elle s'était pas gourée d'adresse. Gilles pouvait, savait... se retenait... dominait que c'en était une pinte de paradis sur terre.

L'ellipse. Tout a un revers... enfin presque, quand on s'oublie dans les délices, faut revenir aux réalités. Lorsque Françoise s'est pointée au travail, elle avait un retard important. Le maître d'hôtel plutôt vachard avait envoyé une autre boniche voir si elle n'était pas malade. Il s'inquiétait le bon apôtre. Et Madame aussi s'inquiétait, mais elle n'avait pas la naïveté d'imaginer que son doux et tendre chauffeur était parti au chevet d'un vieil oncle agonisant.

Françoise, elle, elle a carrément inventé l'histoire aussi usée de la grand-mère malade, à Courbevoie. Elle lui avait porté comme ça, après le dîner, une galette et une petite terrine de beurre. Que le loup soit dans le lit à la place de grand-maman, c'était pas sa faute.

Gilles devait conduire Madame à Deauville… y avait je ne sais quelle course… une rencontre hippique où tout le gratin devait se montrer… Des duchesses, des baronnes… le marquis de ceci… les vedettes et les mannequins.

Il s'est mis au volant de la Plymouth comme si de rien n'était… que c'était l'heure, qu'il était à son poste. Hortense est arrivée sans piper non plus… Son trente et un… capeline et frusques de chez Balmain. Une fois qu'elle a été installée avec son caniche, toujours Zumba son chouchou, le fidèle d'entre les fidèles, il a demandé simplement, sans même lui dire bonjour.

— Deauville ?

— S'il vous plaît, Gilles.

Clac ! Elle était pas la gonzesse à se répandre en récriminations surtout avec son chauffeur. Là, elle était bien décidée à le remettre à son rang le traître. Beau se maintenir dans sa dignité… elle groumait interne la comtesse. Elle se doutait qu'il avait forniqué avec sa chambrière dans je ne sais quel hôtel de passe. Et elle savait, et ça c'était le plus douloureux, comment il manœuvrait, le monstre, sur les champs de bataille de la volupté. Capable de tout et c'est la raison pour laquelle il sortait toujours vainqueur du pugilat.

Vous vous retenez, vous vous pincez le sourire... vous envoyez le sous-entendu... n'empêche, madame, vous souffrez... votre cœur se déchire. Depuis le début... l'éblouissement de la cellule 44, elle savait que ça finirait comme ça... qu'une fois libre son bel oiseau, son aigle royal, il irait se farcir les aiglonnes qui voletteraient dans son entourage... Et c'est toujours le même cinoche... elle était prête à fourguer son âme... elle avait mis sa réputation carrément sur le trottoir pour ce sagouin ! Pouvait-elle le retenir encore ? Mon Dieu, mon Dieu, laissez-le-moi encore un peu mon amoureux, chantait Piaf.

Ils ont roulé un bon moment, y avait déjà à cette époque un bout d'autoroute à l'ouest qu'on empruntait après le tunnel de Saint-Cloud. Gilles ça lui bottait de conduire cette bagnole, il avait fait ses gammes en traction avant, une voiture qui avait toutes les qualités pour le banditisme mais question standing depuis on faisait mieux.

Comme Hortense persistait à se draper dans sa dignité, il a fini par rompre le silence, fallait bien que quelqu'un commence et il est entré dans le vif.

— Cette nuit, j'ai été voir de vieux amis à Montmartre. Peut-être que j'aurais dû vous demander la permission ?

L'ironie en pointe. Ça l'amusait même parfois de reprendre le registre cérémonieux en des moments pathétiques de reluisance. « Madame me permet-elle de prendre l'escalier de service ? » Elle aurait pu répondre « Je vous en prie, mon cher Gilles ». Non… elle se mettait docilement en position pour goûter ce plaisir de pédéraste.

Trêve de diversion. Hortense répond sec… et du tac au tac.

— À l'avenir, Gilles, n'emmenez pas ma chambrière dans vos randonnées nocturnes. C'est une file qui m'a été confiée par le curé de sa paroisse.

L'apparition de ce curé ajoute une nouvelle saveur à l'épisode. Il ne va pas se donner le mauvais rôle de nier, il est pas devant un juge d'instruction. Il prend le parti de se marrer, de narguer… il sait qu'il a encore la partie belle avec la comtesse, il a avec lui son argument le plus solide… Ce qu'il m'explique.

— Ça m'est venu l'idée d'arrêter la chiotte dans une allée de la forêt de Rambouillet et de lui ordonner carrément de me sucer.

C'était parmi ses bonnes manières… et elle aimait lui obéir… Un jeu qu'ils pratiquaient souvent… elle en tirait encore plus de plaisir que lui. En tirant sur la corde de la jalousie… il allait sûrement obtenir des mélodies inédites… Autant que faire se peut, dans ce domaine où l'on invente plus rien depuis belle Bible…

Ce qu'il me confie, et sans aucune forfanterie,

qu'il craignait pas d'enchaîner huit ou dix coups... de remettre le couvert une nuit durant et le lendemain matin d'avoir encore le gourdin. Un phénomène érotomane, on peut dire, et qui explique encore mieux que sa belle gueule et son habileté verbale ses succès auprès de la gent féminine. L'amour fou c'est pas du surréalisme, un motif à littérature... ça se constate sur le terrain.

Ils se sont payé encore quelques kilomètres de silence avant de reprendre langue... façon de dire. La langue fourrée serait pour ce soir.

— Vous aviez besoin de jeunesse ?

Elle interroge, elle garde sa superbe... lui il la frime dans le rétro par moments.

— J'avais besoin de Montmartre, il rétorque.

Et c'est vrai ça aussi, chez Jo Attia il se sentait plus chez lui qu'au château du Haut-Lucé. Certes il s'était offert une poulette de grain, mais en même temps il s'était retrempé dans le jus noir de la truanderie. Beau dire... rénovation... réinsertion... on y revient, c'est le domaine du défendu, de la jactance verte... des connivences de ruisseau... de cellule... tissées aux jours et aux nuits interminables du châtiment. Elle comprendra jamais ça la comtesse malgré sa subtilité, son intelligence aiguë !...

— Méfiez-vous tout de même, Gilles, dans ces endroits vos ennemis de la police sont toujours bien renseignés.

Elle a recommencé à lui donner de son prénom... ça indique qu'elle finira par avaler la couleuvre. Obscurément, elle sent qu'elle va en avaler bien d'autres. Jusqu'où ira-t-elle pour garder son dernier amour ? Elle n'a jamais été femme à se contenter des restes de la table du festin. Mais n'a-t-elle pas dépassé les limites de l'âge où on peut tout se permettre ? N'est-elle pas tributaire uniquement de sa fortune ?

— Note bien, me précisait Gilles, que ça me faisait bander, le pognon.

Je lui réponds qu'il était comme ces gonzesses qui se farcissent des vieux et qui prennent leur pied en pensant au fric. Il en convient. Ça lui faisait comme une faille dans sa légende. Pour s'en sortir cette fois, il était devenu quoi qu'on dise gigolpince. Le mot l'indisposait exactement comme ces femmes vénales n'aiment pas l'appellation de pute. Mais elles ont un choix de vocables plus chatoyants... courtisanes, femmes galantes, hétaïres, demi-mondaines, amazones, belles de nuit ou de jour, gourgandines et plus récemment call-girls.

Sans doute, dans le Milieu, il est des vieux durs à cheval sur les principes comme dans toutes les coteries... Gilles, ils mettaient en doute ses qualités de véritable voyou. Seulement, ces cons ne voulaient pas se rendre compte que sans ses amours avec la comtesse, il aurait tiré encore des années de cabane... qu'il aurait peut-être réussi encore une évasion et que de toute façon ça aurait fini très mal. Plus près de nous, on a eu l'exemple de Mesrine... quand l'oiseau s'envole trop souvent on ouvre la chasse et on le tire à la carabine pour l'éliminer.

Badinage verbal le long de la route. Petit à petit ça s'arrangeait, du moins en apparence. Hortense luttait tout de même entre son orgueil et ce qu'il faut bien appeler son amour. Gilles aussi, il sentait qu'il lui fallait mettre un peu la pédale, n'est-ce pas, douce… S'il poussait le bouchon trop loin et que la comtesse le baluchonne, c'était le retour au placard où le comité d'accueil en uniforme se serait fait une joie de le recevoir.

Mais il était encore sûr de son charme absolu, tout ça allait s'arranger ce soir.

À Deauville les Wilfried possédaient une grande demeure en pierre meulière, un peu à l'écart sur la route de Cabourg. Ce jour-là il faisait beau et y avait déjà du monde dans la maison. Comme pour le punir de son incartade, Hortense lui a délibérément tourné la tête une fois qu'ils furent arrivés. Qu'il se démerde avec les larbins… le maître d'hôtel, la cuisinière et une soubrette campagnarde aux chevilles épaisses et aux joues roses. Pas de quoi aller vagabonder dans ses cotillons. Et pourtant force lui était de reconnaître que lorsqu'il était au gnouf, il n'en aurait fait qu'une bouchée des joues roses et des chevilles épaisses. Ça le déprimait de becter avec ces loquedus… C'est bien une vérité première que Simonin écrivait dans *Touchez pas au grisbi,* à savoir que la raison pour laquelle les truands restaient entre eux comme des pingouins sur une banquise, quitte à se faire plus facilement épingler, c'est l'horreur des caves. Surtout le cave servile… l'âme en soumission constante.

Mais il comprenait qu'il avait intérêt, ceux-là, à se les mettre en fouille... on sait jamais, ils ont des accointances avec la flicaille, il préférait se tenir à l'écart.

Deauville il connaissait... Avec Mario, son homme de barre quatre ans auparavant, ils avaient cassé une bijouterie en renom. Affaire cousue pogne, sans éclats, ni coup de flingue... du joli travail de pro. Pour cette belle opération, on était jamais remonté jusqu'à lui... les enquêteurs avaient enquêté pure perte... soupçonné Émile Buisson et Pierrot le Fou.

À la revente les bijoux avaient perdu 75 % de leur valeur... les fourgues se régalaient, les tantes, prétextant que les plus beaux cailloux, il faut les retailler... leur donner un nouveau look... Tout ça lui paraissait déjà loin... il était déjà tout prêt à se murmurer que c'était le bon temps.

Au lieu de déjeuner avec la valetaille, il s'est glandé dans les rues bien propres, bien riches de Deauville. Il croisait d'agréables petits lots... échange de regards, de sourires. D'avoir été privé si longtemps de gonzesse, ça lui déraisonnait le zob. Déjà qu'il avait du mal à le laisser au calme dans le fond de son froc en temps ordinaire.

Il s'est payé une assiette anglaise dans une brasserie. Il se sentait libre brusquement. Vraiment libre ! Il était un homme quelconque qui se dégustait peinard trois rondelles de sifflard et une tranche de jambon. Bien obligé par moments de gamberger à son avenir... passé les délais de sa conditionnelle, il se voyait pas toujours déguisé en larbinos de Madame. Il avait encore trois piges à tirer... d'ici là, elle risquait de devenir carrément une vioque, ça serait de plus en plus duraille de lui donner encore un peu de paradis sur terre. Sans se pousser du col, c'est ainsi qu'il qualifiait intimement ses services intimes.

Certain qu'il en avait pincé pour Hortense... au plus fort lorsqu'il était encore en cage. Maintenant c'était plus au zénith ses sentiments. Il lui devait certes beaucoup et même au-delà de sa liberté. À son contact, par la force des choses, il s'était un peu dégrossi... l'évidence... il se sentait un peu en porte-à-faux avec l'homme qui naguère s'introduisait nocturne dans les joailleries... le petit malfrat du clair de lune.

Une nouvelle épreuve... ou une surprise, au choix, l'attendait sur le champ de courses l'après-midi... en la personne de Geneviève, la fille d'Hortense. Elle est arrivée aux courtines rejoindre sa mère escortée d'un pâle jeunot... sans doute son mari.

Geneviève, alors, c'était l'apparition envoyée du ciel... carrément Hortense en pleine jeunesse... trente piges de moins. Il était un peu à l'écart, Gilles, au moment où elle s'est approchée de sa mère devant les tribunes.

Resté subjugué... avec ses tickets à la main. Tant qu'à être aux courtines c'était l'occase de flamber. À distance, il pouvait se gaver visuel tout à loisir cette Geneviève. Même taille... l'allure aussi désinvolte... démarche en souplesse, une chevelure d'or qui lui cascadait vers le bas des reins. Le cas de le dire puisqu'elle était sur un champ de courses... un véritable Prix de Diane. C'est ainsi que les voyous entre eux désignent les plus belles femmes.

Il ne cesse de la gaffer... Il se sentait monter impératif une pointe d'orgueil dans le slip. On faisait cercle autour d'elle et pas des minables, on peut être certain... hommes du monde... d'autres belles mais un peu moins éblouissantes. Ça papote... ça s'esclaffe... Ils sont venus bien plus pour se montrer que pour jouer. À Deauville... un jour comme ça il faut être présent. Les caméras d'actualités sont à l'ouvrage. On reconnaît les vedettes de cinoche, Danielle Darrieux, Suzy Delair, Michèle Morgan, Jean Marais et puis Jean Gabin. Celui-là, Gilles le vénère, il a dégusté tous ses films. Avant-guerre c'était son modèle... celui avec lequel il s'identifiait dans *Quai des brumes... La Bandera... Pépé le Moko...* Et on se retourne sur les grossiums, on salue l'Agha Khan et la Bégum. Trois ans plus tôt lorsqu'ils furent arraisonnés, dépouillés de leur fric... Madame de ses bijoux, la police avait mis Gilles sur les rangs parmi les suspects... il faisait partie des truands capables d'avoir réussi un coup aussi spectaculaire. Fort heureux il était ailleurs avec un alibi en marbre.

Elle lui en avait pas beaucoup parlé de sa fille, la comtesse... il entravait maintenant pourquoi... une telle créature ne pouvait que lui faire de l'ombre. Une fois en place... raout... dîner... réception... courtines, elle prenait la première place, sa maman si prestigieuse, riche et tout de même d'une élégance raffinée, ne pouvait plus lutter puisque c'était sa jeunesse qui se pavanait dans toute sa splendeur. Elle-même qui serait née un peu plus tard, voilà tout. Comme toujours la bonne date de naissance c'est celle qui vous donne entre vingt et trente ans au moment où il faut être là. Il ne distingue pas, d'où il est, la couleur exacte de ses yeux… les reflets… l'éclat de son épiderme… la joliesse de ses esgourdes ornées de bouchons sûrement pas des babioles de fête foraine.

Que lui a-t-elle dit jusqu'ici Hortense de sa progéniture ?… Il cherche, il a pas prêté assez d'attention lorsque la conversation a rôdé dans ces parages. Elle n'a pas l'air, ou feint de ne pas avoir l'air de s'intéresser beaucoup à elle. Beau avoir été se retremper son âme dans les confessionnaux et les bonnes œuvres de charité, le fond d'égoïsme vous tenaille. Une fille qui vous en fout plein la vue par sa beauté, elle en est fière certes… mais au fond de son cœur il y a le venin de la jalousie qui vous empoisonne lentement.

D'après ce qu'il reconstituait Gilles, ç'avait pas été l'essentiel de son existence l'amour maternel à Hortense. Je vous ai tracé en quelques lignes… la fillette élevée surtout pas des nurses, en Angleterre, en Suisse et jusqu'aux États-Unis. Brillante aux études… diplômée de je ne sais quelle université prestigieuse. Mais merde ! Ne lui a-t-elle pas dit dernièrement que Geneviève voulait divorcer… que ça faisait scandale dans les chaumières en poil d'astrakan… les tourelles de châteaux où les derniers hobereaux contemplaient notre monde en capilotade.

Oui, c'est ça, il était question de divorce. « Ma fille Geneviève a eu beaucoup de difficultés avec son mari. » Tu parles, ledit mari se faisait encaldosser depuis sa puberté par moult petits camarades. Pour tout dire une pédale innée... la vocation de se faire tarauder son joli derrière. Il allait apprendre, Gilles, se rencarder, déjà il avait un peu entravé la coupure à travers des allusions d'Hortense. Elle précisait pas qu'elle y était pour quelque chose dans le fiasco matrimonial, Elle avait poussé à la roue pour que ce mariage ait lieu... s'accomplisse, c'était une autre paire de balloches, le cas de le dire même si ça vous paraît vulgaire.

L'avantage du fiancé... ses titres... qu'il était pur descendant d'une grande famille, les Saint-Montjoie... *gueule au lion d'or armé et lampassé de sable accosté de deux épées hautes d'argent en pal,* sur son blason... une lignée qui s'était illustrée sur tous les champs de bataille de la royauté française. Seulement lui, Fabrice de son prénom, question de perpétuer sa race, c'était le fiasco. Il s'était appliqué pourtant pour remplir son devoir durant sa nuit de noces. Le flop ! Fallait qu'il soit vraiment inverti pour ne pas honorer, ne serait-ce qu'une fois, une femme comme Geneviève... l'ange de beauté qu'elle était à ses dix-huit berges.

Tout ça se déroulait dans le monde révolu d'avant la pilule... la libération des chattes. Geneviève avait son berlingue bien préservé, bien entretenu pour parvenir à la chambre nuptiale. Je vous décris pas la déception, j'en suis incapable. Il faudrait que je puisse me mettre à sa place… je peux imaginer, m'efforcer… mais je ne suis qu'un vieux lourdaud mâle… un bovidé pas suffisamment féminisé pour me mettre dans la peau soyeuse de cette pauvrette délaissée le soir de ses noces.

L'autre qui bafouille lamentable, prétexte la fatigue, qu'il a trop bu et qu'il a trop mal à sa pauvre tête ! Ça vous fabrique une drôle de bonne femme, une aventure pareille ! Pire que si son reproducteur estampillé s'était fait la malle avec une autre… un laideron… une gravosse quelconque… des choses qui arrivent aussi… de ces curieux dépravés qui ne peuvent bander qu'avec des affreuses… des monstres de la Foire du Trône.

Geneviève n'était pas fille à rester traumatisée pour le reste de son existence. Nous l'allons voir plus loin. Chaque épisode en son temps… tout ça va se développer, s'imbriquer, soyez sans crainte, chères lectrices de tous âges, toutes formations… je ne cherche surtout qu'à vous faire plaisir avec ma grosse plume d'écrivain plouque…

Gilles, bien sûr, il s'était un peu déplacé du côté des tribunes… En lousdoc, surtout il voulait se savourer la môme des châsses… se faire une idée. Elle était sapée quoi… Balmain ? Dior ?… il s'y connaissait pas assez dans la mode, toujours il se rendait compte que tout ça représentait beaucoup de carbure sur ses endosses. Il était là, au milieu des riches… des nantis… ceux que les damnés de la terre, les électeurs communistes se promettaient de pendre ou d'envoyer en camp de rééducation à leur manière. Vue de l'esprit… toute cette engeance à fric sait se défendre, se protéger de tous les dangers. Le fin du fin c'est d'épouser la Cause du peuple, ce qui se pratiquera par enfants interposés pendant la révolutionnette de Mai 68.

La course est lancée. Gilles est tellement fasciné par la rejetonne de la comtesse qu'il s'apercevra même pas qu'il a gagné, que sa jument Faribole a enlevé le Grand Prix d'une courte tête.

Loulou qui vient le réveiller, le sortir de sa rêverie. Celui-là, il arrive bien Loulou !... Il met un instant avant de le retapisser... encore une relation de cabane, un petit arcandier bonneteur, escroc, abuseur de confiance... tout ce qu'on imagine de malhonnête et de paresseux. Du petit gibier de flic pour remplir la main courante... l'œil malin... les pognes palpeuses et la jactance apprise dans les rues de Ménilmontant.

— Qu'est-ce que tu fous là ?

— Je flambe, tu vois...

Il est pas spécial ravi, Gilles, de se faire harponner par ce mec à embrouilles et pas présentable, surtout aux relations de la comtesse. Il en profiterait sans doute pour s'égarer les paluches dans les sacs à main.

— Paraît que c'est une gonzesse de la haute qui t'a fait sortir ?

Il est bien sûr au courant par la presse et aussi par radio-malfrat... les nouvelles des uns et des autres qui se colportent de rades en tripots. Tout en parlant, Loulou, il a jeté un œil sur les biffetons de Gilles. La surprise.

— T'as gagné, ma vache !... Regarde, t'as joué le

gagnant ! Je vous ai dit, tellement il était absorbé dans la contemplation de Geneviève, qu'il ne s'était même pas intéressé à la course. Au loin il avait vu la belle suivre les chevaux à la jumelle et puis trépigner... Elle avait perdu, elle n'en pleurait pas pour autant. Aux courtines il y a tout de même deux sortes de joueurs, ceux qui s'amusent, qui peuvent perdre n'importe quelle somme et que ça n'empêchera pas de dîner le soir à une bonne table... et puis les autres, tous les tente-la-veine... les traîne-lattes, ceux qui attendent le miracle de saint P.M.U.

Il avait gagné près de cinquante sacs Gilles. Ça faisait un petit pactole au prix du beurre à l'époque.

Du coup Loulou n'allait pas le décramponner. Lui, c'était un louseur pour parler comme les Ricains... un ramasse-miettes. Une race qui fait du fumigène à la jactance. À se la donner à mort, de ce genre de lascar. Dans nos séjours en placarderie, on en croise toujours de ces compagnons d'infortune qui vous ont parfois rendu des petits services et pour lesquels on a un vague sentiment de solidarité... genre ancien combattant. J'en ai traîné pour ma part toute une tierce... on finit toujours par leur cracher quelques biffetons.

Celui-là il tombait mal, Gilles tentait de se rapprocher doucement de la tribune que déjà le regard d'Hortense se pose sur lui. Ça se bousculait dans sa tronche... comment aborder la fifille à sa maman, l'air de pas y toucher.

— Oublie-moi...

Ce qu'il balance à Loulou… Pleurnichard sézig, lui, il a perdu jusqu'à son dernier maravédis… il a même plus de quoi reprendre le train pour rentrer ce soir et, une fois à Paris, il lui faudra ensuite se dégager sur Lagny en Seine-et-Marne.

— Je suis tricard… Mais toi aussi t'es tricard

Qu'est-ce qu'il insinue ce con ? Pourquoi lui rappelle-t-il sa trique ?

La réaction vive de Gilles ! Pas besoin de visionner, je l'imagine ! Il l'argougne au colbac. Qu'est-ce que tu veux dire cloporte ? Il a pas de mal à dominer Loulou, c'est un petit gabarit aux épaules étroites. Il rengracie les grandes largeurs… il disait ça histoire de dire, pour le plaindre, que c'est une calamité cette interdiction de séjour !

Incident pratiquement clos mais autour on les a remarqués, ça a fait comme un remous et Hortense qui descendait des tribunes a vu… admiré si l'on peut dire son protégé en conversation avec un ami de l'espèce de ceux qu'elle va visiter à Fresnes ou à la Santé. Échange de regards… Gilles a lâché le col du minable et il est pris d'un sentiment de pitié… il se fouille, il extirpe de sa poche quelques billets qu'il froisse avant de les lui tendre.

— Tiens… va te faire voir ailleurs.

L'injonction, c'est presque une insulte, quelque chose qui peut se comparer à un conseil sodomisateur. N'empêche… le Loulou, il écrase, il empoche… il bafouille un vague merci et il va se perdre dans la foule.

Ce passé de taule, de chtourbe gluante lui colle au train à Gilles. Beau s'exiler en terre de richesse, de beau linge... au détour, il vous remonte des Loulou ou des Dudule pour vous rappeler que rien ne s'efface définitif.

La comtesse, qui n'en a pas perdu une, lui sourit. Elle lui a pardonné son incartade avec Françoise... mais déjà dans son esprit il en ébauche une autre, celle-là plus problématique. Il n'ose pas trop se diriger vers Geneviève, placée au deuxième rang des gradins, un peu à droite de sa maman.

Hallucinant, c'est exact la même gonzesse modèle vingt-cinq ans. Elle jauge enfin le voyou de maman... Jusque-là elle n'en avait qu'une idée assez négative avec les photos d'anthropométrie que les gazettes se faisaient une joie de publier dans une mise en page où Mme la comtesse de Wilfried apparaissait en médaillon. Les récits officiels, c'était que cette noble dame se donnait corps et âme à sa mission de visiter les prisons et de sauver les méchants de leur méchanceté. Son plus beau fleuron c'était Gilles Dastel, ennemi public numéro un, roi de l'évasion. On le présentait comme Dillinger. Et il était là Dillinger... il se rajustait la coiffure, la veste, il souriait et une demi-seconde son regard croisait celui de Geneviève pardessus l'épaule de la comtesse. C'était une chose vague... un frôlement de l'œil... fallait pas qu'il déconne encore. Il regrettait presque de s'être laissé aller avec la petite Françoise, ça avait foutu la barabille dans son idylle avec Hortense.

Vite il a bifurqué. Fallait qu'il aille à la voiture, à son poste de domestique. Il a tout de même lancé à sa patronne :

— Je viens de gagner cinquante mille francs.

Elle a fait bravo et il a remarqué que Geneviève aussi se tapait dans les pognes. Geste charmant... sourire synchrone.

On dit que c'est pas bien d'aller aux courses... que c'est, selon une tournure argotique, le tombeau des harengs... signifiant qu'ils vont perdre avec les chevaux tout ce que leurs pauv's louloutes ont eu tant de mal à gagner avec leurs fesses. Pour Gilles la journée était finalement aux plus belles couleurs... un sourire qui valait bien celui de cette conne de Joconde et puis cinquante mille francs, le premier pognon qu'il n'avait pas volé depuis oh !... il préférait ne pas y penser.

Un premier temps ça va jouer au chat et aux deux souris. Il lui faut ménager la mère... le meilleur moyen c'est encore de la consommer avec imagination, lui réserver de gaillardes surprises... lui démontrer son vif amour avec une ardeur redoublée. C'est encore heureusement à sa portée.

Le soir de cette mémorable journée des courses à Deauville, il croyait bien, notre Beau Gilles qu'il reverrait la belle Geneviève à la villa. Essayer de connaître un peu ses habitudes... points de chute... mijoter quelque chose, il ne savait quoi au juste, mais il faisait confiance à ce dieu malin qui lui avait inspiré ses plus belles évasions et aussi ses meilleures conquêtes féminines.

Fallait qu'il se démerde le Beau Gilles pour

rejoindre Hortense en son plumard. Comme ça, il lui a glissé : « Je viendrai cette nuit. » Elle a pas tiqué… ils étaient dans le jardin. Le ciel normand se payait une trêve de flotte avec un ciel tout étoilé… un temps divin, disait une cousine de Madame. Et dans tout ça, Geneviève avait disparu… elle était repartie… elle n'aimait pas rester chez sa mère. Ça valait mieux à tout prendre, il retrouverait la fille du roi à sa fenêtre ou dans son bain.

Il se sentait des ailes ce soir-là… si bien qu'il a été rejoindre la comtesse dans son plus pur style monte-en-l'air. Il grimpait les murs comme un chat… tout lui servait d'appui, la moindre pierre disjointe… la gouttière. Il pratiquait ça en acrobate depuis sa svelte jeunesse lorsqu'il allait voler dans les appartements… qu'il circulait sur les toits comme un somnambule… Où vas-tu Ursule ?… disait une chanson maintenant dans les profondeurs de l'oubli.

Elle se demandait, Hortense, cette naïve, comment il ferait pour pénétrer dans la maison. Il avait sa chambre avec les gens du service dans un petit bâtiment à part.

On se croirait dans Shakespeare, Roméo va rejoindre Juliette tandis que le rossignol chante le remake de la plus belle pièce d'amour pour l'éternité.

Hortense ne l'attend pas, elle dort… comme la fenêtre est entrouverte il entre comme il entrait naguère pour dérober les bijoux, fouiller avec précaution les tiroirs, en extirper le meilleur… parfois du pognon liquide et repartir comme il était venu. Opération pleine de danger où il déployait tout son art... on peut dire, n'est-ce pas... le premier voleur venu s'y casse les dents, renverse la table de nuit... le pot de chambre et s'enfuit poursuivi par les cris stridents de sa victime.

Zumba n'a pas aboyé, son flair ne le trompe pas... Il a reniflé l'odeur de Gilles avec délices. Il vient se frotter après ses jambes. Notre monte-en-l'air s'approche du lit... Le risque qu'il n'a pas mesuré... dans le sommeil Hortense retrouve son âge, elle est sans fard... sans aucun appas.... au repos des exercices de séduction. Peut-être ne va-t-elle pas apprécier cette intrusion dans ce qu'elle a de plus secret... cette sorte d'abandon. N'importe, vêtu léger il se désape en trois gestes et il se glisse... elle lui tourne le dos. À lui de jouer, de passer sa paluche où il faut... de frôler... de pianoter. Il réussit, elle s'éveille doucement... elle est dans un rêve ou quoi ? Le risque qu'elle sursaute, pousse un cri, ameute... Oh, mais elle a compris tout de suite. C'est lui. Elle se retourne, il l'embrasse, l'étreint... sans rien dire. Elle murmure :

— Mais tu es le diable en personne.

Ça lui sied comme rôle, le diable. Il est venu pour lui faire commettre le délicieux, l'insurpassable péché de la chair. La situation le fait goder à mort. Elle est là... elle oublie ses griefs, cette sale jalousie qui lui a empoisonné sa journée. Son beau voleur est là, il est venu lui prouver son audace, son ardeur. Qu'il ait eu cette idée de venir la retrouver comme ça, la remplit de bonheur. Tant qu'à s'offrir un amant malfrat autant le déguster dans son numéro de monte-en-l'air... C'est elle qui va y monter en l'air, il garde les friandises, la tarte aux poils pour plus tard... La meilleure chose à faire après avoir pénétré dans la chambre, c'est de pénétrer la belle elle-même. Il y va piano, il fait durer durer la joie... lui joue ça en slow, en tango... qu'elle se sente prise sans heurt... une montée vers la jouissance en direction assistée. Il retient son désir mors aux dents... numéro d'haute voltige. Cet homme va la rendre folle, la comtesse, il la possède comme une bête, il la malaxe, il la mord... Maintenant il s'amuse à se retirer, à la retourner, à la reprendre d'un coup brutal. Elle pleure, elle souffre, elle l'inonde. De temps en temps il a un petit rire tout à fait diabolique comme pour lui donner raison. Il triomphe. Il a d'autant plus d'ardeur, d'invention dans la lubricité qu'il sait qu'il a gagné... Et puis une idée au poivre le traverse, il se paye un risque... précisément tout en la besognant (quel terme !) il lui parle de sa petite bonne... il lui a fait la même chose... il décrit, ils sont dans la même posture.

— Salaud !

— T'aimes ça... hein ? Dis-le que t'aimes ça ?

Elle dit non de la tête... elle résiste à cette idée. Là, il s'agit pas qu'il déconne, se relâche... il se décuple le coup de rein. Il faut qu'elle éclate, que la jalousie lui arrache les tripes de la volupté. Et plus elle monte plus il se marre... Elle ne peut que murmurer « Salaud ! Salaud ! T'es une ordure, Gilles ! »

Pour revenir après une explosion pareille... ce feu d'artifesse (excusez cette petite plaisanterie qui échappe à ma pointe feutre), ça demande une étape de décompression comme dans les remontées sous-marines.

— Tu regrettes pas le voyage ?...

Il lui demande... il cherche le commutateur pour donner un peu de lumière... se chercher une cigarette. Il ne fume pas beaucoup à cause de ses éponges bouffées aux mites, mais après l'amour il peut se permettre une Lucky... Pour toute réponse, elle se blottit sur son torse... elle voudrait s'enfouir sous son aile. Elle ne regrette jamais les choses de l'amour... elle a peut-être offensé Dieu, mais après tout, celui-là, il a les moyens de se venger, et il se venge, la vache ! Il vous flétrit la gueule, il vous boursoufle les miches, vous déglingue les tétons.

À ce moment, certes, elle n'a pas l'esprit à s'anticiper viocarde... Gilles vient de lui donner un coup de jouvence. Oui, elle est encore désirable, baisable, défonçable et ça c'est son miel de bonheur.

— Je vais repartir, dit Gilles. Si je reste quand il fera jour, je pourrai plus descendre par la fenêtre.

— Je t'adore mon grand voleur.

Il se redresse. Il se resape rapidos... ça lui donne une idée. Sur la table de nuit il aperçoit un bracelet rutilant... une pièce de grand prix.

— Bien sûr que je suis voleur.

Il a pris le bracelet. Elle a un petit mouvement de propriétaire... l'esquisse d'un geste. Gilles lui tape sur le dessus de la menotte.

— Tu diras à ton mari que tu l'as perdu…
— Je dirai la vérité… qu'on me l'a volé.
Elle rit. Son beau voleur va vers la fenêtre et disparaît.

## HORTENSE A DIT
## JE M'EN FOUS !

Résumons-nous... si je poursuis mes gammes dans les parties de jambes en l'air, ça pourrait faire des volumes... tourner marquis de Sade... finalement ça rentre, ça lime, ça sort et ça rerentre et ça relime... ça sue, ça suce, ça rue dans les brancards. Toutes les variations sur le thème ont été faites depuis belles burnes... celles de Loth avec ses propres filles à même l'Ancien Testament.

Gilles dans les mois qui suivent s'est tenu à son rôle de chauffeur de jour... coïteur de nuit. Maintenant Hortense avait la bougeotte, elle se découvrait des activités un peu partout... voir des amies, des parents... assister à des raouts, fiançailles dans le Nord... mariages dans le Sud. On imagine pas ces nobles... tous leurs réseaux, leurs parents...

Raymond s'offrait une année sabbatique, il restait au Haut-Lucé à bricoler dans le garage. Dans cette affaire, il se sentait un peu cocu... cocu du capot, du volant.

— Il me faisait caguer celui-là. N'oublie pas que c'était un ancien flic.

L'argument de Gilles pour me convaincre. Un homme qui a été un serviteur de la Grande Maison même en Suisse, ne sera jamais tout à fait un homme.

— Alors tu t'es payé des beaux voyages.

Il évoque… une aimable période. Souvent le but du déplacement n'était qu'un prétexte. Comme la comtesse était toujours visiteuse de prison, elle s'était fait confier des missions à Lille, Bordeaux, Nice, Lyon… à Marseille, aux Baumettes, consoler un assassin passionnel qui n'arrêtait plus de regretter son geste maladroit… un coup de marteau sur la tête de sa femme. Étendue raide, après ça, elle fut forcée de rester fidèle…

Dans toutes ces taules de l'Hexagone, Gilles, il avait des petits camarades. À la lourde il était systématique écarté. Le paradoxe… lorsqu'il était dedans on faisait tout pour le garder et à présent qu'il était dehors, la consigne était qu'il ne traîne pas dans les parages. Sans doute l'Administration pénitentiaire avait peur qu'il aille contaminer ses pensionnaires, leur filer son virus de l'évasion.

Grâce à Hortense, il arrivait à passer quelques messages… la mettre en condition pour adoucir le sort de quelques potes abandonnés… en faire sortir de temps en temps un du mitard.

En dehors de ses missions charitables, il reste du loisir à la comtesse pour faire découvrir les beautés de la France à son brigand bien-aimé.

Sur la Côte d'Azur ils se sont offert des dînettes d'amoureux en plein mois de janvier au Cap-Ferrat, à Menton… plein air… soleil radieux… le fin du fin des riches se payer le beau temps lorsque les autres sont aux frimas à se geler les testicules.

Lorsqu'ils croisaient des gens qui connaissaient la comtesse, celle-ci leur présentait Gilles sans rougir autrement que de plaisir.

— Monsieur Gilles Dastel…

Un trait de son caractère que de se foutre du qu'en-dira-t-on. Désinvolte elle virevolte… ce mec lui a rendu un peu de jeunesse, le bien le plus précieux qu'on dilapide souvent en des activités stériles, elle n'a pas honte de lui. Elle arrive n'importe où, elle met escarpin à terre et tout est dit, tout est fait. Elle est reçue faut dire partout… on a toujours murmuré de ses frasques, mais là Madame et son gangster, elle pousse le bouchon un peu loin. Un peu partout ça blablate derrière son ombrelle… Mme la comtesse ceci !… Mme la comtesse patata !… Et le baron de Brisay… Edmonde de Catty-Brécourt… Boniface de Susbielle… bien obligés de recevoir le gangster… faut reconnaître qu'il est poli, propre de sa personne. Il n'arbore jamais des signes de richesse tapageurs… Gourmettes, bagouses… des cravates bariolées et pompes bicolores. Il a pigé qu'il valait mieux qu'il reste un peu en retrait… prince qu'on sort. Il s'intéresse en lousdoc aux jolis objets de collection… aux babioles dont il se serait fait naguère un plaisir de la paluche preste pour les sortir de leur contexte.. Et aussi lorsqu'elles en valent la rêverie, il borgnote les dames, les demoiselles… tout ce beau linge en chanfrein. Gracieux, courtois juste ce qu'il faut, il sait qu'Hortense enregistre tout, le moindre battement de cils, que l'air de rien elle est toujours en quart. Depuis l'incartade avec la soubrette, elle a fait semblant mais elle n'a rien oublié… Elle s'était toujours jusque-là préservée de la jalousie comme de la peste des sentiments… et voilà, elle finit par se glisser dans les interstices de l'existence, la jalmincerie. C'est un poison dont on ne peut user qu'à très faible dose.

Vous pouvez tout contrôler, tout voir… vous n'empêchez pas l'âme de vagabonder. Depuis que Gilles avait croisé Geneviève, il y pensait plus souvent qu'il aurait dû.

— Quand je tringlais la mère, je pensais à la fille… Ça me revigorait le gourdin.

Comme ces choses-là sont bien dites. Il m'avoue plus tard devant une entrecôte à l'échalote… qu'il attendait l'occase propice pour concrétiser les choses. Il était certain qu'elle allait se retrouver un moment ou l'autre sur sa trajectoire.

Une situation, avouez, assez exceptionnelle. Imaginons un peu qu'avec le progrès de la science, lorsqu'on commence à perdre ses légumes dans les eaux de la soixantaine, on puisse se refaire faire son clone à vingt, vingt-cinq ans. Serait-ce une consolation… Savoir ? Depuis qu'Adam et Ève ont appris qu'il ne fallait pas toucher à l'arbre de la science, on y a touché… on lui tripote les branches et ça va bien finir par nous péter dans la gueule.

Voilà, Geneviève c'était à peu près le clone jeune d'Hortense. Avec une pareille rivale, elle ne pouvait plus lutter… la seule solution c'était l'éloignement.

— Nous devrions tout quitter Gilles. Partir dans le Pacifique... s'installer dans une île.

Ce qu'elle lui a proposé un matin. Projet aguichant... celui que caressent tous les malfrats après s'être fait le coffre d'une belle banque... le casse d'une échoppe de la place Vendôme... S'enfuir ensuite à la rame avec le beau paquet de talbins vers les îles Marquises... Tahiti... Wallis-et-Futuna... se faire une existence paradisiaque sous les cocotiers. Piège utopique ! Ceux qui s'y sont essayés sont repartis aussi rapidos qu'ils y étaient venus. L'ennui qui vous gagne à l'ombre des arbres tropicaux ! Même les Tahitiennes, on se lasse de leurs danses... leurs petites manières... leurs culs à pagne. On s'aperçoit vite qu'elles sont aussi cupides, vipérines, jalminces et caqueteuses que les filles de Romorantin... les Maubeugeoises ou les natives du Ranelagh... À Paris, on change de quartier... on quitte Montparnasse pour Barbès... on passe à la Bastille... on se glisse... on se perd dans la masse... Dans le Pacifique, pour fuir un endroit devenu malsain, il vous faut ramer en pirogue des jours et des nuits avant d'atteindre une île où peut-être les gendarmes vous réceptionnent.

Tout ça il en était conscient mon pote. Il se voyait pas embarqué dans une pareille aventure... déjà il se lassait de cette vie, bien sûr de haut standing, tous ses moindres désirs sitôt exprimés déjà satisfaits. Il comprenait de plus en plus qu'il avait gagné une espèce de liberté dorée qu'il lui fallait payer comptant. Derrière son dos, dans tout ce joli grand monde qu'il abordait, on le surnommait l'étalon.

De se gausser… de se raconter de soi-disant petits secrets. La comtesse, ses moindres gestes et déplacements étaient épiés, enregistrés par les on-dit… toujours y avait quelqu'un, quelqu'une pour informer… confier et, par là même, déformer, amplifier… caricaturer. Ainsi des êtres et des choses… puissants ou misérables ça se mord la queue.

Combien de temps ça a duré cette existence… ce duo d'amour ? Gilles il a pas tenu un calendrier… maintenant, lorsqu'il me parle, il sait plus au juste… plus d'un an. Hortense elle avait beau se mettre dans ses plus beaux atours… se pommader la façade… se parfumer les orifices, il était arrivé à satiété… Sa vaillante biroute commençait à renâcler devant la boîte à ouvrage. Ils avaient usé, abusé de toutes les situations érotiques possibles. Rien que pour voir, s'amuser un peu, il l'emmenait dans les endroits les plus inattendus, les plus insolites pour lui filer, comme il me disait, sa ration… Elle raffolait de ses trouvailles… se faire prendre dans le risque d'être surpris pendant l'action. Ça les a conduits dans les rues sombres, les portes cochères… sur les bords de la Seine sous l'arche d'un pont… En bagnole certes… et jusque dans les chiottes des restaurants…

On aurait dit qu'Hortense sentait que ça n'allait pas durer, le temps jouait contre elle… Gilles restait avec un fil à la patte, en définitive, parce qu'il ne pouvait pas faire autrement. Elle était, vis-à-vis des autorités judiciaires, son employeur... s'il la quittait, il ne plaquait pas seulement une maîtresse mais une patronne, il se mettait en rupture de liberté conditionnelle... les flics et autres pandores avaient sa photo dans leurs tiroirs, ils se seraient fait une joie d'aller l'argougner pour qu'il retourne où ils pensaient tous qu'il devrait être... en train de rempailler des chaises à Fontevrault.

La menace valait son pesant de fidélité. Beaucoup d'hommes un jour s'attellent à un turbin comme pis-aller... ils attendent une bonne opportunité de l'avenir et puis elle s'éloigne la bonne opportunité... elle vogue sur les flots bleus et l'homme reste à sa tâche... il se résigne, il broute, il se plie, il se met à l'engrais... la vie est dite.

Pour Gilles y avait une date. Ça commençait les grincements dans cette liaison hors normes... Il conservait le mieux possible son pouvoir phallocratique, il se cramponnait le slip lorsque passaient d'aimables occases où il aurait pu aller s'égarer les parties nobles. C'était d'autant plus tentant que parmi les relations et amies d'Hortense, y avait d'assez jolies pouliches qui lui coulaient des regards prometteurs. La rumeur à son sujet, d'étalon d'élite, ne pouvait que renforcer son potentiel de séduction.

Un soir qu'il avait accompagné Hortense dans une exposition de peinture rue du Faubourg-Saint-Honoré, il est tombé sur une connaissance de l'époque où avec Mario le Niçois et un certain Lucien le Flambeur, deux arcandiers de confiance, ils pratiquaient les attaques de bonnes soirées. Je vous passe les détails… comment ils se rencardaient pour repérer l'occase adéquate. Toujours est-il qu'ils surgissaient au milieu d'un raout ou d'un dîner, flingue en pogne et le visage masqué. « Haut les mains ! » En deux coups les gros, tandis que Lucien regroupait tout le beau monde dans un coin du salon, avec Mario ils délestaient dames et messieurs de leurs bijoux, montres, portefeuilles… « Par ici la monnaie !… » Ils opéraient vite… sans trop brusquer les choses. Laissez-vous plumer volaille, on ne vous coupera pas la gorge.

Et à propos de gorge, il arriva qu'une assez jolie personne blonde arborait sur un décolleté admirable une non moins admirable parure en or ornée de pierreries très probablement précieuses. Gilles tout de même dans ses opérations, il restait comme ça un peu galant… gentleman. Il a fait à la mignonne un petit geste impératif « S'il vous plaît ! »… qu'elle décroche elle-même le collier et le lui donne.

— C'est un souvenir de ma mère… soyez gentil, laissez-le-moi.

Voix suppliante… un regard éperdu. Dans le travail il se laissait jamais attendrir.

— Dans ce cas !

Et il a pris soin de décrocher lui-même le joyau. À la guerre comme à la guerre… De grosses larmes coulaient sur les joues de la belle. Dieu qu'elle était belle et le lendemain dans la presse il apprit son nom, Martine de Messiliac… une baronne avec sa photo en première page de *France-Soir*.

Ça lui a donné une idée.

— J'avais son adresse, je me suis mis en planque pour l'observer. Elle habitait à Passy.

On se doute... ç'aurait pu être Auteuil, mais n'importe... je vous fais une ellipse... La suite ça pourrait vous faire une séquence de cinoche déjà toute filmée. Ça se passe le soir. Nuit américaine .. la belle baronne elle possède une bagnole de pointe, une Lancia... pour vous dire que le vol de son pendentif ça l'avait pas envoyée becter à l'Armée du Salut. Elle est seule... elle a un mari, mais il est ailleurs ce jour-là. Gilles est au courant. Alors voilà, elle monte dans sa tire, elle s'installe, elle va mettre le contact et elle retient un cri... quelqu'un derrière elle lui passe la main autour du cou. Déjà l'agression de la semaine précédente l'avait, on se doute, quelque peu traumatisée. Elle a pas le temps de crier, une voix lui murmure un « chut ! » plutôt rassurant, elle ne saurait dire pourquoi. Tout se déroule alors rapidos... la main tient son collier... son précieux pendentif, le lui passe autour du cou et le lui accroche. Elle cherche à comprendre. Elle tourne la tête... son agresseur est là dans l'ombre.

— Je vais pas te dire qu'elle m'a reconnu... puisque pendant le braquage j'avais un loup sur la tronche.

Il biche à me raconter l'anecdote... Quel culot ! Il s'est mis à rire. Elle était à la fois apeurée et charmée. Difficile de vous dire ce qu'elle ressentait, mais elle a fini par dire, un peu bêtement... « Ah, c'est vous ! » Que voulez-vous qu'il répondît… « Oui, c'est moi… » Un dialogue bizarre… la môme touchait son pendentif… ça lui paraissait une espèce de rêve qu'elle vivait.

— Je lui ai dit : « N'ayez pas peur… vous voyez bien que je vous veux pas de mal. »

Elle ne savait plus quoi dire, elle cherchait ses mots…

— Mais… pourquoi ?

Et là, tac ! il y va direct.

— Parce que vous êtes belle !

Vous balancez ça à une gonzesse, même dans une situation aussi ambiguë que celle-là, elle passe de la crainte au sourire. Déjà elle avait remarqué l'autre soir que son bandit était plutôt bien fait de sa personne… athlétique… les gestes rapides, élégants… une voix pas trop poissarde. Elle est tout de même dépassée par cette étrange déclaration. Il ouvre la portière et vient s'asseoir près d'elle sans qu'elle esquisse le moindre geste de frayeur. Une fois assis, elle peut enfin le dévisager. Je vais pas encore vous le décrire avec sa chevelure ondulée, sa belle gueule de mec à la redresse. Il perd pas de temps, il la prend par l'épaule et il l'attire. Voilà. Patin-couffin. Avouez que la scène est peu banale. Elle se laisse rouler une galoche d'enfer la baronnette… De sa main droite, il palpe… Du ferme… une paire de roberts au mieux de leur jeunesse. Il y va… il pousse l'investigation… « Non ! Je vous en prie… » mais elle fait rien pour se dégager. Ça le reprend son mauvais genre de langage, il lui susurre : « T'es tout de même une belle salope ! »

— Je me la suis farcie… dans sa tire… C'était pas très pratique mais elle m'a aidé…

Qu'il aille pas s'abîmer son bel instrument d'amour.

— Je l'ai déchiquetée… je veux dire son slip… son corsage… Je t'assure que c'était un coup phénoménal. Elle a pris son fade comme une dingue.

À se demander s'il en rajoute pas le Gilles… mais pourquoi inventerait-il une histoire pareille ?…

— Et après ?

— Après rien…

— Tu l'as pas revue ?

— Si… à ce vernissage rue du Faubourg-Saint-Honoré… six ans plus tard. C'est elle qui m'a reconnu la première. Voilà, elle est venue vers moi, son verre de scotch à la main. « Comment allez-vous, cher monsieur ? » Elle m'a demandé quelque chose comme ça, en souriant et en choquant son verre contre le mien. Là, seulement, je l'ai retapissée… les gonzesses avec la mode, elles changent de gueule. Elle était coiffée plus stricte, tu vois… les quelques années qu'elle avait pris ça l'avait laissée toujours aussi belle, aussi bandante. Elle se marrait de mon embarras. Elle m'a glissé : « Vous avez fait du chemin cher voleur. »

Ce que je me demande, je vous coupe la scène, le pourquoi après cette brûlante rencontre dans la Lancia, il s'était pas arrangé pour la revoir… se payer encore comme il disait une petite part de paradis. J'oublie simplement et il me le fera remarquer, qu'à l'époque il était sur les charbons ardents du truandage... les flics au train... son portrait anthropométrique dans tous les commissariats.

— J'aurais pris le risque qu'elle me balance.

Mieux valait tard que jamais, le vernissage lui a permis de poursuivre six piges plus tard ce qui s'était si bien amorcé dans la Lancia.

L'aubaine que sur ces entrefaites Hortense a été obligée de descendre toute seule sur la Côte... Le comte avait eu une attaque... une crise cardiaque. Transporté d'urgence à l'hosto à Nice. Décemment il ne pouvait pas l'accompagner. Pour la circonstance, Raymond a repris du service.

Sitôt la comtesse envolée, avant de repartir pour le château du Haut-Lucé, Gilles s'est empressé de bigophoner à la baronne Martine. Ils se sont retrouvés l'après-midi même dans un hôtel de rendez-vous galants vers la porte Dauphine... un de ces petits relais d'adultères de luxe.

La môme est arrivée quasiment à poil sous un manteau de renard argenté... enfin en guêpière et porte-jarretelles... bas noirs et talons aiguilles.

— J'ai pas mis de bijoux, a-t-elle dit... On ne sait jamais... la tentation !

Gilles s'est encore mis à me décrire... cette pouliche superbe, il se la dévorait encore trente ans plus tard. De leur unique rapport dans la bagnole, elle en avait gardé un souvenir extraordinaire. Et par la suite elle l'avait vu surgir dans les faits divers et presque dans les rubriques mondaines par le truchement de Mme de Wilfried.

Il lui a pas laissé le temps de raconter sa vie, fallait avant tout qu'il se la régale sous toutes les faces… Elle lui redonnait toute sa vigueur d'adolescent.

En bout de course, si l'on peut dire, elle lui a balancé le compliment des compliments.

— Vous êtes au-delà, cher ami, de ce que j'espérais.

Ce qui s'était passé six ans auparavant l'avait laissée sur sa soif… surtout depuis que les rumeurs les plus élogieuses circulaient sur le gangster de Mme de Wilfried. Elle n'avait pas eu le temps de se rendre compte.

— Ça s'était passé si vite.

En amour vaut mieux que ça se renouvelle… s'enchaîne. Ce qui fut dans la jolie chambre des rendez-vous de la cuisse folle.

Encore une fois il s'est dépassé… et pendant qu'il s'esjouissait comme ça les parties génitales, le comte de Wilfried rendait son âme à Dieu. Les médicastres niçois malgré tout leur savoir-faire, leurs appareils, leurs masques à oxygène, ils n'ont pas pu le maintenir en vie jusqu'à l'arrivée d'Hortense.

Sur tout ça, je n'ai rien à vous décrire, détailler… Gilles s'en foutait éperdu du comte. Il se demandait juste si ça n'allait pas avoir des répercussions sur sa situasse de libéré conditionnel.

Mais je vous emmêle, emberlificote… Gilles il a appris le décès du comte que le lendemain en regagnant son pavillon du Haut-Lucé. Par la suite la jolie baronne Martine de Messiliac, il a eu encore quelques occases de se l'offrir, toujours un peu entre deux voyages… des cinq à sept… son mari ne lui laissait pas trop la bride sur les miches, il devait se méfier… et Gilles de son côté ne voulait pas se retrouver dans une situation délicate avec la veuve du comte de Wilfried.

Bien bel de se faire avec la baronnette d'agréables diversions, mais le danger… que dans ce petit monde des gens du monde, ça finirait par transpirer jusque dans les salons ce parfum de stupre… et alors une belle âme se ferait un devoir de rencarder Hortense.

Après les obsèques, elle était revenue au château. Le chagrin ne lui avait pas tiré les traits du visage. Elle arborait un deuil discret. Sapée de noir mais dans les coupes Dior… Gilles l'a reçue comme il fallait… les parties de jambes en l'air avec Martine ne l'avaient pas trop ramolli. La comtesse était maintenant à la tête des affaires de son défunt mari. Ça allait la conduire plus souvent qu'elle ne l'aurait souhaité à Paris, au siège de la banque. Inutile d'entrer dans les détails. Elle avait des hommes à sa botte depuis longtemps. Fallait surtout qu'elle tienne à distance sa fillette qui commençait à s'intéresser sérieux à sa situation financière. Elle avait renoncé à divorcer… Curieusement elle allait suivre l'exemple de sa mère. Que Fabrice pédale à son aise, elle menait déjà une vie sentimentale très libre… dissolue, pourrait-on dire. Ce comportement était venu aux oreilles de Gilles par les larbins… des bavardages, des allusions. Il spéculait qu'il finirait bien par la rencontrer dans une situation favorable à son dessein de la sabrer.

Ça participait chez lui d'une sorte d'obsession. Il en convenait et, rétrospectif, il en avait presque la nostalgie.

La vérité derrière tout cela, elle a été exprimée par Balzac dans *Le Code des gens honnêtes*... à savoir que tous les voleurs, les truands, les inadaptés sociaux, le sont surtout parce qu'ils ont une sexualité dévorante impérative... une telle exigence qu'ils s'écartent des besognes auxquelles ils devraient s'adonner pour subsister et qu'ils vont au plus pressé pour le fric... le vol de nuit ou de jour... armés ou non.

C'était le cas de Gilles, ses avocats avaient pu invoquer à son sujet les circonstances atténuantes habituelles... enfance difficile... ballottée... les problèmes avec ses parents. Ça n'explique pas tout puisque beaucoup ayant vécu les mêmes expériences ne bifurquaient pas dans la délinquance.

Avant tout Gilles était préoccupé de son avenir. Une fois sa période de conditionnelle achevée, il se voyait pas rester à perpète chauffeur de Madame. Elle le comprenait si bien qu'elle s'est ouverte de projets qu'elle gambergeait pour lui... qu'elle pouvait l'aider à tenir un commerce lorsque son temps de conditionnelle serait achevé. Une librairie ou une boutique d'antiquités. Antiquités ! ça a fait tilt dans sa tête... il a entrevu tout de suite les à-côtés de ce genre de commerce. Naguère il avait connu des équipes de malfrats qui faisaient dans les objets d'art... Y avait de quoi se redresser pas mal de monnaie en faisant un peu le fourgue. Merde ! il n'en sortait pas, il était marqué. Libraire, il aurait moins de possibilités de dévier mais il se voyait pas bien au milieu des œuvres de Gide, de Proust, de Jean-Paul Sartre. Sous l'influence d'Hortense il avait progressé dans la littérature, mais il était encore loin de se passionner pour la correspondance de Paul Claudel.

La comtesse pouvait lui offrir un pas-de-porte… quelque chose de sérieux dans un beau quartier. Seulement il commençait à se projeter hors du cercle d'Hortense lorsqu'il en aurait fini avec la Justice. Leur grand amour n'était plus qu'une façade… Douloureuse situasse. Hortense y croyait toujours, elle, en tout cas s'efforçait d'y croire… si Gilles l'abandonnait c'en était fini de sa vie de femme. Il ne lui resterait plus ensuite que les consolations chrétiennes… elle se les maintenait au chaud, si l'on peut dire, puisqu'elle continuait tout de même à visiter les prisons et à prier le dimanche à la messe. Quelquefois même à communier lorsqu'elle avait eu le courage d'aller se confesser à l'abbé Bouillon…

# LES VISITES SONT TERMINÉES

L'automne dans les Alpes mancelles c'est la belle saison… tout est mordoré… un brun délicat… le temps des châtaignes. Cette année-là, il y eut un bel été de la Saint-Martin. Gilles s'était mis à l'équitation… quelques leçons au manège du parc et déjà il se tenait en selle comme s'il avait appris dans sa jeunesse. Il n'avait pas adopté la tenue adéquate des beaux cavaliers qui évoquaient pour lui je ne sais quoi de snob, de morgue vis-à-vis des serfs dont il faisait tout de même partie. Enfantillages disait Hortense. Tout de même ces galopades en forêt, au lieu d'être au trou, il ne pouvait que s'en réjouir. Souvent la comtesse l'accompagnait dans ses randonnées. Elle, c'était une cavalière éprouvée. Dans sa jeunesse elle avait participé à des concours hippiques et remporté quelques coupes. Pendant la guerre, les Allemands qui avaient réquisitionné la moitié du château venaient l'admirer sur sa monture. Quelques officiers dont la famille était liée avant-guerre avec les Wilfried tournaient autour d'elle… avec le cheval prétexte. Mais d'une certaine façon, Hortense était patriote, elle s'efforçait de rester juste dans les bonnes règles de la politesse. Du mérite. Certains fritz qui paradaient à cheval... lui tapaient dans l'œil. Elle fut prête à succomber notamment avec un séduisant capitaine... von Hoberlecht... un Prussien titré qui la poursuivait dans les halliers... s'efforçait de multiplier les occases de rencontres qu'il estimait discrètes. Seulement Hortense savait que les arbres ont des yeux et des oreilles. Un faux pas et, là, elle déshonorait son blason... ça serait parvenu jusqu'au comte qui supportait allegretto ses frasques et ses caprices de cœur, mais qui ne lui aurait pas pardonné la soufflure teutonne. Les autorités nazies ignoraient, ou voulaient ignorer, ses arrière-grands-parents juifs, mais lui savait s'en souvenir. Dès 1941, il apportait un soutien efficace sous forme financière aux réseaux gaullistes de résistance.

Hortense durant les années noires se consolait des malheurs de la France avec un chanteur d'opéra puis, le ténor ayant fui aux États-Unis, avec un étudiant en droit. Déjà l'âge faisait sentir ses premières attaques sournoises qui la portaient vers la jeunesse. Sébastien était fougueux, mais il n'était que fougueux... il allait finir dans la peau d'un juge et on se doute que c'est pas dans la magistrature qu'on recrute les amants d'élite.

Elle en avait la preuve par l'absurde avec Gilles, gibier précisément de toutes sortes de magistrats et qui leur damait le pion dans l'art du déduit.

Voilà. Il galope sur Félicia, une superbe

jument… c'est un matin… le soleil commence à percer les dentelles de la forêt. Un rien il s'y croirait… taïaut !… duc de Fresnes… marquis de Clairvaux… Ah ! si ses potes le voyaient… Jo le Sétois… Mario le Niçois… Lulu du Point du Jour… ça leur en boucherait une surface de retapisser Gilles sur un gail comme un hobereau. Il se paye le luxe de s'essayer au saut d'obstacles… hop ! il éperonne sa jument pour passer un petit cours d'eau qui le sépare d'un champ. Il a présumé de ses talents, ça fait trop peu de temps qu'il monte… il se passe quoi ?… il ne peut pas bien analyser, mais il est désarçonné… balancé et se paye un joli gadin dans la flotte. Il réagit vite, c'est pas le mec à se noyer dans un verre d'eau de rivière. Il s'extirpe de là.. un peu boueux, crotteux de vase. La salope de jument a continué sa cavalcade puis elle a fini par s'arrêter… elle s'est mise à brouter l'herbe d'un champ à quelques centaines de mètres. Il se sent piteux, il faut qu'il se démerde de la rattraper, se remettre en selle et regagner les écuries sans trop se faire remarquer. Il se sent l'épaule endolorie.

— Et là, c'est gagné, mon pote…

Il se marre en se remémorant la scène. Un hasard, une circonstance de romancier en mal de copie. Il a fait vingt mètres pénibles… floc ! floc ! Il groume et voilà que derrière lui il entend un galop… un cheval qui, lui, passe l'obstacle de la rivière sans difficultés. Au premier coup d'œil il a eu l'impression que c'était la comtesse… elle ralentit sa monture, elle se retourne et elle éclate d'un rire qui va lui perforer l'orgueil. C'est la comtesse rajeunie de vingt-cinq ans. Exactement comme dans un conte de fées… une apparition. Il espérait depuis des mois se retrouver un jour devant Geneviève… ça lui courait, je vous ai dit dans la cafetière. Il s'en rechargeait les accus lorsqu'il se sentait moins vaillant avec la dabuche.

— Là, cher monsieur, vous avez raté votre évasion.

Elle vient vers lui… dieu ce qu'elle est belle en cavalière avec sa bombe, une vareuse qui laisse tout de même deviner ses formes. Preste, elle descend de cheval… la grâce… pour une fois il ne trouve pas la réplique qui le sortirait un peu du ridicule. Il lui faut sourire… rire de sa mésaventure. Il bafouille qu'il n'est pas encore suffisamment habitué au sport équestre. C'est elle qui réplique.

— Ça, ça s'apprend pas en prison.

La vanne, elle jouit, la salope, de la situasse… l'amant de maman, le célèbre gangster tout trempé, enduit de vase jusqu'aux genoux. Comme il n'est tombé que du cheval et non de la dernière pluie, il se demande pourquoi elle a surgi derrière lui… comment savait-elle qu'il était en train de galoper dans la forêt ? Elle tient son bourrin par la bride… tout lui est facile, elle s'approche, lui tend la main. Il bafouille quelque chose comme enchanté… ravi… mots de politesse qui ne lui sont pas familiers malgré la fréquentation d'Hortense qui s'efforce de l'éduquer depuis qu'elle l'a sorti de son pensionnat derrière les hauts murs.

— Ma mère est à Paris…

Il fait oui de la tête… elle est partie ce matin avec

Raymond. Probable qu'elle ne savait pas que sa fillette allait se pointer... elle ne lui aurait pas laissé quartier libre.

— Quelle idée de sauter une rivière quand on sait à peine monter.

Il convient, il s'atténue le grotesque de son incident de parcours en répondant qu'en effet il y avait très peu de temps qu'il montait à cheval.

— Ma mère ne vous laisse pas encore sortir seul ?

Elle éclate d'ironie... enfin une ironie tout à fait gentille. Savoir ce qu'elle a derrière le chignon cette belle garce ? Il est sûr qu'elle a provoqué la rencontre... elle tâte le terrain, elle est excitée par la situasse. Et lui donc, il se remet peu à peu de sa déconfiture. Il est mal tombé sur le côté droit, il a l'épaule douloureuse. Elle s'en rend compte, lui demande s'il ne s'est pas fait mal quelque part.

— Rien... je suis tombé sur l'épaule... mais je pense que ce n'est rien...

Elle y met la main... tout à fait secourable... tout bien tout honneur... enfin c'est ce qu'on pense dans les prémices. Il réprime une petite grimace de douleur.

— J'espère qu'il n'y a rien de cassé. On va voir si vous pouvez vous remettre en selle.

Sans en dire davantage, elle remet pied à l'étrier et elle se dirige au petit trot vers Félicia qui n'a pas profité de l'incident pour prendre trop le large. Geneviève s'approche... il l'entend qui lui parle... qui lui saisit les brides et la ramène vers Gilles.

— Si monsieur veut se donner la peine !

Toujours dans les tonalités persifleuses. Oh, ça lui va bien… Il est subjugué… tout à fait sous le charme. Elle sait tout ça et ça se lit dans le bleu intense de ses yeux.

Il fait un effort pour se remonter en selle… l'étrier… il a très mal à l'épaule, il se l'est peut-être luxée, fêlé l'omoplate… quelle déveine. Tout de même il force… il a l'habitude des coups durs. En sautant du mur de ronde à Fresnes, il s'était fait une entorse… ça ne l'avait pas empêché de courir en traînant la patte sur ce qui s'appelle le sentier des Hautes-Folies pour atteindre une bagnole qui l'attendait avec un complice au volant.

— Ça va ?

— Je vous remercie…

— Attendez un peu. On va aller jusqu'au pavillon et je vais vous soigner.

Casanova de barrière, que demander de plus devant une telle proposition ?… le hic ! c'est que ça le tenaille dans son épaule, qu'il a du mal à diriger la jument d'une seule main. Inutile de tenter encore un saut d'obstacle. Il vont regagner le château en passant sur un petit pont près du village. Étonnant qu'un serf en vadrouille ne les aperçoive pas. En campagne ou dans les bois on passe moins inaperçu que dans une grande ville. De loin l'observateur croquant il peut prendre Geneviève pour Hortense. Elles ont la même façon de se tenir à cheval… la même silhouette. Grâce à des efforts sans relâche, des prouesses de volonté, la daronne est restée presque aussi svelte que sa fille. Mais de près, n'est-ce pas, il peut comparer.

Gilles, il maîtrise la douleur de son omoplate… cette môme le fascine. Ils trottent côte à côte sans rien dire. De temps en temps il avance légèrement pour mieux la regarder.

— Je savais pas ce que tout ça pouvait devenir. D'habitude j'attaque d'autor avec les gonzesses, mais là, ça peut te paraître idiot, j'étais comme intimidé… comme un gosse.

Difficile de reconstituer de pareilles circonstances… une pareille rencontre… comme s'il était en compagnie d'Hortense vingt ou presque trente piges plus tôt. Parfois les filles ne ressemblent pas trop à leur maman, ça facilite les entreprises de séducteurs habiles. C'est une autre femme, on oublie la vioque… mais avec une ressemblance aussi saisissante, il était dans une situation tout à fait extraordinaire.

Ils arrivent à son pavillon… son domicile somme toute somptueux depuis des mois. Geneviève l'aide à descendre de cheval. Elle pénètre avec lui dans le petit salon du rez-de-chaussée. Eût-il rêvé mieux ? Certes, mais en d'autres circonstances… et puis il imaginait pas se rencontrer en tête à tête avec la fille d'Hortense dans son propre domaine.

— Voyons voir ça…

Elle a pris les choses en main. Elle a quelques notions de secourisme qu'elle a apprises dans sa prime jeunesse chez les girl-scouts en Angleterre.

Torse nu… il ne peut pas lui cacher un tatouage « Pas vu pas pris » inscrit sur sa poitrine à la place du cœur. Elle ne semble pas y prêter attention…

non, elle s'occupe de son épaule... elle tâte, elle appuie... il grimace.

— Je ne pense pas qu'il y ait une fracture. Juste un peu l'épaule démise. Ne bougez plus.

Elle a la pogne ferme, il n'a pas le loisir d'admirer ses doigts manucurés. Elle le manipule... ça craque, il a l'impression que tout se déglingue... elle lui tire un peu le bras. Il ressent une vive douleur suivie presque aussitôt par une espèce de soulagement. Elle le regarde bien droit dans les yeux.

— Ça va ?...

Oui, mieux... il remue son bras. Tout a l'air en place.

— Vous êtes rebouteuse ?...

Il lui demande bêtement.

— Entre autres... Je pourrais aussi vous apprendre l'équitation... j'ai remporté déjà quelques trophées.

Oh ! là là... ce sourire ! Cette aisance... gestes... propos... C'est une injustice flagrante qu'il y ait comme ça des nanas qui ont tout... la beauté... la grâce... une voix harmonieuse et avec des géniteurs qui lui donnent un titre et du pognon. Elle paraît heureuse de dominer ainsi le valet de cœur de maman. Elle est debout, elle inspecte la pièce.

— Pas mal votre cellule.

— J'ai connu pire...

Il a repris un peu sur lui. Elle a avisé le petit meuble qui sert de bar. Sans le consulter elle prend une bouteille de cognac... un verre... elle verse.

— Ça vous remontera le moral. Je vais aller rentrer les chevaux à l'écurie. Je reviendrai pour vous faire un pansement, votre épaule a besoin d'être soutenue.

Il a pris le verre de la main gauche. Il lui murmure… un peu à tout trac.

— Ce que vous êtes belle !

— Là n'est pas la question, cher monsieur. Vous avez fait une bêtise, je vous aide à la réparer.

Elle va vers la porte et elle ajoute…

— Je crois que pour les bêtises vous vous y entendez. Heureusement qu'il y a les femmes pour vous en sortir.

Elle virevolte sur ses bottes de cheval, elle passe la porte. Il reste assis sur le canapé… Pour le surprendre il pensait qu'il lui en fallait beaucoup mais, là, il est suffoqué. Il finit par se lever, il va vers la fenêtre pour la regarder s'éloigner sur son cheval tenant Félicia par la bride.

— Tout ça était tellement inattendu que je perdais un peu mes moyens.

Je lui pose la question qui me brûle…

— Comment ça se fait que tu l'avais jamais rencontrée ailleurs que sur le champ de courses de Deauville ?

La réponse… qu'il reste persuadé que la comtesse avait tout fait pour l'éloigner. Elle était le plus souvent en Angleterre, elle voyageait au gré de ses amants, de ses fantaisies. Hortense sentait la vape que si Gilles la coinçait quelque part, elle ne pourrait plus lutter… d'une certaine façon contre l'image de sa propre jeunesse. Geneviève, elle, pour conjurer cette situation épouvantable d'être mariée avec un pédé... il avait fallu qu'elle prenne beaucoup sur elle pour ne pas divorcer. Une autre fille qu'elle s'y serait déchirée, gâchée, mais elle avait réagi comme sa mère. Le même chemin... un époux quasi impuissant dans un fauteuil de paralytique, ça ne valait guère mieux qu'un homosexuel.

Elle avait pris son parti de sa situation et, très vite, elle n'y avait découvert que des avantages... une liberté quasi totale. Juste, elle sauvait les apparences dans les mondanités de rigueur. On nous rebat, serine les esgourdes avec cette fameuse indépendance des femmes... depuis la nuit des monarchies, elles savaient se l'octroyer sans gêner la bonne marche de la société. Surtout dans les classes aisées. Les tabous, les règles religieuses, les contraintes de toutes sortes, c'est pour le populo, pour les pauvres... à eux les femmes pondeuses et résignées.

Enfin rien n'est si simple, ni si tranché... toujours est-il que Geneviève, à l'exemple de sa génitrice, se comportait déjà comme bien des nanas de nos jours qui seraient merveilleuses si elles n'éprouvaient pas le besoin de théoriser tout ça... de se justifier avec les psys et de faire intervenir notre pire ennemi du bonheur : l'État.

— Alors, elle est revenue ?

Je demande à Gilles qui me laisse en suspens, occupé qu'il est à manger des huîtres. On a tout de même pas mal changé d'auberges depuis qu'il me raconte ses aventures... que je lui extirpe peu à peu ses confidences. Ça n'est pas venu d'une seule coulée.

— Bien sûr qu'elle est revenue, me répond-il… Elle avait même été se changer, se passer une jolie robe en lainage qui la moulait juste ce qu'il fallait pour que tu saches à peu près tout.

Et lui aussi, il avait été se débarrasser de ses fringues trempées, crotteuses. Elle est entrée sans frapper… Simplement elle a annoncé : « C'est votre infirmière. » Cette fois elle a regardé son tatouage… a fait une petite moue. Ç'avait pas l'air de la transporter d'aise comme sa maman. La mode est revenue des tatouages. Plus tout à fait du même genre dans la symbolique voyoute. De nos jours, on se décore la peau avec des dragons, des sujets de bandes dessinées coloriés.

Elle était rompue à l'art du pansement avec une large bande Velpeau pour lui tenir toute l'épaule solidement.

— Demain, il vaudrait peut-être mieux aller jusqu'à Alençon voir un médecin. Je vous conduirai chez un radiologue.

— J'avais très envie de vous connaître…

Ce qu'il répond, et il ajoute quelque chose du genre « Votre mère vous cachait ».

Elle rit… elle hausse les épaules. C'est idiot, semble-t-elle dire, mais elle sait que c'est vrai. Elle préfère changer de conversation. Elle lui parle de cheval… qu'il n'a pas pris certaines précautions. Félicia est une petite rosse, une jument vicieuse… elle a l'air bien gentille, bien docile et elle vous réserve des tours à sa façon.

— Comme certaines femmes, ne peut-il s'empêcher de lui répondre.

Elle fait encore sa délicieuse petite moue. Elle ne se sent pas particulièrement visée.

— Vous savez, moi, je ne vous réserve rien. Je suis sans surprise.

Une pouliche qui n'a aucun souci à se faire pour trouver des cavaliers. Ce qu'il lui rétorque et il croit bon d'ajouter...

— Enfin des cavaliers meilleurs que moi.

Badinage... elle lui répond qu'il deviendra un excellent cavalier pourvu qu'il sache prendre le temps et la patience. Ça veut dire quoi ce genre de réponse ?... Il manque de toc ce jour-là pour foncer sur le sujet... Elle a fini son pansement, elle va repartir ayant accompli son devoir de cheftaine. Il voudrait la retenir à tout prix, il sait que demain tout sera beaucoup plus difficile lorsque Hortense sera de retour.

— Je ne sais pas comment votre mère va prendre notre rencontre...

Disant ça, il se piège... il dévoile ses batteries. Façon de voir, parce que dans le fond elle sait tout, elle connaît son pouvoir sur les hommes. Il lui suffit de paraître pour gagner. Mais là, sans doute, elle est moins à l'aise que d'habitude, elle sait tout de son aventure avec sa mère. Elle le trouve tout à fait dans ses goûts, ce type. Elle a connu déjà pas mal de soupirants... elle en a entraîné quelques-uns dans son lit, pour une nuit, pour une saison... des de toutes sortes, mais bien sûr aucun gangster. Elle n'avait jamais rêvassé dans ce genre d'aventure, ceux dont elle avait vu la photographie dans la presse n'avaient rien pour retenir son attention. Elle se doutait bien que Gilles, le roi de l'évasion, était une exception dans la confrérie. À son sujet quelques plumitifs l'avaient baptisé Casanova de barrière... et comparé à François Villon. Ce qui autorisait Geneviève à lui demander.

— Vous n'écrivez pas de poèmes ?

Il se marre carrément. Il faut tout de même qu'il lui explique... qu'il n'y ait aucun malentendu. Il sort de rien... il a tout appris à la va que je te pousse... Jus de ruisseau... vols à l'étalage... il a fait ses études dans les rues de Montmartre et de Pigalle.

— Je n'y ai appris que des mauvaises manières.

— Elles sont pas si évidentes vos mauvaises manières. Il est vrai que ma mère a déjà eu le temps de vous éduquer un peu.

À force de converser comme ça... elle s'est assise près de lui sur le sofa. Il se sent revenir sa belle jactance de voyou séducteur. Maintenant, quand même, il sait ce que c'est qu'une gonzesse riche, une aristocrate.

Il me confie qu'il était devenu avec Hortense plus difficile. Elle lui avait donné l'habitude de certaines formes, certains décors... des parfums... tout un entourage, une ambiance plus raffinée qui porte à l'érotisme.

J'ai quelque hâte de savoir la suite. Je m'imagine, pour que son récit se corse, qu'il va finir par la sabrer sur le sofa la belle Geneviève. C'était comme ça dans les romans de cul que j'écrivais autrefois pour me faire un peu de carbure... lorsque je me morfondais en sanatorium sans un rond en poche. Des petits romans pour un monsieur Pic qui donnait deux cents sacs anciens par bouquin. *Chairs brûlantes, Le désir vous tient, Belles en folies.* À chaque chapitre un coït, si possible en variations... Brunes, blondes, rousses, noires, jaunes... les tétons en ananas cubains... les mecs aussi dans la variété physique des professions, des obsessions. J'y allais de la métaphore éclairante. Notre éditeur il censurait les gros mots, les grosses pines, les minettes baveuses.

Mais là, pas question. Le plus surprenant c'est que Gilles prenait son temps. Déjà avec son épaule douloureuse, il pouvait pas trop entreprendre les agaceries coutumières de la paluche. En un sens c'était pas plus mal et puis...

Et puis, c'est elle qui a cassé le morceau, alors qu'il s'avançait un peu dans les compliments sur son joli minois.

— Ma mère... vous y tenez ?

La perfide question... il aurait préféré la laisser dans l'ombre, la dabuche.

— Votre mère est une femme admirable.

— Vous tenez à elle... ?

Elle se distançait sur le sofa... toujours cette pointe d'ironie dans le regard.

— Pourquoi vous demandez ça ?

— Pour voir... J'ai l'air de vous intéresser mais la situation est embarrassante ne trouvez-vous pas ?

Décidément, elle tient le haut du dialogue. Il peut pas lui parler le langage habituel qu'on emploie avec une femme qu'on désire.

— Elle, elle est folle de vous... ça, vous le savez. Je veux pas dire que vous en profitez, mais les mauvaises langues...

Eh, merde ! Les voilà encore les mauvaises langues... les envieuses, les moralisatrices, les bigotes. Il sait qu'il est entouré de gens qui ne veulent que sa perte.

— Je crois pas que je sois vraiment un salaud, faut pas vous fier à mon casier judiciaire...

Elle le coupe.

— C'est votre blason à vous. Vous n'aviez pas trop le choix.

N'importe, il veut surtout dire qu'avec la comtesse, il s'est comporté le mieux qu'il pouvait et, là, il emploie un imparfait très indicatif.

— Je l'aimais... enfin on appelle ça comme ça...

— Et maintenant ?...

Elle se lève, elle est un peu plus grave et ça lui donne un renouveau de séduction. Elle est grande... sculpturale... un visage presque trop parfait. Il la dévisage comme pour la désappointer. Il réfléchit avant de répondre, il a une petite grimace.

— J'y peux rien. C'est ça la vérité... beaucoup trop de choses nous séparent.

Elle se tourne, il a en gros plan sa chute de reins... ses fines guibolles gainées de noir.

— Après vous... elle sera morte. Vous n'avez pas pensé à ça, monsieur Dastel.

Elle ouvre la porte, se retourne et le regarde droit dans les yeux et ajoute :

— Surtout si je suis votre complice.

Et clac ! Elle est sortie, elle a tiré la lourde. Brusquement le voilà passé de la pièce de boulevard à la tragédie. Il se sent coincé entre la mère et la fille… La situation devient difficile à appréhender. On est pris entre le rire et les larmes.

## JE T'AIME MOI NON PLUS

Pauvre truand qui croyait tout connaître... pauvre Gilles, empêtré dans ce qu'il faut bien appeler une histoire de cœur. Une fois seul, il l'a trouvée encore plus belle, plus désirable cette garce de Geneviève. Il arrivait pas à entraver les raisons de son attitude. Certes elle l'avait enveloppé d'ondes lascives. Il ne lui était pas indifférent, il en était certain... D'après ce qu'il savait, ce qu'il avait glané des esgourdes depuis qu'il fréquentait la comtesse, on murmurait que la fille valait la mère question de son comportement avec les hommes. Elle reproduisait le même cas à vingt-cinq piges de distance.

Bien beau les femmes libres, mais elles prennent parfois l'initiative... aux hommes souvent ça la coupe, ils se sentent perdus... habitués qu'ils étaient à diriger les opérations. Geneviève en son temps était une exception, les autres, de plus ou moins bon gré, l'hypocrisie aidant, se pliaient aux lois du machisme. Un mot qui n'existait pas alors, mais que je différencie tout de même de la phallocratie. Le macho n'a le pouvoir que par les mœurs, les coutumes. On le renverse, il n'a plus rien qu'un uniforme sans arme. Le phallocrate doit faire ses preuves, il gouverne parce qu'il donne en échange de sa tyrannie toute la force, la maîtrise de son sexe.

Le cas de Gilles... vous vous êtes peut-être rendu compte, chères lectrices. À l'aune d'aujourd'hui tout ça vous paraît sans doute dérisoire... Je ne saurais vous dire, je me suis mis forcément avec l'âge à l'écart des agissements amoureux fin de siècle, Je me permets tout de même de penser que dans le tréfonds des cœurs et des âmes, ça doit réagir à peu près kif... Question de formes, de vocabulaire et en rejetant trop les formes et le vocabulaire, on en arrive vite au pire : à la chiennerie.

Rien à craindre de ce côté-là avec la marquise... Oui, il faut bien lui donner son titre. Ça résonne un peu coquin marquise, je ne sais dire pourquoi... sans doute parce que l'histoire regorge de marquises parmi les favorites de nos rois...

Quelles formes mettaient-ils ceux-là, nos Soleil, nos Bien-Aimé, nos Vert Galant pour emballer les mignonnes qu'ils apercevaient dans les couloirs du château, dans les allées du parc ? Sans doute s'exprimaient-ils en un français impeccable, avec des imparfaits du subjonctif comme la grammaire l'imposait, avant précisément de mettre aussi la main là où il faut bien en venir dans ce genre d'affaire.

— Le lendemain, t'as été avec elle chez le toubib ?

Je veux tout savoir, qu'il me gâche pas le récit avec des parenthèses à propos de ce qu'il y a dans nos assiettes... que c'est tout de même meilleur que nos fresnoises galtouses de jeunesse qu'on entendait venir dans le chariot sur les rails de la coursive.

Sûr qu'elle est venue et pour tout arranger, ou tout déglinguer au choix, Hortense n'était pas rentrée... en chemin elle devait rendre visite à je ne sais quelle princesse espagnole qui visitait les châteaux de la Loire. Bénis soient les châteaux de la Loire... Chambord... Chenonceau, Amboise, Blois, Chinon et le pinard qui coule autour !

Je vous les reprends après le toubib... les radios... Rien de cassé... le pansement devenu superflu. Il fait beau... pas un nuage et ils sont dans une Fiat décapotable qui en jette lorsqu'elle déboule dans les villages. Elle est au volant, elle conduit vite avec beaucoup d'assurance. Ses cheveux blonds retenus dans un serre-tête, elle est en tailleur léger. Un modèle qui ne court pas les rues, on se doute... Comme maman, elle va pas s'acheter ses frusques au *Décrochez-moi ça* du Carreau du Temple. Bijoux discrets... chemisier en soie... dents blanches, haleine fraîche. Elle est à cueillir, elle est à ravir, elle est à croquer. Alors mon pote à côté d'elle il est de plus en plus à la torture. C'est pas possible, il se dit... elle aurait pu, si elle voulait que les choses en restent à cet épisode romanesque de la jument rétive... envoyer je ne sais quel larbinos pour l'accompagner chez le radiologue. Ça ne manque pas dans leur castel les esclaves à leur service... tous plus stylés, prévenants les uns que les autres, Elle a préféré venir... et elle est dans sa plus belle forme. Elle semble heureuse. Elle a des expressions, des regards... merde ! c'est Hortense jeune... Et au moment où il en a eu toute sa ration de la vioque. Il l'a vue sapée de toutes les fringues possibles... élégante, abandonnée, troussée... moitié puis entièrement dénudée... S'il réfléchissait, il se raisonnerait peut-être en se disant qu'il va rien découvrir de tellement spécial s'il vient à enjamber Geneviève. Il arrive pas à se domestiquer l'envie... le diable est là... il est incarné sous les apparences d'Hortense à trente ans.

Pour compléter la péripétie... en sortant de chez ce docteur radiologue, elle ne reprend pas la direction du Haut-Lucé.

— Vous connaissez la région ?

Elle fait les demandes et les réponses, lui, il a pris le parti de fermer le plus possible sa gueule comme chez un juge d'instruction. Ça permet de voir venir en amour comme en justice. Elle veut qu'il se promène un peu... au château il ne peut pas bouger l'orteil sans que *nos gens* soient en train de gaffer... pour ensuite rapporter. Elle fonce à travers un paysage de coteaux... de petits bois... tout ça, je vous ai dit, dans les roux somptueux des premiers jours d'automne.

— On va déjeuner en tête à tête. Je suppose que vous n'espérez pas mieux ?

Il se permet de répondre tac au tac.

— Pourquoi pas. En tout cas si c'est un piège, j'en ai connu de moins attirants.

— Piège tout de même, dit-elle. À vous de choisir, je peux vous raccompagner au château, si vous avez peur pour votre vertu.

Incroyable ce qu'elle ose cette môme… se foutre si gentiment de sa gueule… inverser les rôles. Il devrait pas se plaindre… les dés sont jetés… Après tout dans sa vacherie d'existence, il s'est mis dans des situations autrement glandilleuses.

Il ne dit rien, il la zyeute à la dérobée, elle est impassible à son volant… toujours cette esquisse de sourire aux lèvres. Maintenant il ne peut pas s'empêcher de glisser son bras derrière ses épaules. Ça se fait, dans le vrai aussi bien que dans les films d'Hollywood… Ordinairement c'est l'inverse, le monsieur au volant, la belle à côté. Il s'attend pas à ce qu'elle proteste, fasse un geste ou quoi pour le dissuader. Il promène sa paluche sur son épaule, puis sur son cou. Elle se retourne un peu d'un air de dire « Et voilà ! » Il reste comme ça sans bouger la pogne. Il en avale sa salive. Pourtant il a déjà pratiqué toutes les approches avec une nana… celle-là trouve le moyen de l'intimider en quelque sorte, il ne faut plus qu'il pense à la mère, qu'elle vienne lui gâcher le plaisir de ce qui va inéluctablement se passer ensuite. Le trajet pour aller au restaurant s'achève. Arrêt buffet. Ça fait une étape quasiment indispensable.

L'auberge où ils sont descendus se poser l'un devant l'autre à une table est un établissement coté… avec des étoiles… des toques. Le patron,

M. Resmenard, un cuisinier réputé, vient les saluer. Il connaît Geneviève, il lui donne du madame la marquise et il n'a pas l'air surpris de la présence de Gilles. Il offre tout de suite une rouille de Dom Pérignon. Pour l'instant ils sont les premiers dans la salle. Ça semble tout de même un endroit favorable pour les escapades amoureuses... Les patrons qui viennent apprivoiser leurs secrétaires aux meilleurs crus, à la fricassée de cèpes... la charlotte de langouste, une spécialité de la maison.

— Vous venez souvent ici ? demande Gilles...

On se doute que ce genre de question ne va pas embarrasser la belle, mais il a envie de savoir. Elle répond :

— Ça vous gêne ?

Là, il rétorque... il reprend la balle. Rien ne le gêne et il est heureux d'être ici, il a connu des mises à table plus redoutables.

— Mais vous êtes redoutable vous aussi, ajoute-t-il. Vous me tenez au bout de votre ligne. J'ai mordu à l'hameçon, vous savez bien.

Elle met sa main sur la sienne. Elle trouve insensé qu'il se pose autant de questions...

— Je suis bien, dit-elle.

Ça devrait le combler une phrase pareille, si courte et si prometteuse. Il se sent envahi d'une espèce de bonheur. Certes il a connu de ces moments inoubliables dans les prémices d'une liaison, jamais à ce point. Geneviève lève sa flûte de champ... Ils trinquent. Le moindre de leurs gestes participe d'une sorte de ballet amoureux, il boit une gorgée et ne peut s'empêcher de dire :

— Ça devrait être interdit d'être aussi belle que vous !

Les compliments, elle en a entendu beaucoup depuis qu'elle est en âge de les entendre, mais ce type-là... ce malfrat patenté, tatoué, elle s'attendait à ce qu'il soit peut-être un peu plus abrupt. Avec les filles de son milieu... du Milieu, il doit mener les choses à la hussarde. Elle ne manque pas de le lui demander :

— Vous êtes toujours comme ça ?

Il fait « non » de la tête. Certains jours c'est pas déplaisant de devenir cave. Doit y avoir un plaisir à se laisser bercer par l'illusion des mots. Après tout s'ils nous permettent d'entrevoir le bonheur, bien bête alors de s'en priver. Il lui laisse l'initiative du dialogue. Bien entendu elle lui pose des questions sur son passé... si tout ce qu'on raconte sur lui est vrai. Là, ça dépend... il sait pas au juste tout ce qu'on a pu écrire et raconter un peu partout sur son matricule. Il tient à lui préciser tout de même pour la rassurer qu'il n'a tué personne.

— Ce n'est pas l'envie qui m'en a manqué quelquefois. J'ai rencontré des crapules qui ne méritaient même pas le prix de la balle pour les descendre.

Il ne peut s'empêcher d'avoir une brève pensée pour cet abruti qui lui a donné un coup de couteau pour rien. Celui-là, en principe, selon les bonnes règles du Mitan, il doit se venger, lui régler son compte. Il n'en a plus la moindre envie... l'eau sale a coulé dans les égouts de Justice... ce pauvre connard doit être encore en fin fond de cul-de-basse-fosse, il est de ceux qui n'en sortent jamais.

— Je me demande comment je suis là. Je projetais encore de m'évader. J'y serais encore parvenu mais un homme en cavale n'a pas tellement l'occasion de rencontrer une femme comme vous.

Il s'arrête, il sent que la conversation va bifurquer sur la maman, sur cette admirable comtesse à qui il doit la liberté.

— Vous vous plaisez au château ?

En bonne franchise, il serait obligé de faire des réserves, de mettre un bémol à cette vie de petit nabab qu'il mène dans son pavillon.

— Un peu trop calme pour moi, Dès que j'étais dehors, je vivais quatre vies à la fois. Toute la différence entre nous, c'est cette bagarre perpétuelle pour le fric.

— Ça vous manque ?

On leur a porté du foie gras comme mise en gueule... avec des tranches de pain grillé. Avec ça on doit boire un verre de sauternes.

— Assez parlé de moi... vous connaissez les grandes lignes... plus tard, si nous avons l'occasion de nous revoir, je vous raconterai des histoires de brigands qui vous amuseront.

Elle lui confie alors que si elle est riche, belle et titrée, on l'a mariée avec un homme qui préfère les garçons... qu'elle était toute jeune alors et qu'elle a mis deux ans à s'en remettre. Dans son monde on est catholique apostolique et romain... le divorce c'est la porte ouverte sur les flammes de l'enfer.

Bien sûr qu'elle s'en fout des bonnes règles de sa famille. Elle est capable de les briser... de voler de ses propres ailes. Elle a choisi d'écraser, de rester, de composer, de sauver les apparences... peut-être par facilité. Après tout, une fois divorcée, ça n'aurait pas changé grand-chose si ce n'est qu'elle aurait eu plus de difficultés sur le plan financier.

— Ça compte pour moi, c'est ça qui me donne toute la liberté dont j'ai besoin.

Et comme ça, en lousdoc, elle lui fait comprendre qu'il est un instant de cette liberté. Il sait qu'elle a décidé de *se le faire* comme il est dit au grand livre de la vulgarité. Parfois il a la formule heureuse en ce qu'il vise au plus juste.

Ce qu'il va gamberger plus tard le Beau Gilles, c'est qu'il est devenu, comme disent aujourd'hui nos donzelles d'avant-garde féministe, un homme objet. Ça, il ne pouvait pas le prévoir dans le fond de ses cellotes.

Autour tous les malfrats s'accordaient à le reconnaître pour un *homme.* Dans leur moralité un peu spéciale, ça définit celui qui ne vit que de braquages, de cambriolages... de fausse monnaie ou de proxénétisme.

Mais à quoi bon se mettre la rate au court-bouillon pour des principes fussent-ils ceux de la pègre. On finit toujours par s'emprisonner de cette façon-là comme de l'autre.

Il faut maintenant que je vous achève cette séquence de déjeuner à l'Auberge Resmenard. Tout ça succulent... les plats... les vins. Depuis qu'il était sous les auspices d'Hortense, Gilles il avait appris à s'éduquer les papilles... goûter les grands crus, les châteaux-margaux, chambolle-musigny, clos-vougeot... j'en passe et mouton-rothschild. S'il devait ensuite replonger dans les réfectoires de centrouse, il aurait en plus de la privation des minous accueillants... une nostalgie de bordeaux dans le gosier.

Le bon vin ça vous met l'homme sur la femme, dit-on. L'étonnant en la circonstance... que ça va être l'inverse...

Geneviève à l'assaut. Certains psys et autres farceurs du même calibre prétendent que cette situation coupe le sifflet des jeunes gens les mieux pourvus du dessous de la ceinture.

— Tu parles d'une connerie, me dit Gilles... La façon dont elle me parlait... ses yeux... sa bouche... Je triquais sous la table. Je l'aurais bien accommodée pour un grand dessert sauce voyou.

En parlant encore de cette bouffe avec Geneviève, il en est ému... quelque chose dans l'œil qui ressemble aux larmes de mélancolie. Il est vioque maintenant comme moi... on s'est vu se déglinguer dans le regard des femmes. Il nous reste que de revivre un peu les heures glorieuses en se les racontant... un peu comme les anciens combattants qui s'enjolivent les exploits à la baïonnette.

Fin du déjeuner. Lui il sait plus comment lever le siège. Ils vont rentrer au château. Et là... le principe de Napoléon qui dit qu'en amour comme à la guerre on en vient toujours au corps à corps.

Sur le chemin du retour, il s'est offert de lui

caresser la cuisse... d'appuyer de plus en plus sa pogne en remontant. À l'époque, nos compagnes nous gratifiaient de dessous vaporeux et de ce fameux porte-jarretelles si décrié aujourd'hui. Et pourtant le porte-jarretelles a fait plus pour les érections que tous les cours d'éducation sexuelle et les blablas de revues. Il ne faut pas désespérer, mes biens chères sœurs, on en est revenu aux bateaux à voile... quant à la lampe à huile elle diffuse une lumière qui vous rend, mesdames, le visage en clair-obscur comme dans un de La Tour.

Direction Haut-Lucé, merde ! C'est impossible que les choses se concluent au château ! Alors, elle s'est payé cette sortie juste pour le plaisir de jouer avec le feu... de tirer les vers du nez du malfrat de maman ?

Une fois dans le parc... l'arrêt devant son pavillon, plus question de lui rouler le patin en guise d'adieu. C'était la fin dans les films amerloques de la belle époque... Gary Cooper qui s'enfournait la languetouse entre les jolies lèvres d'Ingrid Bergman, Clark Gable de Joan Crawford.

Elle freine juste devant le perron. Avant de s'extirper de la Fiat, il exécute un baise-main des plus convenables.

— J'ai passé avec vous un moment inoubliable.

Elle le regarde, lui décoche son plus beau sourire et lui dit :

— Moi aussi cher monsieur... Ce soir, ne vous endormez pas trop tôt. Si je m'ennuie je viendrai vers minuit pour continuer notre conversation.

Vous vous figurez tout de même pas que je vais encore vous narrer menu cette exceptionnelle partie de jambes en l'air. Exceptionnelle bien sûr par les deux personnages en action. Gilles qui accomplit le miracle de sabrer une maîtresse rajeunie de vingt-cinq ans. Dire que c'est exact la même serait peut-être excessif mais n'empêche, une fois dans la pénombre propice, Geneviève c'est Hortense... Une Hortense intensive, il a pas le temps de faire ouf ! de fignoler les amuse-fesses, les frôlements palucheurs sur ce corps adorable... même au déduit, Geneviève veut avoir l'initiative... qu'il se berlure pas, ce bandit de gouttière, qu'il va se servir d'elle pour jouer sa musique personnelle. Ça tourne espèce de pugilat... catch... les membres s'emmêlent mais, au finish le seul membre qui compte dans cette affaire, celui qui cloue sa tendre adversaire au tapis.

Résumé n'est-ce pas... et plusieurs rounds... des reprises dans un pugilat libidineux. Avec la maman, il avait souvent eu l'impression d'aller au-delà de ce qu'il pouvait. La fille l'emmène au bout de lui-même. Je me sers de pauvres phrases pour vous donner une petite idée. On est dans un domaine où les mots sont superflus... comme dit Breffort... les phrases ça fait peur à l'extase.

Jusqu'aux aurores ils se mélangèrent ainsi les sécrétions intimes. Heureux que le pavillon du garde-chasse était assez éloigné du castel, Geneviève dans sa prise de panard poussait un cri extraordinaire… qu'on n'aurait pas pu, de l'extérieur, savoir si ce n'était pas celui d'une bête qu'on égorge… Et ça se prolongeait avec d'inouïs soupirs où l'extrême du plaisir rejoignait on aurait dit la souffrance. À la troisième reprise, Gilles avait recouvré tout son pouvoir dominateur. Le braquemart parfaitement maîtrisé, conquérant, qui tenait la partie, s'enfonçait ou se retirait selon son bon vouloir. Et le langage maintenant intervenait. Il replaçait comme avec maman… les salope… ordure… pouffiasse ! pompe à foutre ! Des mots, des phrases qui me font rougir rien que de les sortir de mon porte-plume, mais je suis pas là pour vous édulcorer le vocable. Toujours est-il qu'au petit matin, à l'aube nimbée de brume, la belle Geneviève a regagné ses pénates au château, moulue, fourbue, rassasiée jusqu'au tréfonds de sa nature dépravée.

Gilles, lui, s'est anéanti dans le sommeil… les exercices amoureux avaient duré quatre ou cinq heures, il savait pas, il n'avait pas consulté sa montre. Une nuit dont il allait se souvenir.

Lorsqu'il s'est mis à me la raconter… ça lui coupait le souffle. Il en a laissé refroidir sa purée avec le boudin… une spécialité d'un petit bouchon à Montmartre tenu par un ancien turf qui s'était mis à la casserole après s'y être fait passer elle-même pendant des années.

Au réveil, il a mis quelques minutes à réaliser. Il s'était régalé au-delà du possible avec la belle Geneviève mais sa daronne allait revenir… il allait se trouver dans un mic-mac de vaudeville. Fallait qu'il mente, qu'il invente. Au juste elle rentrait quand Hortense ? C'était pas précis… mardi… mercredi ? Souvent elle déboulait à la surprenante, elle aimait lui faire la surprise.

Il a regardé l'heure… midi moins le quart, normal qu'après une corrida charnelle de cette intensité il ait ronflé comme un prolo après douze heures de marteau piqueur.

Bon. Il commence à gamberger tout en se passant son café. Il sent confusément qu'il a mis le doigt… enfin je vous dis le doigt par délicatesse… dans un drôle d'engrenage. Il voit pas bien comment tout ça peut évoluer… qu'il continue à butiner la maman et la fillette… comtesse et marquise… de concert si l'on peut dire. Ça lui compliquera singulier la vie. Il a l'expérience de tas de duplicités… dans ses périodes de cavale il était plusieurs mecs à la fois. Ici, là… ailleurs… lunettes, moustaches… costards variés. Il vivait funambule… toujours aux aguets de la flicaille, des indics, des curieux… tangente… asile chez une pute, chez une épicière… planqué dans la cave, au grenier… Il avait vécu dix douze vies. Même au placard il devait se travestir les émotions… Il pouvait penser qu'il avait enfin trouvé une sorte de repos, semi-gigolpince… dorloté par une noble dame. Et puis voilà, l'autre qui surgit sur son destrier, qui lui répare l'épaule… le goberge en quatre étoiles. Que voulez-vous qu'il fît, je vous le demande, bons apôtres… conseilleurs en vos pantoufles ? Patatrac ! la bombe atomique du trou du cul qui explose dans son plumard. Il pouvait pas refuser, mettez-vous à sa place, un homme membré vif comme sézig… quasiment atteint d'érotomanie. Seulement le hic de l'affaire… que s'il n'était pas en liberté conditionnelle quasiment sous la tutelle d'Hortense, il aurait pu lever l'ancre avec Geneviève, en sale monstre d'ingratitude… toujours dominé par sa queue. C'eût été une vilaine solution, il imaginait les larmes de la comtesse… son chagrin… de quoi vous tirer les vers les plus désespérés du répertoire romantique.

Il se rendait pas compte encore de toutes les conséquences de ses frasques galantes. Il était là, en train de se raser, se doucher… il attendait qu'elle lui fasse signe. Elle, Geneviève bien sûr… qu'elle lui bigophone… lui il osait pas l'appeler. Déjà il s'interrogeait… dans les alentours du manoir y avait toujours quelqu'un pour *visionner*. Un œil de bignole, de larbin… il était persuadé que la police avait une antenne sur place… un correspondant distingué chargé d'envoyer des menus rapports à son sujet.

Ça commençait à l'inquiéter qu'elle reste silencieuse. Sa vanité de mâle se sentait un peu blessée. D'habitude, lorsqu'il avait honoré une femelle, sitôt éloignée de lui elle se manifestait, hâtive de se retrouver sous son étreinte. Maintenant c'était lui qui piaffait de la revoir nue ou habillée… Beau lui avoir finalement damé le pion aux jeux du traversin, c'était lui qui était pris.

— Comme un jeune con !

Il avoue. À présent il s'en marre, il se fout de sa propre gueule, de sa naïveté de croire dur comme l'acier au pouvoir de sa chopotte. Prétention, préjugé courant dans la gent masculine. C'est souvent vrai que ça joue un sacré rôle, mais il est d'étranges exceptions pour confirmer la règle.

Il se préparait à sortir. Ce jour-là fallait justement qu'il aille jusqu'à la gendarmerie de Langière où il devait faire viser chaque mois son carnet de trique ou plus précisément sa feuille de présence de libéré conditionnel. Simple formalité... les pandores ne le recevaient pas comme un ami, mais à la longue ils échangeaient des banalités sur la pluie et le vilain temps. Il en profitait, s'il était seul, pour casser une graine au bistrot où il avait fini par être copain avec le patron, le père Mayol, gros jovial, fier de recevoir en son établissement un roi de l'évasion, qui plus est devenu le chevalier servant de Mme la comtesse de Wilfried.

Il manque de toc pour se pointer au château... trouver un prétexte. Contre mauvaise fortune il se décide d'aller claper à Langière. Le ciel est voilé comme son cœur depuis que Geneviève est silencieuse. Les deux bornes qui le séparent du village vont lui faire du bien. Ce matin, vu sa gymnastique nocturne, il est pas sorti faire son footing. Il continue toujours à s'entretenir la musculature, la forme... ça lui a servi naguère... les évasions ça nécessite souvent des qualités quasi acrobatiques. Il faut tout soigner, les réflexes... il est sorti du merdier, mais il se la donne, on sait jamais les retours de flammes, ça fait partie de la rigolade existentielle.

Tout va se compliquer d'ailleurs ce jour-là.

Quand il se pointe chez le père Mayol, le joyeux rubicond, une surprise l'attend. Il a pas prêté suffisamment d'attention à une bagnole stationnée près de l'église, sur la place... une petite Panhard décapotable... un modèle récent de la firme. Dans ce trou, il aurait dû trouver ça insolite. En dehors de la comtesse, la marquise... les gens du cru ils n'en sont même pas encore à rouler dans les voitures de série. Ça viendra... question peut-être d'un an ou deux... la France va s'amorcer le bonheur dans la consommation sous le règne de l'automobile. Mais là, au moment où se situe cette action dans les Alpes mancelles, on en est toujours au moteur à crottin.

Toujours est-il que dans ce bistrot de cambrousse, y a deux messieurs qui sont attablés devant une fillette de vin de pays.

— On vous attend m'sieur Gilles, prévient le patron.

Les deux messieurs c'est deux ex-associés... Mario le Niçois et Marcel l'Archange, ainsi surnommé sur les rings de catch. Ils font un peu tache dans le troquet avec leurs costards à rayures coupe Al Capone... leurs tifs calamistrés... leurs pompes bicolores. Fort heureux y a personne d'autre, juste le patron derrière son zinc. Gueule hilare, il admire cette fraternité d'hommes qui se congratulent... l'accolade des vrais de vrais.

Il encaisse Gilles. Il se demande ce qu'ils foutent ici ces deux arcans... comment ils ont pu le dégauchir.

— Si je m'attendais, il murmure.

Avec ce gros nave qui entend tout, va falloir qu'ils mettent les bouchées doubles dans l'argomuche. À l'origine, je vous rappelle qu'il sert à ça… se parler pour que le non-initié ne puisse comprendre. On a des clefs, on brouille la conversation… que ça donne toujours l'impression d'être resté naturel.

Il s'est assis en face de ses deux vieux complices, on peut ainsi dire… avec eux il a tout de même réalisé des coups qui furent relatés dans les gazettes sous des titres en gros caractères propres à faire rêver les arsouilles débutants. « *Cambriolage audacieux d'une bijouterie à Cannes.* » Un trou dans un mur mitoyen… travail de sape où l'Archange avait mis ses biscotos au service de cette belle entreprise. Pour ce travail-là, ils n'ont pas payé… on a jamais su qui étaient les coupables. Le commissaire Lesire, convaincu que Gilles était capitaine de l'équipe, a tout mis en œuvre pour le coincer. En pure perte. Gilles avait un alibi d'airain. Comme par hasard il était cette nuit du casse dans le lit d'une commerçante en bonneterie. Ça lui traverse la galerie des souvenirs… une grosse aux tétons énormes qu'il avait mise en transes quelque temps, suffisamment pour qu'elle aille confirmer son alibi chez les flics.

Alors qu'est-ce qu'ils lui veulent ces joyeux drilles ? L'Archange vient de sortir de Poissy et Mario, son défaut, c'est qu'il est pas tellement généralissime sur les brigandages. Un bon exécutant… de bonnes jambes, sans tête, elles vont n'importe où. Ils ont fait chou blanc la semaine dernière… un braquage de Caisse d'épargne qui a failli tourner catastrophe. Une sonnerie d'alarme sous le pied d'une caissière, À un poil de se faire serrer sur le tas. Voilà, ils sont à la ramasse, ces cons, juste une négresse qui tapine pour Mario rue des Lombards…

— C'est pas une gagneuse comme ta comtesse, ricane l'Archange.

Ils changent de ton, de conversation lorsque le taulier vient leur mettre le couvert, Ici, si on voulait, on passerait son temps à s'empiffrer des terrines de foie de volaille, des pâtés en croûte… du magret de canard. Le tout arrosé d'un petit vin d'Anjou qui vous met du bonheur dans la gorge. Ils ont appris qu'il était par ici… rapport à un reportage sur le château du Haut-Lucé. On y voyait la comtesse sortant d'une Plymouth devant l'esplanade. En frimant attentif à la loupe, on pouvait apercevoir au volant du véhicule la silhouette du chauffeur.

— On te retapisse entre mille.

— T'es toujours aussi beau môme, ajoute l'Archange.

Il se demande un peu s'ils ne viennent pas le bottiner ces chers petits compagnons de jeux interdits… s'ils ne se sont pas par hasard mis en tronche de le racketter. Il leur en coupe tout de suite leur peut-être envie.

— Je suis au château en conditionnelle et je dispose de très peu de pognon si c'est ça qui vous intéresse.

Ils se récrient… n'est-ce pas, ils préféreraient

bien sûr qu'il soit aux as… une cagnotte à fond inépuisable. Mario se penche pour parler plus bas.

— Tu sais peut-être où elle planque son carbure ta baronne…

Il rectifie, il aime que les choses soient précises, conformes à la vérité… sa protectrice est une comtesse.

— Raison de plus, dit l'Archange.

Il a une voix qui lui vient de l'âge des cavernes… rauque… entremêlée de grognements.

— On irait casser son château, pendant que tu serais avec elle en train de la calser sur la Côte d'Azur.

Ils ont trouvé ça tout seuls ces petits génies malfaisants. Il préfère leur projet grotesque à, carrément, une mise à l'amende. Ils se gourent sans doute que le Beau Gilles se laisserait pas arracher les poils du cul un à un. Dans sa tronche de bandit de grands chemins, il a assez de ressources pour renverser les situations glandilleuses. Mais il se dit que, décidément, il est voué. Il croyait, ceux-là, ne plus les revoir. Le passé vous revient par les amis… les relations professionnelles de jeunesse au moment inopportun. Il est surtout absorbé par son aventure avec la divine Geneviève. Il se demande pourquoi elle ne s'est pas manifestée ce matin… ça lui taraude la tronche. Il ne veut pas s'en convenir mais il est amoureux comme un sous-lieutenant d'infanterie. Il pensait bien ne jamais en arriver là… merde ! Et en plus ces deux malandrins qui veulent le ramener dans les ornières gluantes, les chemins de traverse qui n'aboutissent que dans les prisons de la République.

Ils se pointent à Langière sans crier gare, c'est déjà dangereux. Le père Mayol c'est un bon citoyen qui sait converser avec la gendarmerie... Sans parler de sa dame, un bon quintal de barbaque boudinée dans des sapes un peu graillonneuses. On ne tient pas à savoir, être témoin de ce qu'ils se mignotent dans les draps, sûrement pas de quoi vous affoler l'imagination. Mais pour l'essentiel, maman elle lui fait tout raconter à son pépère et elle en tire des conclusions... Sans donner dans le féminisme, il est loisible de constater que les gonzesses, de quelque milieu qu'elles surgissent, comprennent tout plus vite que leurs lourdeaux de mecs qui se contentent souvent, après le café du pauvre, de se contempler les couffes avec ravissement.

Il essaie de les raisonner ses ex-complices... Même s'il décambute du castel avec la comtesse, il reste sur place une armée de larbins qui leur lâcheront au cul quelques clébards bien pourvus question quenottes... en attendant toute une brigade de pandores.

D'autre part, s'il y a un coffre au château, il renferme surtout des papelards et quelques objets d'art infourgables. Ils lâchent pas le morceau si facile Mario et l'Archange... justement question objets d'art, tableaux, ils ont dégotté un receleur d'élite... un Grec qui écoule à l'étranger n'importe quelle toile de maître.

— Y paraît qu'elle s'occupe de croûte, ta vioque... qu'elle place dans la peinture.

Insiste Mario... Les truands en général ils sont têtus, obtus... ça mène le plus souvent à s'essuyer le fond du froc sur le banc de la cour d'assises.

— Écoutez les mecs, on va finir de becter et on ira parler dans la campagne, ça vaudra mieux.

Gilles se rendait compte que le taulier, l'air de rien, il tendait l'esgourde... la moindre chose qu'il pouvait glaner, officiel qu'il ferait monter les œufs en neige. Bien sa chance qu'il les ait sur les bretelles un jour pareil où il se morfondait pour une Vénus aristocrate.

Après le déjeuner, dans la cambrousse au bord d'une charmante rivière... ils ont stoppé la Panhard pour conclure la discussion. Elle a pris un tour déplaisant. Ils étaient jalminces ces deux fripouilles... qu'il se métamorphose en châtelain, ils digéraient pas. Pour eux, un voyou ne devait fréquenter que les bars de Pigalle avec trois filles à son service sur les tabourets, Qu'il dévie chez les snobs... dans le lit d'une rombière argentée, ça leur semblait une trahison. Ou alors il se devait de mettre ses anciens amis en partage sur sa réserve d'oseille.

— Tu peux pas nous aider un peu... en attendant qu'on monte sur une affaire sérieuse.

Ça c'était toujours le hic dans la vie malfrate... les périodes *sans,* où l'on a tendance à se mouiller en des entreprises de casse-croûte. Les aider... ça voulait dire un peu de fafiots... Il n'avait pas lerche à gauche, il économisait pas trop puisque Hortense pourvoyait à tous ses faux frais. Et tout de même ils poussaient le bouchon un peu loin dans le marécage… sur leurs dernières affaires, ils s'étaient régalés les tantes ! Soi-disant qu'ils avaient casqué Me Lubary… ça leur avait laissé cependant de quoi se la faire quelque temps douce et crapuleuse.

— Je veux pas entrer dans vos comptes mais ça serait plutôt vous qui me devez du carbure.

Il peut pas s'empêcher de mettre le rouge. Il voudrait pas non plus que ça tourne vinaigre… qu'ils en viennent aux mains… ça n'avancerait personne à rien.

— On conteste pas Gilles, simplement on voit que t'es dans la richesse et que nous on bouffe toujours à la table qui recule.

Incroyable ce que profère Mario… c'est des revenez-y de *La Porteuse de pain*… un mélo qu'il a vu au théâtre rue de Belleville avec sa maman quand il était môme. Ça vaut mieux tout de même qu'il donne dans la larme à l'œil que dans les menaces à coups de calibre. Gilles en profite pour gagner du temps… il va gamberger… il pourra peut-être les mettre sur une arnaque de tableaux puisqu'ils ont le fourgue idéal. Faut qu'il voie les choses à la loupe pour pas se ramasser une volée de perdreaux sur la soie. Il parle pas n'importe comment pour se débarrasser de ces deux rapaces… La comtesse l'a emmené dans les expositions, des vernissages où il a vu des œuvres modernes qu'il n'a pas tant appréciées mais qui valent des fortunes. Déformation professionnelle, il a échafaudé des plans… que ça serait peut-être pas si duraille de s'introduire dans certains endroits quand la ville dort et que les honnêtes gens sont dans leurs plumards. Ce qui lui paraissait toujours insurmontable dans ce genre d'affaire c'est l'écoulement de la camelote... toutes ces barbouilles sont répertoriées... il faudrait pouvoir les garder longtemps avant de trouver l'acquéreur miraculeux... le dingue qui s'offre le plaisir de contempler ses œuvres d'art dans un musée secret et personnel. Un ami, vieux ruffian connu au ballon, Monsieur Auguste dont j'ai raconté l'existence dans *Le Banquet des léopards*, affirmait que ces oiseaux rares existent. Suffit donc de les trouver... et ça, c'est pas dans les petites annonces du *Chasseur français*.

— Votre Grec, on pourrait peut-être lui dégauchir de la marchandise.

Il explique, détaille... il va s'efforcer de leur trouver un endroit où exercer leur talent de cambrioleurs.

— N'importe comment, t'auras ton fade...

Pas question, il ne veut plus croquer d'argent mal acquis. Il est en conditionnelle... le moindre pet en travers du code pénal et il se retrouve dans les profondeurs d'un mitard. Ça leur paraît curieux à ces malfaisants patentés... suspect même. Il croit bon de leur préciser qu'il leur donnera quelques tuyaux à l'œil simplement par amitié, solidarité de chaînes.

En attendant, il va s'arranger pour leur faire parvenir un peu d'oseille. La gagneuse de Mario, il se demande si elle gagne tellement. Il a toujours le chic, cet abruti, pour maquereauter des tarderies... des feignasses qui s'endorment à la turlutte... qui lui font la malle avec un camionneur en mal de réinsertion de pécheresses.

Ce qu'il veut surtout c'est qu'ils ne se repointent plus ici... Au second voyage ils seraient repérés... les arbres ont des oreilles et les plouques ont des yeux dans le dos.

Il rentre à pinces par un raccourci... il veut pas que ces malfrats le raccompagnent jusqu'aux abords du château. Il pourrait pas raconter à Hortense que ces deux lascars il les avait connus autrefois dans un jamboree de boy-scouts. Ce qui le préoccupe, n'est-ce pas, vous savez, c'est la marquise Geneviève... maintenant peut-être qu'elle est à sa recherche... L'idéal, ça serait qu'elle se brûle les entrailles à l'idée de venir jouer encore au papa et à la maman avec lui.

Vanité des vanités. Quand il parvient à la grille du château, il croise un lad qui sort justement le cheval de Geneviève... un pur-sang anglais, une bête tout à fait à la mesure de sa maîtresse.

— Comment va Mme la marquise ?

La réponse lui parvient comme le couperet de la guillotine.

— Mme la marquise est partie ce matin.

Il ne peut que bafouiller... ah bon... merci... s'il l'interrogeait davantage il se trahirait.

Il est scié... il essaie de se rassurer, pendant qu'il était avec ses deux complices, elle a peut-être cherché à le joindre... un peu partout... anxieuse... dépitée... sans doute a-t-elle reçu un appel de Paris ou de Londres pour lui demander de rentrer d'urgence. Une affaire... un cas de force majeure... son pédoque d'époux qui a besoin certainement pas de ses miches, mais de sa main pour quelques paperasses... un contrat à signer... que sais-je ? il se perd en conjectures comme on dit dans les belles pages des d'Ormesson oncle et neveu.

Il a regagné sa cambuse, il espère y découvrir pourquoi pas une enveloppe parfumée qui lèvera toutes ses angoisses. Il en est là... L'angoisse... ça dépasse le mouron ordinaire. Il finit par grogner... quelle salope ! elle veut alors le faire rôtir à feu doux sur le brasier de son cul satanique. Merde ! Il s'est jamais senti si con... Oh, et puis elle voulait lui parler de vive voix... pourquoi dieu a-t-il eu l'idée d'aller porter ses panards jusqu'au bled... et le manque de bol, que ses associés maudits soient là en train de l'attendre. Il saura par la suite qu'ils étaient venus déjà deux jours auparavant... le père Mayol va le lui révéler. Heureux qu'ils n'aient pas eu l'idée de se pointer jusqu'au château... et pourtant c'est pas la discrétion qui les étouffe... déjà qu'ils pavoisent aux fringues marloupines... Mario avec ses tatouages... ses points au coin des yeux. Ils sont arrivés mal ceux-là... il sent qu'il va pas s'en dépêtrer facile. Tout se mêle dans sa tronche, la fuite de la marquise et les conséquences de ce débarquement des complices. S'il leur trouve un casse à exécuter il est à la merci d'une cagade.

L'erreur magistrale c'est de prendre les flics pour des truffes. Ils ont devant eux le temps, les ragots, les trahisons... les traces, les déductions... la psychologie, avec pourquoi pas... la pipe du commissaire Maigret.

Il tournait dans sa chambre, en même temps que dans sa tête. Y avait tout de même du mystère autour de la marquise Geneviève. Il essayait de bien se remémorer les derniers moments de leur nuit... lorsqu'elle l'a quitté. Elle s'était habillée et il avait juste enfilé un peignoir pour l'accompagner en bas à la porte. Il lui a roulé un dernier patin aussi performant que Gregory Peck à Rita Hayworth ou Jane Russell. Elle l'a pas quitté comme une nana qui ne voulait plus le revoir ! Même que ça le tracassait comment tout ça allait évoluer au retour d'Hortense.

Il se raccrochait à l'hypothèse qu'elle s'était barrée à l'improviste pour une raison majeure et qu'elle n'allait pas tarder à lui donner signe de vie, il avait fini par s'allonger sur le lit... ça reniflait encore les relents de leur dépravation dans la cambuse... Son parfum restait imprégné dans les draps... ça lui refilait de la nostalgie dans le calcif... dans l'âme aussi, on est pas des bêtes uniquement.

Il jetait un regard sur le journal qu'il avait ramené de Langière... un quotidien de Paris qui parlait de la guerre de Corée... ça lui revenait qu'un pote, enfin un compagnon de cellote, s'était arraché du trou en s'engageant pour l'Indochine où ça n'en finissait plus de s'étriper. Il arrivait pas à s'intéresser à toutes ces nouvelles. À la rubrique des faits divers, y avait déjà des nouveaux sur le terrain... les loulous braqueurs qui abandonnaient la traction avant pour la moto plus passe-partout.

Il en était là... je vous reconstitue au mieux d'après ses récits, l'enchevêtrement parfois compliqué de ses confidences qui ne collaient pas toujours avec une chronologie sérieuse. N'importe... voilà... le téléphone sonne, il bondit... Allô... On l'appelle mon amour ! et là, c'est le piège, non seulement la maman et sa rejetonne se ressemblent comme pas permis, mais l'imitation va jusque dans la voix.

— Que t'arrive-t-il ?... Je m'inquiétais

Il a lancé ça, peut-être d'une voix un peu haletante. Ça lui répond qu'il n'a aucune raison de s'inquiéter, qu'elle a été retenue à Londres pour une vente de tableaux... Là, il entrave... il ravale un peu sa salive.

— Je serai là ce soir et j'ai une surprise pour toi.

Putain de merde ! Ce soir ! il reste sans voix... elle répète des allô ! allô !

— Oui, je t'entends... je... je...

Elle demande si elle lui a manqué. Il faut bien qu'il mente... sans le secours du mensonge on serait tous morts, tous entre-tués depuis nos ancêtres chimpanzés. Il retrouve ses esprits... oui... il a eu un petit accident de cheval. Rien de grave.

— Je te raconterai... J'ai été un peu sonné, je suis fatigué.

Déjà il pense qu'elle va lui bondir sur le service

trois pièces... quatre jours d'abstinence c'en est trop pour elle et, lui, avec la nuit qu'il vient de s'offrir avec sa fille, il risque de manquer un peu de vaillance dans l'embrochage de la vioque. Le mot qui lui vient à la tronche, celui que ses hommes de barre ont employé pour parler d'elle. Jusque-là il la pensait pas de la sorte !

Elle s'agrippe toujours à ce qui lui reste de jeunesse. À Paris, il se doute elle a été se faire masser, s'enduire de crèmes diverses chez Carita... se faire coiffer chez Alexandre son nouveau merlan chéri. Elle va se ramener avec de nouvelles toilettes... nouveaux dessous affriolants.

Quand il raccroche, il a déjà prévu la manœuvre, il va se prétexter à cause de son accident de cheval des douleurs, une migraine infernale... se démerder pour tringler le lendemain ce qu'il aurait du mal à tringler le soir même. Va falloir qu'il lui raconte les circonstances de sa chute équestre... l'intervention de Geneviève... le pansement... l'examen radio.

Je pourrais vous accrocher tout de suite sur la question... la scène assez importante pour la bonne compréhension de ce récit. Mais auparavant il y a la surprise dont elle lui a parlé au bigophone. Sur les six heures du soir, il a eu le temps de bien aérer sa piaule, de chasser les effluves de Geneviève avec un parfum à lui... encore un cadeau... une lotion pour messieurs qui se soignent les chemises en soie brodées à leurs initiales et qui ne peuvent pas dans ces conditions renifler le faisandé : *Heure du soir.. Vent d'automne... Regard bleu* que s'intitule ce genre de flacon pourvu qu'on en ait l'odeur.

Six plombes donc, il est en train de se parfaire en se limant les ongles. Bruit de moteur… ça vient vers son pavillon. Une splendide Talbot Lago noire à capote blanche avec les pneus à flanc blanc… rutilante machine à faire crever d'envie tous les lascars qui traînassent aux Champs-Élysées… les vanneurs godelureaux ensnobinés parfois jusque dans le fondement sans pouvoir parvenir jusqu'au volant d'une pareille charrette.

Hortense est au volant, elle a dû laisser Raymond revenir avec la Plymouth. Elle sort, claque la portière, elle est en tenue sport… tweed et chaussée de souples mocassins… Elle se donne un coup de flou dans la chevelure… La moindre des choses qu'il descende, il peut pas prétexter ses maux de tête pour rester dans sa chambre.

Il sort, elle est restée debout devant la Talbot. Naturellement en pleine lumière… plein jour… au regard de la domesticité ils ne peuvent pas s'étreindre, s'offrir les bagatelles, les hors-d'œuvre… patins-couffins « Chérie ! Mon amour ! » Ils ont pris l'habitude en public du baise-main et du voussoiement.

— Chère comtesse… il dit un peu ironique… Quelle belle voiture !

Elle se retourne, lui ouvre la portière.

— Elle est à vous.

Il hésite… à lui ?

— C'est votre cadeau d'anniversaire.

Anniversaire… C'est vrai, il a trente-trois piges

aujourd'hui et il n'y avait pas pensé. D'habitude, il a pas eu souvent l'occase qu'on lui souhaite son anniversaire.

— Ça vaut bien un petit cadeau.

Il pourrait répondre que c'est trop... qu'il mérite pas tant.

— Prenez le volant et si ça vous chante allons faire un tour pour l'essayer.

Mettez-vous, autant que votre imagination vous le permette, à sa place. Ce cadeau exceptionnel qui lui arrive alors qu'il vient de trahir odieusement sa bienfaitrice, ça ne simplifie pas les choses. Il va se cloquer au volant. Jusque-là, il n'avait jamais possédé de voiture aussi prestigieuse. Hortense vient s'asseoir à côté de lui. Il la sent ardente... il va être obligé de jouer maximum le migraineux poussif. Tout ça tombe mal, Huit jours de plus, ce cadeau somptueux il l'aurait reçu sans trop d'état d'âme.

Elle lui explique le tableau de bord, les vitesses... le clignotant... les phares. Oh ! pour conduire, il a la pogne sûre, il a presque appris à tenir un volant en volant. Les deux mots à la suite peuvent choquer le puriste, mais comment dire... Pour exécuter ses plus belles entreprises, il lui fallait quelques chevaux-vapeur... et puis driver tous ces engins avec dextérité. Dans une équipée, un commando sur une banque, de l'homme aux commandes de la voiture dépend le bon déroulement de l'affaire. C'était la place de Bonnot dans sa célèbre bande.

Gilles plusieurs fois a semé les flics... ce qui n'est pas à la portée d'un chouraveur de mobylette.

— Vous êtes heureux Gilles ?

Il manque de voix pour lui répondre. Il s'excuse de ne pas exprimer tout son enthousiasme mais il est tellement surpris... et puis il a la tête comme une bouilloire.

— Vous pouvez tout de même essayer votre cadeau. Je vous propose une promenade dans les environs.

Il a mis le contact... elle démarre quart de tour cette superbe chiotte. Il manœuvre, il passe en seconde.

— Votre mal de tête va disparaître en roulant, mon amour.

En d'autres conjonctures, il bicherait de conduire une automobile de cette classe. Cadeau... c'est à lui. Ça lui paraît presque injuste. Pour mériter d'être aussi gâté en somme il lui suffit de savoir se servir de son chibre.

Ils roulent... peu à peu, il y prend goût à cette Talbot. Elle a penché sa tête sur son épaule. Il peut pas s'empêcher de penser que la veille il était avec sa fille, que c'était lui qui se penchait, qui passait son bras derrière ses épaules.

— On va où ? il demande.

— Prenez la première route à droite après Langière.

Merde ! c'est le même parcours. Décidément ça lui remue le fer dans les couilles. Elle lui explique comment bien conduire, soigner cette voiture.

— Comme vous me soignez, je peux pas mieux vous dire.

Ce qu'il peut pas lui révéler c'est qu'il a essayé

un autre modèle pendant son absence. Il n'ose pas appuyer sur l'accélérateur, c'est vrai qu'il a le crâne en bouillie, pas seulement à cause de sa chute de jument. Vous avez vu, lu plutôt, toutes les péripéties qu'il a traversées depuis trois jours. L'épaule, la conquête de la marquise… suivie de sa disparition et puis les autres arcandiers qui sont venus lui rappeler qu'on les largue pas aussi facilement que les membres d'un club de billard.

— Que vous est-il arrivé avec Félicia ?

— Elle m'a basculé dans la rivière, la sale rosse.

Ça ne lui semble pas grave, à la comtesse, elle a un petit rire.

— C'est une bête un peu caractérielle… Vous avez pris un bain ?

Bien forcé de lui donner davantage de détails… son épaule démise…

— C'est votre fille qui m'a dépanné.

— Ma fille ? Geneviève ?… Elle était avec vous ?

Le ton d'une surprise un peu aigre. Il la rassure. Elle chevauchait dans les parages et elle l'a aperçu en difficulté… elle est venue à son secours.

— Et elle m'a fait un pansement, voilà tout.

Hortense n'en revient pas ! Un pansement… sa fille ? D'après sa réaction, ça ne doit pas être dans sa nature de se porter au secours des gens… des malheureux et des blessés. Lui, il se croit obligé d'ajouter bêtement.

— Elle est très serviable. Très gentille. Elle m'a accompagné chez le médecin pour me faire faire une radio. Voilà… je n'ai rien… Pas de fracture.

— Votre épaule s'est remise toute seule ?…

— Oui, la marquise m'a un peu aidé

— La marquise ? Mais comment ?

Forcé qu'il rambine sur la scène… dans son pavillon… elle l'a massé… ses mains expertes.

— Elle m'a dit qu'elle avait appris ça chez les cheftaines.

Elle ne demande plus rien, la comtesse, elle est masquée. Hors de doute qu'elle n'a pas une confiance excessive en sa fillette. D'après les témoignages, les recoupements et sa façon d'éluder les questions lorsqu'on lui en pose sur Geneviève, à l'évidence c'est pas le grand amour entre elles. Peut-être parce qu'elles ont le même caractère… les mêmes pulsions. Et puis, on sait très bien qu'Hortense ne s'est jamais souciée de sa progéniture. Toute à sa vie mondaine et galante, elle laissait la petite avec les domestiques. Leurs rapports c'était quelques bisous lorsqu'elle débarquait à la plaine Monceau… dans une de ses villégiatures à Deauville ou ailleurs. Joseph le père s'occupait davantage de sa fille… ses études, ses vacances, ses distractions. Les choses se sont déglinguées par la suite quand il a mijoté ce mariage avec le marquis. Il ne pouvait pas ignorer que ce dernier refilait de la jaquette comme pas un… qu'il fréquentait tous les invertis du Gotha. Par la suite, on sait, Geneviève a fait la part des choses en adoptant le comportement de sa mère.

Depuis des années elles se rencontraient le

moins possible, juste dans les occasions officielles, et dès que Gilles est sorti de prison, Hortense a tout bétonné à son endroit. Elle se la donne sévère de sa fillette. D'un peu partout elle recueille des échos sur ce que les gens bien appellent son inconduite.

Ça la tracasse cette histoire de jument, de pansement et de radiographie.

— Je crois qu'elle est repartie votre fille.

Hortense ne sait trop quoi répondre, sa fille ne la tient pas au courant de ses voyages, ses séjours au château du Haut-Lucé. En général elle évite de s'y retrouver en même temps qu'elle.

— Je ne savais pas qu'elle devait venir…

Au ton de la voix, il saisit qu'il y a du liquide inflammable dans le gaz. Il se remet à parler de la Talbot… quelle voiture fabuleuse ! il pousse une pointe de vitesse… s'efforce d'arborer un grand sourire. Ça roule tant et si bien sans obstacle qu'ils approchent d'Alençon. À nouveau il se sent manquer de toc.

— Tournez à droite.

Et voici l'auberge… celle de m'sieur Resmenard, la même petite cour… le perron.

— C'est là…

Elle précise, elle ne sait pas qu'il n'en a pas besoin. Il ralentit, gare la Talbot dans la cour… il va la laisser entrer la première… ça lui paraît impossible que les serveuses ou le patron lui signifient qu'ils le connaissent. Dans les meilleurs établissements, la discrétion est de rigueur… surtout concernant les couples.

Encore une fois le patron qui se ramène avec sa

toque pour saluer Mme la comtesse. Bien stylé, il n'a même pas la moindre grimace, le moindre mouvement de paupières qui pourrait laisser entendre qu'il reconnaît Gilles. Il pousse même le tact jusqu'à leur proposer une autre table que celle qu'il occupait hier avec Geneviève.

— Ça se corsait, je lui fais la remarque… t'as pas dû becter de bon appétit.

Ça il se souvient plus exact s'il a fait honneur à l'art culinaire du chef. Un homme qui, dans sa partie, allait devenir vingt ans plus tard une espèce de star de la casserole. Parfois en feuilletant une revue genre *Fig Mag* ou *Match*, il occupe souvent toute une page… une photo où il s'épanouit la tronche en compagnie d'un homme politique, d'un acteur, d'un mannequin vedette… jusqu'à des princesses de Monaco ou d'Angleterre.

Sa comtesse, pour se maintenir la ligne, évitait de se gaver de foie gras et autres délices de table. Pendant ce dîner… beau essayer de converser gentiment de choses et d'autres, y avait comme une gêne entre eux. Ce qu'on pense et ce qu'on ne dit pas… Et ça finit par tourniquer autour du pot. Hortense était consciente de son infériorité par rapport à sa fille. Beau s'escrimer, l'âge vous talonne et quand votre propre image vous parvient devant la rétine avec vingt-cinq ans de moins… ça sert pas à grand-chose de se poétiser les regrets. C'est tout de même elle qui finit par remettre la question sur la table entre les assiettes.

— Ma fille vous a-t-elle fait grosse impression ?

Question soulignée de son sourire le plus suave.

Il hésite un peu… il a tort, elle interprète le moindre signe… les plus brefs silences.

— Elle est très belle et elle a été très serviable avec moi…

Serviable n'est peut-être pas le mot qu'il devrait employer, mais il s'efforce de minimiser sa description.

— Elle me ressemble beaucoup n'est-ce pas ?

Il lui faut bien répondre que oui… ajouter quelque chose pour la flatter… que la marquise Geneviève n'a pas sa classe, son allure.

— Vous ne m'en aviez jamais parlé de ma classe ni de mon allure…

Ça allait tellement de soi… elle subjuguait tout le monde rien qu'en apparaissant. Sans doute il avait dû lire des appréciations de ce genre sur Hortense dans quelques revues spécialisées que ne lisent que les femmes du monde et les concierges. Ces dernières encore plus avides sur la vie des princesses charmantes.

D'instinct, il se demandait si elle n'avait pas tout pigé. Puisque sa fille suivait son exemple dans sa carrière amoureuse… elle ne pouvait pas ne pas avoir reçu un coup de chaleur dans tout le corps en rencontrant Gilles.

Et lui, oh, elle le connaissait maintenant dans tous les recoins de son âme tout de même restée voyoute. Ça lui paraissait impossible qu'il n'ait pas tenté une de ses manœuvres pour la suborner. Et ses soupçons allaient se renforcer lorsqu'une fois cette dînette gastronomique terminée, ayant repris la route du castel, elle lui demanda s'il venait la rejoindre tout à l'heure. Elle ne venait plus le retrouver dans son pavillon. Ça lui paraissait plus discret, il savait se mouvoir comme un vrai chat pour circuler dans le château, dès que toute la valetaille était rentrée dans ses quartiers il se glissait jusqu'à la chambre de Madame. Ça ne sauvait que des apparences connues de tous. Un peu comme chez les monarques au XVIII^e siècle… les galants bien membrés se pointaient comme ça en lousdoc dans la piaule de la reine, la duchesse ou la princesse en essayant de ne pas faire trop craquer les lattes du parquet.

À la question qu'il attendait, il s'est préparé. Ce mal de tête, son épaule encore douloureuse. Le médecin, celui qui l'avait radiographié, lui a recommandé de faire attention aux faux mouvements.

— Eh bien reposez-vous !

Ça a claqué comme un coup de fouet. Tout à coup redevenue l'altière aristo parlant à ses gens… Holà ! mes gens !

Sortie brusque de la Talbot à peine sur l'esplanade. Ça serait lamentable qu'il essaie de la retenir ou que tout à l'heure il se présente pour rambiner. Certes il pourrait lui faire un peu de broute-minou et ensuite il avait encore des réserves pour l'honorer convenablement. Mais c'est à la deuxième reprise qu'il risquait de manquer de punch… Habituellement c'est quand on le bisse qu'il est le meilleur comme tous les artistes. Hortense c'est son plat de résistance… et là, il allait mollir, la nuit précédente il avait dépassé ses propres records pour accrocher Geneviève à son instrument.

Mille et une excuses de vous aligner tout ça aussi crûment. C'est la première fois que je m'essaye au roman d'amour et je trouve que dans ce genre on parle en général de tout... de l'âme, du cœur et même de la monnaie mais avec trop de précautions, circonlocutions et métaphores pour aboutir à ce qui est tout de même l'essentiel. L'amour c'est avant tout une belle bite ardente et une minette qui s'en pourlèche. Le reste est littérature et je ne nie pas qu'elle ait son rôle, la littérature, et ses jolies formules. Les hommes ont inventé tout ce fatras des sentiments, de la poésie d'exaltation romantique pour rendre l'accouplement peut-être plus agréable, plus civilisé... plus habillé. On s'est protégé autant que faire se peut de l'animalité... de la brutalité, du rut.

Et à force d'inventer, d'échafauder, on y croit... Hortense, dans le tréfonds de son être, elle sait tout ça... que ça va être difficile de sauver ce qu'elle appelle *son amour*. L'attaque parvient de ce qu'elle redoute le plus... une incarnation la plus déchirante de sa jeunesse.

— Je gambergeais à mort, tu penses. C'était Hortense une gonzesse capable de tout. Si ça cassait je voyais pas bien où me rattraper.

Sans être absolument motivé par ses intérêts les plus triviaux... en cas de dèche il imaginait pas que

Geneviève, la douce marquise aux beaux yeux, puisse prendre le relais. Ça le condamnait à plus ou moins long terme à se retrouver avec les Mario, les Jo Points bleus, les Gros René et autres Archange pour repartir à l'assaut des coffres-forts. Il atteignait un âge où il était urgent de poser son sac, de ralentir ses activités de jeunesse, surtout les siennes si hasardeuses.

À Hortense il devait son sauvetage. Elle avait, dans un souci de charité chrétienne, voulu sauver les âmes perdues. Son bilan devait être maigrelet depuis qu'elle *visitait* les détenus. Elle avait donné du fric — ce qui lui était facile —, des bonnes paroles, des petits services, mais jamais elle n'avait fait état d'une réussite. Ses collègues non plus de l'Association des visiteurs de prisons n'avaient pas beaucoup de résultats tangibles. Cherchaient-ils cela ? On n'est pas bon, dit un penseur pessimiste, on est content.

En définitive son seul succès à la comtesse Hortense de Wilfried c'était lui... l'ennemi public numéro un, redevenu agneau si doux. Inutile d'épiloguer sur les moyens employés pour lui faire quitter le mauvais chemin. Allait-il déglinguer ce bel édifice édifiant pour une toquade amoureuse ? La question... il aurait bien voulu que tout ça se déroule catimini, qu'il puisse revoir Geneviève sans qu'Hortense ne s'en aperçoive.

Ça n'en prenait pas la tournure... la façon sèche dont elle l'avait quitté ce soir-là indiquait qu'elle soupçonnait son bel étalon malfrat d'avoir folâtré sinon davantage avec sa fille.

Le lendemain elle boudait notre comtesse. Elle est sortie aux aurores faire un peu de cheval dans le parc... dans la forêt. Gilles l'a aperçue de sa fenêtre, il imaginait qu'au retour elle viendrait le saluer... qui sait s'arrêter un moment chez lui pour une réconciliation sur le traversin. D'ailleurs c'était pas le mot exact *réconciliation*... elle s'était fâchée toute seule sans preuve tangible qu'il l'ait cornardée, Avec mauvaise foi il se tirait le raisonnement vers lui... qu'il avait bien le droit, après tout, d'avoir un coup de barre... il n'était pas un animal reproducteur. Jusque-là, il l'avait gâtée, rassasiée presque à la commande. Il lui disait « Je suis ton petit boy-scout... toujours prêt ». Un don du ciel de pouvoir s'érectionner à l'ordre. Le tout est d'agrémenter la chose d'un peu de romantisme... enfin ce qu'il considérait comme du romantisme... des formules qu'il transformait selon les circonstances.

À midi elle n'a pas reparu. Entre-temps il avait été se taper un petit footing pour se remettre en forme. L'autre non plus, le modèle plus jeune, elle donnait nul signe... nib de message... Téléphone, bafouille... que dalle ! Dans l'immédiat il était un peu tracassé par la fâcherie de la comtesse, mais il se rassurait en se disant qu'il avait encore les moyens de la ramener à la raison... Pour ce qui était de Geneviève c'était le brouillard... après une nuit si exceptionnelle qu'elle s'évapore de cette façon, il se grignotait en points d'interrogation. Le pire serait le mieux… qu'elle ait eu un accident, qu'elle soit bloquée quelque part… si elle était pimpante, en excellente santé, même d'Angleterre elle aurait pu lui adresser un petit message d'amitié.

Voyez, lecteurs et lectrices, je vous introduis dans des méandres sentimentaux qui ne sont pas habituellement la pâture de mon stylo. On n'y peut rien, dans ce turbin plumitif on est parfois amené par nos personnages sur des pistes qu'on était loin de prévoir.

Le lendemain, puisque la belle Geneviève ne se manifestait toujours pas, il lui fallait absolument reprendre ses marques chez la comtesse. Il s'en voulait presque, me confiait-il trente ans plus tard, d'être uniquement préoccupé de ce genre d'histoires, il pouvait pas s'empêcher de se considérer presque en déchéance.

La nuit suivante Gilles s'est pointé sans crier gare dans la carrée de Madame. Il a pas attendu qu'elle chipote, proteste… s'enfonce dans les suppositions. Au panier d'autor. Il avait la paluche magistrale, lorsqu'elle se plaçait au bon endroit, le problème était résolu.

On aurait pu croire qu'ensuite l'affaire était classée, mais la comtesse gardait tout de même un gros soupçon au fond de son âme. Les jours suivants elle ne fit plus aucune allusion à cette rencontre entre sa fille et son amant. Bonheur parfait en apparence. Ayant obtenu une autorisation spéciale pour que Gilles puisse quitter quelques jours le territoire, ils s'offrirent un petit voyage jusqu'en Espagne où régnait le général Franco. Hortense un peu partout elle avait des relations... des gens de grande famille... à titres ou à fric et souvent ça va de pair... ça lui donnait une espèce d'alibi à sa randonnée amoureuse... À Barcelone c'était Gilles qui connaissait du monde... pas du beau mais du solide... quelques proxénètes installés dans leurs meubles... propriétaires de maisons accueillantes aux amateurs de beautés ibériques.

Comme pour se faire pardonner son incartade avec Geneviève, il conduisit la comtesse chez Max le Stéphanois, un vieux malfrat qui avait mené rondement ses affaires et qui possédait une somptueuse villa à l'écart de la ville. Il vivait là très à l'aise avec une certaine Judith qu'il avait sauvée de la persécution nazie en lui offrant d'abord une place de choix dans un de ses bordels, ensuite dans sa propre vie... Une évolution qui se rencontre, le barbeau vieillissant qui s'amarre avec sa meilleure gagneuse. Bon choix. Judith s'avérait une maîtresse aussi efficace pour tenir une maison bourgeoise qu'un bobinard.

Hortense, depuis qu'elle visitait les prisons, se targuait un peu de connaître l'engeance voyoute. En fait, à part Gilles, elle ne rencontrait derrière les hauts murs que des pauvres types qui n'avaient que peu de choses à voir avec la véritable truanderie. Les maques, en particulier, n'avaient jamais de contact avec les visiteurs d'organisations charitables.

Max le Stéphanois donnait bien le change depuis qu'il était en Espagne. Il se voilait sa profession sous des dehors affables, des attitudes paisibles... et surtout il évitait les fringues qu'affectionne la corporation au point de devenir une sorte d'uniforme. Et Judith lui donnait très bien la réplique dans une certaine sobriété peu courante parmi les taulières, Son établissement était, il est vrai, fréquenté par des pontes du régime franquiste et des étrangers de bon aloi.

Ce couple modèle, si on peut dire, était aux anges de recevoir en même temps un malfrat aussi célèbre que Gilles Dastel en compagnie de la comtesse de Wilfried. Bien sûr, ils avaient pu se tenir au courant de leurs amours grâce à cette si bonne presse qui ne les quittait pas d'une péripétie... De loin maintenant puisque Gilles ne nourrissait plus les articles de la chronique des faits divers... n'empêche qu'au moindre écart, au moindre écho, elle dépêchait ses envoyés spéciaux.

Soirée mémorable pour Hortense. Un dîner au patio, service assuré par des larbins presque aussi stylés que les siens. Max, s'il avait pris un peu de bide avec les ans, gardait en réserve des trésors de jactance séductrice à l'usage des dames. Il savait que, passé les naïvetés de la jeunesse, il faut les faire rire et il s'y employait à merveille. Au dessert, il avait franchi les étapes d'une presque familiarité et l'odeur du hareng revenait en force dans les propos. On sait aussi que les gens du monde aiment s'encanailler. Hortense dans ce domaine n'avait pas grand-chose à apprendre grâce à Gilles, cependant quelques récits savoureux du Stéphanois lui réservèrent des surprises.

Pour clore cette soirée mémorable, Max fit à la comtesse les honneurs du tour du propriétaire. Visite guidée dans le lupanar le plus huppé de Barcelone dont il était le tenancier. Hortense n'avait jamais mis ses escarpins dans un tel mauvais lieu... Elle y fut aussi à l'aise que dans un salon proustien.

Max l'entraîna sur la piste pour danser le tango. C'était sa spécialité le tango, qu'il avait appris en Argentine quand il faisait la remonte à ses débuts. La remonte plus connue sous le nom de traite des Blanches... un négoce qui consistait à racoler des filles bien de chez nous pour les envoyer au tapin à Buenos Aires.

Quelques gagneuses françaises avaient reconnu Gilles. Gilles l'évadé au grand cœur... Champagne pour tout le monde !

— Au lieu de rester en France à jouer au con, tu pourrais t'installer ici... on t'aiderait à ouvrir une maison.

Voilà ce que lui glissait Judith pendant qu'Alex tangotait avec Hortense. Elle était encore consommable Judith... un peu de volume autour des hanches... les mamelles bien prises dans une guêpière. On respirait en elle une experte au paradis de la luxure.

Gilles commentait au cours d'une de nos discussions.

— C'était à envisager ce que me disait Judith. Une fois fini mon temps de conditionnelle, je pouvais me faire la malle à Barcelone... me réinsérer dans le pain de fesses.

Il s'était arrêté dans cette méditation... un peu de regret de ne pas avoir saisi cette superbe occase l'année suivante.

— Question mentalité... c'était pas mon truc.

Il en revenait toujours à ça... qu'il n'arrivait pas à se concevoir Julot malgré les atouts qu'il aurait eus dans le métier. Pas besoin de vous les énumérer... belle gueule et belle bite. C'est presque suffisant, Il faut toutefois y ajouter une certaine façon de se comporter avec les flics... qu'ils soient français ou espagnols. Dans ce domaine on ne fait rien sans leur autorisation... on les paye certes en bonne monnaie du pays, mais aussi de confidences qui s'apparentent à la balançoire...

Chez le général Franco en ces années où il était le maître absolu, on imagine difficilement qu'un propriétaire de bobinards comme le Stéphanois puisse prospérer sans amitiés compromettantes en haut lieu.

— Il s'est fait dessouder Max le Stéphanois, me révèle Gilles en conclusion.

Tout lieu de penser que la rafale qui l'a coupé en pleine vieillesse florissante était l'œuvre plutôt d'anarchos que de truands français avec lesquels il n'avait apparemment que de bonnes relations. Toujours compliquée, infernale, la vie de malfrat ! Gilles ça lui apportait de l'eau à sa fontaine, ce qu'il était advenu à Max.

— Et Judith ?

Je lui demande presque bêtement... le sort de

cette souris me passionnait pas spécialement. Lui non plus... il n'a pas entendu dire qu elle ait été touchée, blessée ou quoi... elle a dû continuer à gérer ses claques.

— T'aurais pu aller prendre la succession de Max.

Je lui dis ça en me marrant. Il me répond à peine... de toute façon il en avait sa ration des vioques... La belle Judith naviguait dans la même décennie qu'Hortense, d'avance il déclarait forfait.

Il arrivait dans une période où il envisageait plutôt de larguer Hortense... que ça corresponde à peu près au moment où il aurait fini légalement sa peine. Ça serait plus facile de lui expliquer qu'il avait besoin de reprendre davantage d'indépendance... L'idée d'ouvrir un magasin de brocante le séduisait assez. L'ennui c'est qu'il serait encore longtemps sous la coupe de la comtesse. Avec le casier judiciaire à rallonges qu'il se trimballait, il ne pouvait pas être inscrit sur les registres du commerce. D'autant que la brocante lui laissait la porte ouverte à toutes les fourgueries.

Du temps avait passé... quelques semaines sans nouvelles de la marquise Geneviève. Gilles en avait pris son parti... Elle avait sans doute voulu se l'offrir à la façon dont les mecs s'offrent une fille au passage. Ça froissait un peu son amour-propre de mâle monté spécial pour dames énamourées. Ce n'était qu'un début... vingt ans plus tard, ça deviendra monnaie courante, nos jeunes filles en fleur se feront bourrer à bite que veux-tu avec une désinvolture que les plus élucubrants anticipateurs n'avaient osé imaginer.

Et justement, on en arrive à ce propos dans un dénouement pas prévu du tout à ce roman d'amour. Gilles, sa passion pour Geneviève s'était apaisée. Même si Hortense gardait quelques soupçons sur cette rencontre cavalière et ce qui s'ensuivit, elle s'efforçait de tout garder pour elle… La sagesse même… puisque son amant lui restait, n'était-ce pas l'essentiel ?

Elle avait déjà trouvé un pas-de-porte pour ce magasin qu'elle voulait lui offrir. À Montmartre, ce qui ne pouvait que lui plaire, presque sur la Butte, en haut de la rue Lepic. La seule solution pour s'en sortir légalement… qu'il soit son employé… une sorte de gérant.

L'occasion, en allant visiter la boutique, d'aller se racler les godasses dans les ruelles montmartroises.

— Je me sentais revivre… disait Gilles.

C'était un moineau de Paris, garanti pur argot. Près de la Butte sans coup férir, il connaissait tout le monde, les commerçants aussi bien que les malfrats, les mémères honnêtes aussi bien que les putes. De temps en temps le peintre Gen Paul sortait de son atelier en tirant sa guibolle mécanique, celle que la Patrie reconnaissante lui avait offerte en 14-18. La comtesse naguère lui avait acheté quelques toiles… des clowns et des cyclistes.

— Dès qu'il m'a vu avec elle, il a pigé tout de suite d'où je sortais… Il m'a proposé d'aller chez lui pour qu'il me tire le portrait.

Je voyais d'ici la scène, le Gégène il attaquait son monde à l'emporte-pièce. « T'as une belle gueule… passe me voir, je vais t'arranger. »

Gilles il était pas hostile à ce projet, mais voilà… il devait repartir… il reviendrait bientôt… Les choses ont tourné autrement et ça nous a fait un chef-d'œuvre de moins à la cimaise des galeries.

Ç'aurait été une sinécure attrayante ce magasin de la rue Lepic… y avait de l'emplacement pour entasser la camelote dans une vaste arrière-boutique… au premier étage un appartement qui ne demandait qu'à accueillir une installation confortable… d'une fenêtre une vue qui dominait les Invalides, le Panthéon, Notre-Dame, la tour Eiffel… le nec plus ultra du parisien. Ce qui arrangeait tout… la douillance cash de la comtesse. En cela c'était une véritable fée, elle faisait un geste et tous les problèmes qui tracassaient le commun des mortels s'évaporaient avec son parfum.

Pour l'initier à la brocante, la chère Hortense emmenait Gilles dans les ventes, dans les fermes à la recherche de meubles, d'objets rustiques dont elle pressentait qu'ils allaient devenir de bonnes valeurs marchandes dans un proche avenir. Ce qui fut à partir des années 60… les paysans fourgueraient leurs meubles en hêtre, en noyer, leurs huches à pain… pour s'offrir du mobilier en Formica… leurs lampes à huile contre des rampes de néon.

Hortense en de multiples domaines avait un flair de clébard… un sens des affaires aussi développé que celui de son défunt mari. Gilles s'y mettait, il commençait à prendre goût à toutes ces bricoles. Pour l'instant, on envoyait Raymond avec une camionnette chercher leurs acquisitions pour les entreposer rue Lepic dans les arrières du magasin que des ouvriers remettaient en état pour l'ouverture.

Prévue pour quand ?... mars ou avril... au printemps de cette année-là. Tout aurait baigné dans l'huile et les parfums d'Arabie sans cette nouvelle qui lui arriva un jour qu'il rentrait seul au château au volant de sa Talbot, pendant une période où la comtesse s'adonnait à la bienfaisance dans l'univers carcéral.

C'est arrivé par Adèle la cuisinière, une aimable personne qui ne cachait pas un certain penchant pour Monsieur Gilles... penchant platonique... il ne pouvait pas être partout et c'était tout de même une sexagénaire à la mamelle généreuse et au fessier confortable. Elle avait été faire je ne sais quelles courses à Langière et elle rentrait à pied lorsque Gilles l'a aperçue. Coup de frein. « Montez Mme Adèle. » Avec plaisir... elle traînait un lourd panier. Conversation pluie et beau temps pendant deux bornes. Ça fait toujours plaisir de se faire admirer des femmes, même de celles à cheveux blancs aux allures de bonne-maman. La façon dont elle le regardait et le ton sur lequel elle lui parlait disaient que dans sa jeunesse, par un bel homme comme lui, elle se serait laissé étendre dans l'herbe.

— On a du travail ce soir. La marquise nous tombe sur le dos sans crier gare !

Gilles au volant ne se départait pas d'un calme de sportif, sinon il aurait fait une embardée. La marquise… y avait qu'une marquise… Geneviève ! Enfin, il allait connaître la raison de son silence depuis le mois de septembre.

— Elle donne bien du souci à tout le monde Mme la marquise.

V'là ce que dit cette brave cuisinière juste avant que Gilles ne la dépose sur l'esplanade du château. Il n'osa pas lui demander davantage de précisions. Pendant qu'il manœuvrait pour prendre la direction du pavillon, il ne put s'empêcher de jeter un œil vers les fenêtres de ses appartements sur la droite, dans l'espoir de l'apercevoir. Nib. Elle était revenue sans lui faire le moindre signe… comme s'il n'existait pas… qu'il n'y eut rien entre eux. Jamais de toute sa carrière d'enjambeur de dames, il n'avait subi pareille vexation.

La suite était encore plus imprévisible. Gilles avait essayé de téléphoner à Geneviève… Pas de tonalité, elle avait décroché sans doute. C'était un signe de désaveu supplémentaire. Après une nuit coupée de gambergeades saumâtres… au petit matin, comme pour tenter la diablesse, il avait été à l'écurie chercher la jument Félicia, et il avait repris le même chemin qu'en septembre.

Félicia maintenant il la tient bien à la bride. Le temps s'est mis à la flotte, aux rafales de vent, ça lui fouettait plutôt la volonté.. depuis ces derniers mois il s'était nettement perfectionné dans le sport équestre. Pas encore de quoi s'aligner avec les cadets de Saumur. N'empêche que cette fois... hop ! la rivière, il se l'est passée sans décoller son cul de la selle. Il s'attendait presque à retrouver Geneviève sur l'autre rive. Les miracles n'ont lieu qu'une fois selon le titre de je ne sais quel film... Il n'avait plus qu'a rentrer. D'habitude, il faisait encore un peu d'entretien physique le matin. Il avait besoin de ça pour toujours se sentir prêt à tout affronter comme lorsqu'il préparait ses évasions.

Il rentre sans se presser Félicia à l'écurie. Va-t-il croiser la marquise aux abords du château ? Il fait encore traîner les choses... Il bavarde avec le lad. Rien. La fée ne daigne pas apparaître.

Un peu plus tard, tandis qu'il revient d'une seconde promenade mais celle-là en courant à pied, en petite tenue... qu'il est en sueur... il l'aperçoit qui se dirige vers le garage... Sa silhouette... elle est vêtue d'un imperméable... mais il lui semble qu'elle a épaissi. Oh, merde, il a pas le temps de la détailler davantage, elle a tourné sur la gauche. Il n'ose plus avancer... quand elle sortira au volant de sa Mercedes, elle ne pourra pas ne pas l'apercevoir. Pour l'apercevoir, elle l'a aperçu... aucun doute... sans tourner la tête, sans un regard. Lui, comme un collégien, il lui fait un rapide petit signe de la paluche lorsqu'elle passe devant lui. À rien y comprendre. Il ne lui a pourtant pas porté préjudice, d'une façon l'autre, Une nuit fabuleuse et puis plus rien... moins que s'il était un domestique. S'il n'y avait pas la maman entre eux, la comtesse, il n'hésiterait pas, il irait la relancer jusque dans ses appartements situés au-dessus de ceux d'Hortense. Il est pris d'un léger soupçon… elle avait l'air alourdie avec cet imperméable… Soupçon qui va s'avérer une certitude. Geneviève est enceinte !

Jusque-là je connaissais la biographie de mon pote dans les grandes lignes, mais, là, il me balance une sacrée révélation.

— Enceinte de toi ?

Il est le premier candidat papa. Ce qu'il ne pouvait pas savoir, c'est que la jolie marquise avait décidé de se faire engrosser pour stabiliser sa situation vis-à-vis de la famille. Son pédé de mari va être obligé de reconnaître l'enfant. Ça va redoubler de ragots, de rires sous cape dans le beau monde. Remarquez que ce genre de situasse n'était pas inédite parmi les ducs, barons et monarques, impuissants ou invertis. Jadis lorsqu'il s'agissait de perpétuer les dynasties… on y regardait pas de si près sur les reproducteurs titrés ou non qui papillonnaient autour de l'héritière, C'est pas mon propos de vous faire une rétrospective historique. Ces affaires ont nourri maintes chroniques et le public avide de bignoleries a toujours assuré le succès de ces anecdotes croustillantes racontées par Guy Breton dans les *Histoires d'amour de l'Histoire de France.*

— Cette salope, elle avait décidé de me mettre à contribution. Que ce soit un voyou qui l'engrosse et en plus l'amant de sa mère, là, elle bichait.

— Attends... explique un peu... comment t'as appris ça ?

Je deviens avide de détails. Ça alors, j'avais jamais su le traître mot de cette salade

Voilà... un peu plus tard ce jour-là elle est sortie pendant une trêve du mauvais temps. Cette fois en taille, si on peut dire... taille déjà bien arrondie. Lui il était en quart, à sa fenêtre il guettait les allées et venues en sculptant un serpent autour d'une canne en noisetier. Sitôt extirpée de son castel, elle s'est avancée à pied quasiment dans sa direction. Qu'eussiez-vous fait à sa place ? Laissé tomber le couteau et le bel ouvrage artistique... bondir... ouvrir la lourde ? Sans marquer aucun émoi elle avançait dans l'allée centrale... pas d'erreur possible, le bide en avant bien arrondi d'une femme enceinte de six ou sept mois.

Il a accéléré pour la rattraper, il ne se souciait plus de savoir si des fenêtres du château on observait la scène. Sans doute. Tout le monde sait tout et fait semblant de ne connaître que ce qu'il est bon et utile de savoir.

— Geneviève !

Elle l'avait vu mais elle continuait de marcher jusqu'à ce qu'il l'interpelle.

— Bonjour monsieur Dastel... Comment allez-vous ?

V'là comme elle l'accueille. C'est ahurissant... il s'avance... il répète... « Geneviève ! Geneviève ! »

Enfin, elle s'arrête, elle daigne lui accorder un regard. Il est tellement soufflé par son attitude qu'il ne sait plus comment s'exprimer. À tout hasard il dit :

— J'attendais de vos nouvelles…

Elle sourit et répond en exhibant son ventre :

— Eh bien, voyez, vous en avez !

Ensuite de quoi elle se met à rire franchement. Dans ce rôle de belle indifférente, elle est encore plus excitante, plus désirable malgré son état. Son visage est calme… radieux on pourrait dire… Il s'est approché… il pourrait la prendre dans ses bras, mais il manque de toc… il admet, elle le domine.

— Ça vous surprend ? Je croyais que rien ne pouvait vous étonner, cher voyou.

Il n'ose pas préciser ce qu'il se demande… si l'enfant qu'elle porte est de lui. Elle lit dans sa tronche, c'est encore elle qui, en haussant les épaules, ajoute :

— De qui voulez-vous que ce soit, monsieur Dastel ?

— Mais pourquoi ne m'avez-vous rien dit ?

Il est complètement décontenancé… comment pouvait-il s'attendre à ça et à son attitude.

— Était-ce bien nécessaire ?

Elle avance, il marche à présent à côté d'elle… il se fout des observateurs… de tous ces larbins aux aguets. Vraiment il est dépassé. Elle lui dit comme une chose banale qu'il est le père du gosse qu'elle porte, un point c'est tout… que c'est sans importance, elle lui fait sentir qu'il n'est qu'une sorte de larbin. De larbin étalon en quelque sorte.

— Mais… autour de vous ?…

Elle rit sans retenue.

— On fait semblant de croire que mon mari a eu un moment d'égarement.

Elle secoue sa chevelure blonde, elle est éclatante, épanouie par sa grossesse. Il ne sait plus que lui dire. Tout ça est tellement extraordinaire... ils arrivent à l'orée du bois. Maintenant à l'abri des arbres, du château on ne peut plus les observer... Il va en profiter pour lui casser le morceau.

— Vous vous foutez de moi...

— Pas le moins du monde. Vous devriez être content que tout ça ne tire pas à conséquence. Qu'est-ce que ça peut vous faire que j'attende un enfant ? Tout laisse supposer qu'il est de vous... mais vous êtes bien présomptueux d'en être aussi certain.

Elle se marre... il est débordé... elle n'est pourtant pas folle... Elle s'arrête, le regarde droit dans les yeux et ajoute :

— Rassurez-vous... Je vous avais choisi, Il n'y a pas de confusion possible.

— Moi ?... Vous m'aviez choisi ?

— Physiquement vous êtes un bel animal et en plus vous êtes un dangereux truand... enfin c'est ce que disent les journaux.

— Je vous comprends de moins en moins.

Il finit par l'acculer à des explications plus claires, plus précises. Elle répond, la fleur d'ironie à la bouche, les yeux pétillants d'esprit. Depuis longtemps se posait le problème, aussi bien chez les Wilfried que chez les parents de son mari, de la succession. Pas d'autres enfants... tous les biens réunis risquaient de s'éparpiller entre différents membres éloignés des deux familles. Elle ne pouvait rien attendre de son mari, tellement homo pure bite qu'il était incapable de posséder une femme ne fût-ce qu'une fois.

Je signale qu'à l'époque de ce récit il n'était pas encore question d'insémination artificielle, de bébé éprouvette. D'ailleurs, il est à supposer que même si Geneviève avait pu avoir recours à de tels procédés, elle les aurait refusés d'un de ses grands rires qui ne souffraient pas la discussion.

Ayant besoin d'un géniteur, ça lui était venu à l'idée que le Beau Gilles ferait admirablement l'affaire. Le fait qu'il soit l'amant de sa mère ajoutait à ça je ne sais quel parfum de perversité qui l'enchantait.

— Ça a l'air de vous chagriner ?...

Chagriner n'est peut-être pas le mot mais il est alors dans le coaltar... il s'attendait pas à devenir papa dans un pareil contexte.

— Vous n'avez rien à craindre. Nous nous sommes rencontrés... nous avons passé une nuit qui méritait bien d'être estampillée pour toujours... enfin pour longtemps... voilà... Seriez-vous fat au point d'attacher de l'importance à tout ça, mon cher Gilles ?

Pour la première fois de cette conversation extravagante, elle lui donnait du cher Gilles comme une petite concession de vague tendresse.

— Et cet enfant... je...

— Ça ne me paraît pas nécessaire de vous faire jouer au papa gâteau clandestin. Tous les jours des hommes mettent enceintes des femmes, des jeunes filles qu'ils ne reverront jamais. La terre n'en continue pas moins de tourner.

Il voudrait tout de même lui avouer qu'il en pinçait dur pour elle, qu'il s'était morfondu d'être sans nouvelles... En somme, que là, avec ce qu'elle vient de lui révéler, il est à la fois désarçonné mais qu'il reste amoureux d'elle. Il est obligé, en son for intérieur, de reconnaître que c'est une sacrée gonzesse... d'une personnalité aussi exceptionnelle que la maman. Avec cette différence que la maman c'est lui qui la drive, tandis que là c'est elle qui domine la situasse...

— Avec tout de même vingt-cinq piges de moins que la comtesse...

Ce que je lui fais remarquer. Question âge avec Geneviève il est en position d'infériorité surtout qu'il lui fait savoir qu'il en croque à mort pour elle. Un môme !... ça devrait lui donner barre sur elle. Jusqu'ici dans les romans de cœur, le monsieur séduisant qui avait mis en cloque une mignonne pouvait être un cynique individu ou un amoureux transi, il avait le rôle-titre, comme disent nos plumitifs de spectacle.

Je rappelle à peu près les dates, 1954, quelque chose comme ça... pour les mœurs, on était encore près des films de Marcel Pagnol... Fanny, qui pour éviter le déshonneur d'être fille-mère, épousait un barbon. Ça faisait la trame d'une kyrielle de mélo-tragédies. Pour les lectrices fin de siècle qui se vantent d'être mères célibataires, cette histoire du gangster et de la marquise pourra paraître carrément eau de rose. Je vais faire, vieux birbe, marrer carrément les allègres princesses d'Angleterre.

Toujours se fourrer dans le contexte, sinon vous ne pouvez entraver rien ni à *La Princesse de Clèves*, ni au *Lys dans la vallée*... à plus forte raison à la beauté du style et des sentiments de Chateaubriand avec *Atala*.

Ça nous réjouit pas excessif d'évoquer l'époque de Diên Biên Phu et du président Coty... On s'est pris près d'un demi-siècle dans la gueule... dans la braguette aussi ce qui est encore plus dramatique. Faire avec... on se résigne. Je réfléchis que son lardon à Gilles il est plus que quadragénaire à présent.

— C'est pas un lardon...

J'ai parlé trop vite, mais il s'en fout, il se ressert un coup de jinjin... un petit vin de Loire servi frais. Obligé de vous reconduire à notre table... on a d'autres potes autour de nous, des plus jeunots qui ne comprennent pas grand-chose à cette histoire... qui s'en foutent mais qui ont pour nous ce genre de respect qu'on a pour les grands-pères et dont on se passerait bien.

Ils se sont mis à dévier la conversation avec des grosses blagues... eux ils ont pas suivi toutes les péripéties de l'aventure. Ça fait maintes et maintes fois qu'il me la découpe en tranches... fur à mesure de nos rencarts aux tripes mode de Caen chez Denise ou ailleurs... diverses brasseries... quelques derniers rades où on se retrouve entre crocodiles d'antan.

Je vais pas, sous prétexte d'un coup de vin de Loire, vous laisser en rade au milieu d'une scène capitale. Ils sont donc dans le bois, nous sommes en février, d'après ce que je reconstitue… Lui, il sait plus comment s'en sortir. Obligé de se rendre compte que tous ses atouts habituels… son potentiel donjuanesque de barrière, n'opèrent plus sur la marquise. Elle lui lance même comme pour s'amuser :

— J'ai rarement rencontré un homme comme vous, mon cher Gilles. Vous valez le déplacement. Je comprends ma mère !

Un comble, elle remet sa dabuche sur le sentier forestier.

— Vous ne respectez rien…

C'est lui qui balance cette réplique ! De quoi se fendre la pêche, merde ! Sur le moment, il a pas senti la saveur particulière de ce qu'il venait de proférer… aujourd'hui, il se marre. Elle lui a rétorqué bien sûr aussi sec :

— Vous non plus !

Et encore ils ne sont que sur le terrain du sexe. Elle pourrait aussi ajouter qu'il n'a jamais tellement respecté le bien d'autrui… Il devrait sentir maintenant qu'il ne peut plus rien pour la rattraper par l'aileron des sentiments. Lui tourner le dos, se mettre sur son terrain d'une espèce d'indifférence amusée, hautaine. En insistant, il devient le cave de l'aventure… Il voudrait pas que ses admirateurs de la gent voyoute puissent le voir, comme ça, en infériorité devant une gonzesse. Il reste un peu sans rien dire, à la regarder… la contempler presque… plus elle est peau de vache, plus elle le séduit. C'est tellement l'évidence qu'elle finit par lui dire, d'un ton moins dominateur :

— Reprenez-vous… ce n'est rien. Surtout ne vous occupez pas de moi…

Facile à dire avec ce môme qu'elle transbahute dans son ventre… Elle poursuit :

— J'espère que mon enfant sera beau… qu'il vous ressemblera si c'est un garçon.

Il en est à se demander si elle l'autorisera à le voir… Il semble que ça ne lui paraît pas souhaitable et lui développe des arguments pour. Ils sont l'un l'autre trop éloignés socialement. Elle n'en tire pas un sentiment de supériorité mais elle pense, et sans doute a-t-elle raison, qu'on ne peut pas franchir comme ça toutes les barrières, les tabous qui séparent les castes… même en France où l'on proclame sur les frontons de nos mairies l'égalité pour tous.

L'énorme leurre !… tout est encore bien séparé par les origines, le fric, l'éducation. À la roulette de l'existence, Gilles devrait être payé pour savoir que ceux qui tirent les mauvais numéros ne pourront jamais prétendre qu'à un lot de consolation, s'ils sont bien dociles surtout.

Elle lui tient, l'air de rien, une sorte de baratin qui remet les choses en place. Il sent qu'elle a raison… qu'il ne pouvait rien espérer d'elle que des générosités de plumard. Pas si nature que la plupart de ses consœurs, elle ne se fera pas prendre au piège des sentiments s'ils la conduisent dans une impasse.

Qu'est-ce qu'il s'était imaginé avec sa belle gueule et ses performances sexuelles ? Il serre les dents... il voudrait tout de même pas perdre la face, il s'arrête, il la regarde durement.

— Si vous avez envie de faire l'amour un jour, faites-moi signe.

— Une nuit plutôt. Je n'y manquerai pas. Mais essayez de ne pas faire trop de chagrin à maman.

La maman, elle allait revenir de sa tournée bienfaitrice. Il allait se trouver dans un drôle de sac. Que Geneviève soit enceinte du marquis de la Manchette, comme on disait au XVIIIe siècle pour désigner les pédales, elle aurait du mal à le croire. Mais elle était sûrement pas au parfum de la situation intéressante de sa fille. Pendant les six mois qu'elle s'était absentée... où elle n'avait pas donné signe de vie à Gilles, elle était en Angleterre. Hortense manifestement se désintéressait de son sort. Si elle avait nourri quelques terribles suspicions à propos de cette rencontre forestière avec Gilles... que sa fille ne se soit pas manifestée depuis, ça lui paraissait plutôt bon signe.

Gilles avait coupé la conversation avec Geneviève en tournant les talons brusquement et il était rentré d'un pas rageur vers son pavillon. Tout ça se bigornait dans sa tronche... il y sentait monter la haine pour cette salope qui l'avait cinglé de vérités difficiles à prendre comme ça de plein fouet... en pleine gueule !

Il s'inquiétait aussi de savoir comment allait se dérouler au château la rencontre mère-fille. Et c'était là qu'il avait raison de se faire un peu de mouron. Ça allait se produire le soir même. Une scène que je ne peux pas vous rapporter exact, mais d'après ce qu'a compris Gilles, les deux femmes se sont toisées. Surprise d'Hortense, elle n'avait pas été avertie de la grossesse de sa fille. Pas les liens de famille qui les tenaient en bonne intelligence mais une telle désinvolture humiliait un peu la comtesse. Je crois que, pour toute explication, Geneviève lui a fait remarquer qu'elle devrait être plutôt contente... que la succession allait être enfin assurée. Nul besoin d'être licenciée en math pour faire dans sa tête un calcul... entre cet incident de cheval et cette rondeur qu'elle exhibait... ça pouvait bien être ce monstre de Gilles qui s'était dévoué pour l'engrosser.

Ça l'a éblouie soudain. Elle n'était pas femme à tergiverser, elle a pris Geneviève de pleine face et elle a posé la question toute simple : « C'est lui ? » Il pouvait pas se gourer, notre bel évadé, qu'il était tombé malgré les apparences sur des femmes qui n'avaient pas besoin de tourner autour des choses, de faire des manières pour masquer les problèmes comme elles se maquillaient la tronche. Ça leur venait sans doute d'une sorte d'atavisme aristocratique. Elles étaient l'une comme l'autre au-dessus de l'image conventionnelle véhiculée par les chroniqueurs du beau monde.

— Peut-être...

V'là la réponse de Geneviève. La pire. Tout était

avoué, mais entre parenthèses, comme si Gilles avait fait partie d'une succession d'hommes et que ça lui importait peu de connaître le responsable… enfin le père de l'enfant qu'elle portait.

La comtesse, sur cette réplique, s'est refermée d'un seul coup… Je vous narre en suppositions, en romancier, bien obligé… elle est sortie de la pièce… et a regagné ses appartements. On pourrait croire qu'elle a bondi au pavillon, voir Gilles pour lui faire subir son courroux. En un tour de quoi… de main… de réflexion, toute l'affaire était réglée. La cassure nette. Et ça allait avoir des drôles de conséquences… la fin d'un pourtant fabuleux roman d'amour qui mériterait sa place dans les anthologies.

*La mémoire est toujours aux ordres du cœur.*

Rivarol

# QUAND L'AMOUR S'EN VA

La marquise, je ne sais pas à quelle heure elle est sortie, mais la comtesse le lendemain aux aurores, elle a convoqué Raymond et départ sur-le-champ... juste, elle a embarqué Zumba son caniche royal dont je m'excuse de ne pas vous avoir parlé plus souvent. Il fut cependant témoin, ce gentil animal, de pas mal de scènes de cette idylle... Ça ne pouvait pas se finir par un mariage, certes, mais le dénouement était inattendu, brutal, ils n'eurent pas beaucoup d'enfants... Hélas ! Hortense eut juste une petite-fille. Son devoir eût été de se métamorphoser en grand-maman gâteau, elle ne poussa pas l'esprit de charité chrétienne jusque-là.

Reprenons, si vous permettez... Tout, séquence après séquence. Gilles, lui, il attendait dans sa piaule. Il avait vu de sa fenêtre la bagnole de la comtesse, il s'attendait à un coup de fil... je ne sais quoi... qu'elle le convoque pour le régal de minuit ou qu'elle se pointe pour lui parler.

Moi, ça me paraît incroyable qu'elle n'ait pas été avertie que sa fille était en cloque ! Ce que je lui fais part à Gilles, je sais plus trop à quel moment, et d'ailleurs, vous vous en foutez, lecteurs mes amis et mes petites chéries lectrices.

— C'est des gens... je vais te dire, Alphonse, pas comme nous. Au fond, elles se haïssaient. J'ai jamais su au juste pourquoi, mais le coup du lardon, j'ai fini par croire qu'elle se l'était fait faire par vengeance.

Le parangon... Hortense se gourait bien que ça allait pas durer toujours... sa dernière saison des zamours. Elle n'avait pas d'illusions sur les hommes, Gilles l'avait peut-être aimée au début... et ensuite il joignait l'utile à l'agréable. Il pouvait pas rêver une liberté conditionnelle plus dorée... Faut reconnaître, à l'époque, ce genre de faveur de l'Administration pénitentiaire était fort rare et ceux qui en profitaient se retrouvaient au boulot sur un chantier, une usine, et domiciliés dans un foyer de travailleurs où ils pionçaient en dortoir avec des manœuvres arabes. Ça expliquait d'ailleurs que, la plupart du temps, l'expérience tournait à la rupture de ban... l'oiseau prenait une véritable liberté vers Paris, Pigalle... Marseille, la Belle-de-Mai... pour les plus marioles, l'Espagne ou l'Italie.

— Où a-t-elle été ce matin-là ?

Il ne sait... sans doute à Paris, en tout cas elle n'a pas perdu de temps pour envoyer une lettre aux services compétents du ministère de la Justice pour les informer qu'elle mettait fin à sa tutelle pénale sur le nommé Gilles, Henri, Michel Dastel, libéré conditionnel. La riposte redoutable, imparable.

— Je m'attendais pas à un coup pareil, tu penses !

Voilà, il me résume… le lendemain, il respire le coup fourré en apprenant qu'elle s'était fait la malle. Il bigophone à son hôtel particulier de la plaine Monceau. « Madame la comtesse est absente. » On pense que le laquais, qui avait la consigne de répondre ça, en a régalé toute la valetaille.

Geneviève a été encore baguenauder sa brioche dans le parc… Il s'est retenu d'aller à sa rencontre. Class ! Il voulait plus lui adresser la parole à cette vipère, ce concentré de salope. Tant pis pour le môme… il le verrait pas… Il avait subi déjà dans sa vie de sacrées déconvenues. Tout est relatif ; c'était moins grave que de se prendre les trav's à perpète.

Ça n'empêche pas la gamberge, l'inquiétude… pourquoi la comtesse s'était-elle barrée ? Y avait eu sans doute une explication entre la mère et sa jolie fillette envoyée du diable sur terre pour déchiqueter les mecs.

Il en était là, ce matin, dans l'expectative lorsque son téléphone a grelotté. L'idée première que c'était Hortense et qu'il allait avoir quelques lumières sur la situasse… il a reconnu tout de suite la voix du Niçois Mario qui venait à la relance… avec l'Archange, ils attendaient de ses nouvelles… les temps se faisaient récalcitrants question artiche en leurs fouilles. Ils attendaient ce coup fumant qu'il leur avait laissé dans l'espérance de réaliser.

Ceux-là, ils étaient comme des piafs de mauvais augure, ils se pointaient invariable dès qu'il était dans le pastis sentimental. Jamais il décollerait de ses mauvaises fréquentations et surtout qu'il respirait un peu la vape… qu'il n'allait peut-être pas jouer les valets de chatte de la comtesse encore longtemps.

— Patientez les mecs… j'ai pas encore assez de rencards précis…

… Patientez… ça faisait des mois qu'il les laissait l'arme au pied, prêts à l'attaque. À la guerre, ça use les soldats d'attendre l'assaut final… si on tarde trop, ils sont fatigués, moins bondissants sous la mitraille. À la guerre de 40 ce qui fut… vous avez vu le résultat !

À tout trac… un peu par prémonition, il a promis à Mario qu'il passerait à Paris la semaine prochaine.

— T'as la voix toute drôle, Gilles… a fait remarquer son vieux complice… T'as pas d'ennuis au moins… ?

Il avait de l'oreille le Mario malgré le téléphone… sans doute il arrivait pas à retrouver son ton habituel… l'aimable pointe de gouaille qui lui remontait du fond de la gorge. Il a répondu que tout baignait dans l'huile sainte… il allait pas se mettre à lui gémir au bigo ses chagrins… les complications des jeux de l'amour chez les châtelaines.

… Qu'il se fasse pas de tracas, il ne l'oubliait pas, ni lui ni l'Archange… surtout, il leur recommandait qu'ils radinent pas encore dans les parages ; ça servait à fifre et ça ne pouvait qu'alerter les curieux ruraux, les serfs de tous poils et nos amis les schmitt, ainsi appelait-on les gendarmes chez les bandits de grand chemin.

Le risque justement d'y retourner et en cavale sur les grands chemins. Ça allait maintenant se dérouler très vite le scénario. Retour à la case départ impromptu.

Toute la journée il a piaffé... tourné dans sa chambre... dans le parc... puis au volant de la Talbot pour se désénerver. Il s'est permis quelques pointes de vitesse sur les routes de campagne... le temps s'était remis à sourire... le soleil se payait quelques traversées de nuages. Je passe les descriptions fastidieuses de la nature alentour.

— Tu te demandais quoi ?

Je l'interroge. Il se demandait quelles allaient être les réactions de la comtesse. Sur le soir il était convaincu que si elle s'était évaporée de la sorte, c'est qu'elle était certaine qu'il avait enjambé sa gamine... qu'il en résultait ce que vous savez... le fœtus de six mois dans son joli tiroir d'amour. Il résistait toujours à l'envie d'aller argougner la salope marquise Geneviève pour lui demander des explications au risque de se faire recevoir comme un malotru impertinent.

Il en était pas encore à la rétrospective inutile... j'aurais dû, j'aurais pas dû... Il se demandait sérieux à présent ce qu'il allait devenir si Hortense cassait le bail... il avait pourtant même pas un an à attendre avant d'être légalement libre..

Ça sentait le roussi, les silences de la maman et de la fifille. Fallait qu'il agisse. Deux coups les gros, il a enfoui dans sa valoche l'essentiel de ses biens sur terre... quelques chemises... deux slibards... un chandail à col roulé... une brosse à dents... sa bite et même pas de couteau. Dans la nuit il a pris la route de Paris. Avec la Talbot il pouvait foncer... il irait directos à l'hôtel particulier où il avait toujours une chambre avec les domestiques. Il n'y avait plus remis les pinceaux depuis cette aventure avec Françoise qui lui avait déjà valu un petit accroc avec sa protectrice.

Il commençait à vagabonder de la tronche dans les regrets. Quelle chance il avait eue d'être sorti de sa condition de taulard grâce à Hortense. Certes il avait donné de sa personne, mais si ç'avait été une bandeuse cynique comme sa fille, une fois s'être fait régaler, elle l'aurait laissé à son vilain sort avec peut-être un petit mandat charitable de temps en temps... un colis de Noël.

En fait de mandat, celui qui lui pendait aux fesses, c'était ni plus ni moins un mandat d'arrêt. La logique judiciaire, puisque Mme de Wilfried, sans perdre une minute, avait averti les autorités qu'elle n'assurait plus de travail ni de domicile à monsieur Gilles Dastel. Il se retrouvait en rupture de ban. Il ne savait pas encore qu'on lui avait dépêché du papier bleu à menace au château du Haut-Lucé qu'il venait de quitter.

En arrivant à l'hôtel de Monceau, il trouvera ses bagages dans le couloir de l'office. Le majordome glacé sur tronche lui signifiera l'ordre de Madame la comtesse qu'il doit évacuer les lieux, Plus de gourance, il sera bel et bien congédié comme un loufiat. Sans préavis, sans explication.

Assommé. En quarante-huit heures tout s'était retourné, il redevenait un paria, un gibier de flics et bientôt il n'aurait plus qu'à se soumettre ou à reprendre le calibre pour aller à la cueillette des bouquets d'oseille.

Ça faisait pas si lourd ses bagages à ranger dans le coffre de la Talbot, il lui restait plus à présent, en dehors de la prison, qu'à renouer avec ses *amis* de la truanderie. Comme ça qu'il s'est parachuté dans une chambre d'hôtel à Montparnasse rue Sainte-Beuve. La patronne était une vieille connaissance... plus que cela, une ancienne partenaire de la bête à deux dos. Oh, pas une gonzesse à salades, depuis quelques années elle avait viré exclusif gougnote, ça facilitait le dialogue.

Jusque-là, je n'avais jamais su comment ça c'était fini son aventure avec la comtesse. Il évitait plutôt le sujet. Il m'avait juste dit qu'Hortense étant devenue vioque et trop envahissante il avait repris sa liberté.

— Et dans un sens, disait-il, c'était préférable. Je suis pas un canari qu'on met en cage.

Maintenant je pigeais mieux. La rupture s'expliquait clairement. Il avait bien déconné... toujours mené par le bout de sa queue... cette foutue vanité de vouloir s'aligner des femmes... toujours plus de femmes sur un tableau de chasse.

Il restait sur un grave échec... une brûlure à la fois d'amour et d'amour-propre avec la marquise Geneviève. Même par la pensée, celle-là, elle ne voulait dépendre de personne. Comme femme indépendante, nos militantes du M.L.F. pourraient se la mettre en effigie sur un vitrail de leur chapelle.

Tout se mêle maintenant dans la biographie de mon gangster de charme. Il passe un mauvais quart d'heure. Certes il a connu pire, mais là, ça se situe sur un plan qu'il n'avait pas imaginé.

Au plus pressé il avait des problèmes matériels à résoudre. Question fric, il avait pas de quoi se nourrir au caviar à la louche pendant des semaines. Juste une cagnotte... quelques talbins qu'il s'était mis de côté pendant son stage au château. De sa piaule à Montparnasse, il a hésité encore avant de reprendre contact avec Mario et l'Archange. Le banditisme pouvait encore se passer de lui quelques jours.

Je vais vous la faire un peu courte... c'est inutile de vous expliquer ce qu'il a démarché les jours suivants. Consulté Me Lubary... c'était préférable de lui demander conseil pour essayer de régulariser sa situasse. La comtesse ayant disparu juste après avoir envoyé cette lettre au ministère de la Justice, il ne lui restait comme voie légale qu'à s'adresser au magistrat qui le chapeautait... un juge de probation, qu'on appelait pas encore J.A.P. (juge d'application des peines). Fallait absolument qu'il aille se présenter à son bureau, s'il ne voulait pas avoir rapidement un mandat d'arrêt au train. C'était une femme, ce juge de probation... la magistrature commençait à se féminiser. Un bien ou un mal ? On n'en sait trop rien, mais pour Gilles ce fut plutôt une aubaine. Pourtant celle-là, il risquait pas d'essayer de l'emballer... une sorte de cheftaine myope et plate et fagotée sans doute à *La Belle Jardinière.* Enfin, même si ç'avait été un Prix de Diane, une bouleversante créature qui transpire le sexe par tous les pores de la peau, il serait resté sur son quant-à-soi... côté galanterie, il avait suffisamment donné depuis la première visite d'Hortense à Fresnes.

— Asseyez-vous.

Il s'est cravaté, sapé strict... coiffé net. La panoplie du parfait réinséré, si ça existait, il aurait foncé se la faire tailler à ses mesures. Elle a un dossier épais, m'dame la jugesse. Elle l'ouvre mais on se doute qu'elle l'a déjà consulté, étudié minutieux. Pour la forme elle lui pose quelques questions sur son identité, sa dernière condamnation.

— Vous êtes interdit de séjour...

— Ça ne me gênait pas puisque je résidais dans l'Orne.

Elle fait la moue, le laideron... Il se demande si son histoire que la France entière a connue ne joue pas contre lui dans le crâne de piaf de cette gourdasse. Un lieu commun de prétendre que les tocardes, les vrais prix à réclamer... ça les rend haineuses à l'égard du monde entier et plus particulièrement en ce qui concerne ceux qui s'esjouissent dans les draps parfumés du péché de luxure.

Était-elle une heureuse exception qui confirme la règle, cette Mlle Dutertre, juge à la probation ? En tout cas elle a réagi inverse. Ou plus précisément, si elle avait des sentiments d'animosité, c'était plutôt à l'égard de la comtesse. En somme, le scandale était arrivé par elle. Sa mission de visiteuse ne consistait pas à débaucher un malheureux privé de tout au fond de sa cellule.

Dans sa tête, elle déduisait que Mme de Wilfried avait fait sortir Dastel de prison pour s'en servir comme instrument de débauche. Tout ça sous le couvert de sa mission de réinsertion des prisonniers. Elle avait donné comme prétexte à sa décision de s'en séparer qu'il avait joué un rôle de suborneur auprès de sa fille.

— Tu penses, la salope !... Suborneur... je savais même pas ce que ça voulait dire, j'ai dû consulter le dictionnaire chez Olga pour savoir.

En somme il était suborneur comme le Bourgeois gentilhomme faisait de la prose... Olga c'était sa pote hôtelière à Montparnasse. D'après le *Larousse*, ça voulait dire qu'il avait abusé de son pouvoir de séduction pour entraîner la marquise dans sa couche. À se la mordre ! Il allait pas se lancer dans des explications chez cette jugesse. D'ailleurs elle ne lui en demandait pas... elle lisait la déposition de la comtesse et de temps en temps jetait un œil sur son *client* pour détecter ses réactions.

Il bronchait pas. Tout à coup, il découvrait à un

point inimaginable combien l'amour-passion le plus délirant pouvait se transformer en haine chez une femme, fût-elle une aristocrate qui aurait tout de même pu se passer de le charger. Ce qu'il déduisait en observant la jugesse lire une longue lettre d'Hortense. Il se demandait surtout ce qu'elle allait décider cette Mme la juge. Elle a refermé le dossier et elle lui a offert un sourire amusé qui mettait un trait de joliesse dans sa figure ingrate.

— Eh bien, vous en faites de drôles, monsieur Dastel... Je devrais vous réintégrer en détention.

Le *devrais* était de bon augure. Il a saisi tout de suite la perche... argumenté que depuis deux ans il n'avait encouru aucune remarque, la moindre réprimande de l'Administration pénitentiaire. Pendant cette période la comtesse envoyait chaque mois un rapport favorable. Elle signalait même qu'il était en constant progrès moral, qu'il prenait conscience de ses erreurs passées. Un profond retour sur lui-même. Des termes qui étaient soulignés dans le rapport.

Ça lui donnait à réfléchir ce retournement subit à Mme la juge.

— Pour que je vous laisse en liberté, il faut que vous trouviez un employeur qui réponde de vous. Et puis naturellement un domicile fixe en dehors de l'agglomération parisienne.

Sur ce dernier point, il connaissait des triquards qui résidaient à Lagny en Seine-et-Marne, à la limite du secteur interdit. C'était même, en ce temps-là, les arrivées dans la capitale par le premier train de tous les interdits de séjour à la gare de l'Est avec leur billet de retour pour le soir.

En résumé, Mlle Dutertre lui accordait une quinzaine pour se retourner, lui apporter une solution acceptable afin qu'il puisse toujours bénéficier de la liberté conditionnelle.

— V'là où j'en étais mon pote. À la ramasse comme une cloche… Tout ça à cause de cette vieille poufiasse !

Les mots concernant sa liaison avaient changé, vous vous rendez compte. Faut dire que, malgré la pilule amère qu'elle venait d'avaler, Hortense aurait pu ne pas trop s'acharner sur lui.

— Tu devais lui en vouloir à mort…

Je vous reprends un bout de conversation que nous eûmes, je ne sais où, à ce propos.

Les premiers jours il a eu des envies de vengeance de toutes sortes. Aller l'attendre à Monceau pour lui filer la rouste qu'elle méritait… à son point de vue en tout cas. Elle avait tout de même de bonnes raisons, elle aussi, de lui en vouloir.

Il a pensé à lui dépêcher Mario le Niçois et l'autre gorille d'Archange pour la kidnapper, lui faire avouer la combinaison de son coffre à la banque pour ensuite aller le vider. Il pouvait aussi lui passer dessus une dernière fois mais cette fois avec son cadeau, les roues de sa Talbot décapotable.

De sa profonde nature, Gilles paradoxalement, c'était un garçon tout de même réfléchi. Lorsqu'il pratiquait le banditisme il était on ne peut plus professionnel, il s'était jamais propulsé à lure-lure dans des pirateries imbéciles qui risquaient de tourner sanglantes. D'où sa bonne réputation dans le Milieu et la relative indulgence dont avaient fait preuve jurés et magistrats. Valait mieux qu'il écrase… il verrait bien à l'avenir si l'occase se présentait d'aiguiser les dents du chien de sa chienne pour s'enfoncer dans les miches d'Hortense. Mais l'avenir va en décider tout autre, il y perdrait le goût de satisfaire sa vindicte. Je suis dans l'obligation de respecter un peu la chronologie, vous avez peut être remarqué que je ne suis pas de ces écrivailleurs qui foutent le chaland dans le brouillamini et démerde-toi pour comprendre.

En sortant de chez la jugesse, il se sentait déjà un peu soulagé. Cette gonzesse, qui devait pas jouer si souvent dans des saynètes de badinage libidineux dans sa vie privée, n'était pourtant pas à en ronger de mauvais desseins pour l'espèce humaine pécheresse. Encore une surprise pour Gilles. Il s'apercevait qu'avec l'expérience de sa vie de malfrat, il croyait tout connaître sur le genre humain en général et les nanas en particulier… et il devrait réviser son jugement et se digérer quelques bévues.

Le plus pressant c'était cette question de boulot. Olga s'est souvenue qu'elle avait un oncle qui faisait dans la brocante, près d'Ozoir-la-Ferrière, ça faisait pas une distance impossible à parcourir. Le seul ennui de cet oncle, c'est que c'était une tante…

— Mais je l'avertirai que t'en es pas, il te foutra la paix du cul.

Elle jaspinait de la sorte Olga. Lorsqu'il l'avait connue dix ans plus tôt c'était une blonde, mince, aux yeux pervenche, qui avait déjà gagné un petit pactole en faisant une retape discrète hors des circuits, des chasses gardées du proxénétisme.

Elle était devenue, je vous ai dit, lesbienne avec douze kilos de plus sur la carcasse… le blond de ses cheveux s'était délavé chez divers coiffeurs et ses châsses pervenche avaient pris des petites injections de quoi ?… oh, pas de vinasse… elle faisait tourner son moteur au whisky.

Coup de bigo à l'oncle-tante qui s'appelait Lucien Durand comme tout le monde mais qu'on surnommait Lulu la Grande en ses jeunes années devenue, quelle tristesse, la Vieille Lulu.

D'après Olga, il devait pas être fiché à la Mondaine, il n'avait jamais eu de démêlés avec la justice, ce qui aurait rendu impossible qu'il prenne Gilles sous son autorité morale.

Un coup de Talbot jusqu'à Ozoir, Gilles a débarqué chez la Vieille Lulu. Un être tout de même un peu bizarre pour aller se porter garant de lui chez les flics. Fringué coloré… chemise mauve… pantalon vert épinard… chevelure abondante de gonzesse et teintée en une couleur tirant sur le roux. Pour tout arranger, les yeux fardés… des bagouses aux doigts. Certes il pouvait pas renier ses options sexuelles… il pavoisait plutôt.

— Olga ne me fait signe que lorsqu'elle a besoin de moi, celle-là !

Ce qu'il maugrée en accueillant Gilles dans son antre... un foutoir inimaginable de meubles, bibelots, objets les plus hétéroclites... et puis les clébards à japper dans ses guibolles. . des loulous, des fox... plutôt des bâtards petit modèle que Lulu recueillait dans sa grande bonté. J'écris pas ça à la légère, d'après Gilles, cette vieille tante caricaturale était généreuse, elle aidait des tas de miséreux, les animaux blessés... une vieille pauvresse aveugle de son voisinage à laquelle elle allait porter de la soupe... des victuailles.

— Asseyez-vous, cher ami...

Déjà la difficulté... se trouver un siège adéquat pour y poser son cul. Lulu — elle ou lui — n'importe !... il avait un vieux fauteuil en osier style colonial.

— Vous ne paraissez pas dans le besoin. Ma nièce dit n'importe quoi !

Gilles s'explique... lui donne les grandes lignes du problème. Il demande simplement un certificat, une lettre, une garantie. Pas question qu'il travaille ici... Mais Lulu le coupe brusquement.

— Oh, je n'y verrais pas d'inconvénient. En tout bien tout honneur, je vous trouve très séduisant.

L'affaire est d'autant mieux conclue que le Beau Gilles s'engage à le dédommager, de lui rendre en biffetons bien claquants le fric qu'il lui attribuera en guise de salaire. Tarif... minimum vital. On ne disait pas encore SMIG.

Avec son interdiction de séjour, il fallait aussi que Lulu l'héberge...

—J'ai un grand lit, dit-il, mais Olga m'a prévenu

que vous ne pousseriez pas votre rééducation jusque dans mes bras !

De rire. C'était tellement improbable qu'un mec comme Gilles vire pédale maintenant avec ce personnage grotesque, alors qu'au placard il avait maintes fois eu l'occase de s'enfiler des schbebs qui ne demandaient que ça. Schbeb, en je ne sais quel dialecte arabe veut dire joli... beau. Les voyous qui allaient faire leur service militaire aux Bat'd'Af' avaient adopté ce mot pour désigner les gitons... ceux qui leur servaient de femmes dans les gourbis du désert.

Fort heureux, Lulu avait une annexe derrière son magasin... une maisonnette où il entassait encore de la camelote. Là-dedans on pouvait aménager une pièce qui avait dû servir de chambre de bonne autrefois.

Ce qui fut. Mais alors nib de confort, Toilette avec un broc, une cuvette et l'eau du puits. Un retour aux sources. Gilles avait vécu une partie de son enfance chez ses grands-parents maternels qui possédaient une petite ferme en Normandie, près d'Alouville dans le rugueux pays de Caux, où le confort et l'hygiène n'étaient pas les préoccupations primordiales des autochtones.

— On fera avec !

Ce qu'il dit presque jovial à la Vieille Lulu. Pas encore habitué, il hésitait entre le féminin et le masculin pour lui parler... un peu comme de nos jours avec les dames ministres.

Ça a pris quelques jours pour régulariser tout ça. La jugesse s'est montrée des plus coopérantes pour que l'Administration accepte cette solution,

Du coup il lui a fait envoyer des fleurs à cette Mlle Dutertre, avec une carte de vifs remerciements. La première et sans doute la dernière fois que ça lui arrivait... les zèbres dont elle avait la charge... c'étaient plutôt des butors, des types qui n'avaient reçu aucune éducation. Avec des fleurs il spéculait qu'elle lui fouterait une paix impériale.

Je vous laisse Gilles s'installer chez la vieille Lulu pour vous entretenir un peu d'Hortense. Gilles la vouait maintenant aux champs d'épandage. Il lui faudra pas mal de temps... que les années s'écoulent pour qu'il puisse se remémorer toute cette histoire sans acrimonie... avec la distance ironique et nostalgique qui me permet de vous rapporter son témoignage avec un peu de sérénité.

J'ai appris les suites de la rupture côté comtesse par les ragots... les transpirations de confidences... elles répandent pas toujours les meilleures odeurs. La presse aussi... enfin cette presse dite du cœur... un journal plus particulièrement spécialisé dans le récit de la vie des rois, des princesses... des titrés de haute volée... leurs fiançailles... raouts... la présence de S.A.R. la comtesse de Paris au mariage de l'héritière du trône de je ne sais quelle principauté... *Point de Vue-Images du monde*... Elle existe toujours cette agréable gazette.

À quel moment j'ai mis par hasard le nez dans cet hebdo ? Ne sais... ça doit se situer dans une période assez rapprochée de sa rupture avec mon brigand. J'ai dû feuilleter ça dans la salle d'attente d'un dispensaire où j'allais à ce moment-là me faire insuffler mes pneumothorax toutes les semaines… les épisodes de mon périple en tubardise. Tout ça enfoui aujourd'hui dans les oubliettes de la médecine. Pour vous éclairer, ça me ferait une trop longue parenthèse à vous ouvrir. Je n'avais plus revu Gilles depuis mon dernier séjour en cabane et j'avais suivi ses aventures avec la comtesse comme le commun des lecteurs. C'était tout de même assez cocasse, assez exceptionnel pour que je m'y intéresse, d'autant que j'avais été quelque peu témoin des préliminaires de l'idylle.

Leur rupture, j'en avais vaguement entendu parler par ma pote Carmen, fabuleuse figure de la pègre depuis trente ans, qui tenait un petit rade dans les vieilles Halles où s'abreuvaient les hommes en dehors des heures de braquage, de casse ou de surveillance intensive de leur cheptel féminin.

— La duchesse à ton pote, elle l'a largué, t'as su ?

Comme ça que j'avais appris la nouvelle, un soir à l'heure de la mominette. Bien sûr que non que j'avais pas su, on ne peut pas tout savoir. Et ça me paraissait pas une nouvelle d'importance.

— Gilles il va se trouver à la scaille… ajoute Carmen.

— Y va remonter ses boules vite fait, dit un petit hareng de comptoir… Y a pas à se faire de mouron pour sézig.

N'empêche, la mère Carmen, ça lui en avait foutu plein les châsses que le Beau Gilles se soit farci une femme de la haute… Elle avait jamais vu ça de toute sa carrière de radeuse.

— Il aurait dû se la garder celle-là, elle vaut à elle seule toutes les gagneuses d'Antoine Guérini à Marseille.

L'évidence, mais je n'étais pas alors à même de débattre sur le sujet. Ça m'est revenu lorsque je suis tombé sur un article… Une page entière titrée : *La comtesse de Wilfried entre au couvent.* Ça, c'était net, et puis des photographies pour agrémenter la prose du journaliste. Des clichés de sa jeunesse où elle apparaissait féline et gracieuse et d'une beauté à vous couper la jactance. Tout en bas de page, la frime de Gilles… toujours l'anthropométrique, pour bien marquer le sens de l'article, où l'on disait que depuis ces dernières années elle s'occupait de la réinsertion des prisonniers de droit commun et qu'en particulier elle avait réussi à sauver l'âme, pour ainsi dire, de Gilles Dastel, qualifié d'ennemi public numéro un, de roi de l'évasion et de chef du gang des tractions avant. Quand ils se lancent là-dessus, les plumitifs du fait divers, ils mettent le paquet. Lorsqu'on étudie sérieux dans la biographie d'un malfrat star, il s'agit pour commencer de peigner un peu toutes les ébouriffantes fables qu'on a fabriquées à son matricule… démêler le vrai du faux où bien sûr les flics ont œuvré pour embrouiller les pistes.

Le *Point de vue* et ses belles images ne faisaient qu'embellir un peu les ragots. Tant qu'à présenter

Mme de Wilfried comme une sainte missionnaire dans les ergastules autant la montrer aux prises avec des loulous de gros calibres. Ce pieux hebdomadaire évitait le scabreux à la *France-Dimanche.* Toute la belle relation amoureuse du voyou et de la comtesse était gommée. Simplement ça imprimait qu'elle avait poussé l'abnégation, la bonté jusqu'à le recueillir dans le château de ses ancêtres.

L'essentiel pourtant de cet article relatait qu'elle avait décidé de se retirer du monde dans le monastère des cisterciennes où elle avait fait retraite naguère. L'ordre accueillait des laïcs ayant accompli leur vie en tant que père ou mère de famille, époux ou épouse, veuf ou veuve. Il leur était possible d'entrer au couvent, de prononcer certains vœux, de faire pénitence en menant une vie contemplative consacrée à Dieu.

Une photo montrait la silhouette d'Hortense, un voile sur la tête, en robe de bure au milieu de la chapelle romane de son monastère. Devenue sœur Madeleine de la Sainte-Face, la légende disait qu'elle entrait dans l'ordre de la stricte observance.

Suivait une édifiante littérature qui m'a fait doucement marrer. Pour ce qui est de la stricte observance, elle avait des kilomètres de bites à se faire pardonner.

Pour y voir un peu plus clair, je préfère redonner la parole à Gilles. Nous étions un soir au *Gavroche* tenu par Carmen depuis la mort de Jo Attia. Ça nous situe donc dans les années 70.

— Quand j'ai appris ça… que j'ai lu les articles

sur son entrée au couvent, ça m'a pas tellement étonné. C'était une gonzesse qui était tout de même travaillée par toutes ces curailleries.

On se souvient qu'au moment où elle a fait sa connaissance, lorsqu'elle s'est pointée pour la première fois dans sa cellule de force à Fresnes, elle était en pleine crise de mysticisme.

— Si elle m'avait pas rencontré, elle serait rentrée au couvent beaucoup plus tôt.

En quelque sorte il avait été dépêché par le démon sur sa trajectoire. La dernière tentation de la comtesse et elle y avait cédé avec allégresse, on pourrait même dire avec fureur.

Ça lui remonte toutes leurs parties de crougnougnousses. Il a dépassé le stade des rancœurs… reste qu'il se l'est sabrée royale… qu'elle avait une façon de se prendre ça un peu partout comme rarement il avait expérimenté.

— Elle reluisait à répétition… elle arrêtait pas… tant que je l'avais en l'air, elle en redemandait.

Restait qu'en tant que chrétienne repentie, Gilles se demandait si à son égard Hortense avait encore bonne conscience. Cette façon de le remercier comme le dernier des larbinos, même s'il avait eu le tort de lui embrocher sa fillette, ça méritait pas de le faire retourner au gnouf… En allant voir Mlle Dutertre à la probation, petit à petit, Gilles lui avait tiré un peu de vérité de ses paperasses et il en ressortait qu'Hortense s'était ramenée là, en demandant qu'on le réincarcère… ni plus ni moins… qu'il ne s'était pas amendé… qu'il restait dangereux pour notre société si morale et si équitable… qu'il avait hypocritement joué les repentis. Un portrait tout en vacherie… en méchanceté qui l'étonnait de sa part.

Salut par les femmes… Gilles allait se remettre un peu sur les rails de la vie honnête ou presque, encore grâce à une nana. Une histoire sans trop de cahots qui ne mérite pas que je vienne y galvauder ma plume. On se rappelle du dernier projet d'Hortense d'orienter son protégé vers le commerce de brocante. Le pas-de-porte était déjà loué sur la butte Montmartre… on était en train d'aménager la boutique lorsque tous ces événements qui ont engendré leur rupture se sont déclenchés.

Plus question qu'il aille s'installer rue Lepic, la comtesse avait cassé le bail. Mais l'idée était restée dans sa tête et voilà que le hasard, par le truchement de son amie Olga, l'avait propulsé chez la Vieille Lulu à Ozoir comme employé justement dans la brocante. Un expert en la matière ce vieux pédé. Le don inné pour dégotter les bonnes affaires, la bonne camelote, les meubles rares, les objets de valeur enfouis dans la poussière, la crasse de l'oubli, de la négligence. Sortir de leur gangue les trésors perdus.

Les premiers jours… même les premières semaines de son apprentissage, Gilles avait jugé que l'élémentaire de la prudence lui commandait de jouer vraiment le jeu. La Vieille Lulu lui confiait surtout ses courses, d'aller chercher des tableaux, des bibelots à droite à gauche avec sa tire. C'était la seule chose qui lui restait de la comtesse, la Talbot Lago. Il pensait à la refourguer, elle valait une bonne pincée et pour son usage chez Lulu elle présentait plutôt des inconvénients que des avantages.

— Et les autres, tes complices qu'est-ce qu'ils devenaient ?

On les avait oubliés ceux-là. Ils représentaient pour Gilles la tentation de reprendre la piraterie avant même que son temps de conditionnelle soit accompli. Et de ce côté-là, il avait plus le feu sacré, Gilles... la période de farniente au château du Haut-Lucé avait émoussé l'ardeur du guerrier de la pince-monseigneur et du calibre. L'âge aussi faisait son œuvre, il ramollit les braquemarts et par la même occase le goût des risques insensés.

Las de l'attendre pour reprendre la direction de l'équipe, ses deux ex-complices se sont senti des ailes. Coupées net les ailes ! Vraiment la catastrophe majeure... ils se sont fait envelopper par toute une volée de perdreaux alors qu'ils sortaient d'une perception avec le montant des impôts d'une agglomération de banlieue. Changement de racketteurs, penseront les esprits subversifs. Hélas, pendant le déroulement de l'action, ça a viré au drame. Pour s'arracher l'Archange a fait usage de son arme. Riposte immédiate des flics... l'Archange envoyé, pourquoi pas, au ciel et Mario blessé aux jambes, embarqué sans trop de ménagement pour un très long voyage au pays des matons radieux.

De quoi s'offrir une sérieuse gamberge pour

notre héros. Encore tout se méli-mélote, je vous narre en dépit des bonnes règles... excusez le pauv'plumitif hâtif éperonné par son éditeur

Si ce n'était la chronique réelle de ce qui fut, on pourrait m'accuser d'une espèce de facilité avec le braquage de perception qui tourne mal, comme pour me débarrasser de Mario et de l'Archange avant même qu'ils aient pu revenir en piste dans la biographie de Gilles. Les choses furent ainsi... les truands truandent et il leur arrive des cagades, je peux pas vous changer le cours des choses pour des besoins romanesques.

En tout cas Gilles pendant quelque temps s'est tenu sur la réserve. Juste il allait quelquefois se retremper chez de vieux compagnons de galère... de vieux boucaniers qui se reconvertissaient dans une limonade spécialisée pour clientèle voyoute... Limonade qui vous met tout de même pas à l'abri des fusillades dans la vitrine... il suffit alors d'avoir le bon réflexe, de se planquer à temps sous le comptoir.

Et petit à petit il prenait du goût à la chine, aux magouilles de la brocante.

— Tu devrais continuer, lui conseillait la Vieille Lulu, tu as de vraies dispositions. Tu peux faire ton beurre beaucoup mieux qu'en allant couper les bourses.

Ça l'amusait, cette vieille tante, de faire allusion aux bourses pour résumer les activités délictueuses de Gilles. En allant traîner les ventes, les marchés aux puces, les autres brocantes, il s'est fait bien sûr des relations. Parfois il lui arrivait de conclure une affaire dans le lit d'une marchande patentée histoire de ne pas perdre la virtuosité de son chibre. C'est ainsi qu'il a fait connaissance avec une certaine Catherine au physique bien charpenté... proportionnée adéquate avec une petite gueule qui respirait la ruse... Tout ça dans les tonalités brunes... chevelure abondante... les lèvres prêtes à toutes éventualités.

En lui fourguant une table de nuit rustique, ça lui avait permis d'amorcer les choses dans la gaudriole de bon aloi.

— Déjà la table, il ne vous manque plus que l'homme à mettre dans le lit.

Elle avait souri de son allusion, mais elle était hérissée de méfiance. Installée près de Boulogne dans le Pas-de-Calais, à Wimereux, on la savait à son aise. Son négoce lui rapportait de quoi mener une vie indépendante depuis qu'elle s'était séparée d'un mari qui... d'un mari quoi... Là-dessus on ne sait jamais à quoi s'en tenir lorsqu'on écoute seulement le son de cloche de la femme.

Mais Catherine ne se répandait pas trop en jérémiades à ce sujet. Un beau mec dans ses âges comme Gilles, elle se retenait un peu sur la pente du plaisir partagé à l'idée qu'il en voulait peut-être autant à ses écus qu'à son cul... son compte en banque et tous les biens accumulés dans son magasin, ses entrepôts et dépendances. Gilles, sur le coup, n'en voyait qu'un à tirer... la gentille partie de jambes en l'air. Ça lui traversait pas l'esprit d'aller s'ancrer près des falaises du Pas-de-Calais. Il a dû revenir deux trois fois à l'offensive séductrice avant de faire sauter la redoute du soutien-gorge et arracher baïonnette au canon les rideaux de soie des réjouissances.

Vous me voyez venir… qu'avec mon stylo à bite, je vais encore vous tartiner quelques pages au bord du lit. Ces choses-là peuvent bien sûr se répéter sans qu'on s'en lasse, mais pour ce qui concerne Gilles nous n'en avons plus lerche à apprendre. Simplement Catherine ne s'attendait pas à un pareil feu d'artifesses. Elle avait déjà de l'expérience dans ce domaine, mais là, elle fut totalement éblouie par l'artiste.

Gilles pouvait revenir quand il le voulait, les draps étaient ouverts.

Il est revenu, la garce lui redonnait des couleurs. Il en oubliait Hortense et surtout Geneviève qui depuis longtemps avait dû vêler, il n'avait même pas le goût de se rencarder sur le déroulement des choses. En allant se baguenauder vers la plaine Monceau, il aurait bien rencontré une bonniche qui l'aurait renseigné.

Pour l'instant ça commence à trotter dans la tronche de Gilles qu'il pourrait peut-être poser son sac chez Catherine. Elle commençait à lui suggérer une association commerciale… quelque chose de ce genre. Outre ses qualités de tringleur, elle avait remarqué qu'il était loin d'être maladroit dans le business.

Curieusement elle n'était pas au parfum de son

passé… lorsqu'elle lui posait des questions sur le traversin pendant les arrêts de jeux érotiques, il restait vague… qu'il avait eu des malheurs.

— Ça m'étonnerait que t'aies eu beaucoup de chagrin d'amour.

Ça lui paraissait hautement improbable à la plantureuse Catherine… un lascar comme Gilles on pouvait pas le laisser en souffrance avec un article pareil toujours, en émoi.

Préférable qu'il s'allonge. C'était pas son genre, mais il en a pris son parti… tôt ou tard une bonne âme viendrait chuchoter des confidences à l'oreille de Catherine.

— Tu serais toujours d'accord pour rester avec moi si je te disais que je sors de prison ?

Étonnement de Catherine. Une question, la première lui vient.

— T'as tué quelqu'un ?

Pour voir jusqu'où elle irait, il répond.

— Pourquoi pas !

Elle pourrait être un peu effarée… saisie de surprise par sa réponse… elle garde son calme cependant.

— Tu ne peux pas m'en dire davantage ?

— Tu ne lis jamais les journaux ?…

Elle le regarde intensément, elle cherche à se rappeler… Non… elle ne fait pas très attention aux faits divers dans la presse.

— Je vais essayer de te dire le principal… si tu veux bien m'écouter…

Il se cale contre l'oreiller, il allume une pipe avec le briquet en or de chez Cartier offert par Hortense et se met à table au lit, ce qui tout de même est plus confortable que dans un bureau du 36, quai des Orfèvres… Catherine, ça lui revient un peu, elle a entendu parler du roi de l'évasion… ce gangster qui filait le parfait amour avec la comtesse de Wilfried.

— C'était toi… ça m'étonne pas.

Ça la rassure ! s'il a été instrumentaliste de la musique de chambre de cette grande dame, ça prouve qu'il n'est pas entièrement mauvais. C'est d'ailleurs le passage de sa vie qui l'intéresse le plus.

Voilà… vous saviez tout ça par le menu depuis belles pages. Il se présente tout de même sous l'éclairage sympathique du bandit bien-aimé… Jusque-là Catherine ne s'était pas passionnée pour la légende des brigands… Cartouche, Mandrin… Arsène Lupin… Fantômas… les vrais, les purs et les plus vrais que nature de nos romanciers. Il entrait chez elle, en elle, d'un seul coup le héros voyou. Comme il avait déjà placé sa banderille, la mignonne était convaincue… vaincue d'avance.

Vous aussi, j'espère, attentives lectrices !

Les gens heureux, les gens honnêtes n'ont pas d'histoire, c'est bien là leur drame. Quand ils se rencontrent, ils ont que les histoires des autres à se raconter… les blagues récoltées aux *Grosses Têtes*.

De cette date, l'existence de Gilles se déroulera sans autres accrocs que les coups de canif inévitables dans son contrat de concubinage avec Catherine.

Reste à vous donner autant que je le peux des nouvelles de la comtesse et la marquise puisque nous sommes dans une œuvre pour moitié avec des personnages qui pourraient faire le régal de plumitifs de bien de mes confrères bicornés.

La marquise a donné *pieds neufs,* comme on disait au Moyen Âge, à une fille. La troisième de la lignée. Celle-là elle s'appelle Béatrice... Elle est devenue des plus avenantes question physique. Les paparazzis sont aux aguets de ses déplacements... bon sang ne saurait mentir, il semble qu'elle ait pris le relais de ses mère et grand-mère dans la symphonie du dévergondage aristocratique.

Gilles n'a jamais voulu la rencontrer. On est du même sang dit-il, mais pas du même monde. Juste il a vu quelques photos dans la presse. Celles du jour de son mariage en 1975.

— Elle te ressemble, a dit Catherine.

— Pourquoi pas a répondu Gilles, j'ai participé au chef-d'œuvre.

C'est tout. C'est maigre pour mon porte-plume. Il me faudrait inventer pour clore tout ça plus romanesque... il est déjà tard dans ma vie... dans celle de Gilles aussi.

Catherine lui a claqué dans les pognes d'une longue maladie, disent les euphémistes. Épisode affreux dont il ne parle jamais.

Maintenant il est seul, il bricole encore et, dès qu'il le peut, il vient renifler un peu l'odeur de sa jeunesse dans les rues de Paris où les îlots du brigandage d'autrefois se font rares. Il a plus lerche à me raconter… il se répète. On se répète tous…

Reste à vous dire qu'Hortense de Wilfried, devenue sœur Madeleine de la Sainte-Face, est morte munie de tous les sacrements de l'Église au début des années 80 sous le règne de François le Mariole. Un soir dans un cocktail littéraire où je ramène rarement ma fraise, j'ai rencontré une Mme Botot de Chanteloup, femme très versée dans les affaires de la noblesse et de la religion, elle m'a certifié que jusqu'au bout, dans son abbaye cistercienne, chaque jour la comtesse avait beaucoup prié…

— … Vous savez, pour cet homme qu'elle avait fait sortir de prison. Vous le connaissez je crois ?

— C'est un ami.

— Dites-le-lui… Elle ne l'avait pas oublié, c'était devenu une sainte.

J'ai rapporté ça à Gilles et je vous restitue sa réponse…

— Sainte Salope. Les agonisants la prieront pour bander une dernière fois.

Paris, le 28 décembre 1998

## DU MÊME AUTEUR

*Aux Éditions du Rocher*

CHÈRE VISITEUSE

MADAME DE... SAINT-SULPICE (Folio n° 3089)

REVENIR À LIANCOURT

QUELS ROMANS QUE NOS CRIMES ! (réédition)

LA MÉTHODE À MIMILE, *en collaboration avec Luc Étienne, dessins de Trez* (réédition)

*Aux Éditions Le Pré aux Clercs*

LES GRANDS CRIMINELS (Livre de Poche)

*Aux Éditions de La Table Ronde*

L'HÔPITAL (Livre de Poche)

LA CERISE, *prix Saint-Beuve 1963* (Livre de Poche)

CINOCHE (Livre de Poche)

BLEUBITE (Livre de Poche)

LES COMBATTANTS DU PETIT BONHEUR, *prix Renaudot 1977*

LE CORBILLARD DE JULES (Livre de Poche)

LE BANQUET DES LÉOPARDS

LA MÉTAMORPHOSE DES CLOPORTES (Livre de Poche)

LE CAFÉ DU PAUVRE (Livre de Poche)

LES SALES MÔMES, *théâtre*

*Aux Éditions Flammarion*

LES ENFANTS DE CHŒUR (Folio n° 1565)

SAINT-FREDO

*Aux Éditions Robert Laffont*

LA FERMETURE (Livre de Poche)

MOURIR D'ENFANCE, *Grand Prix de l'Académie française 1995*

L'ÉTRANGE MONSIEUR JOSEPH

CONTRE-ENQUÊTE, *en collaboration avec Lucien d'Azay*

*Aux Éditions Grasset*

L'ÉDUCATION D'ALPHONSE (Livre de Poche)

*Aux Éditions Albin Michel*

L'ÂGE D'OR DES MAISONS CLOSES, *en collaboration avec Romi*

*Aux Éditions Presses de la Cité*

*Hors collection*

SUR LE BOUT DE LA LANGUE, *illustrations de Dubout*

*Aux Éditions Pierre Bordas*

PARIS LA NUIT

*Aux Éditions Solar*

LA VALSE MUSETTE ET L'ACCORDÉON, *en collaboration avec Marcel Azzola*

*Aux Éditions Omnibus*

CHRONIQUES DE MAUVAISE COMPAGNIE (LA MÉTAMORPHOSE DES CLOPORTES, LA CERISE, L'HÔPITAL, CINOCHE)

LES VACANCES DE LA VOIE (LES COMBATTANTS DU PETIT BONHEUR, BLEUBITE, LE CORBILLARD DE JULES, LE CAFÉ DU PAUVRE, L'ÉDUCATION D'ALPHONSE)

# COLLECTION FOLIO

*Dernières parutions*

| | |
|---|---|
| 3086. Alain Veinstein | *L'accordeur.* |
| 3087. Jean Maillart | *Le Roman du comte d'Anjou.* |
| 3088. Jorge Amado | *Navigation de cabotage. Notes pour des mémoires que je n'écrirai jamais.* |
| 3089. Alphonse Boudard | *Madame... de Saint-Sulpice.* |
| 3091. William Faulkner | *Idylle au désert* et autres nouvelles. |
| 3092. Gilles Leroy | *Les maîtres du monde.* |
| 3093. Yukio Mishima | *Pèlerinage aux Trois Montagnes.* |
| 3095. Reiser | *La vie au grand air 3.* |
| 3096. Reiser | *Les oreilles rouges.* |
| 3097. Boris Schreiber | *Un silence d'environ une demi-heure I.* |
| 3098. Boris Schreiber | *Un silence d'environ une demi-heure II.* |
| 3099. Aragon | *La Semaine Sainte.* |
| 3100. Michel Mohrt | *La guerre civile.* |
| 3101. Anonyme | *Don Juan (scénario de Jacques Weber).* |
| 3102. Maupassant | *Clair de lune* et autres nouvelles. |
| 3103. Ferdinando Camon | *Jamais vu soleil ni lune.* |
| 3104. Laurence Cossé | *Le coin du voile.* |
| 3105. Michel del Castillo | *Le sortilège espagnol.* |
| 3106. Michel Déon | *La cour des grands.* |
| 3107. Régine Detambel | *La verrière.* |
| 3108. Christian Bobin | *La plus que vive.* |
| 3109. René Frégni | *Tendresse des loups.* |
| 3110. N. Scott Momaday | *L'enfant des temps oubliés.* |
| 3111. Henry de Montherlant | *Les garçons.* |
| 3113. Jerome Charyn | *Il était une fois un droshky.* |
| 3114. Patrick Drevet | *La micheline.* |
| 3115. Philippe Forest | *L'enfant éternel.* |

3116. Michel del Castillo — *La tunique d'infamie.*
3117. Witold Gombrowicz — *Ferdydurke.*
3118. Witold Gombrowicz — *Bakakaï.*
3119. Lao She — *Quatre générations sous un même toit.*
3120. Théodore Monod — *Le chercheur d'absolu.*
3121. Daniel Pennac — *Monsieur Malaussène au théâtre.*
3122. J.-B. Pontalis — *Un homme disparaît.*
3123. Sempé — *Simple question d'équilibre.*
3124. Isaac Bashevis Singer — *Le Spinoza de la rue du Marché.*
3125. Chantal Thomas — *Casanova. Un voyage libertin.*
3126. Gustave Flaubert — *Correspondance.*
3127. Sainte-Beuve — *Portraits de femmes.*
3128. Dostoïevski — *L'Adolescent.*
3129. Martin Amis — *L'information.*
3130. Ingmar Bergman — *Fanny et Alexandre.*
3131 Pietro Citati — *La colombe poignardée.*
3132 Joseph Conrad — *La flèche d'or.*
3133. Philippe Sollers — *Vision à New York*
3134. Daniel Pennac — *Des chrétiens et des Maures.*
3135. Philippe Djian — *Criminels.*
3136. Benoît Duteurtre — *Gaieté parisienne.*
3137. Jean-Christophe Rufin — *L'Abyssin.*
3138. Peter Handke — *Essai sur la fatigue. Essai sur le juke-box. Essai sur la journée réussie.*
3139. Naguib Mahfouz — *Vienne la nuit.*
3140. Milan Kundera — *Jacques et son maître, hommage à Denis Diderot en trois actes.*
3141. Henry James — *Les ailes de la colombe.*
3142. Dumas — *Le Comte de Monte-Cristo I.*
3143. Dumas — *Le Comte de Monte-Cristo II.*
3144. — *Les Quatre Évangiles.*
3145. Gogol — *Nouvelles de Pétersbourg.*
3146. Roberto Benigni et Vicenzo Cerami — *La vie est belle.*
3147 Joseph Conrad — *Le Frère-de-la-Côte.*
3148. Louis de Bernières — *La mandoline du capitaine Corelli.*
3149. Guy Debord — *"Cette mauvaise réputation..."*

| | | |
|---|---|---|
| 3150. | Isadora Duncan | *Ma vie.* |
| 3151. | Hervé Jaouen | *L'adieu aux îles.* |
| 3152. | Paul Morand | *Flèche d'Orient.* |
| 3153. | Jean Rolin | *L'organisation.* |
| 3154. | Annie Ernaux | *La honte.* |
| 3155. | Annie Ernaux | *«Je ne suis pas sortie de ma nuit».* |
| 3156. | Jean d'Ormesson | *Casimir mène la grande vie.* |
| 3157. | Antoine de Saint-Exupéry | *Carnets.* |
| 3158. | Bernhard Schlink | *Le liseur.* |
| 3159. | Serge Brussolo | *Les ombres du jardin.* |
| 3161. | Philippe Meyer | *Le progrès fait rage. Chroniques 1.* |
| 3162. | Philippe Meyer | *Le futur ne manque pas d'avenir. Chroniques 2.* |
| 3163. | Philippe Meyer | *Du futur faisons table rase. Chroniques 3.* |
| 3164. | Ana Novac | *Les beaux jours de ma jeunesse.* |
| 3165. | Philippe Soupault | *Profils perdus.* |
| 3166. | Philippe Delerm | *Autumn.* |
| 3167. | Hugo Pratt | *Cour des mystères.* |
| 3168. | Philippe Sollers | *Studio.* |
| 3169. | Simone de Beauvoir | *Lettres à Nelson Algren. Un amour transatlantique. 1947-1964.* |
| 3170. | Elisabeth Burgos | *Moi, Rigoberta Menchú.* |
| 3171. | Collectif | *Une enfance algérienne.* |
| 3172. | Peter Handke | *Mon année dans la baie de Personne.* |
| 3173. | Marie Nimier | *Celui qui court derrière l'oiseau.* |
| 3175. | Jacques Tournier | *La maison déserte.* |
| 3176. | Roland Dubillard | *Les nouveaux diablogues.* |
| 3177. | Roland Dubillard | *Les diablogues et autres inventions à deux voix.* |
| 3178. | Luc Lang | *Voyage sur la ligne d'horizon* |
| 3179. | Tonino Benacquista | *Saga.* |
| 3180. | Philippe Delerm | *La première gorgée de bière et autres plaisirs minuscules.* |
| 3181. | Patrick Modiano | *Dora Bruder.* |
| 3182. | Ray Bradbury | *... mais à part ça tout va très bien.* |

| | |
|---|---|
| 3184. Patrick Chamoiseau | *L'esclave vieil homme et le molosse.* |
| 3185. Carlos Fuentes | *Diane ou La chasseresse solitaire.* |
| 3186. Régis Jauffret | *Histoire d'amour.* |
| 3187. Pierre Mac Orlan | *Le carrefour des Trois Couteaux.* |
| 3188. Maurice Rheims | *Une mémoire vagabonde.* |
| 3189. Danièle Sallenave | *Viol.* |
| 3190. Charles Dickens | *Les Grandes Espérances.* |
| 3191. Alain Finkielkraut | *Le mécontemporain.* |
| 3192. J.M.G. Le Clézio | *Poisson d'or.* |
| 3193. Bernard Simonay | *La première pyramide, I : La jeunesse de Djoser.* |
| 3194. Bernard Simonay | *La première pyramide, II : La cité sacrée d'Imhotep.* |
| 3195. Pierre Autin-Grenier | *Toute une vie bien ratée.* |
| 3196. Jean-Michel Barrault | *Magellan : la terre est ronde.* |
| 3197. Romain Gary | *Tulipe.* |
| 3198. Michèle Gazier | *Sorcières ordinaires.* |
| 3199. Richard Millet | *L'amour des trois sœurs Piale.* |
| 3200. Antoine de Saint-Exupéry | *Le petit prince.* |
| 3201. Jules Verne | *En Magellanie.* |
| 3202. Jules Verne | *Le secret de Wilhelm Storitz.* |
| 3203. Jules Verne | *Le volcan d'or.* |
| 3204. Anonyme | *Le charroi de Nîmes.* |
| 3205. Didier Daeninckx | *Hors limites.* |
| 3206. Alexandre Jardin | *Le Zubial.* |
| 3207. Pascal Jardin | *Le Nain Jaune.* |
| 3208. Patrick McGrath | *L'asile.* |
| 3209. Blaise Cendrars | *Trop c'est trop.* |
| 3210. Jean-Baptiste Evette | *Jordan Fantosme.* |
| 3211. Joyce Carol Oates | *Au commencement était la vie.* |
| 3212. Joyce Carol Oates | *Un amour noir.* |
| 3213. Jean-Yves Tadié | *Marcel Proust I.* |
| 3214. Jean-Yves Tadié | *Marcel Proust II* |
| 3215. Réjean Ducharme | *L'océantume.* |
| 3216. Thomas Bernhard | *Extinction.* |
| 3217. Balzac | *Eugénie Grandet.* |
| 3218. Zola | *Au Bonheur des Dames.* |
| 3219. Charles Baudelaire | *Les Fleurs du Mal.* |
| 3220. Corneille | *Le Cid.* |

| | | |
|---|---|---|
| 3221. | Anonyme | *Le Roman de Renart.* |
| 3222. | Anonyme | *Fabliaux.* |
| 3223. | Hugo | *Les Misérables I.* |
| 3224. | Hugo | *Les Misérables II.* |
| 3225. | Anonyme | *Tristan et Iseut.* |
| 3226. | Balzac | *Le Père Goriot.* |
| 3227. | Maupassant | *Bel-Ami.* |
| 3228. | Molière | *Le Tartuffe.* |
| 3229. | Molière | *Dom Juan.* |
| 3230. | Molière | *Les Femmes savantes.* |
| 3231. | Molière | *Les Fourberies de Scapin.* |
| 3232. | Molière | *Le Médecin malgré lui.* |
| 3233. | Molière | *Le Bourgeois gentilhomme.* |
| 3234. | Molière | *L'Avare.* |
| 3235. | Homère | *Odyssée.* |
| 3236. | Racine | *Andromaque.* |
| 3237. | La Fontaine | *Fables choisies.* |
| 3238. | Perrault | *Contes.* |
| 3239. | Daudet | *Lettres de mon moulin.* |
| 3240. | Mérimée | *La Vénus d'Ille.* |
| 3241. | Maupassant | *Contes de la Bécasse.* |
| 3242. | Maupassant | *Le Horla.* |
| 3243. | Voltaire | *Candide ou l'Optimisme.* |
| 3244. | Voltaire | *Zadig ou la Destinée.* |
| 3245. | Flaubert | *Trois Contes.* |
| 3246. | Rostand | *Cyrano de Bergerac.* |
| 3247. | Maupassant | *La Main gauche.* |
| 3248. | Rimbaud | *Poésies.* |
| 3249. | Beaumarchais | *Le Mariage de Figaro.* |
| 3250. | Maupassant | *Pierre et Jean.* |
| 3251. | Maupassant | *Une vie.* |
| 3252. | Flaubert | *Bouvart et Pécuchet.* |
| 3253. | Jean-Philippe Arrou-Vignod | *L'Homme du cinquième jour.* |
| 3254. | Christian Bobin | *La femme à venir.* |
| 3255. | Michel Braudeau | *Pérou.* |
| 3256. | Joseph Conrad | *Un paria des îles.* |
| 3257. | Jerôme Garcin | *Pour Jean Prévost.* |
| 3258. | Naguib Mahfouz | *La quête.* |
| 3259. | Ian McEwan | *Sous les draps et autres nouvelles.* |

3260. Philippe Meyer — *Paris la Grande.*
3261. Patrick Mosconi — *Le chant de la mort.*
3262. Dominique Noguez — *Amour noir.*
3263. Olivier Todd — *Albert Camus, une vie.*
3264. Marc Weitzmann — *Chaos.*
3265. Anonyme — *Aucassin et Nicolette.*
3266. Tchekhov — *La dame au petit chien et autres nouvelles.*
3267. Hector Bianciotti — *Le pas si lent de l'amour.*
3268 Pierre Assouline — *Le dernier des Camondo.*
3269. Raphaël Confiant — *Le meurtre du Samedi-Gloria.*
3270. Joseph Conrad — *La Folie Almayer.*
3271. Catherine Cusset — *Jouir.*
3272. Marie Darrieussecq — *Naissance des fantômes.*
3273. Romain Gary — *Europa.*
3274. Paula Jacques — *Les femmes avec leur amour.*
3275. Iris Murdoch — *Le chevalier vert.*
3276. Rachid O. — *L'enfant ébloui.*
3277. Daniel Pennac — *Messieurs les enfants.*
3278. John Edgar Wideman — *Suis-je le gardien de mon frère ?*
3279. François Weyergans — *Le pitre.*
3280. Pierre Loti — *Le Roman d'un enfant* suivi de *Prime jeunesse.*
3281. Ovide — *Lettres d'amour.*
3282. Anonyme — *La Farce de Maître Pathelin.*
3283. François-Marie Banier — *Sur un air de fête.*
3284. Jemia et J.M.G. Le Clézio — *Gens des nuages.*
3285. Julian Barnes — *Outre-Manche.*
3286. Saul Bellow — *Une affinité véritable.*
3287. Emmanuèle Bernheim — *Vendredi soir.*
3288. Daniel Boulanger — *Le retable Wasserfall.*
3289. Bernard Comment — *L'ombre de mémoire.*
3290. Didier Daeninckx — *Cannibale.*
3291. Orhan Pamuk — *Le château blanc.*
3292. Pascal Quignard — *Vie secrète.*
3293. Dominique Rolin — *La Rénovation.*
3294. Nathalie Sarraute. — *Ouvrez.*
3295. Daniel Zimmermann — *Le dixième cercle*
3296. Zola — *Rome.*
3297. Maupassant — *Boule de suif.*
3298. Balzac — *Le Colonel Chabert.*

| | | |
|---|---|---|
| 3299. | José Maria Eça de Queiroz | *202, Champs-Élysées.* |
| 3300. | Molière | *Le Malade Imaginaire.* |
| 3301. | Sand | *La Mare au Diable.* |
| 3302. | Zola | *La Curée.* |
| 3303. | Zola | *L'Assommoir.* |
| 3304. | Zola | *Germinal.* |
| 3305. | Sempé | *Raoul Taburin.* |
| 3306. | Sempé | *Les Musiciens.* |
| 3307. | Maria Judite de Carvalho | *Tous ces gens, Mariana...* |
| 3308. | Christian Bobin | *Autoportrait au radiateur.* |
| 3309. | Philippe Delerm | *Il avait plu tout le dimanche.* |
| 3312. | Pierre Pelot | *Ce soir, les souris sont bleues.* |
| 3313. | Pierre Pelot | *Le nom perdu du soleil.* |
| 3314. | Angelo Rinaldi | *Dernières nouvelles de la nuit.* |
| 3315. | Arundhati Roy | *Le Dieu des Petits Riens.* |
| 3316. | Shan Sa | *Porte de la paix céleste.* |
| 3317. | Jorge Semprun | *Adieu, vive clarté...* |
| 3318. | Philippe Sollers | *Casanova l'admirable.* |
| 3319. | Victor Segalen | *René Leys.* |
| 3320. | Albert Camus | *Le premier homme.* |
| 3321. | Bernard Comment | *Florence, retours.* |
| 3322. | Michel Del Castillo | *De père français.* |
| 3323. | Michel Déon | *Madame Rose.* |
| 3324. | Philipe Djian | *Sainte-Bob.* |
| 3325. | Witold Gombrowicz | *Les envoûtés.* |
| 3326. | Serje Joncour | *Vu.* |
| 3327. | Milan Kundera | *L'identité.* |
| 3328. | Pierre Magnan | *L'aube insolite.* |
| 3329. | Jean-Noël Pancrazi | *Long séjour.* |
| 3330. | Jacques Prévert | *La cinquième saison.* |
| 3331. | Jules Romains | *Le vin blanc de la Villette.* |
| 3332. | Thucydide | *La Guerre du Péloponnèse.* |
| 3333. | Pierre Charras | *Juste avant la nuit.* |
| 3334. | François Debré | *Trente ans avec sursis.* |
| 3335. | Jérôme Garcin | *La chute de cheval.* |
| 3336. | Syvie Germain | *Tobie des marais.* |
| 3337. | Angela Huth | *L'invitation à la vie conjugale.* |
| 3338. | Angela Huth | *Les filles de Hallows Farm.* |
| 3339. | Luc Lang | *Mille six cents ventres.* |
| 3340. | J.M.G. Le Clézio | *La fête chantée.* |

| | | |
|---|---|---|
| 3341. | Daniel Rondeau | *Alexandrie.* |
| 3342. | Daniel Rondeau | *Tanger.* |
| 3343. | Mario Vargas Llosa | *Les carnets de Don Rigoberto.* |
| 3344. | Philippe Labro | *Rendez-vous au Colorado.* |
| 3345. | Christine Angot | *Not to be.* |
| 3346. | Christine Angot | *Vu du ciel.* |
| 3347. | Pierre Assouline | *La cliente.* |
| 3348. | Michel Braudeau | *Naissance d'une passion.* |
| 3349. | Paule Constant | *Confidence pour confidence.* |
| 3350. | Didier Daeninckx | *Passages d'enfer.* |
| 3351. | Jean Giono | *Les récits de la demi-brigade.* |
| 3352. | Régis Debray | *Par amour de l'art.* |
| 3353. | Endô Shûsaku | *Le fleuve sacré.* |
| 3354. | René Frégni | *Où se perdent les hommes.* |
| 3355. | Alix de Saint-André | *Archives des anges.* |
| 3356. | Lao She | *Quatre générations sous un même toit II.* |
| 3357. | Bernard Tirtiaux | *Le puisatier des abîmes.* |
| 3358. | Anne Wiazemsky | *Une poignée de gens.* |
| 3359. | Marguerite de Navarre | *L'Heptaméron.* |
| 3360. | Annie Cohen | *Le marabout de Blida.* |
| 3361. | Abdelkader Djemaï | *31, rue de l'Aigle.* |
| 3362. | Abdelkader Djemaï | *Un été de cendres.* |
| 3363. | J.P. Donleavy | *La dame qui aimait les toilettes propres.* |
| 3364. | Lajos Zilahy | *Les Dukay.* |
| 3365. | Claudio Magris | *Microcosmes.* |
| 3366. | Andreï Makine | *Le crime d'Olga Arbélina.* |
| 3367. | Antoine de Saint-Exupéry | *Citadelle (édition abrégée).* |
| 3368. | Boris Schreiber | *Hors-les-murs.* |
| 3369. | Dominique Sigaud | *Blue Moon.* |
| 3370. | Bernard Simonay | *La lumière d'Horus (La première pyramide III).* |
| 3371. | Romain Gary | *Ode à l'homme qui fut la France.* |
| 3372. | Grimm | *Contes.* |
| 3373. | Hugo | *Le Dernier Jour d'un Condamné.* |
| 3374. | Kafka | *La Métamorphose.* |
| 3375. | Mérimée | *Carmen.* |
| 3376. | Molière | *Le Misanthrope.* |
| 3377. | Molière | *L'École des femmes.* |
| 3378. | Racine | *Britannicus.* |

| | | |
|---|---|---|
| 3379. | Racine | *Phèdre.* |
| 3380. | Stendhal | *Le Rouge et le Noir.* |
| 3381. | Madame de Lafayette | *La Princesse de Clèves.* |
| 3382. | Stevenson | *Le Maître de Ballantrae.* |
| 3383. | Jacques Prévert | *Imaginaires.* |
| 3384. | Pierre Péju | *Naissances.* |
| 3385. | André Velter | *Zingaro suite équestre.* |
| 3386. | Hector Bianciotti | *Ce que la nuit raconte au jour.* |
| 3387. | Chrystine Brouillet | *Les neuf vies d'Edward.* |
| 3388. | Louis Calaferte | *Requiem des innocents.* |
| 3389. | Jonathan Coe | *La Maison du sommeil.* |
| 3390. | Camille Laurens | *Les travaux d'Hercule.* |
| 3391. | Naguib Mahfouz | *Akhénaton le renégat.* |
| 3392. | Cees Nooteboom | *L'histoire suivante.* |
| 3393. | Arto Paasilinna | *La cavale du géomètre.* |
| 3394. | Jean-Christophe Rufin | *Sauver Ispahan.* |
| 3395. | Marie de France | *Lais.* |
| 3396. | Chrétien de Troyes | *Yvain ou le Chevalier au Lion.* |
| 3397. | Jules Vallès | *L'Enfant.* |
| 3398. | Marivaux | *L'Île des Esclaves.* |
| 3399. | R.L. Stevenson | *L'Île au trésor.* |
| 3400. | Philippe Carles et Jean-Louis Comolli | *Free jazz, Black power.* |
| 3401. | Frédéric Beigbeder | *Nouvelles sous ecstasy.* |
| 3402. | Mehdi Charef | *La maison d'Alexina.* |
| 3403. | Laurence Cossé | *La femme du premier ministre.* |
| 3404. | Jeanne Cressanges | *Le luthier de Mirecourt.* |
| 3405. | Pierrette Fleutiaux | *L'expédition.* |
| 3406. | Gilles Leroy | *Machines à sous.* |
| 3407. | Pierre Magnan | *Un grison d'Arcadie.* |
| 3408. | Patrick Modiano | *Des inconnues.* |
| 3409. | Cees Nooteboom | *Le chant de l'être et du paraître.* |
| 3410. | Cees Nooteboom | *Mokusei !* |
| 3411. | Jean-Marie Rouart | *Bernis le cardinal des plaisirs.* |
| 3412. | Julie Wolkenstein | *Juliette ou la paresseuse.* |
| 3413. | Geoffrey Chaucer | *Les Contes de Canterbury.* |
| 3414. | Collectif | *La Querelle des Anciens et des Modernes.* |
| 3415. | Marie Nimier | *Sirène.* |
| 3416. | Corneille | *L'Illusion Comique.* |

*Composition Floch.*
*Impression Société Nouvelle Firmin-Didot*
*à Mesnil-sur-l'Estrée, le 7 novembre 2000.*
*Dépôt légal : novembre 2000.*
*1^er^ dépôt légal dans la collection : octobre 2000*
*Numéro d'imprimeur : 53430.*

ISBN 2-07-041116-8/Imprimé en France.

99173